Le cœur de Kiev

Du même auteur,
chez le même éditeur

Le Pingouin, 2000
(et « Piccolo » n° 118)

Le Caméléon, 2001
(et « Piccolo » n° 89)

L'Ami du défunt, 2002
(et « Piccolo » n° 85)

Les Pingouins n'ont jamais froid, 2004
(et « Piccolo » n° 119)

Le Dernier Amour du président, 2005
(et « Piccolo » n° 112)

Truite à la slave, 2005
(« Piccolo » inédit n° 96)

Laitier de nuit, 2010
(et « Piccolo » n° 133)

Surprises de Noël, 2010
(« Piccolo » inédit n° 75)

Le Jardinier d'Otchakov, 2012
(et « Piccolo » n° 99)

Journal de Maïdan, 2014

Le Concert posthume de Jimi Hendrix, 2015
(et « Piccolo » n° 125)

Vilnius, Paris, Londres, 2018
(et « Piccolo » n° 159)

Les Abeilles grises, 2022
(et « Piccolo » n° 183)

L'Oreille de Kiev, 2022
(et « Piccolo » n° 186)

Andreï Kourkov

Le cœur de Kiev

Traduit du russe (Ukraine)
par Paul Lequesne

Liana Levi

Traduit avec le concours du Centre national du livre

Titre original : *Samson i Nadejda* (2)

ISBN : 979-10-349-0818-9

www.lianalevi.fr

L'auteur exprime sa sincère reconnaissance, pour leurs remarques et leurs conseils, à Iouri Lyssenko et Paul Lequesne.
Ainsi qu'à Alexandre et Tatiana Markov qui l'ont convaincu de se pencher plus attentivement sur les événements survenus à Kiev et en Ukraine dans les années 1919-1920.

Si vous n'avez pas lu *L'Oreille de Kiev*

Kiev, mars 1919. La ville est tombée aux mains des bolcheviks depuis un mois et le nouveau pouvoir s'y met en place tant bien que mal alors que la guerre civile fait rage dans la région. Samson, jeune étudiant, se retrouve du jour au lendemain orphelin après avoir perdu son père et son oreille droite sous le sabre d'un cosaque. Bientôt, il découvre que son oreille amputée continue d'entendre, même à distance, et il saura s'en servir à bon escient… Pour adoucir sa solitude, la concierge de son immeuble lui présente une jeune femme, Nadejda, employée au tout nouveau service des statistiques, qui ne le laisse pas indifférent. Par ailleurs, on lui impose comme locataires deux jeunes soldats de l'Armée rouge. Ces derniers s'avéreront être des voleurs à la solde d'un certain Jacobson, un Belge obèse atteint d'une grave maladie osseuse, à la recherche d'objets en argent massif à faire fondre pour remplacer ses os. Enrôlé dans la milice, affublé d'un prêtre défroqué comme acolyte, Samson est chargé par le commissaire Naïden de résoudre une affaire de vol. Une enquête qui, grâce à son oreille, le conduira à démanteler un puissant réseau.

Chapitre 1

L'air, en ce début de soirée d'avril, était empli des voix étouffées des passants. Des bribes de mots et de phrases se mêlaient sous la brise légère en un plaisant et harmonieux brouhaha. Comme toute musique de la nature et de la vie humaine, on ne pouvait l'absorber que par les oreilles. Et ce « breuvage » avait un goût léger.

Samson marchait à la droite de son camarade. Le conduit auditif de son oreille coupée captait tous les bruits du monde. Il se surprenait parfois à penser que certains sons lui arrivant de la droite étaient totalement inaudibles pour son oreille gauche. Et il n'en était pas malheureux, à dire vrai. Au contraire même, il s'en réjouissait, car tout ce qu'il entendait ainsi lui paraissait plus vrai.

« Il règne maintenant chez nous une telle pagaille que mon nouveau locataire, quand il a bu, se trompe de porte et cherche à forcer la mienne », entendit Samson de son oreille gauche, au moment où Kholodny et lui arrivaient à la hauteur de deux jeunes femmes qui, à en juger par leur démarche, se promenaient là sans but.

La voix lui paraissant plaisante, Samson tourna la tête et vit une brune aux cheveux soigneusement lissés, dont la bouche s'éclairait par instant de l'éclat d'une dent en or.

Les deux compagnons avaient terminé leur service et se hâtaient d'aller boire une bière. Le jeudi qui s'achevait n'avait l'intention de laisser aucun souvenir de lui. Naïden avait seulement réclamé, pour la cinquième ou sixième fois, à Samson de débarrasser son bureau du mannequin habillé du costume de Jacobson, affirmant que celui-ci absorbait l'humidité pour la restituer sous forme de toux grippale aux employés du commissariat. Naïden toussait en effet, mais Samson, installé à une demi-toise du mannequin, était toujours en pleine santé. S'il souffrait de quelque chose, c'était uniquement de deux blessures par balle en voie de cicatrisation, mais même celles-ci semblaient indifférentes au phénomène observé par le chef, bien qu'au sortir de l'hôpital la sévère princesse-chirurgienne Vera Ignatievna eût recommandé à Samson, en guise d'adieu : « Fuyez l'humidité ! Gardez-vous au chaud et au sec ! » D'ailleurs, qu'on le veuille ou non, mannequin et costume étaient à présent propriétés de l'État. Le conservateur en chef des pièces à conviction, le moustachu Vassyl au nez pointu, refusait néanmoins de les prendre dans son magasin. « L'affaire est close, et je n'en ai aucun besoin ici ! disait-il. Passe ce truc à l'étuve pour tuer les puces, et emporte-le chez toi ! Il te servira de portemanteau. »

« Je n'aime guère cette idée de monument à Judas l'Iscariote, déclara Kholodny en secouant la tête avant de se tourner vers son compagnon, désireux d'entendre son avis.

– Oui, c'est un peu étrange, acquiesça Samson. Un monument à un suicidé ? On élève des monuments au zèle, à l'exploit ! Où réside l'exploit de Judas ? »

Sur quoi il haussa les épaules.

« Eh bien, il a rendu les deniers aux grands-prêtres ! suggéra Serguy Kholodny, poursuivant sa réflexion.

– Mais ensuite, il s'est pendu, ajouta Samson. Il a trahi, s'est repenti, puis s'est donné la mort... Il n'y a aucun exploit là-dedans, ni sacrifice pour une idée. »

À ce moment-là, tout près, une voix d'homme rude et sifflante débita comme une mitraillette: «L'enfoiré, retiens-le! Vanioukha! Tire!» et plusieurs coups de fusil éclatèrent dans leur dos, au moins cinq ou six. Leur écho roula sur la chaussée pavée, mais fut aussitôt assourdi par le martèlement de pieds des passants qui s'égaillaient à toutes jambes. Sous les yeux de Samson et Kholodny, arrêtés dans leur marche en pleine conversation, l'écho continua sa course, telle la roue détachée d'une calèche, et à sa suite, clopinant et sautillant bizarrement, déboula un chien tenant dans sa gueule un objet blanc, un os peut-être, et dont les pattes arrière rattrapèrent soudain celles de devant, de sorte qu'il s'effondra sur le flanc. Deux soldats de l'Armée rouge le rejoignirent alors, armés de fusils. L'un, jurant à pleine voix, transperça de sa baïonnette le corps du chien déjà inerte, tandis que le second se campait simplement à côté, le souffle court, comme s'il avait couru pendant une verste. Le premier retira sa lame d'entre les côtes de l'animal pour la planter dans la pièce de lard encore serrée entre ses crocs.

Kholodny et Samson, immobiles, observaient le spectacle. D'autres passants qui, effrayés, s'étaient collés contre les murs des maisons, se rapprochèrent. Ils n'avaient plus rien à craindre des bolcheviks ce soir-là: le chien avait payé de sa vie leur tranquillité. Le soldat essayait toujours vainement de dégager le morceau de graisse de la gueule de l'animal.

«Ah! L'enfoiré!» éructa-t-il, avant de se tourner vers son camarade: «Eh bien, aide-moi donc, reste pas planté là!»

L'autre introduisit avec précision sa baïonnette dans l'étroit interstice de la mâchoire et leva les yeux sur Kholodny.

« Eh ! pose ta botte sur sa gueule ! » réclama-t-il.

Kholodny s'avança d'un pas et de son pied pressa la tête du chien contre le pavé. Après quoi le soldat inclina brutalement son arme, comme un levier d'aiguillage de voie ferrée, et un craquement se produisit. La pièce de lard, libérée, s'éleva victorieusement, embrochée sur la baïonnette. À l'endroit où la lame la transperçait, elle était rouge de sang.

« Allons-y ! » lança le second soldat au premier, en jetant un regard anxieux autour de lui, visiblement mal à l'aise devant la foule de curieux rassemblés.

Son compagnon, lui aussi l'air inquiet, considéra Samson et Kholodny, vêtus de vestes de cuir. Il remit son arme à l'épaule, la baïonnette toujours ornée du morceau de lard.

Puis tous deux s'en furent d'un pas vif par où ils étaient venus, quand ils poursuivaient le chien.

« Je ne comprends pas non plus pourquoi ce monument à Judas, dit Samson, revenant à la conversation interrompue. C'est bien une sorte de traître ! "Celui auquel je donnerai un baiser, c'est lui, saisissez-le !"

– Oui, bien sûr, c'est un traître ! concéda Kholodny de bonne grâce. Mais pour une raison que j'ignore, le camarade Trotski le tient pour un révolutionnaire, un insurgé qui se serait révolté contre la dictature de la religion.

– D'après le camarade Trotski les révolutionnaires seraient donc des traîtres ?

– Traîtres au monde du passé, opina Kholodny. C'est au fond assez vrai. Pour créer un monde nouveau, il faut trahir l'ancien... Autrement dit, sans le secours des traîtres, impossible de réformer le monde pour le rendre meilleur.

– Mais peu importe ! Quoi que tu puisses dire, il a d'abord suivi Jésus, non ? Par aveuglement de l'esprit ?

– Il cherchait quelqu'un à suivre ! Il avait en lui une soif de révolution. Il a pu penser que Jésus lui-même était un révolutionnaire et un adversaire du monde du passé, répondit Kholodny, poursuivant son raisonnement. Mais quand il a vu que le Seigneur l'entraînait sur un autre chemin, il l'a stoppé. Autrement dit, Judas serait le représentant d'un peuple trompé, d'une classe déçue. Pas vrai ? »

Absorbé par ses réflexions, Kholodny se mordit la lèvre inférieure, point trop convaincu lui-même.

« C'est sa mère la coupable, déclara soudain Samson d'un ton résolu, comme s'il venait de comprendre un détail important. En hébreu, Judas signifie “qui loue le Seigneur”. Sa mère l'avait nommé ainsi avant la venue de Jésus. C'est pourquoi il l'a suivi. Puis il a renié Jésus et s'est renié lui-même. Se suicider, n'est-ce pas, c'est renoncer volontairement à continuer de vivre. »

Kholodny opina avec gravité.

« Mais d'où sais-tu l'hébreu ?

– Je ne le sais pas. C'est un souvenir du lycée : on avait étudié les noms bibliques… »

À la brasserie, ils prirent chacun un verre de Kabinetnoïé, et s'installèrent à une table sale. À cette heure-là, il n'y en avait plus d'autres.

Samson avala une gorgée de bière brune et sentit sur sa langue un arrière-goût douceâtre de sang. Comme dans son enfance, le jour où un gosse, lors d'une bagarre, lui avait fendu la lèvre. Une agréable amertume lui emplit la bouche. La tête se mit à lui tourner un peu, mais il savait que c'était son imagination qui devançait la réalité. Pour avoir la tête qui tournât vraiment, il fallait vider trois verres. La Kabinetnoïé d'avant la révolution était moins forte, rien à voir avec celle d'aujourd'hui. Aujourd'hui on la fabriquait de manière différente, de manière nouvelle.

« On nous a envoyé un tchékiste en renfort, pour remplacer Passetchny, déclara Kholodny d'une voix traînante, en pourléchant ses grosses lèvres. Il s'appelle Abiazov, un gars malingre, la figure aiguisée comme un rasoir, moche !

– Il tire bien ? s'enquit Samson.

– Sans doute, supposa Kholodny. On dit que là-bas on leur exerce l'œil et la main sur des cibles vivantes. Naïden a parlé avec lui pendant deux heures aujourd'hui. Vassyl leur a porté plusieurs dossiers. Nous verrons ! »

Les réverbères du Krechtchatik brillaient derrière la vitre. On entendait parfois résonner les sabots d'un cheval – calèche ou briska. Un tramway passait, tel le lanternon éclairé d'une église errant à l'horizontale.

« Bizarre, je meurs de faim », grommela Kholodny en considérant son verre vide. Il releva la tête, puis la main qu'aussitôt il agita : « Une autre Kabinetnoïé ! » cria-t-il.

Quand le garçon vint apporter la bière, il l'interrogea sur ce qu'il était possible de manger.

« Nous avons des tartines : au lard, aux concombres salés et aux sprats, répondit le serveur.

– Aux sprats et aux concombres, deux de chaque ! lui dit Kholodny. Le lard, ce n'est pas la peine.

– Vous en auriez au lard saignant ? s'enquit Samson.

– Pourquoi saignant ? s'exclama l'autre, surpris. Nous avons aujourd'hui de la poitrine et de la bardière ! Et nous tartinons notre pain de moutarde française.

– Alors, deux au lard de poitrine, commanda Samson.

– En ce cas deux pour moi aussi ! » intervint Kholodny après avoir posé un regard pensif sur son camarade.

« Tu sais, reprit-il quand le serveur se fut éloigné, avant, je n'aurais jamais cru possible de démolir le monde si facilement. Et que les débris de l'ancien monde continuent néanmoins de vivre et de jouer au soldat.

– Eh bien, ce doit être que le monde n'est pas démoli, il a seulement changé. Une montre cassée n'indique pas l'heure. »

Kholodny tira de sa poche une montre au bout d'une chaîne, ouvrit le couvercle du cadran, observa les aiguilles.

« Oui, dit-il. Justement l'horloger me l'a réparée hier. Je l'avais laissée tomber et elle s'était arrêtée. Il me l'a réparée, ce binoclard, mais il n'a pas voulu être payé. Il a dit que ma confiance était pour lui plus importante que l'argent.

– Il a raison. » Samson soupira et acheva sa bière. « La confiance compte plus que l'argent.

– Non, il n'a pas raison ! protesta Kholodny. Il n'y a pas loin de la confiance à la foi. Tout ce qui est lié à la foi conduit à l'erreur. Si l'horloger hier n'a pas gagné son pain, il s'est forcément souvenu de moi et a dû me maudire. Depuis son lever, il croyait sans doute gagner suffisamment. Or moi je ne lui ai rien apporté de bon, alors que lui m'a rendu service. À ses dépens, pour ainsi dire ! Judas croyait en Jésus et lui faisait confiance alors que Jésus n'avait rien fait pour lui. En outre, Judas était malade du ventre, or le mot ventre, en vieux russe, désigne aussi la vie. Autrement dit, c'est de la vie qu'il était malade, il souffrait. Et c'est pour cette raison qu'il a accepté les trente deniers. Puis il a regretté son acte et, comme tu dis, il s'est suicidé. S'il avait tué quelqu'un, il serait devenu un révolutionnaire. Mais de fait, il s'est contenté de se tuer lui-même. Par conséquent il ne l'est pas devenu. Tu as raison, Samson. Il ne mérite pas un monument ! »

Sur la table atterrit une grande assiette de bois chargée de tartines. D'épaisses tranches de pain servaient de lit à du lard généreusement enduit de moutarde, à de sombres rondelles vertes de concombre et à des sprats en conserve, humides et brillants.

Chapitre 2

Avant de refermer derrière elle la porte de sa chambre, Nadejda jeta un nouveau coup d'œil à Samson qui venait de rentrer, fatigué et parfumé d'une odeur de sprat en saumure et de bière. C'était un regard critique, comme celui d'une épouse à un mari noceur, mais elle corrigea aussitôt l'expression de ses yeux, se rappelant sans doute qu'elle n'était pas sa femme mais sa locataire, et également décidée à ne pas remettre au lendemain matin la question qui lui était venue plus tôt.

« Nous avons beaucoup de bois à la cave ? demanda-t-elle d'une voix prudente.

– Suffisamment, répondit Samson, nullement étonné par la question, en plongeant les yeux dans ceux de la jeune fille avec un sentiment de culpabilité facile à deviner. Tu as froid ? Je vais en chercher pour remplir le poêle ?

– Non ! Que dis-tu là ? Je veux parler d'autre chose. Maroussia a apporté des vêtements au travail. À échanger. Elle a une belle robe de jardin, sans manches, verte à fleurs jaunes. Elle en demande trois sacs de bois. Alors voilà, je m'étais dit…

– Et tu l'as essayée ? Elle te va bien ?

– Oui, comme un gant ! Et parfaite pour l'été ! Or on y est presque…

– Dans ce cas, bien sûr ! On peut faire l'échange, assura Samson. Quelqu'un passera prendre le bois ?

– Non, il faudrait le lui porter, elle loge par ici, dans le quartier.

– Le lui porter ? réfléchit Samson à haute voix. Trois sacs ? J'emprunterai un chariot et je les livrerai. Quelle est son adresse ?

– Je te la donnerai demain », répondit Nadejda.

Elle sourit, posa un baiser sur sa joue, puis disparut derrière la porte de ses appartements.

Durant la nuit, Samson se faufila à pas de loup dans l'ancienne chambre de ses parents où elle dormait et glissa sous l'oreiller inoccupé la boîte de bonbons en fer-blanc. De retour dans son lit, sans plus exercer aucun effort, il écouta la douce respiration de Nadejda et s'imagina, un genou à terre, lui offrir sa main et son cœur. Elle l'espérait sans doute, et devait se demander pourquoi il ne lui avait pas encore proposé de vivre ensemble, comme mari et femme. Elle avait dit : « Nous avons encore beaucoup de bois ? » Nous ! Pas lui, ni les habitants de l'immeuble, mais nous !

Ces douces et somnolentes réflexions furent interrompues par un sommeil profond comme un trou d'eau peuplé de silures. Un sommeil qui entraîna le jeune homme dans ses tréfonds avec autant de force qu'un poisson de trois cents livres peut en déployer pour faire choir un pêcheur trop avide dans le gouffre de l'onde et l'entraîner vers sa perte. À la surface du sommeil, il ne resta que la respiration chaude et régulière de Nadejda, espionnée par l'oreille celée dans la boîte en fer-blanc, oreille détachée, certes, de son propriétaire, mais seulement physiquement.

Nikanor Abiazov, en effet, avec sa silhouette malingre ressemblait de dos à un gamin de quinze ans. Petit, légèrement voûté, il avait l'air de constamment hésiter et dans son discours et dans ses gestes. Peut-être jouait-il la prudence, ou peut-être avait-il hérité cette bizarrerie d'une commotion reçue à la guerre.

Ainsi, lors des présentations dans le bureau de Naïden, Abiazov marqua-t-il une hésitation avant de tendre la main à Samson, assez longtemps pour que ce dernier eût le temps de jeter un regard interrogateur à son chef. Mais celui-ci à ce moment s'était absorbé en lui-même et il ne vit pas la question qu'exprimaient les yeux du jeune homme. Abiazov, cependant, se décida enfin à serrer la main qu'on lui tendait et prononça une suite de mots indistincts.

« Comment ? demanda Samson.

– Quelle expérience du combat avez-vous ? répéta Abiazov de manière plus intelligible.

– Seulement celle d'ici, en service. Je n'ai pas fait la guerre.

– Je vois ! dit le tchékiste, avant de lâcher la main de Samson. Eh bien soit, nous allons travailler ensemble », ajouta-t-il d'un ton assuré.

Il s'apprêtait à quitter le bureau mais la porte s'ouvrit avant même qu'il eût appuyé sur la poignée.

« Ils nous ont encore balancé des plaintes ! Une estafette est arrivée et a laissé ça, comme si on n'en avait pas assez ! » cria presque Vassyl, indigné, tandis qu'il entrait en brandissant une liasse de feuilles manuscrites.

Il fourra le paquet entre les mains de Naïden.

« Puis-je me retirer ? demanda Abiazov à la mode militaire.

– Attends ! » lui répondit Naïden sans détacher les yeux des papiers qu'il venait de recevoir.

Samson était resté lui aussi. Il observait le visage courroucé de Vassyl. Celui-ci était rarement de mauvaise humeur, et c'était bien la première fois que Samson le voyait dans un tel état d'indignation.

« Il n'y a là que des affaires sans importance, sur lesquelles nous n'allons pas perdre de temps, déclara Naïden en feuilletant les papiers. Il y a juste ça, qu'il faudrait vérifier ! » Il tira un feuillet de la liasse et après avoir jeté un coup d'œil à Samson et à Abiazov, le tendit au premier. « Allez-y à deux, et tirez la chose au clair !

– Et qui de nous deux prendra le commandement ? » s'enquit Abiazov d'un ton sec.

Naïden de nouveau évalua du regard ses subordonnés, puis il soupira et pointa l'index sur Abiazov. Celui-ci esquissa un sourire de glace, sans desserrer ses minces lèvres pâles. Des yeux, il réclama à Samson la feuille couverte d'écriture.

« Vous pouvez disposer ! » leur dit Naïden en leur ouvrant la porte du bureau, visiblement désireux de s'entretenir avec Vassyl.

« Tu l'as fait confectionner pour toi ? »

À peine entré dans le bureau de Samson, Abiazov s'était approché du mannequin et palpait l'étoffe du costume.

« Non, c'est une pièce à conviction pour une affaire. Qu'y a-t-il là-dedans ? »

Samson désignait la feuille de papier qu'il n'avait pas eu le temps de lire.

Abiazov s'installa dans un fauteuil. Ses lèvres minces remuèrent sans bruit, tandis qu'il parcourait le document des yeux.

« Un meurtre. Une affaire pénale, déclara-t-il au bout d'une minute d'un ton négligent, comme si ce type de crime n'éveillait chez lui aucun intérêt particulier. Mais il faut y aller. Notre chef l'a dit !

– Où est-ce ?

– À Pouchtcha-Voditsa, 60, rue Nekrassov, une remise.

– Une remise ? Le meurtre a été commis dans une remise ?

– Ça réclame d'être élucidé. »

Abiazov, ayant visiblement la flemme de résumer le contenu du document, tendit celui-ci à Samson et de nouveau fixa le mannequin et la veste qui l'habillait.

Samson approcha la déposition de ses yeux. L'écriture était soignée et se laissait lire facilement. Un certain Elkine N. V. déclarait avoir observé un filet de sang frais au pied d'une des remises de la maison sise au 60 rue Nekrassov, ce qui avait aussitôt suscité chez lui des soupçons sans équivoque.

La porte grinça brutalement et s'ouvrit en grand, empêchant Samson d'achever sa lecture. Naïden entra dans le bureau et posa en premier lieu un regard sarcastique sur le mannequin, mais il renonça cette fois-ci à tarabuster son subordonné à ce sujet, et se contenta de remettre à Abiazov deux papiers portant le tampon du commissariat.

« Pour le fiacre ! dit-il. Et dites à ces imbéciles de cochers qu'ils doivent venir ici réclamer à Vassyl le prix de la course en échange des coupons, et non les fourguer au marché en guise de monnaie.

– Quoi, Vassyl pourra leur verser la somme ? demanda Samson, incrédule.

– Et comment ! Il n'y manquera pas. Avant, on n'avait pas d'argent pour ça, mais on avait des coupons. À présent on a les deux ! »

Naïden cligna les paupières et de nouveau lorgna vers le costume de Jacobson.

« Donne ce bon Dieu d'épouvantail à Vassyl, qu'il lui trouve une place dans le débarras. Autrement tu auras assez d'humidité ici pour choper deux tuberculoses. »

Samson hocha la tête machinalement. Mais quand Naïden fut parti, il poussa un profond soupir.

« Tu ne t'entends pas bien avec lui ? lui demanda Abiazov.

– Comment ça ? Bien sûr que si, lui assura Samson. Il a le nez sensible, il attrape un rhume pour un rien. C'est pourquoi il voit de l'humidité partout. »

Le cocher qui les conduisit à Pouchtcha-Voditsa refusa tout net de prendre les coupons tamponnés et réclama de l'argent, du vrai, qu'il soit émis par l'ancien régime, le gouvernement provisoire ou le nouveau, soviétique.

« Si vous m'aviez d'abord dit que vous me paieriez en monnaie de singe, par ma foi, je ne vous aurais pas pris.

– Mais je vous en fais serment ! répondit Samson dans l'espoir de le convaincre. Les coupons sont échangeables contre de l'argent. Il y a même un tarif établi selon la longueur de la course.

– Établi où ça ?

– Au commissariat. Mais si vous attendez un peu… nous n'en avons pas pour longtemps, nous rentrons tout de suite après, vous toucherez pour les deux trajets. »

Le cocher toisa Samson comme s'il avait affaire à un gamin. Il gratta sa joue envahie de barbe, de sorte que son attitude se fit encore plus méprisante. Mais quand il se tourna vers Abiazov, il abaissa la main, et Samson comprit alors que l'homme éprouvait davantage de respect pour le tchékiste taciturne.

« Et vous, qu'en dites-vous, citoyen chef ? »

Abiazov parut flatté que le cocher eût reconnu tout de suite qu'il était celui des deux qui commandait.

« Il dit vrai ! Attends-nous, et une fois rentrés, on te réglera les deux courses », répondit-il avec un sourire peu amène.

Le cocher arrangea son pardessus et tout ce qui se trouvait dessous pour lui tenir chaud, puis resserra sa ceinture.

« Eh bien, c'est entendu, dit-il. Je vais attendre. »

Le portillon de la cour n'était pas fermé à clef. Abiazov le poussa et ils entrèrent. La maison, en bois, volets ouverts, se trouvait au fond, mais sur la gauche, le long de la palissade, trois constructions en planches tournaient le dos à la rue.

Tout en observant le tchékiste, Samson tendit l'oreille. Un coucou chantait à proximité. Le vent balançait la cime des pins dans un bourdonnement qui contribuait lui aussi à emplir, à enrichir l'espace sonore. Abiazov, courbé en avant, examina le sol devant les deux premières remises, puis passa à la troisième où les abords de l'entrée avaient été saupoudrés de sable jaune. Il frotta le sol de la pointe de sa botte, se pencha un instant et tourna la tête vers Samson. Ses yeux brillaient soudain d'excitation. Il se redressa et tira sur sa veste de cuir.

« C'est là ! » dit-il en tendant la main vers une tache sombre que le sable, un peu plus tôt, dissimulait.

Il empoigna le cadenas et le secoua pour vérifier s'il avait la force de l'arracher en même temps que les anneaux dans lesquels son arceau était passé.

Il comprit à l'évidence qu'il n'y parviendrait pas, et se tourna vers la maison.

Les marches de bois d'un perron conduisaient à une porte peinte couleur de brique.

« Frappe ! » ordonna Abiazov.

Samson cogna trois fois du poing.

« Bravo ! approuva le tchékiste. C'est la bonne manière. D'abord effrayer les suspects ! Une fois effrayés, ils sont tout de suite plus loquaces. »

On entendit des pas résonner derrière le vantail, puis deux verrous métalliques grincer, libérant la porte. Un homme parut dans l'embrasure, visage d'instituteur, lunettes et courte barbe en pointe, et se figea en voyant les deux individus en veste de cuir, revolver au côté. Son pantalon noir avait besoin d'un coup de fer, et sa veste en piqué molletonné révélait que la maison n'était pas chauffée. Au reste, il n'y avait nulle trace de charbon dans la cour, pas plus qu'on ne voyait de marques de piétinement entre la demeure et aucune des remises où l'on aurait pu entreposer du bois.

« Nom de famille ? demanda Abiazov à brûle-pourpoint.

– Chpakevitch. Mais que se passe-t-il ?

– On vous accuse de meurtre ! lui asséna le tchékiste.

– Quoi ? Qui m'accuse ? Quel meurtre ? » La voix de l'homme avait tremblé. Il se tourna aussitôt vers l'intérieur de la maison et cria : « Katia, sors ! Il y a eu un meurtre ici, paraît-il ! »

Derrière lui surgit une tête de femme aux cheveux bouclés, à la large face plantée de gros yeux un peu globuleux capables de lancer aisément tonnerre et éclairs.

« Qui c'est ceux-là ? brailla-t-elle.

– La milice soviétique des ouvriers et des paysans ! répondit Abiazov en détachant nettement chaque mot. Sortez ! Venez ouvrir la remise.

– Quelle remise encore ? s'enquit la femme d'un ton mauvais, en repoussant l'homme derrière elle.

– Celle devant laquelle du sang a été répandu », expliqua calmement Abiazov.

Samson ne goûtait guère le rôle de témoin silencieux de la conversation, mais devant Abiazov, plus exactement en sa présence, il se sentait mal à l'aise. Il émanait de lui comme une onde de domination fort déplaisante. Ce n'était pas sans raison que Naïden l'avait désigné pour commander leur équipe.

« Je vais ouvrir ! »

La femme enfila un long manteau gris, décrocha un trousseau de clefs d'un clou planté dans le mur et sortit sur le perron.

Elle s'arrêta devant la troisième remise et baissa les yeux sur la tache sombre que la couche de sable ne dissimulait plus. Elle racla le sol de son soulier pour masquer de nouveau ce qui avait tant éveillé l'intérêt d'Abiazov.

Le cadenas cliqueta et s'affaissa d'un côté. Elle l'ôta des anneaux et ouvrit toute grande la porte de bois.

« Eh bien allez-y, cherchez votre cadavre ! » lança-t-elle d'un ton de défi.

Abiazov entra le premier, suivi par Samson. L'intérieur était vide, mais la porte laissait entrer assez de lumière pour qu'on pût distinguer sur le sol de terre battue d'autres taches noirâtres vaguement saupoudrées de sable.

« D'où vient ce sang ? »

Abiazov désignait les taches du doigt.

« Et où avez-vous vu qu'on pouvait tuer le cochon sans qu'il saigne ? »

Samson poussa un soupir de soulagement. Il lui était clair à présent qu'aucun meurtre n'avait été commis ici. Ils allaient pouvoir faire demi-tour et retrouver le cocher qui les attendait dans la rue.

« Vous avez tué un cochon ? demanda Abiazov sans hâte. Votre cochon ?

– Non, d'où c'est qu'on le sortirait ? Celui d'un voisin. Il nous l'a demandé.

– Et qu'avez-vous fait de la viande ? insista le tchékiste.

– Il l'a prise.

– Mais il vous a payés ?

– Et comment ! Pourquoi qu'on irait besogner pour rien !

– Combien vous a-t-il payés ?

– Dix livres de sel.

– Bon, on peut rentrer à présent, non ? intervint Samson qui en outre avait envie d'aller aux toilettes.

– Si on rentre, l'un d'eux doit venir avec nous, pour complément d'enquête, répliqua Abiazov.

– Enquête sur quoi ? demanda la femme.

– Abattage illégal de bétail et infraction au décret de la Comrespappro portant sur l'interdiction de tout commerce particulier de viande, martela le tchékiste.

– Jamais entendu parler de ça ! » Pour la première fois la voix de la femme trahissait un doute, mais elle n'en restait pas moins agressive et déplaisante. « Mais bon, nous, on n'a fait commerce de rien !

– Nous tirerons ça au clair ! Rassemblez vos affaires, vous allez venir avec nous, vous parlerez au commissariat. Ou bien votre mari veut-il venir à votre place ? Pour tout expliquer sans hurlements ?

– Oui, c'est lui qui va y aller ! » piailla-t-elle avant de serrer ses lèvres peintes d'un air mécontent.

Elle courut à la maison et depuis le seuil cria à l'intérieur :

« Ivan ! Sors, tu pars avec eux ! »

Le mari apparut, la mine effarée, les lunettes chaussées à la hâte, de travers sur le nez.

« Où dois-je aller ?

– Mais en ville, chez eux ! Vous allez bien me le rendre, non ? demanda la femme en se tournant vers les représentants de la milice.

– Je n'en sais rien, répondit Abiazov avec un haussement d'épaules. Cela dépend de ce qu'il nous racontera. »

Leur prisonnier, à moitié mort de peur, serré entre eux deux sur la banquette de la voiture, Samson et Abiazov subissaient les cahots de la chaussée pavée.

Le tchékiste se pencha en avant et dit :

« Tu procéderas à l'interrogatoire et noteras bien tout. Moi j'ai encore des affaires à régler. »

Samson s'inclina à son tour, regarda son compagnon et hocha la tête. D'étranges pensées tournaient dans son esprit. Lui-même n'avait jamais entendu parler de cette interdiction pour les particuliers de faire commerce de viande, en outre il n'était pas question de commerce ici, mais juste d'un porc égorgé.

« Mais sur quoi l'interroger ? Il n'a rien vendu, il a seulement tué un cochon.

– Là où l'on tue un cochon, il y a tout de suite commerce de viande, lui répondit Abiazov. Où as-tu vu qu'on donnait la viande pour rien ?! Il faut juste éclaircir qui l'a vendue, pour combien et à qui. Il te confessera tout de lui-même. »

Le tchékiste tourna son regard acerbe sur le prisonnier livide qui faisait mine de sommeiller, mais dont le visage tendu et attentif trahissait la feinte et la peur.

Chapitre 3

Le procès-verbal d'interrogatoire du villageois terrorisé Ivan Chpakevitch n'occupait qu'une demi-feuille de papier. L'homme avait indiqué l'adresse de l'individu qui lui avait amené la bête à abattre, un certain Briskine, et avoué également avoir déjà égorgé à sa demande quatre autres porcs, ce pour quoi il avait touché en paiement une cinquantaine de livres de sel en tout et pour tout. Il avait ensuite échangé le sel au Marché juif contre du millet et de la farine. Il avait encore gardé pour lui, pour chaque cochon tué, cinq livres de lard dont cependant il ne restait rien chez eux. Le couple en avait consommé une partie et échangé le reste contre un coupon d'étoffe de laine avec lequel la femme prévoyait de se confectionner une robe d'hiver.

À l'issue de l'interrogatoire, Samson fit signer à Chpakevitch une interdiction de quitter Kiev, après quoi il le laissa partir tandis que lui-même allait trouver Naïden, le procès-verbal à la main.

« Aucun intérêt, dit-il en tendant le document à son supérieur. On peut refermer le dossier et le donner aux archives. Est-ce un crime que d'abattre le porc de son voisin ? »

Naïden prit la feuille dans ses mains et la lut avec attention.

« Oui, Abiazov m'a déjà exposé le cas en détail, répondit-il avec une grimace. Impossible de classer l'affaire… Infraction à un décret de la Comrespappro…

– Mais, c'est quoi, cette Comrespappro ? On n'a reçu aucun document de leur part.

– Toi, tu n'en as pas reçu. Parce que ce n'est pas toi le patron ici. Mais moi, oui. Seulement je n'en ai pas pris connaissance à temps. La Comrespappro, c'est la Commission régionale spéciale pour l'approvisionnement en vivres. Tu comprends ? Spéciale ! C'est comme un ministère de l'alimentation ! Les temps sont à la famine. Il faut nourrir l'armée et aussi les travailleurs. Abiazov, en tant que tchékiste, flaire tout de suite quand une affaire est sérieuse et quand elle ne l'est pas... »

À l'intonation de sa voix, Samson comprit que son chef n'appréciait guère Abiazov et manifestait clairement de la prudence.

« Alors quoi ? On va chercher ce Briskine ? » demanda-t-il à contrecœur.

Naïden resta un instant silencieux,

« Oui, soupira-t-il enfin. Prends une voiture, arrête-le pour spéculation sur la viande. On avisera ensuite.

– Je peux emmener Kholodny avec moi ? »

Naïden acquiesça de la tête.

Le même cocher qui les avait conduits le matin à Pouchtcha-Voditsa se trouvait garé en face du commissariat, comme s'il savait qu'une autre course l'attendait. Vassyl l'avait payé rubis sur l'ongle bien que la mort dans l'âme, en sorte que la milice des ouvriers et des paysans avait gagné ce jour-là la confiance d'au moins un propriétaire de fiacre.

Kholodny se montra heureux de cette balade à travers la ville, qui plus est en compagnie de Samson pour lequel il nourrissait à l'évidence des sentiments amicaux.

« Et alors, comment tu le trouves ? demanda-t-il à propos d'Abiazov, tout en regardant les maisons du boulevard Bibikov défiler lentement, au rythme des roues heurtant le pavé.

– Sec, épineux », répondit Samson.

Soudain son attention fut happée par un détail, il se retourna et aperçut Chpakevitch libéré une heure plus tôt du commissariat qui marchait au bord de la chaussée.

« Halte ! », cria Samson au cocher. Puis il se campa sur le marchepied et la voiture aussitôt se pencha sur la droite. « Venez ici ! » lança-t-il à l'homme qui déjà l'avait remarqué.

Celui-ci accourut, bien que son visage exprimât un trouble et une frayeur extrêmes. Peut-être cette expression ne l'avait-elle pas quitté depuis son interrogatoire. Samson se poussa contre Kholodny, pour faire place à Chpakevitch.

« Nous allons justement à Pouchtcha, nous vous déposerons.

– À Pouchtcha ? Mais pourquoi ? demanda Chpakevitch, interloqué.

– Pour arrêter Briskine.

– Surtout, ne lui dites pas que c'est moi qui vous ai parlé de lui !

– Et comment ne pas lui dire ? Vous êtes impliqués dans la même affaire ! » répondit Samson, sincèrement étonné. Il se tourna vers Kholodny : « Tu as entendu ? »

Son compagnon sourit et hocha la tête.

« Je suppose donc qu'Abiazov – dit Samson, reprenant la conversation interrompue – est aussi... »

Kholodny secoua soudain vigoureusement la tête pour lui faire signe de se taire et désigna du menton le passager ramassé en chemin. Mieux valait ne pas parler du service en présence d'oreilles étrangères.

« Le beau temps sera bientôt là, déclara Kholodny après une minute de silence. Tu vois, même la neige grise a presque déjà fondu. »

Il fronça alors les sourcils, comme frappé par une question méritant d'être éclaircie.

« Camarade, comment vous appelez-vous, demanda-t-il au nouveau passager.

– Moi ? Ivan Stepanytch.

– Et quel est votre métier ?
– J'étais gérant.
– Gérant d'un domaine ?
– Non, d'une boutique. Mais voilà deux ans que je suis sans travail. Depuis que la boutique a été incendiée.
– Et comment vivez-vous en ce cas ? demanda Samson en regardant Chpakevitch dans les yeux.
– Comme tout le monde ! Grâce à nos anciennes économies et à ce que nous produisons. Nous avons un potager, un bout de jardin.
– C'est bon, je vois, l'arrêta Kholodny. Et vous croyez en Dieu ?
– Pourquoi ça ? Parfois j'y crois, parfois non.
– Et que pensez-vous de Judas l'Iscariote ?
– Du mal ! trancha Chpakevitch. Il a trahi le Seigneur !
– Voilà ! Tu entends ? » Kholodny s'était tourné vers Samson. « Il n'en est pas un qui ne pense comme lui. Pas un ! Et on voudrait lui élever un monument.
– Un monument à qui ? »
Chpakevitch ouvrait de grands yeux.
« À Judas.
– Et qui voudrait lui élever un monument ?
– Le camarade Trotski », répondit Kholodny.
L'ancien gérant secoua la tête, il voulut dire quelque chose mais les mots semblèrent se coincer dans sa gorge. Il toussa pour s'éclaircir la voix.
« Peut-être en sait-il plus que nous sur Judas ? prononça-t-il enfin d'un ton mal assuré. Moi, je n'en juge que d'après l'Écriture sainte.
– Il en sait plus, confirma Kholodny. Mais il faudrait d'abord préparer le peuple. Le peuple ne comprendra pas sans explication.

– Bah, on élève bien des monuments aux tsars sans rien expliquer, objecta Chpakevitch.

– On en élevait ! Il y avait des tsars pour élever des monuments à d'autres tsars. Désormais ça n'arrivera plus. »

Ils déposèrent Chpakevitch à l'entrée de sa cour. Samson lui rappela qu'il ne devait quitter Kiev sous aucun prétexte.

« Je ne suis pas suicidaire, répondit l'ancien gérant, docile. Ici, on a peur, mais sorti de la ville, faut bien dire, c'est la mort !

– Mieux vaut même ne pas sortir de sa cour ! conclut Kholodny dont la voix de baryton sonnait de manière tout à fait convaincante. À votre place, je ne sortirais pas du tout !

– Bien dit ! » approuva Chpakevitch.

Arrivés au bout de la rue Nekrassov, ils prirent à droite, débouchèrent dans la rue Lermontov et bientôt s'arrêtèrent devant la maison qu'ils cherchaient.

Le portail de la cour était clos, et derrière lui un chien sans race mais énorme se répandait en aboiements sonores.

« Eh ! Il y a quelqu'un ? » cria Samson en observant la vaste et élégante maison de bois aux volets peints en bleu.

Au bout d'une ou deux minutes, la porte de la demeure s'ouvrit et sur le seuil parut une jeune fille vêtue d'une longue jupe grise et couverte d'une veste d'astrakan jetée sur ses épaules.

Le chien tourna la tête vers elle et se tut. Dans le silence qui s'installait une voix douce et accueillante demanda : « Qui venez-vous voir ?

– Moïsseï Briskine est-il chez lui ? dit Samson.

– Papa est en ville. Il doit rentrer bientôt.

– On peut entrer ? Nous l'attendrions bien à l'intérieur, intervint Kholodny.

– Mieux vaut que vous restiez où vous êtes. Je ne pourrai pas retenir Charik. Il mord ! »

Ils s'installèrent dans le fiacre stationné à côté du portail et se mirent à attendre. Le cocher afficha son mécontentement, mais n'ouvrit pas la bouche. Il se contenta d'adresser par deux fois un regard maussade à ses clients.

Le temps s'écoulait. Le crépuscule tombait. Des gens passaient dans la rue, parfois des chariots. Chacun rentrait chez soi, et Samson aspirait lui aussi à regagner son logis. Il entendit alors un bruyant froissement de tissu, comme si quelqu'un tirait le drap d'un lit. Puis l'écho sonore d'un choc contre du bois, comme celui d'un objet tombé sur le plancher, et aussitôt après un léger crissement métallique suivi d'un cri. Le cri de Nadejda.

Samson tressaillit, se leva d'un bond et sauta au bas de la voiture. Il sentit un frisson lui parcourir tout le corps, et le froid l'envahir. À présent, au lieu du cri de Nadejda il entendait ses pleurs. « Que se passe-t-il là-bas, à la maison ? » pensa-t-il. La nervosité lui serrait les poignets comme des tenailles. Il n'entendait plus ni voix ni bruits étrangers, mais son agitation ne faisait que grandir. Il baissa les yeux sur ses mains, leva les poings vers son visage, ouvrit le droit, repoussa sa casquette de cuir et colla sa paume sur son oreille coupée.

« Que fais-tu ? cria Kholodny.

– Je ne me sens pas bien », répondit Samson.

Il s'approcha vivement du portail fermé, provoquant une nouvelle bordée d'aboiements de la part du chien de garde. Il recula de quelques pas et faillit tomber sous les roues d'un chariot qui passait auprès.

« Regarde où que tu mets les pieds, ivrogne ! » cria en se retournant le cocher à la large face barbue.

Kholodny descendit du fiacre et s'approcha de Samson.

« Tu ne serais pas malade ? lui demanda-t-il en examinant les yeux de son camarade. Le typhus peut-être... supposa-t-il à haute voix, et aussitôt il recula légèrement.

– Non, quel typhus ? répondit Samson. Les nerfs ! Et puis il commence à faire frisquet.

– C'est que c'est déjà le soir. La fraîcheur sort de partout dès que le soleil s'en va. »

Samson déboutonna machinalement la sangle du couvercle de son étui de revolver mais, ayant surpris le regard perplexe de Kholodny, l'agrafa à l'attache de cuivre.

On entendit un bruit de moteur se rapprocher. Tous deux se retournèrent, surpris. Pendant qu'ils circulaient dans Pouchtcha-Voditsa, ou qu'ils attendaient là, dans le fiacre, ils n'avaient pas vu passer une seule automobile.

Une élégante Ford-T noire, ressemblant à un luxueux briska sans cheval, s'arrêta devant la clôture de la maison de Briskine. Le chauffeur, muni de lunettes de protection, se tourna vers le passager qui alors descendit du véhicule. La portière de l'auto se referma avec un joli claquement sonore. La Ford-T recula, contourna le fiacre puis fit demi-tour et s'éloigna.

Samson quitta des yeux l'automobile et vit l'homme arrivé à son bord, un individu maigre en manteau et pantalon noir, glisser sa main derrière le portail et ouvrir celui-ci de l'intérieur. Il eut même le temps d'entrer dans la cour avant que Samson s'élance en criant : « Halte ! Vous êtes le citoyen Briskine ? »

L'homme se retourna.

« Que voulez-vous ? » demanda-t-il.

Le chien de garde accourut pour se placer entre son maître et le vantail.

« Nous sommes de la milice. Veuillez nous suivre ! » ordonna Samson.

Kholodny s'était approché lui aussi, du côté de la rue.

« Vous suivre où ? répondit Briskine avec insolence. Je n'ai pas encore dîné.

– Allons-nous devoir employer la force ? rugit Kholodny. Voilà déjà deux heures que nous vous attendons ici !

– Mais de quoi s'agit-il, citoyens ? » Briskine s'avança d'un pas et se campa à côté du chien. « Que voulez-vous de moi ?

– Nous vous l'expliquerons au commissariat, dit Samson.

– Vous vous exposez à des désagréments, déclara Briskine avec calme. Vous comprenez bien qu'on ne ramène pas chez eux en automobile de simples gens.

– Vous revenez du travail ? » La voix de Kholodny trahissait une soudaine circonspection. « Où êtes-vous employé ?

– À la commission pour le fourrage.

– Ce sont bien vos cochons que le citoyen Chpakevitch a égorgés ? » demanda Samson d'un ton sévère, et de nouveau il entendit au loin les pleurs de Nadejda. Il esquissa une moue douloureuse qui lui donna un air presque furibond.

« Chpakevitch ? Quel Chpakevitch ? » s'exclama Briskine en reculant d'un pas vers le perron.

Le chien se dressa aussitôt sur ses pattes et se mit à aboyer. Sans doute avait-il perçu des notes de peur dans la voix de son maître et compris que le danger n'était toujours pas passé.

« Éloignez ce chien et sortez ! » commanda Samson avec rudesse.

Il ouvrit le couvercle de son étui de revolver et dégaina son arme.

« C'est bon, c'est bon !» Briskine avait levé la main en un geste d'apaisement. « Droujok ! Suffit ! cria-t-il au chien. J'espère que votre chef est à son bureau. Il aura tôt fait de régler ça. Et quant à vous, vous me ramènerez ici ! »

Cette dernière phrase sonnait comme une menace.

«Je vais juste dire à ma fille que je pars avec vous », ajouta-t-il poliment. Et faute de réponse immédiate, il courut vers le perron.

« Dites-le aussi à votre femme ! lui cria Kholodny dans son dos.

– Ma femme est au cimetière, répondit Briskine sans faire halte. Le typhus l'a emportée. »

Cinq minutes passèrent sans qu'il réapparût. Samson et Kholodny échangèrent un regard hésitant. Le chien qui les observait depuis la cour dressa soudain l'oreille et se tendit.

« Il va falloir abattre ce cabot », déclara Kholodny.

Mais à cet instant la porte de la maison s'ouvrit. Briskine, la bouche encore pleine, marcha jusqu'au portail. Il sentait le lard et l'oignon.

«Je ne pouvais tout de même pas aller en prison l'estomac vide, dit-il d'un ton mauvais en montant dans le fiacre.

– Pas en prison, au commissariat », corrigea Samson.

Et il entendit à l'intérieur de lui son propre estomac gargouiller, mécontent d'avoir faim. Comme s'il jalousait celui du prisonnier.

Chapitre 4

« La perquisition passe avant l'arrestation ! Vous êtes quoi, des idiots ? criait Abiazov d'une voix aiguë d'hystérique, en fusillant tour à tour Kholodny et Samson de ses petits yeux étroits.

– Mais nous n'avions pas de mandat pour ça ! se justifia Samson d'un ton las.

– Vous n'aviez pas non plus de mandat pour l'arrêter, et alors ? répondit Abiazov, avec moins de vivacité cependant. Vous ne savez donc pas antidater les documents ? »

Ils se tenaient sur les marches entre le rez-de-chaussée et le premier étage. Le soldat de garde avait déjà conduit Briskine à la salle de détention, au sous-sol, mais on devait à coup sûr avoir entendu là-bas l'altercation entre les miliciens.

Kholodny bâilla. Le chemin du retour dans l'obscurité n'avait pas pris moins d'une heure et demie et les avait passablement éreintés. Samson ressentait, outre une fatigue généralisée, des courbatures dans les cuisses, sans compter ses nerfs à la limite de craquer après les cris et les pleurs de Nadejda entendus plus tôt. Debout, immobile, il se mordillait la lèvre inférieure, en regardant Abiazov avec un étrange mélange d'hostilité et de pitié.

« Bon, allez, conclut Abiazov enfin résolu à mettre un terme à cette discussion houleuse. Vous pouvez disposer ! Demain à la première heure, vous demanderez qu'on vous signe un mandat d'arrêt et de perquisition, et vous retournerez là-bas sans attendre. Pour tout fouiller de fond en comble.

– Et que doit-on chercher ? » demanda Samson.

Abiazov le regarda comme un instituteur toise un cancre.

« La viande ! C'est la viande qu'il faut chercher ! Ainsi que l'argent ou les marchandises obtenues en échange. »

En sortant dans la rue Tarassov, Samson sentit ses jambes prises d'un tremblement. Les réverbères étaient éteints, l'air était coupant de froide humidité, désagrément auquel son oreille coupée se révéla particulièrement sensible. Il tira alors sa casquette de cuir sur l'orifice auditif mis à nu, et s'en fut d'un pas rapide en direction de sa maison.

Quelques fenêtres brillaient du reflet de bougies allumées. Un détachement de soldats de l'Armée rouge surgit à sa rencontre, les fers de leurs chevaux arrachant des étincelles aux pavés de la chaussée. Il s'écarta et les suivit des yeux. Ils passèrent près de lui, tel un tourbillon alourdi de fatigue, puis disparurent en laissant derrière eux une traîne de bruit.

Samson demeura un instant immobile, l'oreille tendue. Ces cavaliers ne pouvaient filer ainsi dans la nuit sans raison sérieuse. L'actualité devenait de plus en plus alarmante. Si alarmante même, qu'on répugnait à en parler. C'est pourquoi Naïden comme Kholodny restaient muets sur ce qui se passait aux environs de Kiev. Ils restaient muets mais ne pouvaient s'empêcher d'y penser. Et lui, Samson, n'en disait rien non plus. Il gardait le silence et réfléchissait. Les annonces de nouvelles victoires de l'Armée rouge détendaient un peu l'atmosphère, mais leur nombre même dessinait plus une ligne de front interminable que la promesse d'un triomphe entier et définitif du pouvoir soviétique. La guerre errait à travers l'ex-Empire russe et parfois ne concernait même pas l'Armée rouge, car des combats naissaient entre forces hostiles aux soviets, confirmant l'idée qu'il était des territoires enjeux d'autres conflits.

Samson n'eut pas à attendre longtemps devant la porte de son immeuble. La veuve, dès qu'elle entendit sa voix, vint lui ouvrir et se rangea de côté, persuadée que l'arrivant, comme à l'habitude, l'aiderait à repousser les deux verrous. Mais Samson se rua aussitôt dans l'escalier, gravit les marches quatre à quatre, entra chez lui et courut au salon où il découvrit Nadejda assise à la table, dans la lumière du chandelier à trois branches. Elle se tenait immobile comme une sphinge, les coudes appuyés sur le bois, le visage incliné, caché dans ses paumes. La boîte à bonbons en fer-blanc traînait par terre, son couvercle plus loin. Le poudrier où dormait l'oreille de Samson, qu'un sabre avait tranchée, s'apercevait sous la chaise.

Samson retint son souffle, se pencha, ramassa le poudrier, le déposa dans la boîte en fer-blanc, referma le couvercle et, non sans mal, glissa le tout dans la poche gauche de sa veste. Après quoi il se figea un instant, pour réfléchir. Secoua la tête. Ôta ceinturon et étui de revolver et emporta sa veste dans le couloir. Là il se déchaussa et revint au salon, le nez titillé par l'odeur de transpiration qui émanait toujours de ses pieds dès qu'il les délivrait de leurs bottes.

Nadejda, jusqu'alors restée silencieuse, tressaillit et fondit en larmes.

« Comment as-tu pu ? » Elle regarda Samson. Ses yeux légèrement bouffis vieillissaient son visage. « Que t'ai-je fait ? Personne ne m'a jamais causé une telle peur. J'ai cru que tu avais glissé des bonbons sous mon oreiller. J'étais si contente ! J'en ai eu soudain tellement envie ! J'ai même secoué la boîte, et le bruit était bien celui de pastilles contre le métal. » Elle soupira. « Deux balles de pistolet et une oreille ! Pourquoi as-tu décidé de m'infliger cette frayeur ? »

Samson aurait voulu disparaître sous terre.

Il tendit les mains vers elle, lui saisit les poignets, sensible à leur chaleur, les attira de son côté pour les plaquer sur la table, ses paumes sur les siennes.

« Pardonne-moi, Nadejda, pour l'amour de Dieu, pardonne-moi ! murmura-t-il. Je t'expliquerai tout. Peut-être pas maintenant. Je ne voulais pas te faire peur. On a voulu me tuer avec ces balles. Je les ai gardées en souvenir. Et j'ai gardé aussi l'oreille. C'est la mienne.

– Mais pourquoi avoir mis la boîte sous mon oreiller ?... »

Nadejda poussa un profond soupir, dégagea ses mains non sans peine et les posa sur ses genoux, sous la table. Elle secoua tristement la tête.

« Je vais me coucher, dit-elle d'une voix plus calme mais d'une froideur marquée. J'ai pleuré la moitié du jour. Je suis très fatiguée... J'étais pourtant rentrée du travail plus tôt. On m'avait laissée partir. Un mal de tête... Je pensais m'allonger et me reposer, puis te préparer une soupe. Je me suis allongée en effet et par hasard j'ai glissé la main sous l'oreiller... »

Demeuré seul au salon, Samson resta un long moment à contempler les bougies du chandelier à trois branches. Il ressentait un malaise, et même une sorte de douleur, comme si une aiguille fichée dans ses vêtements le piquait de temps à autre. Il avait envie de bouger. L'agitation qui le tenait, mêlée à un sentiment de faute, n'avait clairement nulle intention de le laisser rejoindre le royaume de Morphée.

Enflammé soudain par une idée, il descendit au rez-de-chaussée et frappa à la porte de la veuve du concierge.

Le regard un peu éméché de celle-ci montrait qu'elle n'était pas encore allée se coucher.

« Vous n'auriez pas des pastilles par hasard ? lui demanda Samson. Je vous les achèterais, j'en ai absolument besoin !

– Des bonbons, tu veux dire ? prononça-t-elle, rêveuse. Entre, tiens-moi un peu compagnie. »

Elle le conduisit à la cuisine. Une fois installée devant son verre à facettes, elle regarda son visiteur pour aussitôt sortir un deuxième godet qu'elle remplit de ratafia.

« Qu'avait donc Nadejda à sangloter comme ça ? Je l'ai bien entendue !

– Elle est souffrante, on l'a laissée partir plus tôt de son travail. La migraine sans doute. Je pensais la consoler avec des bonbons, mais il est trop tard, les boutiques sont fermées.

– Et si tu lui cassais des petits morceaux de sucre ? J'en ai. J'en suce parfois quand j'ai des brûlures d'estomac. Ça soulage. »

Samson fit non de la tête. Il soupira, vida son verre d'un trait puis grimaça, souffrant de ne pouvoir résoudre l'important problème qui se posait à lui.

« C'est trop fort ? lui demanda la veuve avec sympathie.

– Non, c'est à cause d'idées qui me viennent.

– À cause des bonbons ? » La lueur d'ivresse qui brillait dans ses yeux mi-clos avait fait place à une chaleureuse curiosité. « Tu l'aimes donc bien ! dit-elle d'un ton malicieux en le dévisageant d'un air qui se voulait encore plus perspicace.

– Oui, je l'aime, avoua-t-il.

– Bon, je vais t'aider. C'est moi, après tout, qui vous ai fait vous rencontrer. » La veuve baissa les yeux sur son verre. « Il existe un endroit où l'on peut faire ses courses même la nuit. Tu vois la synagogue à côté du Marché juif ? »

Samson opina du chef. Et aussitôt il se rappela qu'un jour, quand il était lycéen, quelques camarades et lui s'étaient réfugiés là-bas pour échapper à la gendarmerie [1]. Non pas à l'intérieur, mais derrière la synagogue. Il se souvint des gendarmes restés figés devant le temple juif, comme des statues. Ils s'étaient signés, avaient craché au pied de la clôture puis s'en étaient allés. Apparemment, ils redoutaient le dieu des juifs !

« La troisième ruelle à gauche après la place de Galicie, n'est-ce pas? poursuivit la veuve, sollicitant sa propre mémoire ou bien celle de Samson. Autrement dit, le passage juste derrière la synagogue. Ensuite tu marches jusqu'au bout de l'impasse et pile à ta droite tu verras un long bâtiment avec un étage en demi-sous-sol. Tu frappes à la deuxième porte et tu dis que tu viens de la part de Kaïdan. Tu te souviendras ?

– Oui. Et ensuite ?

– Tu diras pourquoi tu viens ! Seulement habille-toi en pauvre. Et Dieu te garde de révéler que tu sers dans la milice. Compris ? »

Ragaillardi, Samson remonta fouiller dans l'armoire contenant les vêtements de son père, et finit par y dégoter un vieux pantalon gris informe. Bien sûr, il était beaucoup trop grand : son père adorait les crêpes et pour justifier sa gourmandise évoquait toujours le vieux Krylov, célèbre pour le même vice et sa mort par indigestion. Il serra une ceinture autour du pantalon et prit dans l'instant l'allure d'un pauvre mal fagoté. Il dénicha dans un placard une veste matelassée que sa mère

1. Le terme de gendarmerie n'avait pas le même sens qu'en français dans la Russie tsariste du début du XXe siècle : il désignait un corps de police politique créé en 1827 à la suite de l'insurrection décabriste. *(Toutes les notes sont du traducteur.)*

enfilait pour aller au marché à l'époque où le typhus avait rendu la vie cruelle. De manière à ne pas attirer l'attention. Le vêtement lui allait bien, parfaitement ajusté bien qu'un peu court. Il chaussa des bottines de son père retrouvées dans un sac. Ses pieds nageaient un peu dedans, aussi froissa-t-il du papier journal qu'il glissa derrière ses talons.

L'obscurité dehors s'était épaissie. Les réverbères de la rue Jilianskaïa étaient tous éteints, mais quand il atteignit la place de Galicie, il s'en trouva d'autres pour lui réjouir le cœur. Moins par leur vive lumière que par leur présence chaleureuse et multipliée. Quatre lanternes éclairaient au loin les façades d'une rangée serrée d'échoppes, de magasins et d'entrepôts situés de l'autre côté de la place. Tout était clos, mort, immobile.

L'immobilité du marché qui se révélait à ses yeux enchantait Samson, le tenait même ensorcelé. Il resta là sans bouger, à la contempler depuis le côté opposé, attenant à la gare. Et plus il regardait, plus il relevait de contradictions entre la réalité et ce qu'il voyait. Un goût de fumée se déposa sur ses lèvres, une fumée de feu de bois. Des voix humaines lui parvenaient de loin, indistinctes, comme provenant de sous la terre. Non pas une seule conversation mais plusieurs. Puis, devant l'une des échoppes, quelqu'un se leva du sol et se mit à tousser. Et sa quinte de toux roula à travers l'étendue de la place en direction de Samson. Celui-ci alors se ressaisit et se pressa de quitter les lieux au plus vite. Il atteignit le côté ouest et tourna dans la ruelle indiquée par la veuve. Il la remonta jusqu'à buter contre des rails.

« Flûte ! » jura-t-il. Il revint sur ses pas et s'arrêta devant un haut et long bâtiment sans étage dont les murs peints en blanc paraissaient gris dans les ténèbres.

Les fenêtres ne trahissaient aucun signe de vie. Samson distingua des marches de perrons et une première porte. Puis, à une dizaine de toises, une seconde identique. Mais là encore, nulle vie ne brillait aux carreaux. Samson gravit les marches de pierre. Il frappa prudemment à coups discrets. Silence derrière le vantail.

« Elle s'est trompée », songea-t-il à propos de la veuve. Et il ne lui en voulut nullement. Peut-être autrefois, avant la guerre, avant la révolution, vendait-on en effet ici des bonbons la nuit, mais à présent, sans doute possible, cette maison avait tout oublié des confiseries.

Samson revint dans la ruelle, marcha jusqu'au boulevard Bibikov et aperçut au pied d'une palissade un corps enveloppé d'un manteau de soldat, étendu dans une posture étrange, nullement naturelle, qui lui rappela son père gisant mort, le crâne fendu par un coup de sabre.

Samson s'accroupit. Le milicien s'était soudain réveillé en lui. Il voulut savoir qui l'on avait tué et glissa la main dans la poche intérieure du manteau, là où tout individu, qu'il soit ou non soldat, range papiers, photographies et documents importants. Ses doigts rencontrèrent un portefeuille ou bien une épaisse enveloppe. Et alors le corps sursauta et se mit à hurler à la ronde : « Au voleur ! Le salaud ! Au secours ! Au voleur ! »

Terrifié, Samson s'écarta d'un bond et partit aussitôt en courant sans regarder où il posait les pieds. Or il fallut encore que le chiffon de papier journal volât hors de sa bottine droite, laissant son pied ballotter à l'intérieur au risque de perdre la chaussure. Samson ralentit sa course et s'accroupit contre la palissade la plus proche. Il toussa pour s'éclaircir la gorge. Posa ses mains à plat sur le sol froid et humide. Il lui sembla entendre des pas résonner tout près. Il peinait à retenir sa respiration, n'ayant pas encore repris son souffle, mais il essaya tout de même.

Et à ce moment, quelqu'un s'assit par terre à côté de lui. Il vit malgré l'obscurité que l'individu était de moindre taille que lui. Maigre, avec un nez pointu.

« Quoi, tu voulais plumer Koloda ? » prononça une voix d'adolescent.

Samson se pencha vers l'inconnu et découvrit devant lui un gamin d'une quinzaine d'années.

« J'ai cru qu'il était mort.

– Koloda a toujours l'air d'être mort ! Mais toi, je crois pas t'avoir déjà vu.

– Tu connais tout le monde, peut-être ? répliqua Samson, s'enhardissant.

– Ben, ici oui !

– Ici, c'est où ?

– Au Marché juif !

– Je ne suis pas du quartier.

– Alors aboule un biffeton. Sinon je siffle, et je donne pas cher de ta peau. »

Samson comprit qu'il fallait prendre la conversation avec ce gosse plus au sérieux. Il sortit un billet de vingt roubles et le tendit.

« Si t'es pas du quartier, d'où tu sors ? demanda l'autre.

– Je viens de la part de Kaïdan, répondit Samson, se rappelant en quel nom il était censé faire ses achats.

– Vrai ? »

La voix du gamin avait tremblé. Il rendit son billet à Samson. « Reprends ça ! Mais qu'est-ce que tu cherches ici en pleine nuit ?

– Je voulais acheter des bonbons, mais il n'y a personne là-bas.

– Là-bas ? »

Le môme désignait de la main le passage au coin duquel Samson avait découvert le corps qui s'était révélé bien vivant.

« Exactement.

– Allons-y ! » Le gosse bondit sur ses pieds. « Je vais te montrer. »

Il entraîna Samson jusqu'au même long bâtiment blanc, mais par l'autre côté où à première vue aucune porte ne se dessinait, puis le conduisit à un escalier menant au sous-sol.

« C'est ici », dit-il avant de s'éloigner.

Samson frappa discrètement à la porte. Un visage de femme, rond et rouge comme au sortir d'une étuve, encadré d'un fichu apparut dans l'embrasure en même temps qu'une main armée d'une lampe à pétrole.

« Qu'est-ce que tu veux, mon mignon ?

– Je viens de la part de Kaïdan, j'aurais besoin de bonbons.

– Entre ! Sois le bienvenu. »

Il émanait du sous-sol de la maison une douce odeur de sirop comme si on y prenait un bain de vapeur et de miel.

Une fois à l'intérieur, la femme, au physique imposant, examina Samson à la lueur de sa lampe, et plus précisément son étrange accoutrement. Elle prêta une attention particulière à ses mains.

« Quoi, tu n'as pas de panier ? dit-elle.

– Non, confirma-t-il sans bien comprendre la question.

– Bon, d'accord ! »

Elle l'invita d'un geste à la suivre et s'engagea d'un pas chaloupé dans un étroit couloir au bout duquel semblait régner une atmosphère encore plus épaisse, chaude et sucrée.

Chapitre 5

Samson aurait bien dormi encore, mais un grincement suspect de sa porte de chambre l'obligea à ouvrir les yeux. Après quoi il ne les referma plus. Nadejda, en peignoir, le visage illuminé de joie, n'entra pas mais surgit telle une apparition dans son espace intime. Elle s'arrêta à son chevet, se pencha et déposa sur sa joue un baiser appuyé et brûlant. Pareil à un sceau.

« Tu as passé toute la nuit à me chercher des bonbons ? dit-elle d'une voix enthousiaste. Je vais te préparer du thé. Non, non, reste couché ! Je fais vite ! »

Elle s'absenta un moment, ne revenant entre-temps que pour apporter dans la chambre une chaise du salon. En attendant, Samson forma le ferme dessein de se lever et de s'habiller pour ne pas avoir l'air du fiancé que sa promise vient visiter à l'hôpital. Mais il n'en eut pas le temps. Il n'eut pas même le temps de poser les pieds sur le parquet glacé. Nadejda entra fièrement, un plateau dans les mains, sur lequel trônaient deux tasses fumantes. Elle posa le plateau sur la table de toilette et tendit l'une des tasses à Samson, non sans avoir attendu d'abord qu'il fût confortablement assis dans le lit, un oreiller derrière le dos, la couverture bien remontée. Après quoi elle s'installa avec sa propre tasse sur la chaise à côté de lui.

« Comment as-tu fait ? Aurais-tu cambriolé une confiserie ? dit-elle d'un ton enjoué. Tu devais avoir une bonne raison pour sortir dans un accoutrement aussi misérable.

– Non, je... Tu ne me croiras jamais ! J'ai d'abord découvert un cadavre. Enfin, c'est ce que j'ai cru, mais il était vivant et il s'est mis à hurler que j'étais en train de le voler... »

Samson regarda le plafond en même temps qu'il se remémorait toutes les impressions de la nuit passée, laquelle jusqu'alors lui semblait terrible, mais à présent qu'il en parlait se révélait aussi terriblement drôle.

« Je te crois, je te crois ! Raconte !

– Eh bien, la veuve du concierge m'a dit où il fallait aller. Un endroit où, figure-toi, on fabrique des bonbons pour tout le Marché juif. Ils pensaient que je venais en acheter six douzaines, alors que je n'en voulais que deux ou trois. Pour toi !

– Et ils t'ont forcé la main ? Il y en a là bien plus que douze !

– Oui, ils ne les vendent que par deux douzaines au moins. Tu devras te débrouiller avec l'excédent. »

Nadejda ouvrit des yeux tout ronds.

« Mais de quel excédent parles-tu ? Nous n'avons pas d'excédent ! Dans deux ou trois jours, je les aurai tous savourés jusqu'au dernier… avec le thé !

– Prends-en donc maintenant », proposa Samson.

Elle secoua tristement la tête.

« J'en ai déjà avalé trois. Maintenant j'ai l'impression que ça me colle à l'intérieur et j'ai mal au cœur ! J'en prendrai encore deux pour mes parents, et un pour mon chef. Tu n'es pas contre, n'est-ce pas ?

– Bien sûr que non !

– À présent tu es mon héros le plus doux ! s'exclama-t-elle. Avec toi, on est toujours sûr de s'en sortir.

– Avec toi aussi. Donc, tu m'as pardonné ? »

Elle lui donna un autre baiser sur la joue.

« Oui, je t'ai pardonné. Mais il est l'heure que j'aille au travail. Nous avons une mission à remplir, que je ne sais même pas par quel bout prendre. On nous a demandé de recenser tous les employés du chemin de fer. Mais c'est tout bonnement impossible ! Ils ne veulent pas.

– Ils ne veulent pas être recensés ?

– Non, ils refusent de donner leurs noms de famille et leurs adresses. Juste Vania ou Stepa ! Au début, nous leur avons envoyé des collègues déjà âgés, histoire d'en imposer un peu, puis on a essayé des filles toutes jeunes. On pensait qu'elles sauraient leur soutirer les informations, mais rien à faire ! Ils sont des milliers à Kiev, et nous n'avons réussi à remplir que cent trente-sept fiches. Et encore ignore-t-on s'ils ont bien fourni leurs vraies adresses. Certains même n'ont pas d'adresse, ils prétendent vivre dans des wagons de marchandises aménagés ou bien dans des ateliers.

– C'est vrai qu'aujourd'hui les cheminots sont comme des dieux ! Rien ne les empêcherait de bloquer toutes les voies d'accès avec des wagons vides, et alors plus moyen d'entrer dans Kiev ni d'en sortir… Oh, moi aussi je dois partir ! se rappela-t-il soudain. On nous a envoyé un inspecteur de la Tchéka. En renfort. Nous devons montrer que nous n'avons aucun besoin d'être renforcés. Que nous nous en tirons très bien tout seuls. »

En guise d'au revoir, il baisa Nadejda sur les lèvres et emporta avec lui dans la rue son délicieux goût de bonbon.

Devant le commissariat des soldats de la réserve montaient sévèrement la garde autour d'un groupe de prisonniers terrorisés. Abiazov, une feuille de papier à la main, criait des noms et forçait les détenus à monter un à un dans la caisse d'un camion automobile. Soudain il remarqua la présence de Samson et s'arrêta.

« Va là-bas jeter un coup d'œil à Briskine, lui lança-t-il. Je l'ai laissé pour la nuit dans la chambre d'interrogatoire. Pour qu'il passe aux aveux. »

Samson obtempéra et entra dans le bâtiment. Il y tomba sur Kholodny.

« Où les emmène-t-on ? demanda-t-il en hochant la tête vers le groupe derrière lui.

– Rue des Jardins. Il paraît que nous n'avons pas de spécialistes pour tirer les choses au clair avec eux.

– Et qui sont-ils ? s'enquit Samson au souvenir des gens rassemblés dehors, dont il avait noté les vêtements élégants et les allures de personnes éduquées.

– On les a ramassés hier, ils figuraient sur la liste des citoyens qui refusent de souscrire à la réquisition de linge et de mobilier. Au fait, t'es-tu procuré, toi, une dérogation ? »

Au regard étonné de Samson, Kholodny devina aussitôt la réponse et reprit :

« Il faut absolument t'en procurer une ! La milice du peuple ne doit rien à personne. Compris ? »

Samson se rappela les soldats qui avaient emménagé chez lui avant d'être arrêtés. Ils disposaient eux aussi d'un ordre écrit selon lequel le propriétaire du logement était tenu de leur fournir du linge et des vêtements chauds. Il les avait alors équipés en conséquence, mais les deux hommes s'étaient révélés être des criminels. Heureusement, le plus dangereux des deux, Anton, était déjà dans la tombe. Quant à Fiodor, avec l'aide de Dieu, il était retourné à sa terre et ne jouerait plus les bandits.

Le léger goût de bonbon resté sur ses lèvres le détourna de ses tristes souvenirs et éveilla chez lui un sourire, né comme au rebours de ses pensées pour le ramener à de doux sentiments.

Au rez-de-chaussée, un planton armé d'un fusil se tenait debout devant la porte de la chambre d'interrogatoire. Il montait la garde avec indolence, adossé au mur, le regard vague et ensommeillé. Quand il vit Samson devant lui, il tenta de se redresser, mais en y montrant une sorte de maladresse, comme à contrecœur.

« Ouvre ! » lui ordonna Samson.

Le soldat tira une clef de la poche de son manteau et la tourna dans la serrure.

Une ampoule brillait à l'intérieur d'une lueur pâle. Briskine dormait à la table, la tête posée sur ses bras croisés.

« Debout ! » aboya le soldat.

Briskine sursauta et releva vivement la tête, battant des paupières d'un air effaré.

« Quoi ? Où est-on ? » demanda-t-il en fixant le soldat d'un regard anxieux.

Samson s'approcha de la table sur laquelle étaient posés une feuille de papier, un porte-plume et un encrier. Il était évident que Briskine n'y avait pas touché de toute la nuit.

« Reste derrière la porte ! » commanda-t-il au garde.

Celui-ci sortit.

« Asseyez-vous là ! » dit-il à Briskine d'un ton impérieux en lui désignant le tabouret des yeux.

L'homme se leva avec difficulté et s'exécuta.

Samson ôta ceinturon et étui de revolver, puis déboutonna sa veste. Il considéra les murs aveugles de la pièce, gêné par l'atmosphère lourde et étouffante qui y régnait.

Il marcha jusqu'à la porte, l'entrouvrit et prévint le planton de ne pas la refermer jusqu'à nouvel ordre.

« Eh bien, citoyen Briskine ? dit-il de retour à sa place. Vous n'avez rien trouvé à écrire durant la nuit ? »

Briskine, le front baissé, ne répondit pas. Puis il jeta un coup d'œil sous son siège pour observer la chaîne qui le maintenait rivé au plancher.

« Je conclus, citoyen Briskine, que vous ne vous plaisez pas ici. Vous préférez qu'on vous conduise rue des Jardins ? »

Le prisonnier tressaillit. Il releva la tête et posa sur Samson un regard plaintif.

« Je n'arrive pas à écrire, murmura-t-il. J'ai les mains qui tremblent. J'ignorais que le commerce de viande était interdit... Mais à présent je le sais... Le camarade Abiazov me l'a bien expliqué...

– Je vous dirai honnêtement que je ne le savais pas non plus, avoua Samson. La situation est telle actuellement qu'il sort de nouveaux décrets, arrêtés et interdictions tous les jours. Il faut lire *Le Bolchevik* !

– Mais comment puis-je gagner de quoi acheter le journal, si je ne fais pas de commerce ?

– Vendez de la marchandise autorisée.

– Mais la viande a toujours été autorisée !

– C'est bon ! coupa Samson d'un ton résolu, comprenant qu'il n'obtiendrait rien par la voie de la familiarité. Montrez-moi vos mains, tendez-les ! »

Briskine regarda le milicien d'un air perplexe, mais tendit les mains devant lui.

Samson observa les doigts du prisonnier. Ils tremblaient de manière à peine perceptible, et plus certainement sous l'effet de la peur que de la maladie. Néanmoins Briskine lui inspirait de la pitié. Il fut tenté de lui témoigner un peu de sympathie.

« Si vous ne pouvez pas écrire parce que vous êtes souffrant, je devrai le faire à votre place, soupira-t-il. Aussi vais-je vous poser des questions, les noter et ensuite inscrire vos réponses. À la fin, vous signerez pour certifier que tout est rédigé correctement. Cela vous convient-il ? Vous pouvez baisser les mains. »

Briskine ne répondit pas tout de suite, puis acquiesça.

Samson trempa la plume dans l'encrier, se souleva pour regarder dedans et s'aperçut qu'il s'agissait d'encre rouge. Briskine semblait fasciné par la goutte couleur de sang qui pendait au bout de la plume avant de retomber dans le flacon.

« Bizarre… murmura Samson en essayant de se rappeler s'il avait déjà vu des procès-verbaux ou d'autres documents remplis à l'encre rouge.

– Anglaise ! déclara Briskine d'un ton ferme.

– Quoi, anglaise ?

– L'encre, elle est anglaise. Perelman vendait la même, expliqua le prisonnier.

– Vendait ? Il n'en vend plus ? demanda Samson en haussant les sourcils.

– Il y a un mois, on lui a confisqué sa marchandise, et ensuite on l'a retrouvé mort.

– Qui la lui a confisquée ?

– Comment qui ? Vous peut-être ! Et il a été tué chez lui. On dit qu'il aurait surpris des voleurs. Les voleurs sont devenus féroces aujourd'hui. Pour un rien, ils vous assassinent.

– D'accord. Maintenant, venons-en à notre affaire. Quel est votre nom complet ?

– Briskine Moïsseï Zelikovitch. »

Samson écrivait lentement, en observant attentivement l'encre rouge qui au début paraissait trop liquide mais séchait assez rapidement sur le papier.

« Année de naissance ?

– 1886.

– Origine sociale.

– Roturier. Juif. Non pratiquant.

– Quelle profession exerciez-vous sous les différents régimes ?

– Commerçant.

– Avec quels régimes avez-vous sympathisé ?

– Qu'il s'en mette un en place, j'en suis sympathisant. À présent, je sympathise avec vous.

– Un instant, attendez ! »

Samson ne voulait pas se presser, mais il peinait à tout prendre en note sans laisser des silences s'installer.

« Il y a longtemps que vous faites commerce de viande ?

– Deux mois.

– Combien en avez-vous vendu ?

– Comment le saurais-je ? demanda Briskine, surpris.

– Eh bien, combien de carcasses, et de quelle nature ?

– Seulement du porc. Mais pourquoi cette question ? glissa prudemment Briskine, comme s'il soupçonnait une entourloupe. Qu'est-ce que ça veut dire, on va me poursuivre pour chaque carcasse ?

– Ça, je l'ignore, reconnut Samson.

– Dans ce cas, je ne parlerai plus ! »

Le visage de Briskine s'était soudain durci, et toute expression de peur en avait disparu.

« Vous préférez malgré tout la rue des Jardins », déclara Samson d'une voix calme mais glacée. Il planta le porte-plume dans l'encrier.

La respiration de Briskine s'accéléra, comme si, en dépit de sa frayeur, il se préparait à faire un esclandre et à lâcher une bordée d'injures.

« Bien, vous allez me parler de la dernière carcasse, proposa Samson. Pour les autres, c'est inutile. Nous savons qu'au moins quatre porcs ont été tués dans la remise des Chpakevitch. »

Le prisonnier se détendit, son souffle redevint régulier.

« Et que dois-je en dire ?

– D'où venait le cochon, à qui vous avez vendu sa viande – noms et adresses –, en quelles quantités et à quel prix. Si vous l'avez échangée, contre quoi.

– Il faut se rappeler tout ça… se plaignit Briskine.

– Eh bien oui, il le faut.

– Je ne connais pas les adresses exactes, et les noms de famille non plus… Je pourrais les retrouver en les voyant… »

Samson tira une feuille de papier vierge et se leva de table, le procès-verbal en cours de rédaction à la main.

« Restez là et dressez une liste de mémoire, pour les adresses, vous pouvez donner une description visuelle. Je reviens dans une heure. Si vous n'avez rien écrit, c'est le camarade Abiazov qui reprendra la conversation avec vous. »

Quand Samson sortit de la chambre d'interrogatoire, Briskine était toujours assis sur son tabouret. Mais dans une pose encore plus avachie, comme si on lui avait extrait l'échine du dos. Sa tête pendait au-dessus du sol, bouche entrouverte, bien que ses mains fussent fermement posées sur ses genoux, les doigts crispés sur les rotules comme s'il craignait qu'on voulût lui déboîter les jambes.

« Je referme la porte à présent ? » demanda le soldat.

Samson opina du chef et gagna son bureau.

Chapitre 6

À l'heure du déjeuner, un timide soleil sortit des nuées au-dessus du quartier de Koureniovka.

« Regarde ! dit Serguy Kholodny à Samson en lui tapant sur l'épaule. Le voilà, il a entendu nos prières ! »

Samson sortit à contrecœur la tête de sous la capote du fiacre.

«Je n'ai pas prié pour lui», grommela-t-il toujours mécontent des perquisitions absurdes chez Briskine et Chpakevitch, au cours desquelles ils n'avaient découvert dans la cour du premier que des os, peut-être de porc, au fond de la niche du chien, et rien de plus.

« Mais je dis ça comme ça ! Dans un élan de joie ! expliqua Kholodny, accablé par la mauvaise humeur de son camarade. Écoute, tu étais déjà de mauvais poil hier, ça ne peut pas continuer. Les médecins le disent, la colère rentrée mine l'estomac et conduit à l'ulcère.

– Hier, tu sais, j'avais une excellente raison, répondit Samson d'un ton plus pacifique mais décidé à ne pas entrer dans les détails. Hier, je me sentais vraiment mal. Aujourd'hui, je suis juste agacé…

– Ho ! » hurla soudain le cocher, et l'arrêt fut si brutal que Kholodny et Samson faillirent choir en avant, sous les roues de la voiture.

La cause en était une vieille femme qui traversait la chaussée, accompagnée d'une chèvre rétive. La chèvre s'était campée juste devant le fiacre, au grand effroi de l'automédon.

Les roues du véhicule se remirent en rotation à un rythme plus lent, mais la conversation que la halte forcée avait interrompue en resta là. Certes le visage de Samson s'était légèrement éclairci. Non pas à cause du soleil apparu dans le ciel, mais parce qu'il avait été distrait des pensées que lui inspirait l'échec des perquisitions. Il regardait à présent les maisons et les chaumières devant lesquelles passait le fiacre. Bientôt les chaumières reculèrent au fond des ruelles et des impasses, et dans la rue commencèrent de se succéder des maisons à étage en bois ou en brique. Celles en bois inspiraient une certaine pitié, avec leurs façades brun-noir en rondins encore trempés de pluie. Celles en brique au contraire éveillaient de bonnes pensées et d'heureux sentiments. Il en émanait comme une chaleur de foyer.

Tout en les observant, Samson réfléchissait que les gens, si on les alignait en rang, alterneraient de même manière : l'un malade, l'autre en pleine santé.

Sur une maisonnette de brique, Samson remarqua une enseigne : *Boucherie.* Trois chiens errants étaient étendus devant l'entrée sur la terre nue, et se chauffaient au soleil.

« Halte ! » cria Samson.

Le fiacre s'arrêta.

« J'en ai pour un instant ! » lança Samson à la fois au cocher et à son camarade. Et il sauta à bas de la voiture.

« Que désirez-vous ? » lui demanda le boucher en l'accueillant avec un sourire forcé.

Samson ne répondit pas. Il examina le large billot, de plus d'une demi-toise de diamètre, servant à découper les carcasses. Il passa la main dessus pour vérifier qu'on n'y avait pas débité de la viande récemment. La surface rugueuse, maintes fois teintée de sang, était sèche. Samson jeta un coup d'œil au comptoir vide, aux plateaux de cuivre de la balance, légèrement verdis : l'un en bas, appesanti par une dizaine de poids, l'autre en l'air.

Le sourire du boucher s'était changé en un rictus crispé. Il ne quittait pas des yeux l'étui de revolver pendu à la ceinture du milicien.

« Et la viande, où est-elle ?

– Quelle viande ? C'est un commerce artisanal ici, et non d'État. Nous ne pouvons plus en vendre !

– Ainsi vous êtes au courant pour le décret ?

– Et comment ne pas l'être ? Ils ont visité toutes les boucheries avec ce papier en main. S'ils voyaient de la marchandise exposée, ils la confisquaient. J'ai eu de la chance : comme je m'étais tordu la cheville, j'ai ouvert la boutique un peu plus tard. Quand je suis arrivé, le décret était collé sur la porte. Je ne suis pas idiot, j'ai tout de suite décroché les carcasses que j'avais à la cave et je les emportées.

– Et où les avez-vous emportées ?

– Eh bien, où je pouvais. J'ai fourni ma famille. J'ai tout distribué gratuitement, sans contrepartie !

– Et vous en avez distribué beaucoup ? demanda Samson avec une ombre de sympathie dans la voix.

– Pas mal, je dois dire, répondit le boucher avec un air malheureux.

– Alors pourquoi votre boutique est-elle ouverte ?

– Pour expliquer pourquoi je n'ai pas de viande. Autrement on va croire que je suis mort ou pire : qu'on m'a fusillé pour rien ! »

Le regard de Samson s'arrêta sur un schéma de découpe de porc affiché au mur.

« Je peux vous rejoindre derrière le comptoir ? Pour étudier ce tableau ? » demanda-t-il.

Le boucher s'écarta, ouvrant un étroit passage entre le comptoir et le billot.

Samson s'approcha du mur et examina la carcasse découpée en morceaux représentée sur l'image. Il se mit à remuer les lèvres, prononçant tout bas les mots imprimés sur le schéma. Chacun d'eux sonnait comme le nom d'un pays séparé par une frontière des mots-pays voisins.

« Travers, côtes de filet, pointe de filet… »

Tandis qu'il murmurait, Samson sentit un fil de salive s'étirer au coin de sa bouche. Confus, il l'essuya rapidement de la main. Il tourna la tête vers le boucher pour s'assurer qu'il n'avait rien remarqué.

« Puis-je vous offrir une demi-livre de lard ? » proposa soudain l'homme d'un ton bienveillant.

Il regardait son visiteur comme si, en effet, il avait eu le temps de le voir saliver.

« Mais comment ça ? s'exclama Samson. Puisque c'est prohibé !

– Faire commerce est prohibé, mais on a le droit d'offrir. Il n'y a pas de loi qui interdise les cadeaux.

– Non, c'est inutile ! »

Samson secoua la tête et leva de nouveau les yeux sur le tableau de découpe.

Il revint au fiacre avec une grande feuille de papier épais roulée en tube.

« Qu'est-ce que c'est ? demanda Kholodny avec curiosité.

– Un schéma de découpe de viande, expliqua Samson avec entrain. J'ai une idée sur la manière d'amener Briskine à dire la vérité.

– Une idée, c'est bien ! » approuva Kholodny.

Au commissariat, Samson commença par placarder au mur l'affiche donnée par le boucher. Pour y accéder plus facilement, il repoussa le mannequin dans le coin gauche et s'aperçut alors soudain que celui-ci était nu. Le costume de Jacobson avait disparu. Il sortit dans le couloir et s'en fut à la recherche de Vassyl pour vérifier si ce n'était pas lui qui l'avait pris. Qui d'autre, à dire vrai, l'aurait pu ? Vassyl était seul à s'occuper du local des pièces à conviction, et l'on pouvait être sûr que Naïden s'était plaint à d'autres que Samson de la maudite humidité émanant du costume. Vassyl cependant semblait s'être évaporé. Du rez-de-chaussée parvenait la voix tranchante d'Abiazov en train de remontrer à un soldat qu'il ne convenait pas de parler poliment avec les détenus, ni de manière générale de leur parler tout court. Et encore moins de soi ou de sa famille. Quand la voix du tchékiste se fut tue, Samson jeta un coup d'œil en bas, dans la cage d'escalier, et se souvint alors de Briskine resté dans la chambre d'interrogatoire.

« Il n'est pas sorti ? demanda-t-il d'un ton sévère au soldat posté devant la porte.

– Comment ça, pas sorti ? Bien sûr que si. Sous escorte pour aller aux tinettes, dans la cour. Puis retour. »

Samson entra dans la pièce. Briskine dormait, assis à la table, la tête sur ses bras croisés. L'ampoule pendue au plafond scintillait d'une lueur pâle. Son éclat laissait à peine distinguer les feuilles de papier poussées de côté. Le courant électrique continuait de manifester un caractère instable, comme tout le reste d'ailleurs, et même le temps qui tantôt invitait à la belle saison, tantôt déversait des flots glacés de pluie d'automne.

Samson s'arrêta sous la lampe et ramassa une des feuilles. Il se réjouit d'y repérer des lignes de pattes de mouche, essaya de les déchiffrer, mais en vain. Ses yeux s'embuèrent de larmes. Il ressortit dans le couloir et alla à la fenêtre. La lecture aussitôt lui devint plus aisée.

L'encre rouge en séchant avait pris une solide teinte brique. Briskine n'avait cependant mentionné aucune adresse exacte dans sa déposition, juste un nom et une rue, parfois « troisième maison à partir du bout ».

De retour dans la chambre d'interrogatoire, Samson secoua Briskine par l'épaule. Il le réveilla puis, emportant encrier et porte-plume, le conduisit au premier étage. Le soldat, obéissant aux instructions, suivit le prisonnier mais une fois en haut, resta dans le couloir derrière la porte.

Le soleil brillait aux fenêtres du bureau, aussi durant la journée Samson ne se souciait-il guère des faiblesses du courant. Il mena Briskine devant le schéma de découpe.

« Regardez ! dit-il en tournant la tête vers le prisonnier. Je pense qu'ainsi ce sera plus facile pour vous. Prenez la plume et l'encrier et inscrivez sur chaque morceau à qui vous l'avez vendu.

– Le porc est représenté de profil, répondit Briskine, pensif. On voit l'épaule droite, la cuisse droite, mais pas celles de gauche…

– Tracez un trait de fraction ! Au-dessus du trait : à qui vous avez vendu l'une ; au-dessous : à qui vous avez vendu l'autre. »

Briskine, à la vue du schéma, s'était nettement ranimé. Il tendit même la main pour promener ses doigts sur l'image imprimée, et poussa un soupir moins pesant que rêveur.

« Au travail ! » lui dit Samson en lui fourrant entre les mains porte-plume et encrier.

Sur quoi il s'installa à son bureau mais sans quitter Briskine des yeux.

L'autre en un instant prit l'allure d'un artiste debout devant son chevalet. À petites touches prudentes, il inscrivit plusieurs noms sur les différentes parties de la carcasse. Se figea. Réfléchit. Posa l'encrier à côté, sur le large appui de fenêtre. À l'évidence il cherchait à se souvenir, peinait à rassembler ses pensées. De la main gauche, il se grattait tantôt la tempe, tantôt la nuque.

La porte de la pièce s'ouvrit et dans l'embrasure parut le visage soucieux de Vassyl.

« Tu me cherchais ? »

Samson leva aussitôt l'index contre ses lèvres pour lui demander muettement de ne pas entrer. Vassyl s'esquiva en refermant sans bruit la porte derrière lui.

« J'ai besoin de me creuser encore la mémoire. »

Briskine s'était retourné. Son regard pensif et incertain prouvait qu'il se conduisait cette fois-ci avec franchise et sincérité.

« Eh bien asseyez-vous, et creusez ! » lui dit Samson en désignant le fauteuil le plus proche.

Lui-même sortit un instant et réclama au soldat d'aller trouver Vassyl et de le prier de leur apporter deux verres de thé.

Ce n'est qu'en rentrant chez lui que Samson s'aperçut qu'il n'avait toujours pas demandé au vieil agent pourquoi il avait pris le costume mais laissé le mannequin.

À hauteur du 28 de la rue Jilianskaïa, presque devant chez lui, un camion le dépassa et, roulant dans une flaque, l'aspergea d'eau boueuse. Samson fit halte, essuya sa veste de la main et sentit sa jambe de pantalon gauche entièrement trempée. Tandis qu'il regardait le véhicule s'éloigner, un sentiment désagréable d'humiliation et d'injustice s'empara de lui avec tant de violence que sa main se posa toute seule sur le couvercle de bois de son étui de revolver. Il ne pouvait se permettre de se présenter devant Nadejda ainsi crotté et de si méchante humeur. Il décida de s'arrêter d'abord chez la veuve du concierge. Il y pourrait chauffer un fer à repasser sur le réchaud à pétrole et sécher un peu son pantalon.

Cependant des circonstances imprévues vinrent contrarier ses plans.

Il aperçut dehors, devant chez lui, la veuve et un voisin en train de converser à voix forte et indignée. Il accéléra le pas. En le voyant, tous deux se turent. Mais la veuve n'en garda pas moins une mine d'enterrement.

« Qu'est-il arrivé ? demanda Samson.

– On nous a volé du bois. Sans doute la nuit dernière, répondit la veuve dans un débit précipité. Je croyais avoir rêvé. Du vacarme et un bruit de roues de chariot sous les fenêtres… et en fait c'était bien réel !

– Le plus étonnant, c'est que ce n'est pas arrivé quand c'étaient les grands froids, mais aujourd'hui qu'on est au printemps ! ajouta le voisin d'un air abasourdi. Ils se sont peut-être dit que l'hiver on veillait dessus et que maintenant non.

– Ils ont volé tout le bois ? » s'inquiéta Samson. Peu touché au début par le drame, du fait qu'il ne chauffait plus qu'à peine son appartement, et que le soleil prenait de jour en jour plus de vigueur, il venait de se rappeler qu'il devait donner trois sacs de bois en échange de la robe pour Nadejda, et son visage s'était assombri. « Ou bien en reste-t-il un peu ? demanda-t-il en regardant son jeune voisin dans les yeux avec insistance.

– Non, pas tout, mais ils en ont bien emporté la moitié. Leur chariot ne devait pas être assez grand pour en loger plus.

– Par conséquent, ils reviendront ! déclara la veuve d'un ton assuré. Ils reviendront pour voler ce qui reste. »

Samson tira sur son pantalon pour le décoller de sa jambe : le contact du tissu mouillé sur sa peau était terriblement déplaisant.

« Tu devrais les rechercher ! dit la veuve en fixant le jeune milicien.

– Rédigez une plainte, je la porterai, répondit-il en tournant les yeux vers le voisin.

– Très bien ! » opina celui-ci.

Oubliant son souhait de rester un moment chez la veuve le temps que son pantalon fût sec, Samson grimpa chez lui. Nadejda n'était pas là. Il mit de l'eau à bouillir, se prépara du thé. Il garnit le poêle proche de sa chambre et de celle de la jeune fille avec les bûches restées au pied de la cloison, approcha une chaise, dossier contre le mur qui n'avait pas même commencé à se réchauffer, et y pendit son pantalon mouillé. Sentant le froid lui envahir les pieds et les jambes, il enfila un caleçon, chaussa des pantoufles, puis se mit à attendre que la chaleur grandît. Il but son thé, assis sur la même chaise, en pensant au commissariat, au fait que certains de ses collègues émettaient comme des ondes de chaleur, et d'autres des ondes de froid, aussi inconfortables que celles qu'il ressentait à présent dans le salon. La chaleur émanait surtout de Vassyl et de Kholodny. À cette idée, Samson se fendit d'un large sourire. De fait, son nom de famille[1] et son tempérament constituaient à n'en pas douter un vrai paradoxe chez l'ancien prêtre. Ne manquerait plus que se présente au poste un Goriatchev ou un Goriatchi au caractère totalement opposé à son nom[2] ! Tout le monde en serait bouche bée. À quoi tenaient les choses cependant : à l'ironie de la nature ou à celle des hommes ? Mais quel merveilleux couple de personnages eût-on vu alors au commissariat ! De ceux que Noé n'eût pas hésité à embarquer sur son arche pour s'amuser un peu durant le déluge.

La cloison commençait peu à peu à se réchauffer grâce aux bûches qui flambaient dans le poêle. Samson en ressentit la chaleur, caressa de la main les carreaux de faïence. Maintint sa paume à l'endroit où la surface lui paraissait presque brûlante. Il se sentait comme sauvé, et l'histoire de Noé lui revint alors en mémoire. Noé, lorsque Dieu lui avait ordonné de construire l'arche,

1. *Kholod* signifie « froid » en russe.
2. À l'inverse, *goriatchi* signifie « brûlant ».

était âgé de cinq cents ans. Le Seigneur lui avait permis d'embarquer sur le vaisseau ainsi construit sa femme et ses trois fils avec leurs épouses. Ils étaient restés les seuls en vie après le déluge, et c'était à eux que Dieu avait dit alors : « Croissez et multipliez, et remplissez la terre, et l'assujettissez, et dominez sur les poissons de la mer. »

« Par conséquent ce n'est pas d'Adam que nous descendons tous, mais de Noé et de ses fils, conclut Samson. Les brutes et les crapules de Cham, que Noé a maudit, et les gens honnêtes, bons et mollassons, de Sem et de Japhet. » Puis, balayant les superstitions religieuses tapies dans son crâne depuis son enfance, Samson en revint à Kholodny. Il s'imagina assis au salon avec lui en train de bavarder devant un thé brûlant. Dans la chaleur et la compréhension humaine. Il sourit de nouveau jusqu'aux oreilles. Se leva. Posa sa tasse vide sur la table. Tourna la tête vers les ténèbres du dehors, regarda l'ampoule au plafond, qui ne brillait qu'à peine. Les soirs précédents l'électricité était coupée, mais cette fois-ci il y en avait, il en circulait dans les fils.

« Où est donc Nadejda ? Pourquoi n'est-elle pas encore rentrée ? » se demanda-t-il soudain en jetant un coup d'œil à la porte du couloir d'entrée.

Il consulta l'horloge. Dix heures et demie. Son pantalon était déjà sec, et la cloison brûlante bien que les bûches fussent consumées et les flammes éteintes dans le poêle. Derrière la portière de fonte régnaient à présent silence et rougeoiement de braises encore vives.

Samson enfila son pantalon sur son caleçon. Il se sentit plus à l'aise. Puis il chaussa ses bottes, remit sa veste et ramassa sur le plancher ceinturon et étui de revolver. Il descendit, ouvrit la porte de l'immeuble et braqua son regard en direction du service régional des statistiques où Nadejda travaillait. La rue Jilianskaïa était comme morte. Elle n'avait pas de rapport avec la rumeur de la ville que Samson entendait à présent comme à distance. Bizarrement, ni chariots, ni fiacres, ni automobiles, ni piétons, ni cavaliers. Le silence et l'immobilité des ténèbres. De rares et faibles lueurs aux fenêtres des maisons d'en face.

Pris de nervosité, il se mordit la lèvre inférieure en se demandant s'il ne ferait pas bien de passer tout de même au service des statistiques pour demander au soldat de garde s'il restait encore du monde dans les bureaux. Leur mission ces derniers jours n'était pas des plus simples : recenser les employés du chemin de fer ! Recenser des gens qui ne voulaient pas être recensés. Mais avant, il devrait dire à la veuve de refermer derrière lui au verrou. Autrement, des voleurs risqueraient de s'introduire à nouveau dans la cave et Nadejda et lui n'auraient plus rien à donner en échange de la robe d'été.

Chapitre 7

Le garde refusa de le laisser entrer dans le bâtiment du service des statistiques, malgré le laissez-passer permettant à son détenteur de circuler librement la nuit dans Kiev. « Le chef dort, il a donné ordre de ne pas le déranger. Et il n'y a personne d'autre », déclara le soldat avant de bâiller à s'en décrocher la mâchoire. Ses quelques chicots noirâtres se gravèrent dans la mémoire de Samson mieux que sa physionomie sans relief au teint terreux. Il y avait dans ce bâillement quelque chose de sinistre, de diabolique.

Alors il s'en fut au Podol tantôt courant, tantôt marchant. La ville était quasi déserte. De rares patrouilles se retournaient au passage de cet individu marchant seul, d'un pas pressé, mais remarquant sa veste et sa casquette de cuir, elles poursuivaient leur chemin sans chercher à l'arrêter.

Il alla réveiller les parents de Nadejda, caressant encore l'espoir qu'elle eût décidé de passer la nuit chez elle, dans sa chambre de jeune fille. Elle n'y était pas. Trofim Sigismundovitch voulut à toute force se joindre aux recherches, mais sa femme était si effrayée à l'idée de rester seule qu'au bout du compte il rendit les armes. Samson, bien sûr, leur promit de mettre toute la milice en alerte.

Au sortir de chez eux, il ne savait cependant où aller. Ses jambes le ramenèrent en arrière, vers sa maison. Il s'arrêta près de la fontaine du « Puits de Samson », le temps de reprendre souffle. Il observa la statue de son homonyme, son visage. Celui-ci semblait s'être rempli la bouche d'eau et menacer de la recracher.

Lui revinrent alors en mémoire les paroles de Nadejda, concernant les cheminots qui s'opposaient au recensement. Quelque chose lui souffla que sa disparition pouvait être liée à cette histoire. Se mordant la lèvre inférieure, pour renforcer cette fois-ci sa détermination, il se hâta en direction de la descente Saint-André. Il devait être alors presque deux heures du matin. Et quand les quelques réverbères éclairant les rues s'éteignirent, Samson comprit que deux heures avaient sonné. Mais à ce moment, il était déjà monté jusqu'au bâtiment de l'administration régionale et avait même débouché sur la place Sainte-Sophie où il se tenait à présent immobile, déconcerté par l'obscurité et l'ignorance où il était des limites de sa vision intuitive. D'habitude, même dans le noir complet, il était capable de désigner de la main une direction concrète.

Mais là, sans doute à cause de l'émotion, son intuition spatiale était muette. Il tourna la tête, tendit l'oreille. Le bruit éloigné d'un moteur d'automobile ne lui fournit aucune indication. Il continua alors simplement d'avancer en redoublant de prudence.

Quelques dizaines de pas plus loin, il touchait à la masse énorme et lugubre du monument à l'hetman Bogdan Khmelnitski. De là, il atteignit sans encombre le mur du monastère Sainte-Sophie. À cet endroit, sa vision intuitive parut se réveiller et débloquer sa boussole intérieure. Arrivé rue des Reîtres, il s'en fut d'un pas plus vif en direction de la rue Stolypine.

Une fois au Marché juif, place de Galicie, Samson s'aperçut que la nuit n'était plus là si noire ni effrayante. Il lui sembla discerner les rangées de magasins et d'échoppes de bois qui s'éloignaient à droite vers la rue Dmitrov. Une sensation d'ivresse et de fatigue le faisait tituber, si bien qu'il n'accordait qu'une confiance limitée à ses yeux.

À l'angle des rues Jilianskaïa et Stepanovskaïa, il se figea un instant, horrifié par le souvenir de ce qu'était devenu le territoire de la gare l'année précédente, durant l'épidémie de grippe espagnole. Il avait beau éviter de s'approcher des baraquements de bois, le vent en apportait des odeurs d'iode et de chaux vive. Le beau bâtiment gothique de l'ancienne gare avait été démantelé dès 1913, et du nouvel édifice, plus vaste et pompeux, les bâtisseurs n'avaient eu le temps de poser que les fondations avant que la guerre mondiale n'éclatât. L'entreprise en était restée là. Au début, c'était un pavillon de bois qui avait joué le rôle de gare, juste au commencement de la rue Stepanovskaïa, côté quais, puis le pavillon avait disparu et les caisses et autres services avaient occupé de longues baraques de plain-pied, situées un peu plus loin, dans la rue Stepanovskaïa proprement dite. Ce chapelet de maisonnettes évoquait un train. Avant la grippe espagnole, il régnait déjà là une atmosphère d'asile de nuit et d'hospice pour indigents. Faute de latrines, les paysans égarés dans l'endroit faisaient leurs besoins juste derrière les baraques. On y confondait les ivrognes avec les morts, et les morts avec les ivrognes. Et les choses avaient perduré ainsi jusqu'à l'arrivée des Allemands, en 1918, qui avaient obligé la population locale à balayer tous les détritus et les ordures encombrant le territoire du chemin de fer, à racler sur les planchers toute la morve éternuée, tous les immondices que l'être humain est capable de laisser derrière lui, dès lors qu'il n'est plus que banale indifférence au reste du monde, ou bien est né et a grandi dans cette indifférence.

Si les Allemands n'étaient pas partis, ils auraient probablement achevé de construire la nouvelle gare. Mais ils s'en étaient allés et à présent leur brève période kiévienne semblait aussi lointaine et incertaine que les événements rapportés par les antiques chroniques en vieux-russe, dont on ne savait s'ils avaient vraiment eu lieu ou non.

On voyait au devant un feu de camp allumé près du dernier pavillon de la ligne de baraquements. Samson se rapprocha et ralentit l'allure en essayant de deviner qui était là, à se réchauffer autour des braises. Il reconnut dans les reflets des flammes plusieurs visages asiatiques et des casquettes de l'Armée rouge et son pas se fit plus hardi.

Lorsqu'il aperçut le nouvel arrivant, le soldat Li Yu Yeh, que Samson avait déjà croisé au cours de patrouilles nocturnes, se fendit d'un sourire chaleureux. La conversation chantante en chinois s'interrompit, et le crépitement du feu résonna plus fort. Deux autres Chinois fixaient

Samson d'un air circonspect. Néanmoins leurs mâchoires bougeaient légèrement comme s'ils mâchaient quelque chose.

« Papiers ! » commanda Li Yu Yeh.

Samson lui remit toute la liasse de feuillets que contenait la poche intérieure de sa veste. Le soldat s'accroupit et déplia à la lumière des flammes le premier du lot.

« Comment vas-tu ? demanda-t-il sans détacher les yeux de l'attestation donnant droit à circuler dans Kiev avec une arme à toute heure du jour ou de la nuit.

– Mal, avoua Samson. Ma femme a disparu.

– Elle est partie ? »

Samson secoua négativement la tête, mais s'aperçut alors que Li Yu Yeh ne le regardait pas.

« Non, je pense qu'elle a été enlevée.

– Et par qui ? »

Le ton tranquille du Chinois prit Samson au dépourvu. Le soldat se releva et lui rendit ses papiers avant de demander à nouveau :

« Qui l'a enlevée ? »

Samson tourna la tête en direction du long bâtiment de bois de la gare temporaire.

Li Yu Yeh suivit son regard et poussa un profond soupir. Il adressa quelques mots en chinois à ses compagnons, ils parurent tressaillir et ôtèrent leur fusil de leur épaule.

« Allons-y ! » dit le soldat à Samson, sur quoi il se dirigea vers le perron du bâtiment de bois.

Samson voulut l'arrêter, lui expliquer qu'il ne pensait pas précisément à ce bâtiment-là. Mais une hypothèse totalement infondée vint alors le visiter : et si Nadejda s'y trouvait effectivement ?

La porte s'ouvrit dans un grincement. Une profonde obscurité béait au-delà, et Samson se disait déjà qu'il serait absurde de faire un pas de plus quand des lueurs s'allumèrent derrière lui et s'étalèrent à ses pieds. Il se retourna. Deux Chinois brandissaient chacun un bâton enflammé visiblement tiré du feu.

« Ils vont éclairer, toi tu regardes, lui dit Li Yu Yeh. Si elle est là, on la trouvera. »

L'inspection du long local et des quelques pièces séparées qu'il abritait ne donna rien. Une dizaine de paysans, qui avaient soudoyé l'employé de service pour pouvoir entrer, dormaient par terre, sur des pelisses et des vestes matelassées étalées sur le sol. L'employé quant à lui dormait sur un lit métallique, dans une petite pièce, et si profondément qu'il ne se réveilla pas quand Samson et les soldats entrèrent pour inspecter le local à la lueur de leurs flambeaux. Sous le lit se trouvait une valise en contreplaqué, trop petite cependant pour éveiller chez Samson de mauvais doutes.

« C'est bon, je vais aller voir là-bas », soupira Samson, de retour au bivouac, en hochant la tête en direction des quais.

« Il ne faut pas. » Li Yu Yeh le regarda dans les yeux. « C'est dangereux. Ils ont leurs propres patrouilles… Ils peuvent tirer…

– Leurs propres patrouilles? s'exclama Samson. Comment ça? Ce ne sont pas des soldats de l'Armée rouge?

– Non. Nous avons des problèmes avec eux… La nuit. Le jour tout va bien parce qu'ils suspendent les patrouilles.

– Et pourquoi des problèmes?

– Ils ne nous font pas confiance… Ils règnent sur leur territoire, comme sur un empire… Partout où il y a des rails, ils sont les maîtres… L'an passé, plus de deux mille d'entre eux ont été tués ou fusillés. Pour sabotage et insubordination…

– Tués par qui ?

– Par la Tchéka et l'Armée rouge, par le pouvoir, répondit tranquillement Li Yu Yeh. Mais ils l'avaient franchement mérité. Maintenant ils se vengent dès qu'ils le peuvent… Ils se vengent, et ils ont peur…

– Ah-ah, fit Samson d'un air entendu.

– Quoi ?

– Je comprends à présent… Nadejda disait qu'ils sabotaient le recensement des cheminots que le service régional des statistiques doit effectuer.

– Le service des statistiques ? Qu'est-ce que c'est ?

– Un organisme soviétique. Il comptabilise tout, à commencer par les gens. »

Li Yu Yeh hocha la tête.

« Alors ta femme est venue ici pour les compter ? »

Samson poussa un profond soupir.

« Prends, ça te fera un casse-croûte ! »

Le Chinois lui glissa dans la main un cornet de papier journal avec quelque chose de craquant à l'intérieur.

Samson le fourra dans sa poche de veste.

« J'y vais, je vais tâcher de savoir », déclara-t-il d'un ton ferme et, sans plus dire un mot à son camarade chinois, il s'en fut en direction des voies.

Le quai recouvert d'un long auvent était totalement désert. Samson s'en rendit compte en dépit de l'obscurité – une obscurité cependant assez relative, sans qu'il pût expliquer pourquoi, jusqu'au moment où il distingua plusieurs points de lumière et comprit qu'il s'agissait d'autant de bougies allumées aux fenêtres de plusieurs voitures garées sur les voies.

Tandis qu'il marchait vers la lueur la plus proche, il passa près de plusieurs wagons de petite taille, stationnés à part, dont les vitres ne trahissaient aucun signe de veille. En un endroit, il dut passer entre deux de ces wagonnets sans vie, comme dans une ruelle étroite entre deux maisons. Il déboucha ainsi sur un secteur un peu plus dégagé, un entrelacement de rails qui semblaient scintiller ici et là d'un éclat mat, et que Samson avait appris déjà à franchir avec aisance, sans trébucher. À une dizaine de pas, à l'unique fenêtre de ce qui ressemblait à un fourgon postal, brillait la flamme d'une bougie.

Samson se figea, prêta l'oreille. À tout hasard il repoussa même sa casquette de cuir pour mettre à nu son oreille coupée. Tous les bruits parasites, si peu perceptibles quand son couvre-chef couvrait par habitude sa blessure cicatrisée, à présent se déversaient dans sa tête comme du lait coulant d'un grand récipient dans un plus petit. Des conversations étouffées, des sirènes au loin, de rudes grincements métalliques semblant monter de terre, comme transmis par les rails… Et pas un seul coup de feu. Mais il n'en était nul besoin pour que les bruits de cette nuit-là fussent alarmants, et transmissent à tout être vivant la mauvaise nouvelle : celle du caractère imprévisible non seulement de la nuit en cours, mais du matin qui suivrait, du jour, puis encore de la nuit et de bon nombre d'autres nuits à venir.

« Les mains en l'air ! »

Derrière lui retentit un claquement de culasse de fusil, et Samson comprit qu'il valait mieux obéir.

Un type en veste matelassée et chapka aux oreilles rabattues lui déboucla adroitement son ceinturon auquel pendait l'étui de revolver, et le lui ôta.

« Tu voulais aller là ? » L'homme désigna de la tête le wagon à la fenêtre éclairée. « Eh bien, marche ! On va causer ! »

Il ordonna à Samson de gravir les trois degrés métalliques menant à une porte de bois à laquelle il frappa du poing par trois fois, avant de crier : « C'est moi, Miron ! Ouvrez ! J'ai là un visiteur indésirable. »

L'étroit vantail roula sur le côté et quelqu'un éclaira le visage de Samson en dirigeant vers lui une lampe à pétrole portative.

« Un genre de commissaire, dit une voix. Allez, qu'il entre ! »

Au-dedans, la voiture était plus vaste qu'il ne semblait de l'extérieur. Peut-être à cause de la pénombre qui y régnait. Tout ce que Samson voyait se trouvait au centre du wagon, tandis que l'obscurité dérobait au regard les parois latérales.

Or au centre, trônait un poêle métallique au feu crépitant, qui répandait sa chaleur autour de lui, et dont le conduit s'élevait jusqu'à hauteur d'épaule avant d'obliquer vers la cloison opposée à l'entrée, emportant la fumée on ne savait trop où. Près de la fenêtre, deux hommes de forte corpulence étaient assis à une petite table sur laquelle brûlait une bougie. Les deux éventails de cartes à jouer, qu'ils tenaient abaissés, faces cachées, permettaient de penser qu'ils venaient d'être contraints d'interrompre leur partie.

« C'est pour une affaire ou juste comme ça ? demanda l'un en examinant Samson. Fais voir tes fafiots ! »

Samson posa sur la table son paquet d'attestations et de laissez-passer.

« J'ai le droit de… commença-t-il.

– Tes droits s'arrêtent au Marché juif ! le coupa le même homme d'un ton un peu brutal, mais sans animosité. Déjà rue Stepanovskaïa, tu n'as plus aucun droit particulier ! Tu piges ? »

Il feuilleta la liasse, chaussa des lunettes, rapprocha le chandelier.

« Milice des ouvriers et des paysans ! prononça-t-il d'une voix forte avec une ironie à peine dissimulée. Au moins ce n'est pas la Tchéka ! Mais pourquoi que tu viens chez nous ? dit-il encore en regardant Samson. Ici, on voit venir que la milice qui s'occupe des transports. Mais on l'envoie à la gare fluviale. Ils ont le champ libre là-bas, pas comme ici. Ici, la milice c'est nous !

– Comment ça, c'est vous ?

– On a notre propre milice. Tiens, nous, par exemple… » L'homme tourna la tête vers son partenaire de jeu. « On est maintenant à la fois gardes-voies, aiguilleurs et miliciens. Mais toi, qu'est-ce que tu viens foutre ici ?

– Il y a que… » commença Samson, mais il se tut aussitôt en entendant sa voix trembler. Il lui déplaisait de parler en chevrotant, qui plus est avec des individus qui venaient illégalement de le désarmer.

« Y a quoi ?

– Ma femme travaille au service des statistiques, elle recense la population… Elle a disparu. Elle m'a dit qu'ils étaient en train de recenser les cheminots et qu'ici on sabotait leur travail… Alors voilà, je suis à sa recherche.

– Je vois… soupira l'autre individu assis à la table. Et quel droit ils ont de nous recenser ?

– C'est une administration soviétique et ils ont le droit de recenser tout le monde, déclara Samson d'un ton cette fois-ci plus assuré. Vous êtes vous aussi une administration soviétique…

– On n'est pas une administration ! On répond de l'intégrité des voies même si temporairement s'y trouve garé un wagon rempli d'hommes de Denikine ou de Petlioura.

– Et pourquoi il te manque une oreille ? demanda soudain le premier. Tu sers dans la cavalerie ?

– On s'en fiche de mon oreille ! Je cherche ma femme ! s'emporta Samson en haussant la voix, et il eut alors l'impression que les occupants de la voiture changeaient d'attitude à son égard.

– Tu cherches ta femme, répéta l'autre joueur de cartes, que sa voix de baryton, veloutée et profonde, rendait plus sympathique. Eh bien, montre une photo. Peut-être qu'on l'a vue.

– Une photo ? Je n'en ai pas... Elle s'appelle Nadejda...

– Miron, fouille-moi ce milicien ouvrier paysan ! ordonna le premier. Qui va chercher sa femme sans avoir sa photo ? J'ai jamais entendu un truc pareil ! Tiens, regarde ! Ça, c'est la mienne, de chérie ! »

Le gars brandit au visage de Samson une photo tirée de sa poche : le portrait ovale d'une femme aux cheveux bouclés.

« Ivan, montre-lui ta Macha, dit-il à son compagnon de jeu.

– Pour quoi faire ? protesta l'autre.

– Montre, montre ! Qu'il sache un peu ce que tout mec digne de ce nom trimballe toujours sur lui. »

Ivan sortit de sa poche une enveloppe, et de celle-ci une photographie qu'il examina d'abord lui-même à la flamme de la bougie avant de la tendre à contrecœur à Samson.

Entre-temps, Miron avait extirpé d'une des poches de veste de Samson le cornet de papier journal au contenu craquetant, et de l'autre deux coupons tamponnés destinés aux cochers et quatre donnant droit à un repas dans une cantine de la ville, à quoi s'ajoutaient quelques *kerenki* et deux cents roubles soviétiques.

Le camarade d'Ivan ouvrit le cornet, l'approcha de son nez, renifla. Plongea ses gros doigts à l'intérieur et en tira une chose mince et noirâtre.

« Eh bien, tu en bouffes de ces saletés, milicien ! dit-il avec une grimace.

– Qu'est-ce qu'il y a dedans ? demanda Samson.

– Ça ressemble à des oreilles de cochon pourries, répondit l'autre d'une voix dégoûtée.

– Ce sont des Chinois qui m'ont offert ça.

– Tu fais donc ami ami avec les Chinois ? glissa Ivan en branlant du chef.

– Bon, qu'est-ce que tu viens fouiner ici ? intervint à nouveau son collègue. C'est clair que c'est pas ta femme que tu cherches... Tu sais ce qui arrive chez nous aux curieux ?

– Non, quoi ?

– Plein de trucs ! Parfois le gars monte dans un wagon, et on le retrouve qu'un an après, enfoui sous un tas de charbon. D'autres fois il trébuche sur une traverse et passe sous une locomotive...

– Mais je cherche vraiment ma femme ! Je n'ai aucune affaire qui vous concerne !

– Attache-le, Miron ! Attache-le et conduis-le à la troisième voiture-prison. Le chef contrôleur aura qu'à causer avec lui demain matin. Il a la main lourde, bien rembourrée. Il aura vite fait de savoir quel genre de gonzesse il a paumé ici. »

Chapitre 8

La lourde porte du wagon de marchandises se referma derrière lui avec fracas. Samson s'était accroupi, le dos contre une cloison, dans un silence épais. Une sensation de faim lui remontait dans la gorge comme une boule, tandis que ses poings se serraient pour éviter à ses doigts de trembler de froid – un froid empreint d'humidité. De temps à autre le désespoir s'infiltrait dans ses pensées et changeait celles-ci en gomme de caoutchouc, les distendait comme les cordes d'une guitare tsigane, au point qu'elles perdaient leur sens pour n'être plus que son, plainte, tintement fébrile. Samson aurait voulu se distraire de ce bruit intérieur, de sa nervosité, de la peur qui l'étreignait tandis qu'il lui semblait tomber dans un trou noir sans fond. La peur le tenait comme un bourbier tient les jambes, l'empêchant de les dégager pour s'avancer librement d'un pas vers le salut.

Il essaya de penser à son père, de réveiller un souvenir de lui, et ce souvenir s'éveilla volontiers. Une douce voix intérieure lui raconta son père le conduisant enfant à la gare. À l'autre gare, l'ancienne. De brique jaune, énorme, toute en longueur, pareille à un athlète étirant de chaque côté ses bras. La gare avait alors, pour le petit Samson, des allures de palais impérial. Il tenait son père par la main, une main qu'il craignait de lâcher. Même dans la cathédrale Saint-Vladimir, Samson n'avait pas le sentiment d'une grandeur si effrayante, d'une puissance si écrasante. « Comment a-t-on fait pour la démanteler », se demanda Samson en essayant d'imaginer des millions de mains détachant une brique après l'autre. Quelle que fût la manière dont on s'y était pris, c'était bel et bien arrivé. On l'avait abattue pour construire un nouveau bâtiment encore plus grand. Mais l'ère de la construction et de la création avait alors brutalement pris fin. Et une autre époque avait commencé : celle des guerres et des révolutions.

Il commençait à avoir très froid aux mains, aussi les fourra-t-il dans ses poches en bâillant. Il perçut alors le craquement du cornet de papier journal, et se rappela l'avertissement de Li Yu Yeh, quant au danger qu'il y avait à s'aventurer la nuit sur le territoire de la gare. Aurait-il dû l'écouter ? Mais comment s'abstenir d'y aller quand Nadejda était peut-être détenue dans ces parages, dans une cinquième ou dixième voiture-prison, qui sait ? Capturée par des inconnus hostiles au recensement des cheminots. Non ! Samson secoua la tête. Il tira le cornet de papier de sa poche, en ouvrit le haut tire-bouchonné, glissa la main à l'intérieur et en ressortit un objet dur et oblong qui, au toucher, rappelait une de ces bugnes que, lycéen, il aimait prendre avec le thé, dans les cafés pour étudiants.

Quelqu'un toussa à côté de lui – une toux rauque et douloureuse. Samson sursauta.

« Qui est là ? » murmura-t-il.

Il entendit en réponse des froissements d'étoffe, à droite et à gauche, puis un soupir. Le silence venait de se dissiper, en un instant.

« Qui est là ? répéta-t-il un peu plus fort.

– On est plusieurs, chuchota un homme, tout près. Moi, je suis ingénieur. Ingénieur-taxateur.

– Taxateur ? Qu'est-ce que c'est ? demanda Samson, surpris.

– Ingénieur forestier… qui inspecte les forêts.

– Ah ! inspecteur des forêts !

– Et vous, qui êtes-vous ? demanda tout bas son interlocuteur invisible.

– Moi ? » Samson eut soudain peur de dire qui il était. Comment savoir qui d'autre était enfermé là dans l'obscurité ? Et s'il y avait des criminels ? « Moi, personne... je n'ai pas d'emploi pour l'instant... Mais vous, pourquoi êtes-vous ici ?

– Je vis tout à côté, au Bois des Cadets. C'est plus rapide pour moi de traverser les voies, mais la nuit, ils l'interdisent. C'est la troisième fois déjà qu'ils m'attrapent. Je marche un moment, j'ai l'impression qu'il n'y a personne, mais dès que je m'apprête à enjamber les rails, tout de suite, derrière moi : "Haut les mains !"

– Et ensuite ? Ils vous tabassent ?

– Non ! Ils me connaissent bien. Au matin, ils m'engueulent copieusement et ils me relâchent. Pourquoi me garderaient-ils ici ?

– Comment vous appelez-vous ?

– Kapytyne, Sviatoslav Kapytyne.

– Moi, Samson. Samson Koletchko. »

Samson porta à son nez ce qu'il venait de sortir du cornet. L'odeur lui parut singulière mais nullement repoussante. Des oreilles de porc fumées ou bien séchées. Samson se racla la gorge puis glissa le bout pointu de la chose dans sa bouche. Un goût aigre et salé lui picota la langue. « Ça ressemble un peu à de la couenne grillée froide, pas très fraîche », songea-t-il.

« Et qui y a-t-il d'autre ici ? demanda-t-il à voix basse à l'invisible Kapytyne.

– Je ne sais pas trop. On m'a poussé là-dedans quand il faisait déjà noir... Moi aussi j'ai demandé : "Qui est là ?", mais ils ne répondent pas. Peut-être sont-ils bâillonnés ? »

Samson se figea un instant à l'évocation des bâillons. Miron, avant de l'amener là, n'avait pas exécuté l'ordre de son supérieur : il ne lui avait pas lié les mains.

« Qu'est-ce que vous mangez ? demanda Kapytyne.

– Des oreilles de porc, avoua Samson. Ce sont des Chinois qui me les ont offertes.

– Je peux ? »

Samson tira une autre pièce du cornet et la tendit vers son interlocuteur.

« Prenez !

– Approchez-la de ma bouche, j'ai les mains ligotées. »

Samson se rapprocha au jugé. Son épaule gauche rencontra une autre épaule.

« C'est vous ?

– Oui ! »

Il palpa le visage de l'homme, trouva sa bouche et y inséra la friandise chinoise.

L'autre croqua dedans et se mit à mâcher bruyamment, la bouche ouverte, eût-on dit.

« Moins fort ! lui dit Samson. Il y en a peut-être qui dorment.

– Par un tel froid ? »

De l'ironie perçait dans le chuchotement de Kapytyne, et ses dents poursuivirent leur besogne.

« Alors, c'est bon ? lui demanda Samson après un moment.

– Je ne sais pas, répondit l'ingénieur. Ç'a une odeur d'oreilles.

– Quelles oreilles ? » fit soudain une voix enrouée, inconnue.

Au-dehors, on entendit du bruit, des coups frappés, un échange de jurons. Le loquet métallique grinça, la porte du wagon roula lourdement et la lumière s'engouffra à l'intérieur, incertaine, matinale, une lumière d'avant l'aube. Et avec elle une âcre odeur de charbon brûlé.

Samson se tourna vers Kapytyne pour le regarder en face. Il observa du coin de l'œil plusieurs autres personnes assises ou couchées au pied des cloisons de bois de la voiture, dont une au visage bleuâtre, comme morte.

Un homme grimpa dans le wagon, vêtu d'une touloupe déboutonnée mais fermée par un ceinturon auquel pendait un étui de revolver.

« Alors, mes lapins ? » brailla-t-il.

Samson sentit une boule lui bloquer la gorge. C'était son ceinturon et son étui de revolver en bois.

« Oh ! Encore ce putain de forestier ! »

L'homme fixait Kapytyne avec un sourire venimeux auquel ses joues hérissées de barbe donnaient un air encore plus malveillant.

« Debout ! Disparais ! Si on te chope encore une fois, tu repartiras pieds nus », ajouta-t-il en posant son regard sur les solides bottes en box-calf de l'ingénieur.

Kapytyne poussa un soupir de soulagement et se releva, non sans mal, les jambes visiblement engourdies par le froid et l'immobilité.

« Vous ne me détachez pas les mains ? demanda-t-il à l'homme.

– Ta femme s'en occupera ! Allez, barre-toi !

– Vous pourriez faire un saut rue Tarassov ? murmura Samson à Kapytyne. Pour avertir que je suis ici ?

– Non, non. Je file à la maison, je dois encore aller au boulot ! »

Et il sauta hors du wagon, les mains toujours liées dans le dos.

L'homme à la touloupe s'avança d'un pas vers Samson, se baissa légèrement pour le jauger du regard, de la pointe des bottes au sommet de la casquette. Il tendit la main pour ôter celle-ci et examina la cicatrice laissée par l'oreille coupée.

« Tu sers dans la cavalerie ou quoi ? demanda-t-il d'un ton marqué d'un léger respect.

– Non, dans la milice…

– Laquelle ?

– Celle des ouvriers et des paysans, la milice de Kiev, commissariat de la Lybed.

– Voyez-vous ça ! Et qu'est-ce t'es venu foutre ici ?

– Je cherchais ma femme. Elle a disparu. J'ai pensé qu'elle était ici… »

L'homme se redressa, pourlécha ses lèvres sèches d'une langue couleur bordeaux.

« Et tu as des papiers ? »

Samson lui tendit son laissez-passer et deux autres documents.

« Eh bien, ça en fait ! » s'exclama-t-il, surpris.

Son visage s'adoucit, il prit les papiers entre ses mains calleuses et aussitôt son regard se tourna vers un jeune gars assis contre la paroi opposée du wagon, vêtu d'une veste matelassée grise et d'un pantalon de même teinte, et chaussé de souliers bien trop légers pour un pareil printemps.

« Tu sais lire ? »

L'autre opina du chef.

« Eh bien, lis ! » lui dit-il en lui tendant l'un des feuillets.

Le gars le déplia.

« Le camarade Koletchko Samson Teofilovitch est autorisé à circuler librement dans les rues de Kiev à n'importe quelle heure du jour et de la nuit. Il lui est permis de porter armes à feu et armes blanches. La signature du commissaire Konstantin Naïden est certifiée par le timbre de la milice…

– Ta femme a disparu ! grogna l'homme à la touloupe en tournant la tête vers Samson. Elle est mignonne au moins ? »

Samson acquiesça.

« Montre une photo !

– Je n'en ai plus, on me l'a confisquée, mentit Samson.

– Eh bien, écoute la parole que je vais te dire. Si elle est gironde, tu la retrouveras pas. Ici, c'est un sale endroit pour les belles filles. Tu sais bien que toute la vermine qui peut vivre sur cette terre grouille autour des rails à la sorgue. Comme si elle rêvait de se tirer ailleurs ! Pour eux… – il pointa le menton vers les autres prisonniers du wagon – chourer du bois ou bien forcer une fille avant de l'étrangler, c'est du pareil au même. Rien à foutre ! Mais si elle est moche, alors tu as une chance. Va, va ! File avant que le chef contrôleur rapplique. Le matin, il est toujours mauvais comme une teigne. Il est pas calmé avant d'avoir démoli un gars à coups de poing. Alors, il devient presque bonne pâte !

– Et comment s'appelle-t-il ?

– Qu'est-ce que ça peut te foutre ? demanda l'homme, méfiant. Klavdi, qu'il s'appelle, nom de famille Porfirenko.

– Alors c'est lui qui a arrangé celui-là ? »

Samson désigna des yeux l'homme au visage bleuâtre qui gisait, immobile.

« Bah, celui-là, c'est peut-être bien les autres qui l'ont arrangé, c'est un voleur de bois. C'est la troisième fois qu'on le chope.

– Et ce ceinturon, d'où vous vient-il ? demanda Samson en se remettant debout.

– Écoute, file avant que je te pique tes bottes. Et ta veste non plus n'est pas mal. Allez, magne-toi ! »

Samson s'approcha de l'embrasure de la porte et se hâta de sauter à terre. Et là, de nouveau la peur le saisit, comme si le canon d'un fusil était braqué sur son dos. Il fonça derrière le wagon sans se retourner, puis poursuivit, moitié courant, moitié marchant, franchissant les rails d'un bond et s'appliquant à ne pas trébucher contre les traverses et les aiguillages. Il s'en fut aussi vite qu'il pouvait, comme si un marécage vacillait sous ses pieds, menaçant à chaque instant de s'ouvrir et de l'engloutir dans sa bourbe.

Ce ne fut que lorsque les voies furent derrière lui qu'il s'aperçut qu'il n'avait pas pris la bonne direction. Plus loin, au-delà des ateliers du chemin de fer et d'une petite usine, se dessinait le Bois des Cadets, dont une grosse partie avait été abattue pour fournir du combustible.

Chapitre 9

Le jour était levé quand Samson arriva au commissariat. Avant de gagner son bureau, il s'attarda devant la porte de Naïden : la voix d'Abiazov y résonnait plus fort que celle du chef. On aurait pu penser que le pouvoir avait changé de main. Abiazov parlait manifestement comme s'il était le plus gradé. Quand Naïden se mit à hurler, Samson, rassuré, rallia son domaine.

La pièce sentait l'humidité, et le regard de Samson se porta machinalement sur le mannequin à présent installé à gauche de la fenêtre. « Mais pourquoi a-t-il pris seulement le costume ? » se demanda-t-il en repensant à Vassyl, fâché d'avoir oublié de l'interroger à ce sujet.

Il considéra le schéma de découpe placardé au mur. L'image du cochon changé en carte géographique l'emplit de contentement : au nom de chaque « pays » s'ajoutaient à présent deux ou trois mots. Il avait tout de même réussi à obtenir de Briskine qu'il livre l'identité de ses acheteurs !

Cependant le plaisir de contempler les pattes de mouche, indéchiffrables à cinq ou six pas de distance, se révéla de courte durée. Sa main voulut par habitude s'appuyer sur le couvercle de son étui de revolver et faute de le rencontrer tomba dans le vide.

« Je dois encore signaler par écrit la perte de mon arme », songea-t-il avec effroi. Et à ce moment-là une vision encore plus cauchemardesque lui traversa l'esprit : le corps de Nadejda assassinée, gisant sur la terre humide, la tête contre un rail.

Il tressaillit. Voulut boire un remontant. Mais il n'y avait pas d'alcool dans son bureau. Et là une autre idée tenta de lui offrir un espoir. Il avait été absent de chez lui toute la nuit. Et si Nadejda n'était pas allée voir les cheminots ? Si elle s'était attardée chez une amie, celle avec laquelle elle était convenue d'échanger une robe d'été contre trois sacs de bûches ?

Samson sortit rapidement, descendit au rez-de-chaussée et bondit presque dans la rue. Il crut alors sentir ses jambes se dérober sous lui. Et peut-être en effet l'eussent-elles trahi, fauchées par la fatigue, le froid et une nuit sans sommeil, mais il se maintint debout et, tel un ivrogne qui s'oblige à prendre le chemin de sa maison au sortir du cabaret, il se hâta de progresser de quelques pas, tout en cherchant à tâtons son équilibre. Enfin il le trouva, redressa son dos, et tira sur les pans de sa veste qui, sans ceinture, tombait bizarrement, pour ne pas dire mochement.

Il trouvait aux passants de rencontre une mine et un regard d'une fraîcheur injustifiée. Il ne lui venait même pas à l'esprit qu'on approchait des huit heures du matin. Pour lui, la nuit se prolongeait, la nuit d'après l'aube. Le matin, après tout, c'est quand on ouvre les yeux au terme d'un sommeil réparateur, or lui n'avait pas dormi. Il avait connu la peur, le doute, l'angoisse, mais de sommeil, point. Au lieu de dormir, il avait mâché une oreille dans l'obscurité. Une oreille de porc. Séchée ou fumée, avec une sorte d'arrière-goût chinois. Cet arrière-goût, il le sentait encore, rue Jilianskaïa, alors que, s'appliquant à regarder ses pieds – il était plus facile ainsi de marcher droit –, il se hâtait vers sa maison.

La porte de l'entrée s'ouvrit facilement. Samson ignorait si la veuve du concierge l'ouvrait et la fermait selon un horaire précis ou à la mode paysanne, avec le soleil.

Son appartement était vide. Et Samson sentit une odeur d'humidité et de renfermé lui souffler au visage. Les années précédentes, son père et lui continuaient d'allumer les poêles au printemps, jusqu'au Jour de la commémoration des guerriers défunts, le 9 mai. Ce jour-là son père s'autorisait un petit verre de ratafia aux noix pour le repos de l'âme de son cousin germain, tombé lors de la défense de Port-Arthur. Chauffés par les poêles, les murs chassaient l'humidité, et deux semaines plus tard l'été arrivait, au début prudent, mal assuré, les yeux encore craintivement tournés vers le printemps.

Samson s'approcha de l'armoire paternelle, à présent placée entre les deux fenêtres donnant sur la rue. Il se regarda dans la glace et mit un moment à se reconnaître. Ou plutôt, il ne voulut pas se reconnaître d'emblée. Il s'éloigna vers la table où se trouvaient sept grandes sucettes. Il alla à la cuisine, en rapporta la tasse à thé de Nadejda et plaça les sucettes dedans, comme des fleurs dans un vase.

Puis il en prit une et la lécha plusieurs fois nerveusement, pour chasser le goût qui lui restait dans la bouche.

Il posa sur la table le cornet de papier journal. Après une hésitation, il l'ouvrit et en tira une oreille de cochon pour l'observer à la lumière du jour. Elle était légère, presque aérienne, mais demeura opaque lorsqu'il la leva pour la tenir entre ses yeux et la fenêtre.

Par une sorte de réflexe, il palpa son oreille gauche. Elle n'était pas beaucoup plus épaisse, elle était chaude et son cartilage émettait une sorte de petit craquement quand il en écrasait le bord.

Ces curieuses pensées et ces gestes fournirent à Samson le répit nécessaire pour rassembler ses forces et prendre une décision quant à ses actions futures.

Deux minutes plus tard, il arrivait au service des statistiques où il franchit en force le barrage opposé par le soldat de garde, pour aller directement trouver le supérieur de Nadejda, Valerian Sergueïtch Poddomov.

Celui-ci était assis à son bureau, derrière un amoncellement de papiers et de dossiers, la mine désemparée et la lèvre fendue. N'ayant pas reconnu Samson de prime abord, il se leva d'un bond. Mais quand le visiteur se fut présenté et eut rappelé qui il était, Poddomov se laissa retomber sur sa chaise et poussa un soupir de soulagement.

« Je viens prendre des nouvelles de Nadejda, lui annonça Samson. Elle n'a pas passé la nuit à la maison et elle n'était pas chez ses parents. »

Poddomov parut se recroqueviller, comme s'il avait froid, regarda derrière lui et ramassa par terre un plaid de couleur jaune qu'il jeta sur ses épaules par-dessus sa chemise noire.

« Où est-elle ? demanda Samson d'un ton impérieux.

– Ils l'ont prise en otage. En même temps que deux autres employées…

– Qui ? Les cheminots ? »

Poddomov acquiesça.

« J'étais là-bas moi aussi, ajouta-t-il. Mais j'ai réussi à filer. Ils m'ont juste éclaté la lèvre.

– Vous avez alerté la milice ? dit Samson, nerveux. Ou bien la Tchéka ?

– La Tchéka, j'ai eu peur d'y aller. Ce sont eux qui ont donné l'ordre de recenser les cheminots, et nous avons échoué…

– Et la milice ?

– Mais qu'est-ce que la milice peut y faire ? répondit Poddomov en posant sur son visiteur un regard plaintif.

– Comment ça, ce qu'elle peut y faire ! s'indigna Samson. Où l'ont-ils emmenée ? Vous l'avez vue ? »

Poddomov opina du chef.

« Allez ! lui commanda Samson d'un ton brusque. Levez-vous !

– Où va-t-on ? demanda l'autre, effrayé.

– Rue Tarassov, au commissariat. Vous nous y raconterez tout et vous l'écrirez. »

« Oh ! Je me demandais où tu étais passé ! s'exclama Naïden en voyant Samson, hors d'haleine, pousser dans le bureau de son chef un citoyen livide et mal rasé, vêtu d'un manteau gris et tête nue. Et celui-là, qui est-ce ?

– Euh-euh… » Samson fit un pas de côté et emplit d'air ses poumons. « C'est Valerian Poddomov, du service régional des statistiques. Les cheminots l'ont pris en otage cette nuit en même temps que trois de ses employées. Il a réussi à s'échapper, mais il n'a pas dénoncé l'infraction. Ma Nadejda fait partie des trois !

– Voyez-vous ça ! » s'écria Naïden dont le visage s'était soudain comme aiguisé. Il regarda fixement le citoyen au manteau gris. « Et pourquoi donc ?

– La force m'a manqué, bredouilla l'autre. J'ai couru tout de suite au bureau. Je ne suis même pas passé par chez moi. Or à peine arrivé, j'ai été sujet à une crise de nerfs, ça m'a privé de l'usage de tout. Et des bras, et des jambes !

– Et de la tête ? lui demanda Naïden, sardonique. Assieds-toi ! »

Et lui désigna son propre bureau.

Comme Poddomov, ayant pris place, le regardait de bas en haut, Naïden lui glissa une feuille de papier, un encrier et un porte-plume.

« Rédige ta déposition concernant les faits. Et en détail ! »

Poddomov, en homme habitué à écrire, se mit aussitôt au travail.

« J'y étais moi aussi, risqua Samson pour attirer l'attention de Naïden. Ils m'ont désarmé et arrêté, mais au matin l'un a appris que j'étais de la milice et m'a relâché.

– Et qu'est-ce que tu fichais là-bas ? C'est le territoire de la milice des transports !

– Je cherchais Nadejda. Je pensais qu'elle y était…

– Vassyl ! » hurla Naïden en se tournant vers la porte.

Le visage du maître des pièces à conviction apparut aussitôt dans l'embrasure.

« Hum ! Oui ?

– Fais-nous du thé ! »

La porte se referma.

« Va dans ton bureau, rédige une déclaration pour signaler la perte de ton arme ! » commanda Naïden.

Samson, qui éprouvait soudain une violente envie de thé, sortit à contrecœur.

L'ampoule, dans la pièce qui lui était dévolue, diffusait une lumière plus vive qu'à l'ordinaire. Il s'approcha du schéma de découpe du porc. « 43 rue Vladimir, app. 4 » lut-il sur la partie jambon. Au-dessous d'un trait de fraction figurait : « Rue Rostislav, maison derrière palissade bleue. » Il porta son regard sur l'épaule de l'animal. « Kristina, 15 rue Stolypine, premier étage. » Sous le trait : « Rue des Tatars. Fabrique de levure, maître Temine Prokhor. »

À cette heure il aurait dû s'occuper de cette affaire de viande plutôt que de décrire ses aventures nocturnes. Mais que faire ? Un ordre du chef, c'est un ordre du chef.

Il s'installa à son bureau. Attira une feuille à lui, la face vierge d'un vieux procès-verbal, saisit sa plume et la retint au-dessus de l'encrier, attendant que la goutte d'encre rouge fût retombée dans le flacon.

Pendant ce temps il réfléchit fiévreusement au titre à donner à son écrit. Confession ? Rapport ? Relation ? Dénonciation ? Mais pouvait-on se dénoncer soi-même ?

Sa main se porta en haut de la feuille. Et la plume, grinçant au contact du papier, traça en lettres rouges les mots : *Signalement d'une infraction.*

Entamée au nom de la victime, la rédaction du document lui vint sans difficulté, mais la colère qui le travaillait gonflait chaque lettre, et Samson comprit qu'il n'aurait pas assez de place pour tout ce qu'il voulait raconter s'il ne s'obligeait pas à écrire plus petit.

Quand il revint trouver Naïden, celui-ci achevait de lire la déposition de Poddomov, lequel jetait des coups d'œil inquiets à Abiazov qui, campé de l'autre côté du commissaire, s'intéressait lui aussi au document.

Le tchékiste n'adressa à Samson ni un mot ni un geste pour le saluer. En revanche, il lui arracha aussitôt la feuille des mains et s'y plongea, les paupières plissées, comme s'il avait oublié qu'un instant auparavant il s'intéressait au témoignage du fonctionnaire statisticien.

La porte s'ouvrit, Vassyl entra et posa sur le bord du bureau deux tasses de thé.

« Ne vous brûlez pas ! prévint-il. Il est absolument bouillant !

– Et Kholodny, où est-il ? lui demanda Naïden, se détachant de sa lecture.

– En bas, il interroge un détenu.

– Dis-lui de venir !

– Et combien de thés, encore ? »

Samson déglutit en comprenant qu'aucune des deux tasses n'était pour lui.

Naïden remarqua sa réaction.

« Sers-nous-en encore un autre ! dit-il avant de se tourner vers Abiazov. Alors, ça concerne bien la milice des transports, n'est-ce pas ? »

L'autre secoua la tête.

« Non, l'affaire est pour nous, déclara-t-il d'un ton ferme. Il faut exterminer cette canaille ferroviaire comme les punaises et les cafards ! On leur pardonne tout ! Ils se contrefichent de savoir sous quel pouvoir ils servent. Pas étonnant qu'il n'y ait pas plus de communistes chez eux que de beurre en broche. En revanche chacun a dans sa poche une attestation l'exemptant de toute expulsion, réquisition, mobilisation et autre travail collectif ! Je sais quoi faire ! »

Naïden haussa les sourcils.

« Très bien, alors fais-le ! dit-il. Qui veux-tu pour te seconder ?

– Celui-ci ! répondit Abiazov en désignant Samson. Je prendrai aussi Kholodny et trois ou quatre soldats. »

Chapitre 10

Dehors, le crachin forçait les rares passants à se réfugier dans les boutiques et les maisons. Abiazov avait décidé qu'on se rendrait à la gare à pied pour ne pas trop attirer l'attention. Samson s'était vu confier un fusil à titre temporaire, et quand il regardait les soldats marchant derrière lui, il se sentait humilié. Mais ce n'était pas tant de la vexation qu'il ressentait que de la colère – une colère intense contre lui-même.

Dès qu'ils furent éloignés du commissariat, les soldats se mirent à frapper en mesure le pavé, de leurs bottes garnies de fer : ils étaient habitués à marcher ainsi au pas, bruyamment, comme si le vacarme qu'ils produisaient était une arme, une arme pour effrayer l'ennemi. Abiazov dut les rappeler trois fois à l'ordre pour qu'ils adoptent un pas moins fracassant et régulier, avec pour résultat que leur démarche devint presque hésitante, sinon craintive. À présent, ils ne cessaient de regarder autour d'eux, attentifs aux dangers invisibles qui les menaçaient. Samson se retourna par deux fois pour leur jeter un regard désapprobateur. En même temps, il essayait de comprendre ce qui avait poussé Abiazov à inclure ces soldats lourdauds dans son plan de tchékiste. Car il était bien clair qu'il avait un plan, sans quoi ses petits yeux n'eussent pas brillé d'une telle hargne ni d'une telle détermination.

Près du bâtiment provisoire de la gare, aux allures d'interminable wagon, Abiazov donna l'ordre aux soldats de s'arrêter et d'attendre. D'un signe de la tête il incita Kholodny et Samson à le suivre et se dirigea vers la porte la plus proche. Des voix de femmes résonnaient à l'intérieur avec des accents nerveux. Une foule disparate se pressait devant un guichet, chacun brandissant un papier imprimé d'un coup de tampon.

À droite du guichet se découpait une autre porte. Abiazov la tira vers lui, mais elle ne céda pas. Alors il frappa.

« Que voulez-vous ? » demanda l'homme qui apparut dans l'embrasure, en vareuse et pantalon noirs, visage rasé de près.

Abiazov le poussa si violemment qu'il tomba en arrière, contre la cloison, sur une banquette dépenaillée, et le temps qu'il se relevât, tous trois avaient déjà pénétré dans la pièce et refermé derrière eux la porte au verrou.

Samson nota soudain que l'individu tenait un revolver. Il voulut avertir Abiazov mais s'aperçut que Kholodny avait lui aussi son arme au poing.

« Qui est le chef ici ? demanda le tchékiste au type aux joues glabres en lui collant son attestation sous le nez.

– De quel service, des guichets de vente ? s'enquit l'autre, d'un air agité.

– En général ! Qui commande ici ? répéta Abiazov en martelant ses derniers mots.

– En général ? C'est Panas Jarko, le commissaire du peuple aux voies de communication.

– Te fous pas de nous ! intervint Kholodny, mais d'une voix qui semblait moins hostile que celle d'Abiazov. Où est Porfirenko ? Qui d'autre commande ?

– Porfirenko est le chef des contrôleurs, Sachinski celui des télégraphistes, et nous, ici, nous ne nous occupons que des passagers, répondit l'homme d'un ton un peu plus calme, mais le revolver toujours braqué sur le ventre du tchékiste.

– On devrait t'abattre sur place, salopard de sans-parti ! grommela Abiazov en regardant l'arme, sur quoi il se tourna vers Samson. Allons sur les voies. On tirera là-bas les choses au clair.

– Vous avez un laissez-passer pour circuler sur les voies ? demanda d'un ton caustique le responsable du guichet de vente.

– Quel genre de laissez-passer ? »

Kholodny, paupières mi-closes, regarda fixement le déplaisant personnage dans les yeux.

« Comme celui-ci. »

L'autre rangea son arme et tendit un carré de papier rose marqué d'un tampon et de quatre signatures à l'encre rouge.

« Laissez-passer délivré au chef du service des billets, Kariessov Avtandil, lui donnant droit de pénétrer librement dans la gare de Kiev et de circuler le long des voies. Le chef de la milice des chemins de fer, signature… » grommela tout haut Kholodny avant de relever les yeux du document.

« Sans laissez-passer, vous serez arrêtés, ou peut-être fusillés sur place, ajouta le nommé Kariessov. Pour tentative de sabotage !

– C'est ce que nous verrons ! » Abiazov tendit la main, arracha le papier des mains du chef de service et tira Kholodny par l'épaule pour l'inciter à partir. « On vous le rendra plus tard ! »

Dehors, le crachin tombait toujours. Samson rabattit sa casquette de cuir en tirant sur le bord droit. Le tchékiste regarda autour de lui et avisa un homme en vieil uniforme de cheminot qui, venant des voies, s'approchait de l'entrée de la rue Stepanovskaïa.

« Bien, allons-y ! » commanda-t-il à Samson et à Kholodny.

Ils prirent l'homme par surprise, au point même qu'il sursauta quand Abiazov surgit devant lui et que deux miliciens l'encadrèrent.

« Écartons-nous vers la grille ! dit Abiazov tout en montrant son attestation de la Tchéka au quidam interloqué.

– Qu'est-ce qu'il y a ? J'ai rien fait ! bredouilla le cheminot, un individu d'une cinquantaine d'années, à la barbe tirant sur le roux, et dont les moustaches dissimulaient la lèvre supérieure. Je sors du boulot, je voulais casser une croûte !

– La ferme ! coupa Abiazov. Écoute-moi bien. Ou bien tu nous racontes tout, ou bien tu te prends une balle ici même, pour sabotage !

– Quel sabotage ? s'exclama l'homme, terrifié. Je suis de service au poste d'aiguillage numéro cinq… Il n'y a aucun mouvement en ce moment. Je vais juste chercher une boule de pain et j'y retourne.

– Tu as abandonné ton poste ? »

Abiazov avait pris une voix rauque, et l'homme en fut encore plus effrayé.

« J'ai eu tort, se risqua-t-il à répondre avant d'essayer de faire demi-tour, mais Kholodny le retint.

– Où vos otages sont-ils détenus ? demanda-t-il, la bouche contre l'oreille du cheminot.

– Quels otages ?

– Eh bien, ceux qui sont arrêtés sur le territoire des voies.

– Là-bas, près du tramway du Bois des Cadets.

– On y va ! Tu nous montreras ! ordonna Abiazov.

– Je ne peux pas ! Je n'ai pas de laissez-passer pour aller de ce côté.

– Je vais t'en donner, moi, des laissez-passer ! » rugit le tchékiste.

Le barbu adressa un regard suppliant à chacun des trois hommes qui l'entouraient. Les rides aux coins de ses yeux se creusèrent, devinrent pareilles à des lignes tracées au crayon gras, accentuant sa mine plaintive.

« Pitié, pour l'amour de Dieu ! C'est ici que je travaille, et si on me tue, ma famille est perdue !

– N'aie pas peur, tu nous montreras de loin, dit Abiazov, se laissant émouvoir.

– Mais on va passer par le côté, pas par le milieu ! »

Abiazov invita d'un geste les soldats à les rejoindre.

« Bon, voilà, dit-il en détachant nettement chaque mot. Vous allez nous suivre à une vingtaine de pas. Quand nous déboucherons sur les voies, vous resterez à attendre sur le bord. Si nous battons en retraite poursuivis par l'ennemi, vous lui tirez dessus.

– Et comment qu'on le reconnaîtra ? demanda l'un des soldats, le plus jeune de visage.

– Ceux que vous verrez en train de nous courir après, ce seront eux les ennemis, expliqua le tchékiste. Si l'un nous poursuit avec une arme, vous le visez à la tête ou à la poitrine, s'il est désarmé, dans les jambes. C'est clair ? »

Les soldats acquiescèrent.

Quand ils eurent atteint les voies, ils laissèrent à leur gauche le quai des passagers et son long auvent de bois, et tandis que les soldats se laissaient distancer, le reste du groupe prit à droite par un sentier bien damé que la pluie rendait glissant. Sur le côté apparut une construction de brique d'allure familière, et Samson comprit alors qu'ils étaient en train de longer le bâtiment au sous-sol duquel on fabriquait la nuit des bonbons pour le Marché juif. Il leva même le nez en l'air, comme pour y détecter l'épais et chaud parfum de sucre. Au lieu de cela, ses narines furent assaillies par l'odeur, bien plus nette, du charbon brûlé par les locomotives, odeur encore alourdie par l'humidité. Samson se moucha par terre et aussitôt tourna la tête, confus, pour s'assurer que les soldats derrière lui n'avaient pas remarqué ce geste de *mauvais ton*, comme disaient les Français.

À gauche se dessinèrent trois wagons de marchandises, garés isolément.

« Qu'est-ce qu'il y a dans ceux-là ? demanda Abiazov au cheminot.

– Bah, rien, ils ne sont pas gardés ! »

Samson, tout en marchant, examinait les wagons. Un vert et deux marron. Il tenta de se rappeler s'il les avait vus la nuit précédente. Son regard se porta alors un peu plus loin et il lui sembla reconnaître la silhouette de l'homme qui se tenait debout devant une autre voiture, distante d'au moins cinquante pas. Il concentra son attention sur le ceinturon et l'étui de revolver qu'il portait par-dessus sa touloupe.

« Tenez, je crois que c'est dans ce wagon qu'on m'avait enfermé », dit-il à Abiazov.

Ils s'arrêtèrent.

« Eh bien oui, confirma le barbu dans un demi-murmure. Il y a des prisonniers dans celui-là, et aussi dans deux autres, à main droite, plus loin. Ils sont un peu plus longs, des wagons bleu foncé, avec des chiffres en grands caractères, des joyeux.

– Pourquoi joyeux ? demanda Kholodny, perplexe.

– C'est comme ça qu'on surnomme les wagons-poste, expliqua le barbu. Bon, vous me laissez y aller à présent ? » Ses yeux mi-clos brillèrent de nouveau d'un éclat suppliant. « Autrement, je vais crever ici avec vous !

– Attends ! »

Abiazov s'avança d'un pas vers l'homme et se campa tout contre lui, face à face. L'autre dépassait le tchékiste d'une demi-tête, mais celui-ci se tenait planté droit comme un « i » et paraissait effrayant.

« Écoute-moi, maintenant tu vas répondre à mes questions, ensuite tu partiras. Pigé ? »

Le barbu acquiesça.

« Combien y a-t-il de vos hommes là-bas ? À la garde des prisonniers et sous les ordres du chef contrôleur ?

– Ben, pas beaucoup. » Le cheminot réfléchit un instant. « Six ou sept. Mais dans les ateliers, de l'autre côté des rails, ils doivent bien être une cinquantaine, sinon plus. Et avec deux mitrailleuses !

– Et donc, si une fusillade éclate, ils rappliqueront tous ? »

Abiazov avait tenté de dissimuler sa nervosité mais elle avait percé malgré tout dans sa voix.

« Et comment ! C'est la réserve. À part ceux qui sont soûls, ils sortiront tous.

– Et il n'en viendra pas d'autre part ? insista le tchékiste.

– Il peut en venir aussi de ce côté-ci, répondit le barbu en montrant, à gauche, le quai des passagers, mais ça fait loin pour venir de là-bas.

– Compris ! Va chercher ta boule de pain, et qu'on ne te revoie pas ici avant une heure ! »

L'homme hocha la tête, tourna les talons et détala à toutes jambes. Bientôt il disparut à l'angle du bâtiment de brique blanc abritant la fabrique nocturne de bonbons.

Samson, Abiazov et Kholodny s'avancèrent encore puis se figèrent à hauteur du troisième wagon-prison. Samson à présent le reconnaissait parfaitement, tout comme l'homme à la touloupe posté devant la porte coulissante. C'était le même qui l'avait libéré au matin – le chef contrôleur.

« Voilà leurs gogues, dit Abiazov en tendant la main. On va s'y planquer. »

La cabane en bois, peinte en bleu, était plus grande qu'il n'était d'usage, assez pour accueillir deux personnes. Samson, Abiazov et Kholodny coururent se cacher derrière l'édicule.

« Attendons un peu, il n'y a pas meilleur endroit pour un interrogatoire ! » ricana Abiazov. Il posa son regard sur Samson. « Baïonnette au canon ! On peut en avoir besoin. »

Samson s'exécuta mais ne remit pas le fusil à l'épaule : il le posa, la crosse sur le bout d'une traverse. Il tendit l'oreille. Il lui sembla entendre le bruit cadencé et monotone d'un train au loin, allant en s'approchant.

« Quelque chose vient ? » demanda-t-il, d'une voix hésitante.

Kholodny regarda autour de lui. À cet instant une porte coulissante émit un claquement métallique, à faible distance.

Abiazov porta un doigt à ses lèvres. Tous trois se figèrent. Des pas s'entendirent, de plus en plus près, tantôt sonores, quand les semelles des bottes se posaient sur des traverses, tantôt étouffés, quand elles franchissaient la terre mouillée s'étendant entre les voies. La porte de l'édicule grinça. À l'intérieur un homme se prit à soupirer, dans un bruit de vêtements froissés.

« Toi, tu restes ici, et en cas de problème, tu tires », ordonna Abiazov à Kholodny.

Puis il regarda durement Samson dans les yeux et celui-ci comprit sur-le-champ : il leva son fusil.

« Tourne-le la crosse en l'air, murmura le tchékiste en désignant l'arme du menton. On va être à l'étroit là-dedans. »

Ils s'engouffrèrent d'un coup dans les toilettes et refermèrent la porte derrière eux. Sous la frayeur et la surprise, l'homme, qui retenait à deux mains les pans de sa touloupe déboutonnée, les fesses au-dessus du trou d'aisance, perdit l'équilibre et, eût-il été plus mince, il fût à coup sûr tombé dans la fosse ! Mais le poste lucratif qu'il occupait aux chemins de fer avait rendu sa silhouette incompatible avec pareil désagrément, et il ne fit qu'obturer l'orifice, cependant que son visage exprimait un mélange de peur et de colère noire.

« Silence, pas un mot ! » intima Abiazov en considérant la bouche grande ouverte de sa victime prise au dépourvu.

Il jeta un bref regard à Samson qui pointa alors sa baïonnette sur la poitrine de l'homme. La crosse heurta la porte. Alerté, Samson tourna la tête et, ce faisant, piqua légèrement le torse du cheminot. Celui-ci, prenant appui des deux mains sur le sol, se recula vivement.

« Où sont les femmes du service des statistiques, celles que vous avez capturées ? gronda Abiazov.

– Les espionnes ? dit l'homme, immobilisé par la baïonnette autant que par sa situation. Elles sont dans le wagon n° 5, un joyeux...

– Et où se trouve-t-il ? »

L'autre tourna la tête vers la droite

« Par là... Il est bleu, garé à part.

– Combien d'hommes de garde ?

– Il y a Jorik, c'est tout. C'est notre coureur de jupons, il s'est porté volontaire !

– Et quoi, il est à l'intérieur ? Dans le wagon ? s'exclama Samson malgré lui, de nouveau anxieux du sort de Nadejda alors qu'elle était presque retrouvée.

– Je suis pas là pour le surveiller, répliqua l'homme. Laissez-moi me relever, ou bien je gueule !

– Essaie seulement ! »

Abiazov lui braqua le canon de son arme en plein visage.

« Les gars ! » se mit à hurler soudain le cheminot en essayant de se remettre sur pieds, ce à quoi il échoua totalement du fait que son pantalon était baissé sur ses genoux.

« Plante-le ! » cria Abiazov.

Samson poussa malgré lui sur son fusil et un horrible râlement emplit la cabane. L'homme tressaillit, se cambra en arrière, cherchant à happer de l'air, la bouche grande ouverte.

« Pauvre andouille ! » lui jeta le tchékiste en secouant la tête. Puis il se tourna vers Samson. « Laisse-le ! On file au wagon ! »

Samson, hébété, releva son arme, mais se rendit compte alors avec soulagement que la lame de sa baïonnette était à peine tachée de sang, elle n'avait qu'effleuré la poitrine du cheminot.

Ils sortirent d'un bond des latrines et coururent vers le wagon bleu qui en effet était garé sur la droite. Kholodny se hâta de les suivre.

À côté du fourgon postal se tenait un cheminot portant veste matelassée et casquette. En voyant les trois hommes foncer sur lui, il se figea puis regarda autour de lui.

« Jorik ! Halte ! » lui cria Abiazov.

En entendant son nom, l'individu détala à toutes jambes en direction des réservoirs de pétrole.

« Je tire ? » demanda Samson à Abiazov.

Celui-ci fit non de la tête.

Parvenus au fourgon, Samson et Kholodny ouvrirent la porte coulissante et grimpèrent à l'échelle métallique. Trois jeunes femmes aux visages marqués d'ecchymoses étaient assises là sur un banc, les mains ligotées. En voyant ces hommes s'introduire dans la voiture, elles se blottirent encore davantage contre la froide paroi de bois.

« Ne craignez rien ! » leur lança Kholodny.

Il tira un canif de sa poche de pantalon et coupa rapidement les liens des prisonnières. Samson, quant à lui, s'agenouilla devant Nadejda. Des larmes lui coulaient des yeux.

« Dieu soit loué ! murmura-t-il. Je t'ai retrouvée. »

À ce moment des coups de feu retentirent au-dehors.

« Vite ! commanda Kholodny. Filons d'ici. »

Alors qu'ils sautaient au bas du wagon, une balle frappa la porte et y resta fichée.

« Derrière la voiture ! criait Abiazov. Derrière la voiture ! »

Les filles avaient du mal à courir, elles tombaient, trébuchant sur les rails. Samson les aidait à se relever, en dépit du lourd fusil qui l'encombrait. Kholodny ripostait avec son arme, mais l'essentiel de la fusillade provenait d'un peu plus loin, des alentours du saule sous lequel s'étaient postés les soldats de l'Armée rouge.

« Vite ! Allez, plus vite ! » criait Abiazov.

Ils finirent par atteindre un remblai de faible hauteur, rendu glissant par la pluie, puis coururent le long des réservoirs de pétrole tout proches, en direction de la chaussée Brest-Litovsk.

Quand ils eurent débouché sur la route, ils firent halte pour reprendre haleine, et Samson entendit des sanglots. Il se tourna vers Nadejda. Celle-ci avait le souffle court, ses mains tremblantes masquaient son visage, mais ce n'était pas elle qui pleurait. C'était une autre jeune femme, vêtue d'un manteau en piqué vert olive et coiffée d'un fichu noir.

« Doussia, il ne faut pas ! Doussia ! » la suppliait la troisième.

La fusillade sur les voies se prolongeait, et à cause d'elle ils n'entendirent pas tout de suite le tramway approcher, venant de Sviatochino. Le wagon rouge arrivait sur eux à une vitesse, semblait-il, fantastique. Abiazov courut alors sur la chaussée et se planta devant lui au milieu des rails. Il leva la main, pistolet pointé en l'air, comme s'il avait voulu tuer le ciel d'un seul coup de feu. Le crissement de freins de la voiture recouvrit celui, éloigné, des échanges de tir. Le tramway s'immobilisa, son conducteur, un homme déjà âgé, pétrifié de terreur derrière la vitre.

Abiazov bondit à l'intérieur et aussitôt une partie des passagers changea de place pour se réfugier au fond du wagon. Le grincement des roues de métal sur les rails résonnait encore dans la tête de Samson, mais il entendit malgré tout le tchékiste aboyer : « Fonce ! Sans arrêt jusqu'à la rue du Lycée. Non, jusqu'à Saint-Vladimir ! »

Le tramway s'ébranla et reprit sa course. Samson avait l'impression à présent qu'il roulait trop lentement, comme s'il voulait qu'on les rattrapât.

Abiazov cria de nouveau au conducteur : « Fonce, je t'ai dit !

– C'est ce que je fais, répondit l'autre, d'une voix fluette de vieillard. Impossible de rouler plus vite. »

Les gens qui attendaient à la station « Place de Galicie » virent avec étonnement le tramway de la ligne 6 passer devant eux sans s'arrêter.

Kholodny sentait posés sur lui les regards hostiles des passagers. Abiazov devait se sentir lui aussi mal à l'aise, ou bien simplement s'était-il apaisé.

« Tu peux t'arrêter à la suivante, compris ? » lança-t-il au conducteur.

Celui-ci se retourna comme s'il voulait s'assurer d'avoir bien entendu.

« Stepanovskaïa ! » annonça-t-il avant d'actionner le levier de frein.

Chapitre 11

Samson aurait aimé raccompagner sur-le-champ Nadejda à la maison, mais Abiazov ne le permit pas. Quand ils furent arrivés au commissariat, il ordonna à chaque prisonnière libérée d'écrire ce qui s'était passé. Doussia, celle qui portait un fichu noir, continuait de sangloter et sa déposition se trouva abondamment tachée de larmes. Samson conduisit Nadejda dans sa pièce de travail et l'installa à son bureau, ou plus exactement celui de son père. Lui-même prit place dans le fauteuil en face et s'efforça de la soutenir d'un regard empli de compassion et de tendresse.

« Mais que dois-je écrire ? Que dois-je écrire ? » demandait-elle d'une voix tremblante.

Son visage était d'une pâleur mortelle, et à présent, depuis son fauteuil, Samson distinguait nettement la griffure qui lui barrait la joue.

« Ne t'inquiète pas, écris simplement ce qui s'est passé. »

Elle rassembla ses forces et sa plume se mit à courir sur le papier avec plus d'assurance.

Samson, dont le siège était un peu plus bas, regardait son visage se pencher, ses lèvres remuer et parfois tressaillir, il l'observait et se disait qu'elle était là, assise au bureau de son père, et qu'il y avait une sorte de fil qui les reliait non pas seulement tous les deux, mais tous les trois. Car ce bureau se rappelait les mains de son père, sa chaleur, le claquement des boules de l'abaque quand il travaillait sur des documents comptables.

« Mon père nous aurait donné sa bénédiction », songea alors Samson. Et ses pensées ensuite se firent souvenirs. Cependant le dernier et le plus important – celui de leur malheureuse, mortellement malheureuse visite au tailleur – soudain le glaça.

« Il faut aller au cimetière, décida-t-il. Et plus tard à l'église Saint-Makari. Qu'une prière soit dite pour l'âme de papa ! »

Des bruits de pas résonnèrent dans le couloir, accompagnés de braillements. Des portes claquèrent.

Samson alla jeter un coup d'œil. Il vit des soldats entrer dans le bureau de son chef, et s'en étonna.

Quand Nadejda eut fini d'écrire, il prit sa déposition, s'en fut trouver Vassyl pour lui demander de porter du thé à la jeune fille, puis se rendit auprès de Naïden. Celui-ci, assis à son bureau, considérait les soldats avec un air de mépris.

« Et quoi, aucun de vous ne sait écrire ? demanda-t-il d'un ton mécontent.

– Moi, je sais, mais seulement au crayon, répondit l'un, le plus âgé. À la plume, j'y arrive pas. Chaque fois elle se casse.

– Bien, en ce cas descendez voir l'homme de garde, il vous donnera du papier et un crayon. Tu noteras ton témoignage et celui de chacun de tes camarades. Que ce soit bref et qu'on comprenne bien qui a tiré sur qui, et tout le reste. Au bas de chaque témoignage, tu écriras : "Rédaction conforme à mes propos", et tu leur donneras à signer. C'est tout. »

Samson et Naïden demeurèrent seul à seul.

«Eh bien, vous avez fait du joli boulot! dit Naïden en hochant la tête. Deux soldats tués, cinq morts chez les autres, le chef contrôleur blessé. Heureusement que c'était Abiazov qui commandait et que c'était son plan et pas le tien. Ses amis tchékistes l'ont déjà emmené rue des Jardins. Je doute qu'il en revienne.

– Quoi? Ils peuvent le fusiller? demanda Samson, effrayé.

– Qui sait? Il a fichu une telle pagaille!

– Mais ces jeunes femmes ont été arrêtées et maltraitées, et moi, on m'a confisqué mon revolver!

– Tu ferais mieux de ne pas évoquer ce détail pour le moment, répondit Naïden avec un sourire indulgent. Si je transmets au commandement ta déclaration concernant la perte de ton arme, tu es bon pour la rue des Jardins, toi aussi.

– J'ai compris, dit Samson tristement.

– Je te donne trois jours pour récupérer ton Nagant.»

Une fois à la maison, comme il aidait Nadejda à se déchausser, Samson nota que ses doigts tremblaient. Elle était pâle et tenait à peine sur ses jambes. Dès qu'ils furent assis à la table, elle éclata en sanglots, le visage dans les mains.

«J'ai eu tellement peur! dit-elle à travers ses larmes. Une peur atroce! J'ai cru qu'ils allaient nous tuer.»

Samson l'abreuva de thé. Il chercha à la persuader de prendre un bonbon, mais elle refusa obstinément.

Il fit cuire des pommes de terre et réussit malgré tout à la convaincre de manger un peu. Après quoi elle alla se coucher sans adresser à Samson le moindre mot chaleureux.

Quand il eut débarrassé la table, il se servit une autre tasse de thé. Puis il descendit à la cave et en remonta une grosse brassée de bois de bouleau. Il alluma le poêle. Alla chercher dans sa chambre la boîte en fer-blanc d'où il sortit son oreille, toute rose, comme vivante. Il l'exposa à la flamme d'une bougie et constata qu'elle était légèrement translucide. Il tira également une oreille de cochon du cornet de papier journal. Il tint les deux devant lui, pour comparer. De la seconde émanait une forte odeur, de la sienne un parfum épicé à peine perceptible, comme d'une feuille de basilic fraîchement coupée.

Il se rappela l'éclat du sabre du cosaque, son oreille volant en l'air, les minuscules gouttes de sang jaillissant à sa suite comme de l'eau de Cologne d'un flacon dont on a pressé la poire de caoutchouc. Il trouvait à présent étonnante la folle agilité avec laquelle, en tombant, il avait rattrapé l'oreille coupée. Il l'avait attrapée, serrée dans son poing, puis s'était effondré par terre.

« Comment a-t-il pu ? » se demanda Samson au souvenir de son père, déjà mort, dont la main l'avait poussé sur le côté, le protégeant du sabre du cosaque. Sans ce geste ultime, la lame lui eût fendu le crâne, exactement de la même manière qu'à lui…

La porte de fonte du poêle commençait d'exhaler de la chaleur. Samson alla ranger la boîte renfermant l'oreille dans le bureau de son père. Il la glissa au-dessus des livres dans la bibliothèque, puis revint au salon.

La voix de Naïden résonna dans sa mémoire : « Je te donne trois jours pour récupérer ton Nagant. »

Samson se mordit la lèvre.

« Comment le récupérer ? » se demanda-t-il. Il faut simplement aller là-bas et les arrêter, procéder à une perquisition. Mais ce seront encore des échanges de tirs et des morts… »

Il soupira. Enfila sa veste et ses bottes, coiffa sa casquette.

La veuve du concierge ne dormait pas encore.

« Où pars-tu donc en pleine nuit ? lui demanda-t-elle sur le seuil de l'immeuble.

– Travailler », lui répondit-il sèchement.

Comme il s'éloignait, il l'entendit tirailler le verrou pour barricader la porte.

Naïden ne se montra pas étonné de voir Samson se pointer à son bureau.

« Entre ! » lui dit-il. Il était assis à sa table de travail, une loupe à la main. Devant lui était posée une feuille de papier entièrement couverte d'une minuscule écriture.

« C'est à propos du Nagant, commença Samson. Impossible d'éviter une nouvelle fusillade. Je crois qu'ils ne quittent jamais leur territoire. À part pour aller chercher du pain de temps en temps.

– Il n'y a pas de territoire qui leur appartienne, répondit Naïden. Il y a notre territoire soviétique. Quant aux fusillades, nous ne sommes pas l'armée, nous sommes la milice. Nous devons nous y prendre par la ruse. Les attirer hors de leurs trous et de leurs cachettes, et les attraper comme des rats. Tiens, je tombe là sur une colle. » Il désigna du menton la feuille de papier. « Un agent m'écrit qu'on a interdit le commerce de viande, mais pas celui des pirojki et qu'à présent, au Marché juif, les pirojki sont farcis de chair de chien, de chat et de rat, additionnée de raifort haché pour en masquer l'odeur peu familière, pour que le client ne soupçonne rien. Or, c'est vrai, le commerce de pirojki n'est pas interdit. Si on leur met la main dessus, ces marchands diront que ce n'est pas de la viande. Et on ne saurait leur donner tort: du chien, du rat, du chat, est-ce vraiment de la viande? Au fait, en parlant de viande, as-tu bouclé ton affaire?

– Celle des porcs abattus dans une remise? Pas encore...» Samson se raidit. «C'est justement pour ça que je venais: je pensais interroger encore une fois Briskine cette nuit...»

Naïden leva sur Samson un regard indulgent, sinon compatissant, comme s'il avait compris qu'il mentait mais ne voulait lui en faire reproche.

«Eh bien, vas-y, interroge-le!» lui dit-il.

Arrivé dans son bureau, Samson alluma la lumière, puis s'approcha du schéma de découpe affiché au mur. Il l'examina longuement, comme s'il cherchait sur une carte l'emplacement d'un trésor.

Il décida de recopier sur papier les noms et adresses des acheteurs. Ce serait un document à ajouter au dossier. Il passa une demi-heure en va-et-vient entre le schéma et sa table de travail. Inscrivit joliment en colonne les dénominations des différentes parties de la carcasse, avec en face les noms et adresses des acheteurs. Il relut le tout deux fois. Quelque chose le dérangeait, jusqu'à ce qu'il prît conscience que le schéma, et par conséquent sa liste, ne mentionnaient ni les tripes, ni le foie, ni les rognons, ni, finalement, le cœur. Il les ajouta en fin de colonne. Puis il demanda au soldat de garde de descendre chercher Briskine.

Celui-ci affichait une mine de triste dandy déchu. Certes, ses vêtements avaient encore de l'allure, mais son visage était amaigri et une tache de sang séché ornait son sourcil gauche.

Samson voulut lui donner ordre de s'asseoir, mais il se ravisa. Faire s'installer un prisonnier dans un fauteuil lui parut abusif.

Briskine hoqueta puis fut pris d'une quinte de toux.

« Il fait froid en bas ? » demanda Samson.

L'autre eut un nouveau hoquet.

« Et humide également ! répondit-il, maussade.

– J'ai dressé une liste d'après le schéma de découpe, déclara Samson pour en revenir à l'affaire. Il y a un truc qui cloche. Vous n'avez rien écrit concernant les abats. Et quant à la viande, il résulte qu'à chaque gros morceau correspond un seul acheteur. C'est possible, ça ? »

Briskine tourna la tête vers le mur où était accrochée l'affiche.

« Les abats ne figurent pas là-dessus. Mais je peux compléter.

– Eh bien, asseyez-vous ici, et complétez. Et vérifiez encore une fois ce que j'ai noté. Peut-être aurez-vous quelque chose à ajouter. »

Briskine s'installa, relut attentivement la liste, puis tendit la main vers le porte-plume plongé dans l'encrier. La plume se mit à crisser sur le papier. Le hoquet le reprit.

« Indigestion ? lui demanda Samson avec sympathie.

– Non, ce n'est pas ça. Ma fille m'a apporté des œufs. J'ai une maladie de cœur qui fait que je dois manger chaque jour des œufs durs. Mais l'autre, en bas, au sous-sol, a voulu me les prendre. J'ai dû me dépêcher de les avaler avec leur coquille. Apparemment la coquille n'est pas passée, elle est restée coincée quelque part. »

Briskine hoqueta de nouveau bruyamment, poussa un profond soupir et poursuivit son travail d'écriture.

Au bout de quelques minutes, il s'arrêta net et releva la tête.

« Mais quoi, on arrête aussi les acheteurs ?
– Je ne pense pas, répondit Samson. Je ne sais pas, mais je ne pense pas.
– Ce serait mieux que vous sachiez, soupira le prisonnier. Ce sont des gens comme vous.
– Ça, on le vérifiera. S'ils sont comme nous, il ne leur arrivera rien », promit Samson.

Et ses yeux soudain s'éclairèrent.

« Au fait, qui parmi vos acheteurs fabrique des pirojki pour le Marché juif ?
– Des pirojki à la viande ? demanda Briskine, pensif. Hum… des pirojki et aussi des *kotlety*… Antonina, elle habite dans la rue Torse, elle a un étal au marché.
– Antonina ? » dit Samson, surpris. Il s'approcha du schéma de découpe. « Son nom n'y est pas.
– C'est qu'elle prend des abats, justement, et un peu de lard », répondit Briskine. Il pointa le doigt sur la feuille de papier. « Je l'ai ajoutée ici. »

Samson se pencha sur la table.

« Et le cœur ?
– Je ne me rappelle pas, grommela Briskine.
– Vous ne vous rappelez pas ? Comment est-ce possible ? C'est l'organe interne le plus important !
– Pour l'être humain, peut-être, mais pour le cochon sûrement pas ! Les organes essentiels du cochon ce sont le lard, le jambon, le filet et l'échine !
– Eh bien, faites un effort tout de même, dit Samson d'un ton un peu forcé. Essayez de vous souvenir à qui vous avez vendu le cœur. J'ai ordre de boucler cette affaire le plus rapidement possible. »

Briskine poussa un autre profond soupir, puis grimaça comme si lui était venue une pensée désagréable.

« C'est à Choura que j'ai vendu le cœur, prononça-t-il d'une voix presque murmurante et même un peu romantique. On peut même dire que je le lui ai offert... Cédé pour quelques kopecks...

– Eh bien, inscrivez l'adresse de cette Choura et nous en aurons terminé. »

Briskine reprit le porte-plume, le secoua pour faire retomber dans le flacon la goutte d'encre rouge qui pendait au bout.

« Vous n'avez oublié personne ? demanda Samson quand le prisonnier eut replongé le porte-plume dans l'encrier.

– Non », soupira Briskine d'un air accablé.

Samson appela le soldat de garde et celui-ci reconduisit le prisonnier au sous-sol.

Resté seul avec le mannequin, toujours imprégné d'humidité, Samson réfléchit à son ceinturon et à son revolver perdus. Il n'avait pas sommeil et de toute manière il régnait un tel vacarme dans le commissariat qu'on se serait cru en plein jour.

« Je vais aller au Marché juif, décida Samson. Peut-être aurai-je une idée... »

À ce moment, la porte s'ouvrit prudemment et dans l'embrasure parut le regard interrogateur de Vassyl.

« Tu ne dors pas ? » dit celui-ci, étonné, mais aussitôt il sourit et demanda : « Veux-tu du thé ?

– Oui, répondit Samson avec un hochement de tête résolu. Et je voulais vous poser une question. »

Il tourna la tête et posa les yeux sur le mannequin.

« C'est bien vous qui avez pris le costume ? Mais vous avez laissé le mannequin... Pourquoi ?

– Je n'ai pas pris le costume ! répondit Vassyl, presque indigné. Je n'ai nulle part où ranger vos pièces à conviction.

– Mais qui alors ?

– Et comment le saurais-je ? Peut-être un gars qui a les mêmes mensurations ? Je t'apporte tout de suite le thé. »

La porte se referma. Samson se tourna de nouveau vers le mannequin et braqua sur lui un regard mécontent et perplexe.

« Un gars qui a les mêmes mensurations ? » pensa-t-il avant de lentement secouer la tête. Et soudain ses mains se mirent à trembler tandis que ses yeux se posaient sur le tiroir supérieur gauche du bureau, dans lequel il conservait une autre pièce importante : une copie en argent de l'os de fémur de l'escroc belge, Jacobson.

Le tiroir n'était pas scellé : depuis trois jours, Samson avait eu autre chose à penser qu'aux règles administratives d'apposition et de levée de scellés sur les armoires, tiroirs de bureau et autres meubles d'appoint.

Il l'ouvrit et n'en crut pas ses yeux. L'os en argent avait disparu.

Il regarda à nouveau le mannequin, mais cette fois-ci avec un mélange de ressentiment, de colère et de peur – peur de devoir répondre de sa propre incurie, de la perte de son arme, d'un costume et d'une lourde pièce à conviction en argent massif.

Chapitre 12

Personne ne répondait aux coups frappés à la porte et la veuve du concierge ne se montrait pas davantage à la fenêtre de sa loge, le visage endormi et une bougie allumée à la main. Samson ressentait dans son corps une énergie morbide dont on eût dit qu'elle épuisait en vain ses dernières forces. L'heure était plutôt trop matinale que trop tardive. L'aube était toute proche.

Samson regarda autour de lui. Il crut entendre un bruit lointain, pareil au coup de sifflet d'une locomotive. Mais peut-être était-ce le fruit de son imagination, une création de son esprit, car une demi-heure plus tôt il se trouvait encore rue Stepanovskaïa, près des bâtiments de bois de la gare, et parlait avec Li Yu Yeh qui de nouveau montait la garde avec d'autres camarades chinois aux abords des voies. Samson savait à présent que la patrouille chinoise de l'Armée rouge n'était pas postée là par hasard. Les soldats ordinaires, ceux qui n'étaient pas chinois, avaient tôt fait de s'entendre avec les cheminots. Les Chinois n'enfreignaient ni le règlement ni les ordres, c'est pourquoi on les affectait aux postes les plus sensibles et aux principaux itinéraires de patrouille.

Avant même d'avoir aperçu les soldats chinois, Samson avait flairé l'odeur familière des oreilles de porc. Aussi s'était-il approché d'un pas plus hardi, sans s'arrêter. Il avait exposé à Li Yu Yeh son problème concernant le revolver et le ceinturon, et décrit l'homme à la touloupe qu'il avait vu les porter. Li Yu Yeh lui avait promis de surveiller les cheminots qui se rendaient la nuit au Marché juif pour acheter boisson et nourriture. « En cas de besoin, où te trouver ? » lui avait demandé le Chinois en dernier lieu. « Au commissariat de la Lybed, au début de la rue Tarassov », avait répondu Samson. « Commissariat de la Lybed ? Je connais ! » avait dit Li Yu Yeh.

La flamme d'une bougie, apparue à la fenêtre de cuisine de la loge, vint distraire Samson de ces réminiscences.

Il agita la main, supposant que la veuve était en train de regarder qui cognait à la porte de si bon matin.

Une fois chez lui, Samson pendit sa veste dans le couloir et s'efforça d'ôter ses bottes le plus discrètement possible. Il se rendit ensuite au salon et y découvrit Nadejda assise à la table, qu'éclairait une bougie déjà presque consumée, la tête posée sur ses bras croisés. On aurait pu penser qu'elle dormait, mais ses épaules tressaillaient par instant.

Il s'approcha sur la pointe des pieds, écouta sa respiration.

« Nadejda ? murmura-t-il. Tu dors ? »

La jeune femme redressa la tête.

« Je ne me sens pas bien, répondit-elle d'une voix faible. J'ai froid dans les genoux et dans les coudes, et j'entends comme un tintement dans ma tête, tantôt proche, tantôt lointain…

– Ô, Seigneur ! s'exclama Samson, inquiet. Il faut que tu voies un médecin. En attendant, va au lit, je vais te faire du thé. »

Nadejda se leva docilement et s'en fut dans sa chambre.

Samson l'aida à se coucher, remonta la couverture sur elle, posa la main sur son front. Il le trouva moite et glacé et en fut encore plus effrayé.

« Je reviens ! » dit-il avant de courir à la cuisine.

Quand il revint avec une tasse de thé brûlant, Nadejda sommeillait déjà.

Il s'assit sur la chaise qui gardait encore la chaleur de son corps, et rapprocha la bougie dont la flamme tremblotait, à bout de forces. La mèche achevait de brûler, tout près de se noyer dans la cire fondue. Samson but une gorgée de thé et ressentit sur ses épaules le poids écrasant de la fatigue. Lui aussi eut envie de s'allonger un moment.

En fin de matinée, il emmena Nadejda consulter le docteur Vatroukhine, celui-là même chez qui il s'était précipité un jour à la vue de l'enseigne posée sur sa maison, en quête de secours et de soins médicaux, serrant dans son poing l'oreille qu'un sabre lui avait tranchée, le visage et les vêtements éclaboussés de gouttes de sang de son père.

Nadejda n'opposa pas de résistance. Elle paraissait faible et pâle, se plaignait de migraine et de douleurs dans les articulations. Le soleil brillait au-dessus de la rue Jilianskaïa, et ses rayons donnaient à certains passants une mine radieuse et épanouie. Mais dès que la personne repassait dans l'ombre, son visage reprenait son expression habituelle d'inquiétude et d'attente. Peut-être l'un d'eux était-il effectivement heureux ce matin-là d'aller à l'usine ou au bureau? Samson avait l'impression que le côté sombre de la vie kiévienne l'emportait de beaucoup sur la force réconfortante des rayons du soleil, et de manière générale entravait toute tentative de voir cette vie sous un jour clair et joyeux. Et d'ailleurs le fait que les passants baignés de lumière regardaient malgré tout avec crainte les gens qu'ils croisaient trahissait leur véritable état d'esprit.

« Là-bas, on ne vous a pas… voulut demander Samson alors qu'ils étaient en chemin, mais il ne trouva pas le bon mot. On n'a pas abusé de vous ? »

Nadejda ignora sa question, absorbée qu'elle était en elle-même, uniquement attentive à ses propres pensées et douleurs.

Samson se rappela alors les paroles de l'homme à la touloupe : si sa femme était mignonne il ne la retrouverait pas, on n'hésiterait pas à la « forcer » puis à la tuer.

« Tu sais… dit soudain Samson, et sa voix avait un accent si poignant que Nadejda tourna la tête vers lui. Quand j'étais à ta recherche, j'ai dit que tu étais ma femme. »

Un sourire, fragile mais bien net, se dessina sur les lèvres de Nadejda.

« Mais on ne m'a pas cru ! Et tu sais pourquoi on ne m'a pas cru ? Parce que je n'avais pas de photo de toi sur moi. Nous devons absolument aller chez le photographe.

– J'en ai à la maison, chez mes parents. Je t'en offrirai », lui promit Nadejda, dont le visage avait embelli en se ranimant.

« Il est en fait ophtalmologue, précisa Samson quand ils arrivèrent devant chez Vatroukhine. Mais s'il est spécialiste des maladies des yeux, il connaît aussi les autres. Il m'a beaucoup aidé pour mon oreille. »

Son attention fut attirée par une étrange enseigne de bois, à gauche de la porte du médecin, où ne figurait aucun mot, mais où était peint un triangle noir avec un œil au milieu.

« Eh bien, il aura au moins signalé ainsi son activité médicale », se dit-il. Puis, se tournant vers Nadejda, il frappa du poing à la porte.

Nikolaï Nikolaïevitch Vatroukhine ouvrit d'abord en laissant la chaîne, mais quand il eut reconnu son visiteur, il repoussa le vantail pour le rouvrir cette fois-ci en grand. Un sourire de bienvenue illumina son visage. Ce sourire souleva les extrémités de fines moustaches que le docteur auparavant ne portait pas. Au reste, Vatroukhine affichait ce jour-là une allure soignée. Sa veste souple d'intérieur, de couleur mauve, même si elle paraissait un peu trop grande, avait presque un air de fête. Et son pantalon de laine bleue également. Il était chaussé de pantoufles de feutre gris, bordées en haut de fourrure de mouton d'une parfaite blancheur.

« Il y a longtemps que vous n'étiez pas venu ! Bien longtemps ! » dit le médecin en s'écartant pour laisser entrer ses hôtes.

Une fois à l'intérieur, Samson aida Nadejda à ôter son manteau, puis la présenta et conta brièvement sa mésaventure.

« Allons discuter de tout cela devant une tasse de tilleul », proposa le docteur.

Le salon se distinguait lui aussi par l'ordre et la propreté qui y régnaient. Et Samson eût sans doute mis longtemps à trouver une explication à cette soudaine apparente prospérité du docteur et de son logis, si une femme n'était alors sortie de la cuisine, un samovar dans les mains. Encore jeune et fort belle, elle était vêtue d'une longue et lourde jupe noire et d'un cardigan de mohair bleu dont le col montant soulignait avec bonheur la sévérité des lignes de son visage.

« Chère Dounia, il y a encore des biscuits dans le buffet ! lui dit Vatroukhine tout en l'aidant à dresser le samovar sur son plateau de cuivre au centre de la table ovale.

– Oui, Nikolaï Nikolaïevitch, répondit-elle. Et aussi de la pâte de coing.

– Vous avez une nouvelle gouvernante ? demanda Samson d'un ton approbateur, avec une feinte nuance de jalousie.

– Que dites-vous là ? Une gouvernante, à notre époque ? Non, c'est mon épouse.

– Félicitations ! s'exclama Samson qui avait tressailli sous la surprise, puis il tourna la tête vers Nadejda.

– Oui, oui, félicitations ! reprit celle-ci en écho. C'est si merveilleux !

– À qui le dites-vous ! » répondit le docteur. Il remplit la tasse de Nadejda au samovar, puis regardant Samson, il ajouta dans un presque murmure : « C'est comme un festin en temps de peste ! L'essentiel est que la peste ne remarque rien. » Après quoi il porta de nouveau son attention sur la jeune femme : « Hum… le teint de votre visage ne me plaît guère, dit-il alors d'un ton préoccupé. Je vous enverrais bien consulter le docteur Feikus, mais il est parti à Berlin. Tout ça, ce sont les nerfs, un désordre de l'âme, pour ainsi dire. Il vous faut suivre une cure de lait gazeux, selon la méthode du docteur Pasternatski. Un élève de Botkine ! Un médecin de génie ! Adressez-vous à la pharmacie Martsintchik, peut-être ont-ils l'appareil de Pasternatski pour gazéifier le lait. S'ils ne l'ont pas, mélangez simplement le lait avec de l'eau de Narzan et secouez jusqu'à ce que les bulles se forment.

– Mais où acheter de la Narzan à présent ? soupira Samson.

– En pharmacie ! Les pharmaciens sont gens prévoyants, la marchandise ne s'achète plus aujourd'hui, elle se quémande. Donc, si vous optez pour la Narzan, un demi-verre de lait pour un demi-verre d'eau gazeuse, quatre fois par jour, sinon cinq. »

Les biscuits et la pâte de coing fondaient lentement et délicieusement sur la langue. Samson était heureux de voir l'appétit de Nadejda s'éveiller grâce à eux. Le docteur la regardait lui aussi, et dans ses yeux se lisait un intérêt tout médical qui ne pouvait susciter de jalousie. Son épouse n'avait pas pris place à la table. « Elle est terriblement inquiète, avait expliqué Vatroukhine au moment où elle s'éclipsait par une des portes du vaste salon. Son frère a disparu. Et sa femme avec lui. Leurs affaires et leurs papiers sont restés dans l'appartement, mais eux se sont volatilisés. À présent elle est dans tous ses états, faute de savoir où les chercher. – Il faut aller rue des Jardins, à la Tchéka, avait conseillé Samson. – Elle y est allée déjà, leurs noms ne figurent pas dans les registres. »

La collation terminée, le médecin entraîna Samson et Nadejda dans son cabinet. Il demanda à la jeune femme d'ôter ses bas. Examina et palpa ses genoux. Puis elle remonta ses manches de gilet pour qu'il puisse voir ses coudes.

« C'est bien ça, déclara-t-il, l'examen achevé. Névrose ! Un mois de cure de lait gazéifié et ce ne sera plus qu'un mauvais souvenir. À propos, ajouta-t-il en regardant fixement Samson dans les yeux, je me suis souvenu récemment de votre os en argent. Vous lisez l'allemand, n'est-ce pas ? »

Samson fit non de la tête. Mais déjà une revue médicale allemande avait surgi entre les mains du médecin. Il la feuilleta, puis la plia en deux pour la tenir plus commodément et la lui montra.

« Tenez, dans le numéro de novembre 1912, un article très intéressant sur les maladies osseuses. On y mentionne à la fin des chirurgiens qui conseillent de remplacer les os malades par des prothèses en argent. Et parmi eux, un spécialiste kiévien. Le docteur Tretner !

– Vraiment ? s'exclama Samson. Et que dit encore l'article ?

– Il y est précisé qu'il a utilisé avec succès du ruban d'argent pour consolider des os affectés d'ostéoporose. Y figure également un long article sur Vera Ignatievna Getroitz et la chirurgie militaire. C'est elle qui m'a offert cet exemplaire, et j'ai décidé de le lire entièrement. Vous savez, quand on lit en allemand, l'esprit s'apaise et l'ordre revient dans votre tête. C'est comme ça que je suis tombé par hasard sur ce passage. »

Vatroukhine raccompagna ses hôtes jusqu'au seuil de sa maison.

« Je vois que vous recevez à nouveau des patients ? dit Samson en désignant du regard la plaque en bois.

– Discrètement, reconnut l'autre. Il faut bien gagner sa vie. »

Sur le chemin du retour, comme ils remontaient la rue Jilianskaïa sensiblement plus animée qu'au matin, Nadejda s'arrêta soudain devant l'entrée du service régional des statistiques.

« J'y entre peut-être ? dit-elle à Samson. Pour dire que je suis souffrante ?

– Vas-y, je t'attends. »

Il patienta près d'un quart d'heure avant de voir Nadejda ressortir du bâtiment.

« Tu sais, je me sens déjà mieux, déclara-t-elle. Le médecin a des mains si chaudes ! Peut-être m'a-t-il guérie juste en me touchant ? Je vais rester un petit moment, pour aider les filles. On nous a transmis les statistiques concernant le bétail domestique à Kiev, sans moi elles ne s'en sortiront pas. Ce ne sont que des nombres à trois et quatre chiffres ! Et c'est ce soir qu'on livre les rations pour les employés. »

Samson haussa les épaules.

« Bien sûr, dit-il. Mais veille à ne pas te surmener. Et ce soir nous irons porter le bois à ton amie et nous prendrons la robe. L'été est presque arrivé ! »

Nadejda sourit. Elle colla un baiser espiègle sur sa joue et s'engouffra dans le bâtiment.

Chapitre 13

« Tu vas danser ? lui demanda Naïden avec un sourire caustique sur son visage mal rasé.

– Danser ? Mais quoi ? » demanda Samson, interloqué.

Il venait juste d'arriver au commissariat et était encore en train d'échafauder des plans pour le soir. Il peinait à imaginer ce qu'était cette robe qui avait tant plu à Nadejda, mais il voyait déjà son joli visage rond tout rose de bonheur et illuminé d'un sourire solaire. Ne restait plus qu'à livrer trois sacs de bûches à l'actuelle propriétaire du vêtement. Il avait ces pensées en tête quand Vassyl était entré dans son bureau pour lui annoncer que Naïden le réclamait sur-le-champ.

« Ah, mais je m'en fiche totalement ! se moqua le commissaire. Le gopak peut-être ? Ou bien la kamarinskaïa ? L'essentiel, c'est que ce soit de bon cœur ! »

Il se tourna vers son bureau et y prit un objet, le soupesa un instant, puis le lança à Samson. Surpris, celui-ci recula d'un demi-pas, mais néanmoins tendit la main et attrapa un ceinturon de cuir. Le lourd étui de revolver qui y était accroché lui heurta douloureusement le genou.

« C'est le tien ? » lui demanda Naïden d'un ton sévère et en même temps presque rieur.

Samson ouvrit l'étui, sortit le Nagant, l'examina. Son visage s'illumina de joie.

Il confirma :

« Oui, c'est le mien ! D'où sort-il ?

– C'est un Chinois qui l'a apporté. Il a demandé de te le remettre. Un ami à toi, visiblement ! Tiens, il a laissé ça aussi. »

Naïden désigna du menton un cornet de papier posé sur son bureau.

« Mais comment a-t-il réussi si vite ? lâcha Samson, étonné, alors qu'un doux sentiment de soulagement l'envahissait.

– Ah, ça, demande-le à Vassyl. C'est lui qui l'a réceptionné. Le jour n'était pas levé, je venais juste de m'allonger pour faire un somme. Mais comment t'y es-tu pris pour adapter un étui de Mauser à un Nagant ?

– Ce n'est pas moi, c'est Vassyl. Il m'a donné l'arme déjà dans l'étui. Et que se passe-t-il maintenant pour ma déclaration de perte ?

– Rien du tout ! répondit Naïden avec un clin d'œil. Je vais déchirer ce que tu as gribouillé hier, et nous en resterons là. Mais toi, tu me boucles cette affaire de viande. Qu'avant deux jours, le dossier soit prêt pour la sentence.

– Et la sentence, je devrai aussi la rédiger tout seul ?

– Pourquoi tout seul ? On se réunira autour d'un thé, toi, Vassyl et moi, et on en causera, répondit Naïden avec entrain.

– Et Abiazov ? Des nouvelles de lui ? »

Le visage de Samson était devenu sérieux et attentif.

« Pour l'instant aucune. Mais on nous l'avait envoyé de là-bas en renfort. Sans mission particulière, comme personnel détaché. S'il était des nôtres, je pourrais sans doute me renseigner…

– Je comprends. » Samson revint aussitôt au sujet de conversation précédent. « J'ai établi une liste d'une dizaine d'acheteurs de Briskine. » Il regarda son chef dans les yeux, avec la mine pénétrée du bon élève. « Ils ne forment pas une bande de malfaiteurs. Comment faut-il les considérer dans l'affaire ? Comme témoins ? Ou malgré tout comme complices ?

– Ceux qui ignoraient l'existence du décret sur le commerce de viande seront entendus comme témoins, les autres comme complices. Tu sauras bien tirer ça au clair tout seul. Si tu vois que tu as devant toi un acheteur sans scrupules, tu le classes immédiatement comme complice. Mais tu ne l'en informes pas: qu'il fournisse d'abord son témoignage! »

Une fois dans son bureau, Samson boucla son ceinturon sur sa veste de cuir et redressa l'étui pour qu'il tombe commodément sur sa hanche. Il se rappela, en passant, l'attention qu'Abiazov accordait à sa propre mise. Il secoua la tête. Un sentiment de culpabilité le transperça: il comprenait fort bien que sans l'enlèvement de Nadejda, Abiazov serait à présent assis là, dans un fauteuil, en train probablement de lui donner, à lui, Samson, des instructions quant à l'interrogatoire des témoins dans l'affaire du trafic de viande. Mais voilà, il avait été rappelé à la Tchéka, et qui plus est, on pouvait le craindre, en état d'arrestation.

Pour se distraire de ce sentiment de culpabilité et d'autres qui lui étaient associés, Samson s'installa à sa table de travail et prit en mains la liste des acheteurs de porc. Les convoquer ici pour les interroger n'aurait aucun sens. Chaque jour le nombre de citoyens qui se pressaient devant l'entrée grandissait, entre ceux qui attendaient simplement, sans bouger, on ne savait quoi, peut-être des nouvelles de quelque parent arrêté, ceux impatients de pouvoir pénétrer dans le bâtiment et ceux qu'on y amenait par la force. Samson n'avait pas vu de telle cohue depuis l'époque du lycée. La relative proximité du Marché juif n'y était pas non plus étrangère: soldats de l'Armée rouge et clients ordinaires y mettaient régulièrement la main sur de menus escrocs et autres pickpockets qu'ils conduisaient au commissariat après les avoir copieusement tabassés, dans l'espoir qu'on les écarterait pour un bon moment du chemin des honnêtes gens.

À en juger par les adresses indiquées par Briskine, nombre de ses acheteurs logeaient eux aussi dans les alentours du marché, lequel était donc pour eux un lieu aussi familier que pour les susdits aigrefins. Bizarrement, Briskine n'avait mentionné dans la liste aucun de ses voisins de Pouchtcha-Voditsa et de Gorenka. Les plus éloignés vivaient à Piorka ou Koureniovka. À l'évidence, il répugnait à livrer la marchandise dans les faubourgs. Au reste, leurs habitants avaient toujours moins d'argent que ceux qui résidaient près du centre.

Le regard de Samson s'arrêta sur l'adresse d'une certaine Kristina, demeurant 15 rue Stolypine, au rez-de-chaussée. Il sentit à cet instant la faim lui vriller l'estomac et l'image de la cantine soviétique sise dans cette même rue lui revint toute seule en mémoire. Il y allait fréquemment déjeuner, payant avec les coupons remis par Vassyl, ornés du tampon de la milice. Il se dit qu'il serait sage de se rendre dès maintenant là-bas. D'abord chez cette Kristina, puis, son témoignage recueilli, à la cantine.

Kristina Vorjekhovskaïa se révéla être une Polonaise aux cheveux châtain clair, à l'œil brun et langoureux, occupant un vaste appartement ayant échappé à la « densification[1] » et où cependant flottait une aigre odeur de savon au goudron bon marché.

Nullement surprise par la venue d'un enquêteur de la milice, elle l'accompagna à la cuisine où elle le fit asseoir à une table de bois grossière, couverte d'entailles et de

1. Ou « redistribution rationnelle des surfaces habitables », selon la formule de Lénine, propriétaires ou locataires de logements jugés spacieux se voyant contraints de les partager avec de nouveaux occupants.

traces de coups, dont le plateau ne servait manifestement qu'à préparer la nourriture mais jamais à la manger.

« Vous vivez seule ? demanda Samson, incapable de dissimuler son étonnement.

– À présent oui, mais autrefois notre maison bouillonnait d'une vie extraordinaire », soupira-t-elle.

Elle tourna les yeux vers le mur, derrière elle, et considéra avec une tendresse appuyée le calendrier de l'année 1913, pendu dans un cadre sous verre. Sa partie supérieure s'ornait d'une scène d'enfants en pleine bataille de boules de neige au pied d'un sapin de Noël.

Samson considéra le porte-documents qu'il avait provisoirement posé sur ses genoux. La serviette de cuir brun que Vassyl, à sa demande, avait sortie du local des pièces à conviction, avait été saisie dans le cadre d'une affaire impliquant un caissier de banque. Elle était agréable et facile à porter dans la rue, non seulement parce qu'elle ne contenait qu'un seul dossier, mais aussi du fait qu'elle créait dans la main gauche une sensation d'équilibre, même si, bien sûr, le revolver et son étui pesaient bien plus lourd sur sa hanche droite.

Samson passa la main sur le plan de travail, évalua sa rugosité et sa relative propreté, et alors seulement sortit le dossier et le posa sur la table, puis du dossier tira deux feuilles de papier et un crayon.

« Je viens vous trouver pour une affaire concernant Moisseï Briskine », annonça-t-il à la maîtresse de maison, après avoir jeté un coup d'œil à la broche en malachite qui ornait son gilet de mohair blanc.

Elle surprit son regard, redressa le bijou, puis tira son gilet vers le bas, sur sa jupe bleue également de tricot.

« Et qui est ce Moïsseï ? demanda-t-elle, en affichant sur son visage un air de mystère. Ne serait-ce pas un prophète ? »

Son nez fin et pointu était comme celui d'une poupée, sans vie, trop blanc au milieu d'un visage rose et animé. « Trop poudré », devina Samson.

« Vous lui avez acheté récemment de la viande de porc, lui dit-il en la regardant droit dans les yeux.

– Ah ! c'est donc ainsi qu'il s'appelle ? » Kristina sourit. « Il s'était présenté à moi sous un autre nom.

– Et lequel ? demanda Samson. Non, attendez ! Écrivez-moi ça plutôt. Tenez. »

Et il lui glissa une feuille de papier vierge.

« Et que dois-je noter ?

– Inscrivez en haut : "Déposition à titre de témoignage". Puis détaillez : depuis quand vous connaissez Briskine, comment il se faisait appeler, combien de fois il est venu vous voir et combien de fois vous lui avez acheté de la viande.

– Alors vous l'avez arrêté ? » comprit Kristina.

Samson acquiesça.

« Mais pourquoi ?

– Vous savez bien, sans doute, que le commerce particulier de viande est interdit ?

– Vraiment ? fit-elle avec un étonnement sincère. Depuis longtemps ? »

Samson se troubla. Il venait de prendre conscience qu'il ignorait la date exacte du décret, qu'il n'en avait même pas lu les termes, quand il eût été fort à propos de livrer tous ces détails.

« Non, répondit-il après une courte hésitation. Deux semaines.

– Ah ! Par conséquent je dois parler de la viande achetée à votre Moïsseï au cours des deux semaines passées ?

– Oui. Mais également de Briskine lui-même. Comment vous vous êtes rencontrés, sur quoi portaient vos conversations… »

Kristina Vorjekhovskaïa examina l'épais crayon noir grossièrement taillé.

« Vous n'auriez pas un porte-plume ? demanda-t-elle.

– Non, je n'en ai pas pris, répondit Samson. Vous savez, les encriers ont tendance à couler dans les porte-documents. C'est une vraie catastrophe.

– Moi, j'en ai un, dit-elle en souriant. Je ferais mieux de l'utiliser. Votre crayon est trop gros pour mes petits doigts ! »

Samson regarda sa main en effet menue et délicate. Pour elle, même un piano eût été un instrument trop vulgaire.

Elle sortit pour revenir avec une écritoire sur laquelle était posé, outre un tampon-buvard, un encrier de faïence en forme de souche d'arbre avec couvercle, côtoyant un gobelet de bronze fixé au support, d'où émergeaient plusieurs porte-plumes.

« Je le tiens de mon père », expliqua-t-elle en déposant l'écritoire devant elle de manière à ménager une place pour la feuille.

Pendant qu'elle écrivait, la mine concentrée, Samson tendit l'oreille aux bruits de la maison. Il lui sembla que quelque part au-delà de la cuisine une autre personne était présente, qui marchait, respirait, déplaçait des objets.

« Vous vivez vraiment seule ? » ne put-il s'empêcher de demander quand il fut certain d'entendre des pas.

Elle leva les yeux sur son visiteur.

« Si l'on omet le chien, oui, toute seule », répondit-elle, sur quoi elle fixa avec tant d'attention la tempe droite de

Samson que celui-ci se sentit mal à l'aise. » De nos jours, une femme célibataire ne peut se passer d'un chien. Mais, comme vous le comprenez, pour l'entretenir, il faut de la viande.

– Vous voulez dire que vous achetiez du porc à Briskine pour nourrir votre animal ?

– Bien sûr ! Quoi ? Vous pensiez que c'était pour moi ? Je ne mange jamais de viande ! s'exclama-t-elle, presque indignée.

– Excusez-moi, murmura Samson. Bon, continuez d'écrire, je vais, moi, jeter un coup d'œil au chien. »

Il se leva et appuya le porte-documents contre un pied de la chaise. Il gagna l'entrée et écouta avec attention.

« Il s'appelle Gourzouf ! Nous l'avons acheté en Crimée, il n'était encore qu'un chiot. Surtout ne le caressez pas, il n'aime pas les mains étrangères. »

Samson ouvrit la porte du salon et s'immobilisa. Gourzouf, un bouledogue anglais au poitrail impressionnant, se tenait campé au travers de son chemin et n'avait manifestement nulle intention de lui céder le passage. Quand il vit Samson s'accroupir devant lui, l'animal se mit à gronder et le força à se remettre debout.

Après avoir lu la déclaration de Kristina Vorjekhovskaïa, Samson nota lui-même sur une autre feuille ses réponses à quelques questions complémentaires, après quoi il la pria de signer au-dessous de la mention : *Rédaction conforme à mes propos.*

« Il vous reste de cette viande ? demanda-t-il pour finir.

– Vous n'y pensez pas ! Je n'ai nulle part où la garder. On nous a réquisitionné le cellier à la cave. Il abrite à présent un atelier d'artistes révolutionnaires.

– Ils ne font pas des monuments ? s'inquiéta Samson.

– Non, ils peignent des affiches. Tout à fait insipides. Je leur ai même dit. Mais ils se sont plaints qu'on ne leur fournissait que trois couleurs : jaune, rouge et noir. »

À la cantine soviétique, Samson s'installa à une table d'angle. Il avala rapidement le bortsch et la bouillie d'orge, mais décida de prendre son temps pour savourer la *kompot,* comme il faisait autrefois dans certain petit café polonais fréquenté par les étudiants ou même au *Semadeni*[1], sur le Krechtchatik. Il en but une gorgée, puis posa la tasse sur le bord de la table, ouvrit le dossier devant lui et parcourut de nouveau d'un œil attentif le témoignage de la presque blonde Kristina Vorjekhovskaïa.

J'ai fait la connaissance de celui que vous appelez Moïsseï Briskine sur un vapeur, dans les circonstances suivantes. Je m'étais embarquée pour aller rendre visite à ma tante à Khodorov. Et là, un homme d'allure respectable est venu me réclamer mes papiers. Je n'avais sur moi pour tout document que mon billet de bateau. Mais un des passagers s'est alors approché, a montré sa carte à l'individu qui me soupçonnait et lui a déclaré qu'il me connaissait et que je n'étais pas celle qu'il recherchait. Il est descendu à quai avec moi à Khodorov et m'a accompagnée jusqu'à la porte de ma tante. Chemin faisant, il m'a raconté qu'il travaillait à l'approvisionnement et serait heureux de m'aider à me procurer de la viande. Je lui ai donné mon adresse et il m'a en effet livré de la viande à cinq reprises, dont une fois à crédit. Je ne sais rien de plus sur cet homme.

« Intéressant, songea Samson. Quelle sorte de carte a-t-il montrée ? Et n'était-ce pas une scène préparée à

1. Du nom d'un pâtissier-confiseur suisse, Bernardo Otto Semadeni (1845-1907), originaire de Poschiavo, émigré d'abord à Odessa puis à Kiev.

l'avance pour entrer en contact avec un futur acheteur ? » Cette idée lui parut aussi naïve que ridicule et il secoua la tête, déçu. Il rangea la feuille dans le dossier, et prit la suivante qu'il avait remplie lui-même au crayon.

Kristina Vorjekhovskaïa, sujette polonaise, née en 1894, d'origine sociale roturière, maîtresse de maison sous tous les régimes, veuve, sympathisante avec les ouvriers et paysans.

À cet instant quelqu'un vint s'asseoir à côté de lui, une assiette dans les mains. Le fond de l'assiette heurta le dessus de la table et une goutte de bortsch tomba sur la feuille couverte d'une écriture appliquée.

« Je te demande pardon », dit une voix de baryton familière.

Samson leva un regard mécontent et découvrit devant lui son camarade Kholodny. Celui-ci portait une veste de cuir flambant neuve, ceinte d'un simple ceinturon, qui lui seyait fort bien.

« Oh ! Content de te voir ! » Samson sourit et lui tendit la main. « Je suis justement en train d'étudier notre affaire de viande. Naïden m'a ordonné d'en terminer rapidement, or il y a encore une dizaine de personnes à visiter. Tu as fait une nouvelle acquisition ? » Il jeta un regard appréciateur au col raide du vêtement, qui lui donnait un air encore plus sévère et résolu.

« Oui, soupira Kholodny. La mienne a disparu, heureusement Vassyl a pu en obtenir une autre.

– Comment ça, disparu ?

– Du bureau. Je suis descendu au sous-sol interroger un trafiquant, je me suis absenté quoi ? une demi-heure, et quand je suis remonté, elle n'y était plus.

– On te l'a volée par conséquent. »

Samson fixa l'assiette de bortsch d'un air pensif.

« Dieu voit bien qu'on me l'a volée, opina son camarade. Mais j'ai écrit qu'elle avait disparu. C'est Vassyl qui me l'a conseillé. Si tu écris "volée", il faut ouvrir une enquête et rechercher le voleur. À quelque chose malheur est bon. Mes poches étaient déjà trouées. Mais qu'est-ce que c'est que ton affaire ? Je veux dire celle qui demande à visiter une dizaine de personnes ?

– Mais toujours cette histoire de meurtre de cochon ! Plus exactement de trafic de viande.

– Entendu, je vais t'aider ! dit Kholodny. Nous irons ensemble en voiture visiter les témoins. Au moins je prendrai un peu l'air. "Interroge celui-ci", "interroge celui-là"... Ça suffit comme ça ! Moi, vois-tu, j'aimerais bien arrêter quelqu'un moi-même. Et que d'autres l'interrogent ensuite.

– Entendu. J'informerai Naïden. Seulement la mission n'est pas de procéder à des arrestations, mais de rassembler des preuves de culpabilité. Si on sent néanmoins que l'acheteur est lui-même complice, alors là, oui, on pourra l'embarquer. »

Kholodny parut enchanté à l'idée de passer deux jours à sillonner la ville en voiture. Il posa sur son bortsch un regard radieux. Sa main droite se leva, index, majeur et pouce joints, comme s'il s'apprêtait par une vieille habitude à se signer avant de manger, mais avant d'avoir atteint son large front, elle redescendit et saisit la cuiller dont l'extrémité du manche était frappée d'une étoile à cinq branches.

« Je ne suis donc pas le seul au commissariat à être volé », songea tristement Samson au souvenir du fémur d'argent et du costume de Jacobson disparu du mannequin. Il considéra la tache de soupe sur la feuille de papier, mouilla son doigt de salive et la frotta légèrement, ce qui eut pour effet de la rendre plus claire et transparente.

« Bon, j'y vais, annonça Kholodny. Passe me voir après. Peut-être qu'on pourra s'y mettre tout de suite. »

Chapitre 14

Le soir, plus tard qu'il ne l'avait initialement prévu, Samson s'en fut livrer en fiacre trois sacs de bûches à l'adresse indiquée par Nadejda et se vit remettre en échange par une jeune femme à l'opulente poitrine une boîte en carton contenant la robe d'été.

Nadeja, qui avait déjà bu ce jour-là son dernier verre de lait coupé d'eau de Seltz, bâillait de fatigue. Mais quand elle eut tiré de la boîte la robe verte semée de fleurettes jaunes, et l'eut convenablement secouée pour lui donner forme aérienne, la fatigue déserta ses yeux, ses lèvres s'emplirent de vie, et Samson eut la joie et la surprise indicibles de sentir un baiser brûlant se poser sur sa joue.

Elle alla dans sa chambre pour se changer et en ressurgit vêtue de la robe, telle une sauterelle ou une libellule. Samson en tout cas eut l'étonnante impression qu'elle avait maigri et rajeuni, qu'elle ressemblait soudain plus à une adolescente qu'à une employée du service des statistiques, certes très jeune mais sérieuse et exigeante.

Voyant qu'en dépit de l'heure tardive Nadejda était tout en joie, Samson lui proposa du thé, mais l'heureuse propriétaire de la robe verte à fleurs souhaita plutôt un léger festin, autrement dit du vin ou une liqueur. Ce vœu frappa Samson au plus profond du cœur, tant il lui semblait étranger à la Nadejda qu'il connaissait.

Cependant, cette Nadejda-là, exprimant de tels désirs, lui plaisait encore davantage. Aussi s'en fut-il quérir auprès de la veuve du concierge l'aide qu'elle était seule à pouvoir lui fournir.

Celle-ci l'invita à s'asseoir à sa table de cuisine encore encombrée de vaisselle sale.

« C'est elle qui en a envie ? » s'exclama-t-elle en levant les bras au ciel.

Samson hocha la tête. La veuve remonta sa jupe de laine grise qui avait glissé, et en resserra le cordon de ceinture. Puis elle rajusta son tablier bordeaux et sortit du buffet une petite bouteille verte fermée par un bouchon de papier journal, qu'elle posa à côté de la bougie allumée, si bien que le flacon s'anima aussitôt d'éclats joyeux.

« N'aie pas peur ! Je vais te la donner, ta liqueur, mais avant tu ne vas pas refuser de vider avec moi un petit verre de goutte ! Je suis à présent un peu comme ta marieuse, non ?

– Oui, c'est vrai ! Et je vous suis très reconnaissant aussi pour les bonbons. Seulement faisons vite ! »

Elle remplit les verres, chacun presque à ras bord.

« Un bout de rillon, ça te dirait ?

– De rillon ? répéta Samson en se pourléchant les lèvres. Oh oui ! Volontiers ! »

Le goût salé du lard frit lui fit paraître l'alcool presque doux.

« Vous allez vous marier ? demanda la veuve tout à trac.

– À l'église, j'en doute, mais comme ça, oui…

– Mais comment se passer d'église ? » dit-elle d'un ton plus affirmatif qu'interrogateur.

Son visiteur commençait à se sentir nerveux.

« Je devrais déjà être remonté chez moi. Nadejda m'attend.

– Eh bien alors, debout ! » La veuve se souleva de sa chaise et repoussa les assiettes sales sur le bord de la table, loin de la bougie et de la bouteille. « Que le bonheur vous accompagne, Nadejda et toi ! Et que ce soit un autre bonheur que le mien ! Qu'elle ne se retrouve pas veuve toute jeune ! »

Samson, qui à cet instant, dans sa hâte amoureuse, avait déjà porté le verre à ses lèvres, faillit s'étrangler.

Il remonta à son étage avec une bouteille de liqueur de cerise et les lèvres salées. La veuve avait également versé dans sa poche de veste une poignée de noisettes. « Excellent à grignoter par-dessus la liqueur ! » lui avait-elle lancé.

Quand Samson posa la bouteille sur la table du salon, la lumière parut soudain plus vive dans la pièce. Il considéra l'ampoule électrique et ne comprit pas tout de suite si c'était le courant qui avait augmenté d'intensité ou bien ses yeux qui, embrasés d'une joie intérieure, illuminaient telles des lanternes de voiture tout ce que son regard effleurait.

« Eh bien, vraiment, tu es mon aigle ! Où qu'on t'envoie, tu reviens toujours avec une proie ! »

Nadejda s'approcha de lui avec une lenteur appuyée, pour qu'il pût encore une fois admirer la robe sur elle.

« Assieds-toi, assieds-toi ! lui dit-il en désignant une chaise. Je vais chercher des verres.

– As-tu remarqué comme l'ampoule brille aujourd'hui ? demanda-t-elle en prenant place. On voit que le pouvoir soviétique se renforce. »

Samson jeta un dernier coup d'œil au plafond. « Ce ne sont donc pas mes yeux », conclut-il.

Il sortit les noisettes de sa poche, les étala sur la table, puis trouva une pince pour les casser. Il servit les verres. Se rappela le rillon qu'il venait de manger chez la veuve et se dit que des noisettes toutes seules, c'était bien peu pour un « festin ». À ce moment, il se souvint du cadeau de Li Yu Yeh. Il sortit le cornet de papier, le déplia, et prit conscience que les oreilles fumées, avec leur forme d'oreille, pourraient ne pas plaire à Nadejda. Il entreprit alors de les découper en rubans avec des ciseaux, rubans qu'il aligna sur une assiette de porcelaine.

« À ta robe ! dit-il en levant son verre empli d'un liquide d'une chaude couleur rouge. Et maintenant que l'été arrive vite !

– Oh ! fit Nadejda avec un sourire. Vite, je ne crois pas. Encore trois semaines avant qu'il soit là ! »

Elle but une gorgée, reposa son verre, tendit la main vers l'assiette et prit un morceau d'oreille de porc à la chinoise pour le porter à sa bouche d'un geste un peu maniéré.

« Poisson ? demanda-t-elle.

– Non, viande ! Un cadeau de camarades chinois.

– Goût curieux, comme celui d'une pomme qui aurait séché à côté d'un canard fumé.

– Très juste ! Je n'aurais pas su le décrire mieux.

– Mais tu sais faire bien d'autres choses. Tirer au pistolet, par exemple !

– Oh, pour l'instant j'en ai eu peu l'occasion, avoua Samson. En revanche, je suis de plus en plus fort pour obtenir des confidences.

– Et quel genre de confidences ?

– Par exemple, j'ai réussi en trois jours à délier la langue d'un trafiquant de viande, il m'a livré les noms de tous ses acheteurs. Aujourd'hui, mon collègue Kholodny et moi avons recueilli les témoignages de trois d'entre eux, et même confisqué un jambon chez l'un. C'est Kholodny qui a insisté pour qu'on le saisisse. Moi tout seul, je ne l'aurais pas fait. Le jambon s'est révélé faisandé, c'est sans doute pourquoi l'acheteur s'en est séparé sans verser de larmes. Mais nos soldats ont réussi à le sauver.

– Qui ça ? demanda Nadejda, sans comprendre.

– Le jambon faisandé. L'un des hommes d'escorte a dit : "C'est rien, on peut encore le sauver !" Et il a fait brûler du bois de bouleau pour obtenir un demi-seau de braises. Puis il a plongé le jambon dans un autre seau à fond épais, rempli d'eau, et versé les braises par-dessus. Ça a fait une vapeur de tous les diables. Mais quand on a ressorti la viande, l'odeur était partie.

– Et quoi ? Vous l'avez mangée ?

– La loi ne le permet pas, mais Naïden a ordonné de tout couper en menus morceaux et de les distribuer aux soldats. J'en ai eu, moi aussi, mais dans la rue un chien s'est mis à me suivre. Je me suis dit que les chiens avaient le flair plus aiguisé que le nôtre. Visiblement, quand pour nous l'odeur de faisandé est partie, le chien, lui, la sent encore. Alors je lui ai jeté ma part. Pour dire la vérité, ça ne me plaît guère de manger les pièces à conviction.

– Oui, approuva Nadejda dont la main se tendit à nouveau vers l'assiette. Quant à nous, nous allons tout de même procéder au recensement des cheminots, ajouta-t-elle d'un ton ferme et décidé. On va nous envoyer un détachement de tchékistes en renfort. Ils ont dit que quiconque refuserait d'être recensé serait immédiatement arrêté. »

Samson devint d'un coup sérieux. Il lui parut un instant que cette robe verte portée par Nadejda avait quelque chose de trop frivole. Elle tranchait terriblement avec la charge de responsabilité que la jeune femme avait endossée.

Il remplit son verre de liqueur. Le vida. Glissa dans sa bouche un morceau d'oreille de porc à la chinoise. Se mit à mâcher avec application, exprimant sous ses dents un suc puissant, qui apaisait la faim.

« Peut-être devrais-tu toi aussi apprendre à tirer ? avança-t-il avec prudence.

– C'est bien ce que je vais faire, répondit-elle d'une voix frondeuse. Après-demain, vendredi, on nous emmène à un stage de tir. À l'avenir, nous n'irons plus recenser qui que ce soit sans être munies d'une arme. Mais bon, finalement tu n'as pas goûté à la viande faisandée ? »

Samson fit non de la tête.

Ils s'endormirent cette nuit-là dans les bras l'un de l'autre. Ils mirent longtemps à trouver le sommeil, tant la sensation de proximité leur était exquise, tant il leur était impossible de se détacher de leur étreinte, tant la brûlure de leur souffle attisait encore leur passion.

Et quand enfin ils s'assoupirent, un bourdonnement obsédant vint se glisser dans l'oreille coupée de Samson, un bourdonnement qui tantôt se rapprochait, menaçant de lui vriller le crâne, tantôt s'éloignait. Ce n'est qu'à l'approche de l'aube, qu'embrumé par la chaleur de la nuit Samson comprit d'où ce bruit pouvait provenir. Il se glissa pieds nus dans le bureau de son père, et dans la lueur grise du jour naissant aperçut la boîte à bonbons en fer-blanc, et à côté d'elle un hanneton épuisé qui continuait de battre des ailes. Il le prit, le porta à la fenêtre à peine entrouverte par où s'insinuait un filet d'air, doux et rafraîchissant, et le rendit à la liberté. De la rue lui parvint un claquement de sabots. Il se colla à la vitre et distingua plusieurs cavaliers, carabine au dos. Une patrouille de la Cavalerie rouge se dirigeait vers la place de Galicie et le Marché juif. Deux minutes plus tard, le silence régnait à nouveau dehors. Et le toit de la maison d'en face s'éclairait du premier rayon de soleil d'un jour nouveau.

Chapitre 15

Depuis le début de la matinée, Naïden était de mauvaise humeur. Samson l'avait compris dès qu'il avait franchi le seuil du commissariat, en jouant des coudes, sans attendre que les hommes d'escorte eussent conduit au camion tous les détenus destinés à être remis à la Tchéka.

« Les puces ont déjà atteint le deuxième étage ! criait Naïden. Toi, tu t'y habitues, mais moi je ne vais pas supporter ça ! Les puces et les prisonniers doivent rester bouclés au sous-sol et pas se balader dans les étages ! »

En montant l'escalier, Samson croisa un prisonnier que des soldats ramenaient en bas. En passant près d'eux, il enjamba deux marches à la fois pour ne pas laisser le loisir aux puces, causes de la fureur de Naïden, de sauter sur sa veste ou son pantalon.

Il ouvrit la porte de son bureau. D'abord il crut s'être trompé et recula aussitôt d'un pas. Mais son regard repéra dans le coin gauche le mannequin de couture, et au mur, entre les fenêtres, le schéma de découpe du cochon, aussi franchit-il le seuil.

Dans la pièce, on ne s'était pas contenté de déplacer les meubles, mais on avait très résolument « densifié » son espace de travail. Le bureau de son père se trouvait poussé contre la cloison gauche, le dos de la chaise touchant celle-ci. À droite, tel un reflet dans un miroir, était placé un autre bureau, bon marché, simple table de travail. Quant aux deux fauteuils et à la bibliothèque, ils s'étaient volatilisés. À la place de cette dernière était à présent accrochée une grande carte de Kiev.

Samson tenta de s'installer, mais ne put glisser ses jambes entre le bureau et la chaise. Poussant un soupir de colère, il écarta du mur le coin du meuble le plus proche de la porte, puis fit de même avec l'autre coin, après quoi il déboucla son ceinturon, déboutonna sa veste et s'assit. À ce moment la porte grinça. Il leva les yeux et remarqua une autre nouveauté : dans l'angle droit, derrière la porte, était apparu un portemanteau de bois à quatre branches.

« Salut ! » fit une voix de baryton qu'il connaissait bien.

Kholodny se dirigea vers le médiocre bureau nouvellement installé et y posa une serviette noire.

« Naïden s'est pris un sacré savon cette nuit. Une commission de la Tchéka a débarqué à bord de deux voitures. L'adjoint de Rakovski[1], Soupinov, et je ne sais quel vieillard du département chargé de l'organisation rationnelle du travail des services révolutionnaires ! Conclusion : il faudrait douze enquêteurs supplémentaires, il n'y a pas d'inventaire d'archive des dossiers, les salles de détention au sous-sol sont surpeuplées et dans des conditions sanitaires déplorables, les listes des armes et des pièces

1. Christian Gueorguievitch Rakovski (1873-1941), homme politique soviétique d'origine roumano-bulgare. Il fut l'un des fondateurs de l'Internationale communiste. En 1919, il fut élu président du Conseil des commissaires du peuple d'Ukraine. Ami de Trotski, opposé à Staline, il fut arrêté en 1937 et exécuté peu après le début de l'invasion allemande.

à conviction sont fautives. Bref, ils lui ont compté assez de manquements pour être fusillé trois fois! Naïden est resté campé tout droit, le teint violet, pendant qu'ils le démolissaient. Si bien qu'à présent je viens ici.» Il désigna le bureau du menton. «Ils ont dit qu'il y avait assez de place ici pour quatre enquêteurs. Les prisonniers en surnombre sont expédiés rue des Jardins.

– Comment ça, rue des Jardins? le coupa Samson. Mais leurs affaires sont de notre ressort pas de celui de la Tchéka!

– La plupart n'ont en fait aucune raison d'être là. Les soldats nous les amènent de leur propre chef, dès que l'un les insulte. On établit l'accusation sur leur seul témoignage!

– Attends un peu, ça veut dire qu'ils risquent d'embarquer aussi mon Briskine?»

Samson bondit de son siège et se rua vers la porte.

«Ils l'ont sûrement déjà emmené!» entendit-il derrière lui.

Il descendit à toute allure jusqu'à l'entrée de l'immeuble et s'arrêta sur le seuil. Un soldat de l'Armée rouge criait aux détenus déjà entassés à l'arrière du camion de se serrer encore. Devant le véhicule, cinq autres attendaient, désemparés, le visage respirant l'angoisse, parmi eux: Briskine.

«Halte!» lança Samson sans s'adresser à personne en particulier, juste pour tenter de suspendre l'opération.

L'opération se suspendit. Tous se figèrent, les yeux rivés sur lui. Il croisa le regard du soldat commandant l'embarquement des prisonniers dans le camion et poursuivit:

«Ramenez le détenu Briskine au sous-sol!

– Qui s'appelle Briskine ici? demanda le soldat en se tournant vers les prisonniers.

– Moi, moi ! Briskine c'est moi ! »

Le marchand de viande avait levé la main et même sauté sur place, semblait-il, pour qu'on pût le distinguer plus facilement des autres qui attendaient.

« Deux pas en arrière ! »

Briskine promena autour de lui un regard hésitant, cherchant la meilleure direction pour reculer. Finalement, il s'écarta du groupe en se rapprochant de Samson.

« Briskine, suivez-moi ! » ordonna Samson de la voix la plus sévère dont il était capable, conscient de l'extrême embarras qu'il y avait à rester le point de mire des autres détenus et des soldats.

Il ramena le prisonnier au commissariat.

« Je retourne au sous-sol ? demanda le trafiquant de viande avec soulagement.

– Oui, et tenez-vous-y tranquille !

– Merci, camarade milicien ! »

Un sourire douloureux se dessina un instant sur le visage du prisonnier.

« Vous saviez où l'on s'apprêtait à vous conduire ? »

L'autre hocha la tête.

Tandis qu'il montait à son étage, Samson entendit de nouveau la voix de Naïden. Visiblement, la porte de son bureau n'était pas close.

« Prends-les où tu veux ! Vois quels soldats sont les plus instruits, et expédie-les à ce stage. Compris ?

– Compris », répondit Vassyl, à peine audible.

La porte claqua et la conversation s'éteignit. L'atmosphère devint étrangement silencieuse après la bruyante agitation de la matinée.

« On y va ! dit Samson à Kholodny. Il faut s'occuper de cette affaire de viande !

– Par où commence-t-on aujourd'hui ? »

Kholodny se leva avec empressement, décrocha sa veste toute neuve du portemanteau en bois et l'enfila. Puis il boucla son ceinturon alourdi d'un étui de revolver.

« À côté. Sept, rue Chrysostome. Va trouver discrètement Vassyl, prends-lui cinq coupons de fiacre. »

Le cheval gris pommelé attelé au briska semblait trop soigné ou racé pour un tel travail. Le cocher n'affichait pas, lui non plus, la stature habituelle aux gens de sa profession, et il était vêtu de manière trop singulière pour un métier si rude et exposé aux intempéries : au lieu d'un pantalon, une culotte de cheval marron, pareille à celles des hussards de l'ancien temps, et au lieu d'une touloupe, un vieux pourpoint éliminé comme en portaient autrefois les serviteurs importants dans les maisons de maîtres. Le cheval tirait le briska d'un pas mal assuré, faisait un écart à chaque voiture ou chariot qu'il croisait et recevait pour la peine coups de fouet et jurons de la part du cocher. La voix de celui-ci vrillait les oreilles. Elle n'était ni enrhumée ni alcoolisée, mais trop fraîche, trop jeune et trop sonore. Ce briska avait un avantage appréciable : ses roues semblaient garnies d'une plus grosse épaisseur de caoutchouc qu'à l'ordinaire. C'est pourquoi on n'y était pas tant secoué quand le cheval changeait brutalement d'allure.

« Il lui faudrait des œillères ! cria Kholodny en se penchant en avant.

– Ce serait pire ! répondit le cocher en tournant la tête à moitié. C'est une bête avec un pedigree, la rue ce n'est pas pour lui.

– Quoi, il baladait des bourgeois ?

– Non, c'est un cheval de course. Il appartenait aux Pototski, mais ils sont maintenant à Paris. Alors il lui arrive à présent de devoir gagner son foin », cria l'homme, cette fois sans se retourner.

Et à ce moment une scène remonta à la mémoire de Samson, une scène d'autrefois, d'avant la révolution et la guerre : lors d'un défilé en ville, un jour de fête, sur le Krechtchatik, des jockeys de l'hippodrome de Petchersk qui passaient avec grâce dans des fauteuils légers posés sur deux roues et peints en doré.

« Et vous, vous êtes de l'hippodrome de Syrets ou de Petchersk ? intervint Samson.

– De Petchersk. Il nous reste là-bas quatre douzaines de chevaux. On parle de nous fermer, et de faire du champ de courses un aérodrome, comme à Syrets. »

Sur la place de Galicie, l'intense circulation des voitures et des piétons força le briska à ralentir l'allure.

« Pirojki ! Pirojki ! » hurla une voix de femme, tout près, et Samson déglutit sa salive. Il entendit le cri d'un homme plus éloigné : « Couteaux, haches, coups-de-poing ! Tout pour l'autodéfense. Ceintures de porc, grande largeur ! Couteaux, haches, coups-de-poing ! »

« Ceintures de porc ? » répéta Samson dans sa tête, et il comprit : le porc, outre sa viande, fournissait aussi son cuir pour fabriquer sacoches et ceintures. Il réfléchit : le commerce privé d'objets en cuir était-il pareillement prohibé ? Le cuir ne pouvait être détaché de la chair qu'après abattage, or l'abattage privé était maintenant interdit. Alors comment les particuliers pouvaient-ils faire commerce de cuir ?

Ainsi plongé dans des réflexions qui ne le menaient à aucune réponse claire, Samson ne s'aperçut pas que le briska s'engageait dans la partie certes carrossable, mais surtout très passante du Marché juif, pour ensuite déboucher dans la rue Chrysostome.

Le numéro sept se révéla être un hôtel particulier, fort bien entretenu même en ces temps d'incurie, et doté d'un étage et d'un pavillon annexe. Le pavillon de brique était de plain-pied et possédait une entrée séparée. C'est vers lui que Samson et Kholodny se dirigèrent aussitôt. La porte s'ouvrit au premier coup frappé et sur le seuil apparut une vieille d'aspect antique, vêtue d'une robe de chambre en lambeaux, aux couleurs passées, les cheveux en bataille et depuis longtemps ignorés par le peigne. En un mot, elle avait l'air d'une folle et son regard correspondait à son aspect.

« Qu'est-ce que vous voulez ? » demanda-t-elle avant de se lamenter. « Fimka est pas là, ça fait trois ans qu'il est plus. Et vous, vous continuez à venir et à venir !

– Qui est Fimka ? s'enquit Samson.

– Mon fils à moi, il est plus ! Alors c'est pas lui qui va vous rendre, et moi j'ai pas de quoi. »

Kholodny et Samson échangèrent un regard.

« Vous avez acheté de la viande à Briskine ? demanda Samson, hésitant.

– De la viande ? s'exclama-t-elle avec tant d'étonnement que tous deux comprirent qu'elle n'en avait pas mangé depuis belle lurette, et que d'ailleurs ses dents n'en seraient jamais venues à bout, si longtemps qu'on l'eût fait bouillir.

– Je vois ! Pardonnez-nous. C'est une erreur. Nous sommes bien au 7 rue Chrysostome ? Quelqu'un ici a acheté de la viande.

– Oh, alors c'est celui-là ! » Elle hocha la tête vers l'arrière. « C'est sûrement celui-là.

– Et qui est-ce ? demanda Kholodny en la vrillant des yeux.

– Mais Asmodée, le maître de la maison !

– Est-ce son nom ou son prénom ? »

Elle fixa celui qui venait de l'interroger, le sourcil froncé, le visage plein de dégoût, expression qui lui donnait un air de démence plus grande encore.

« Voyons, c'est l'un des lieutenants de Lucifer ! expliqua Samson à son camarade, tandis qu'ils se dirigeaient vers la porte principale. Tu as pourtant été prêtre ! Comment ne le sais-tu pas ?

– Mais ce nom ne figure pas dans les Saintes Écritures ! Je m'en souviendrais ! se justifia Kholodny. On y trouve Satan et ses diables, mais je ne me rappelle aucun Asmodée. »

Samson frappa d'abord poliment au vantail, puis y tambourina avec force, mais personne ne répondit durant un long moment. Ils pensaient déjà repartir et Kholodny levait la main pour signifier au cocher-jockey de se rapprocher, quand une voix de femme s'entendit derrière la porte.

« Que voulez-vous ?

– Nous sommes de la milice. Nous venons voir le propriétaire des lieux. Vous n'avez pas le droit de ne pas ouvrir, déclara Samson d'un ton sévère, fatigué de marteler la porte en vain.

– Faites le tour par l'autre côté. Vous y trouverez l'entrée de service, là on vous ouvrira. »

Ils s'exécutèrent et découvrirent une simple porte de bois, sans ornements sculptés, peinte de la couleur marron des administrations.

« Regarde ça, ricana Kholodny. Quel service peut rendre cette porte ? Elle est aussi brune qu'une vieille tache de sang ! »

Samson, étonné, se tourna vers son camarade. Mais la porte alors grinça et s'ouvrit. Devant eux, dans l'embrasure, se tenait un homme d'une quarantaine d'années, vêtu d'un pantalon gris clair et d'une chemise blanche. Bombant le torse, la mine boudeuse, tout indiquait dans sa pose qu'il n'avait nulle intention de les laisser entrer.

« Vous avez acheté de la viande au citoyen Briskine ? demanda Samson.

– Quelle viande ? Quel Briskine ? Savez-vous chez qui vous vous présentez ? répliqua l'autre d'un ton assez brusque, mais moins menaçant, cependant, que son attitude.

– Sept, rue Chrysostome. Le citoyen Briskine nous a lui-même donné votre adresse, et précisé que vous lui aviez acheté du filet de porc, poursuivit Samson, en ajoutant à sa voix une note métallique.

– La cuisinière peut-être en a acheté. Et alors ?

– Nous avons besoin de parler avec le maître de maison ! »

Kholodny avait durci l'expression de son visage, s'efforçant de prendre un air plus martial.

« Ainsi vous ne savez même pas qui habite ici ! s'esclaffa l'homme qui leur barrait l'entrée des lieux. Eh bien, apprenez qu'il s'agit d'une personne qui ne peut être de votre ressort. Elle est intouchable, exemptée de toute réquisition, densification et autres servitudes !

– Ne serait-il pas cheminot par hasard ? explosa soudain Samson, en sorte que l'homme à la chemise blanche changea de mine et recula prudemment d'un pas.

– Albert Veniaminovitch, de toute manière, ne vous recevra pas ! dit-il d'un ton déjà moins téméraire. Comprenez-le bien, pour quelqu'un de son rang, il est impensable d'aller parler de viande avec des gens de la milice. Hors rendez-vous, il n'y a qu'avec les hommes d'Église qu'il accepte de s'entretenir.

– Avec les prêtres, donc ? demanda Kholodny tandis qu'un sourire s'esquissait sur ses lèvres.

– Oui, avec les saints pères.

– Eh bien, en ce cas, il pourra me recevoir ! »

Le gardien grimaça, toisa le milicien d'un œil un peu hautain, de la casquette aux bottes, puis fixa l'étui de revolver en cuir qui pendait sur sa hanche.

Kholodny déboutonna le haut de sa veste, puis son col de tunique, y glissa la main et en ressortit à la lumière du jour une grande et grosse croix d'argent, de la taille d'une main, accrochée à une chaîne. L'objet n'était à l'évidence pas fait pour être porté sur soi, il ne ressemblait en rien à ce qu'un pope, au moment du baptême, pend au cou d'un nourrisson.

Samson ouvrit la bouche. Le métal brillait sous ses yeux, et le visage de Kholodny avait changé. Il avait acquis une sorte de noblesse et une belle sévérité.

« Comment est-ce possible ? » Le gardien ne parvenait pas, lui non plus, à détacher ses yeux de la croix. « Vous servez dans la milice à présent ?

– Là où il plaît à Dieu de m'envoyer, je m'emploie ! » Sur quoi Kholodny prit sa voix de baryton d'église. « Alors, votre maître va-t-il me recevoir ?

– Attendez, je vais m'enquérir ! »

La porte se referma. Une corneille croassa au-dessus de leurs têtes. Samson promena le regard autour de lui. La cour avait un aspect négligé et s'achevait par une palissade en bois, effondrée en deux endroits. À l'extrémité gauche de ladite palissade s'élevait un édicule en planches légèrement penché. La porte s'en ouvrit soudain et en sortit une grosse femme, à l'évidence une marchande du Marché juif. Elle rajusta sa jupe et s'en fut par le sentier d'un pas lourd et masculin en direction de la place de Galicie.

« Bien, s'il me reçoit, qu'est-ce que je demande ? dit Kholodny, distrayant Samson de sa contemplation des rustiques cabinets.

– Tâche de savoir à qui on a affaire. Je subodore qu'il faudra expédier ici un détachement de soldats pour poursuivre la conversation dans la chambre d'interrogatoire. »

L'entrée de service se rouvrit, et l'homme à la chemise blanche invita du doigt Kholodny à le rejoindre.

« Je t'attends dans le fiacre ! » eut le temps de lui dire Samson.

Chapitre 16

« Tu sais, le lait à l'eau de Seltz est un remède merveilleux ! lui dit Nadejda le soir. Tiens, je n'ai déjà plus mal aux coudes ! »

Elle était assise à table, devant une tasse de lait gazéifié. Samson, quant à lui, buvait du thé, en mâchonnant ses lèvres de temps à autre. La pièce était éclairée de manière inusuelle grâce à la générosité électrique de la ville. « Il serait donc bien vrai que le pouvoir se renforce », se dit Samson après avoir jeté un coup d'œil au plafond.

« Tu fais une drôle de tête aujourd'hui, déclara Nadejda tout en lissant sur son buste un cardigan de mohair rose de seconde main, sans doute offert par sa mère. On t'a contrarié au travail ?

– Non, pas du tout », répondit le jeune homme tiré de ses réflexions. Il la regarda dans les yeux d'un air tendre et aimant, mais ne put néanmoins retenir un profond soupir. « Je suis inquiet pour Kholodny. Il est entré aujourd'hui dans cette maison où loge un acheteur de viande, et n'en est toujours pas ressorti. Je l'ai attendu pendant une heure, puis la colère m'a pris, j'ai renoncé et suis rentré au commissariat.

– Mais pourquoi n'es-tu pas allé frapper à leur porte ?

– J'y suis allé. On ne m'a pas laissé entrer. On m'a dit que Kholodny était en train de boire et de causer avec le maître de maison et me priait de ne pas l'attendre.

– Peut-être est-ce vrai. Que peut-il lui être arrivé, s'ils savaient que tu attendais dehors, derrière la porte ?

– Certes. Il y a peu de chance qu'il lui soit arrivé malheur. Mais accepter de boire avec un acheteur suspect, c'est là une faute de service caractérisée ! Crois-tu qu'il puisse tirer d'une conversation avinée des renseignements importants pour l'affaire ?

– Oui, j'en suis sûre, répliqua Nadejda en portant le verre de lait à ses lèvres.

– Je m'inquiète aussi pour une autre raison. » Samson soupira de nouveau. « Nous devons, lui et moi, aller demain matin au stage d'interrogatoire. Mais s'il a trop bu et qu'il ne peut pas ? Si dans les brumes de l'alcool il a oublié tout ce qu'il a soutiré au témoin ?

– Oh ! s'exclama Nadejda en levant les mains. Moi aussi j'ai un stage demain. Un stage de tir ! On nous y conduit directement du travail.

– Où ça ?

– Quelque part à Priorka.

– Ah ! s'exclama gaiement Samson. J'y suis allé ! C'est là où était l'ancienne Société de chasse réglementaire. »

Et il se rappela les belles femmes d'aspect sévère, en uniforme militaire, qui s'exerçaient sur des cibles à forme humaine avec une impressionnante précision, avant que Kholodny et lui-même ne vinssent les remplacer sur le pas de tir.

La soirée prit fin dans cette ambiance chaleureuse, une vingtaine de minutes plus tard, quand Nadejda, après avoir déposé un baiser sur la joue de Samson, s'en fut se coucher. Pour sa part, il gagna sa propre chambre, resta un moment debout à la fenêtre à méditer sur le sort de Kholodny, puis enfin alla se glisser sous la couverture.

Au matin, il se pressa de se rendre au commissariat, achevant de se réveiller pendant le trajet, sa main ne cessant de vérifier la présence de l'étui de revolver sur sa hanche droite. Quand il eut tourné dans la rue Tarassov, il se retrouva à marcher face au soleil qui, à ce moment, s'alignait dans l'axe de la rue. Il marchait en clignant les paupières, ce qui éveillait en lui une sensation d'enfance espiègle. Et là soudain, des cris, du tumulte, un martèlement de sabots et un fracas de roues sur le pavé. Il n'eut que le temps de rouvrir les yeux et de faire un saut sur la gauche : une calèche attelée d'un cheval isabelle passa en trombe.

Le jeune cocher était défiguré de peur, tout son visage paraissait crier à l'aide, bien que personne ne pût lui porter secours. Il avait beau tirer les rênes à lui de toutes ses forces, à moitié soulevé de son siège, hurler des jurons entrecoupés d'exclamations plus compréhensibles pour l'animal, comme « ho, ho ! » et « halte, saloperie ! », le cheval fonçait au grand galop. Au milieu de ce bruit, Samson entendit soudain une note métallique et sonore. Il s'arrêta, tourna le dos à l'astre du jour, comme d'autres passants suivit des yeux la calèche et eut le temps de penser qu'il était bien heureux de n'être pas à son bord, quand soudain un tramway en provenance de la place de Galicie déboucha au croisement de la rue Sainte-Marie-l'Annonciation inondé de soleil, offrant son flanc à la voiture qui, lancée à une vitesse inouïe, le heurta de plein fouet. Samson, incrédule, vit le tramway disparaître d'un coup. Il lui fallut quelques instants pour comprendre : le tramway s'était renversé et son châssis comme ses roues se confondaient dans une certaine mesure avec la noirceur de la chaussée pavée. Le brutal hennissement du cheval s'envola au-dessus des maisons.

Le vacarme s'était atténué, et on entendait à présent des cris humains monter du lieu de l'accident. Les passants qui en étaient les plus proches s'y précipitèrent, et très vite Samson se rendit compte qu'une foule entière s'était rassemblée autour du tramway renversé, du cheval gisant et, sans doute, du cocher étendu sur le sol. L'idée lui vint un instant de descendre la rue, d'aller voir ce qui se passait là-bas. Mais le commissariat n'était plus qu'à deux pas. Il fut saisi d'un sentiment particulier de responsabilité et de discipline, de cette sorte de magnétisme exercé par le service qui parfois le forçait à penser à sa tâche même au milieu de la nuit. Il se hâta vers le bâtiment, persuadé qu'il était autrement plus important de se présenter ce matin-là à l'heure au bureau de Naïden, avant qu'on les conduisît, Kholodny et lui, rue Ekaterina où sans doute un ancien spécialiste de la police enseignerait aux jeunes enquêteurs et autres miliciens recrutés pour leur niveau d'instruction l'art de l'interrogatoire, sans lequel l'élucidation de n'importe quel crime, même le plus élémentaire, pouvait se révéler impossible.

Une fois au premier étage, Samson entendit derrière la porte du local des pièces à conviction comme une voix familière. Surpris, il l'ouvrit : au milieu du réduit encombré de caisses, de malles et d'étagères maladroitement bricolées sur lesquelles reposaient objets et effets qui dans la vie normale n'avaient guère coutume de se côtoyer, Vassyl et Kholodny étaient assis sur des tabourets devant une petite table de bridge. Kholodny avait le visage bleuâtre et tenait à la main une tasse de thé. À présent tous deux avaient les yeux braqués sur Samson. Le regard de Vassyl était amical et interrogateur, celui de Kholodny un peu coupable.

« Eh bien, Dieu merci ! soupira Samson en considérant son camarade. J'avais peur que tu ne sois pas ressorti !

– Bien sûr que j'en suis ressorti ! rétorqua Kholodny avec un haussement d'épaules. J'en suis ressorti sans aucun mal, c'est après que ça s'est compliqué. Tu ne m'avais pas attendu, tu ne m'avais même pas laissé un coupon pour le fiacre. Heureusement que Vassyl passe ses nuits ici ! Je l'ai réveillé, si bien que j'ai pu congédier le cocher…

– Bon, et qu'as-tu appris sur l'occupant de la maison ? demanda Samson.

– Je te raconterai plus tard. Naïden nous attend. Je ne voulais pas me présenter devant lui sans toi… »

Dans le bureau de Naïden, Samson et Kholodny trouvèrent trois miliciens tout nouveaux, sélectionnés probablement parmi les soldats affectés aux arrestations et aux escortes. À l'expression du commissaire, on voyait que celui-ci n'était pas entièrement satisfait de ce choix, mais au ton de sa conversation avec les nouveaux, on entendait qu'il s'y était résigné.

« Ah, vous voilà ! s'exclama-t-il en se tournant vers les arrivants. Vous en avez terminé avec cette affaire de viande ?

– Pas encore, rapporta Samson. Il nous faut encore deux jours, sans compter celui-ci.

– Deux jours, hein ? Tu le promets ? »

Samson se rendit compte soudain qu'il ne pouvait rien promettre du tout, encore moins en présence des nouvelles recrues aux yeux desquelles il devait passer pour un vieux de la vieille.

« Nous ferons tout notre possible ! répondit-il, en s'essayant à sourire d'un air dur et martial.

– Très bien ! »

Naïden n'insista pas et jeta un coup d'œil par-dessus les épaules de Samson et de Kholodny.

« Vassyl ! Tu es là ?

– Oui, oui, j'y suis ! »

Vassyl se glissa par la porte restée entrouverte.

« Donne-leur des coupons pour la toilette. Au fait, quand viendra notre tour ?

– Dans trois jours, au petit matin. Les bains de la place de Galicie, juste à côté. Je ferais mieux de leur distribuer les coupons juste avant d'y aller, autrement ils les perdront ou pire, les échangeront contre du tabac.

– Comme tu veux », acquiesça Naïden qui soudain se raidit, les yeux fixés sur la porte mal refermée par Vassyl, derrière laquelle on entendait des bruits, des frappements de pieds, résonnant de plus en plus fort, comme une avalanche de pierres roulant vers eux sur un plancher de bois.

La porte s'ouvrit avec violence, Vassyl se retourna et quelqu'un le poussa résolument de côté. Un bruyant halètement s'échappait de la bouche du soldat qui venait d'entrer, un homme de haute taille. Sa poitrine sous sa vareuse se soulevait à un rythme accéléré.

« Que se passe-t-il ? cria Naïden.

– Une catastrophe ! Beaucoup de morts ! On a besoin de la milice ! » réussit à articuler le soldat malgré son essoufflement. Il tendit la main en arrière. « Le tramway ! ajouta-t-il reprenant cette fois-ci le contrôle de sa respiration. Il s'est retourné ! À l'angle des rues Tarassov et Sainte-Marie-l'Annonciation.

– Quoi ? Tous en bas ! commanda Naïden en poussant hors du bureau les nouvelles recrues qui lambinaient. Vite ! Vite ! »

Un camion à la caisse de bois bleue était stationné devant le bâtiment, un chauffeur en uniforme militaire à son volant.

Quand il eut fait sortir tout le commissariat dans la rue, Naïden se rua vers le véhicule.

« Fonce jusqu'au croisement ! dit-il au chauffeur en lui montrant la direction. Un tramway s'est renversé, il y a des morts et des blessés. Il faut transporter les blessés à l'hôpital ! »

Le chauffeur baissa sa vitre.

« Pourquoi que vous criez ? demanda-t-il.

– Je t'ordonne de foncer tout de suite au croisement ! Il s'est produit une catastrophe, il y a beaucoup de blessés !

– Vous ne pouvez pas me donner d'ordre, répondit le chauffeur avec un calme surprenant. Je suis venu prendre les miliciens inscrits au stage d'interrogatoire. »

Au prix visiblement d'un immense effort de volonté, Naïden se retint de lâcher une bordée de jurons orduriers. Au lieu de cela, il cracha au pied de la cabine, tourna le dos et courut vers le bas de la rue rejoindre les autres miliciens et soldats.

Samson fut frappé par le nombre de badauds massés autour du tramway couché sur le flanc. Il y avait longtemps qu'il n'avait pas vu autant de monde rassemblé en un même endroit.

« Dispersez-vous ! Dispersez-vous tous ! » criait Naïden, mais personne ou presque ne lui prêtait attention. Il tira alors un coup de revolver en l'air.

La foule à l'évidence ne s'y attendait pas, elle commença de se désagréger, y apparurent des failles, des passages qui peu à peu s'élargirent.

« Dégagez ! Rentrez chez vous ! Tous ! » hurlait Naïden aux curieux qui s'attardaient sur les lieux de l'accident. Il était déjà presque aphone et regardait autour de lui avec anxiété.

Samson aperçut près du tramway plusieurs citoyens étendus sur le pavé, dont des passants attentionnés avaient déjà croisé les bras sur la poitrine, pour que les infirmières et autres personnes accourues porter secours voient de loin que plus rien ne pouvait tourmenter ces gisants en ce monde. Un vieillard blessé était assis à l'écart sur la chaussée et gémissait, la main solidement cramponnée au chignon d'un gros sac pansu, la gueule nouée d'une ficelle, de peur sans doute qu'on le lui vole. Une dame se tenait accroupie à côté de lui, et s'employait à le rassurer ou simplement à le soutenir.

« Samson, Kholodny ! » cria Naïden, tournant la tête en tout sens.

Tous deux se pressèrent de le rejoindre.

« Arrêtez les charrettes, obligez-les à charger les cadavres et à les conduire à la morgue. Laquelle est la plus proche ? Celle de la rue Foundoukleï ?

– Elle est déjà débordée, déclara Kholodny, sûr de son fait. Un camarade me l'a dit hier. Ils ont refusé de prendre sa grand-mère. Il a dû la faire transporter à la morgue de l'hôpital Alexandre.

– Eh bien en ce cas, expédiez-les aussi là-bas ! Tenez, regardez ! Arrêtez-les ! dit Naïden en montrant deux chariots qui venaient de déboucher à gauche sur le carrefour.

– Eh ! Halte ! Halte ! » hurla Kholodny en courant vers les voitures.

Il courait lentement, avec lourdeur. Samson, pris de pitié, s'élança derrière lui.

Les deux charretiers étaient des villageois des environs de Kiev. Effrayés par l'apparition des miliciens, ils furent un peu lents à comprendre ce qu'on leur disait. Les nouvelles recrues du commissariat aidèrent Samson et Kholodny à déposer les cadavres sur les chariots : trois sur l'un, quatre sur l'autre.

« Mais vous venez donc point avec nous ? s'étonna l'un des charretiers.

– Nous, nous devons aller à un stage. Emmenez-les à la morgue, réclamez un récépissé et rapportez-le là-haut, au commissariat. Demandez au planton à voir Vassyl. Vous lui remettrez récépissé et coupons, et lui vous donnera de l'argent en échange », expliqua Samson.

Trois jeunes infirmières étaient arrivées pour prodiguer des soins aux blessés que Samson et Kholodny avaient renoncé à compter. Qui les avait appelées, et par quel moyen ? Samson à présent s'en moquait. Naïden, après avoir laissé l'un des nouveaux sur le lieu de l'accident pour interroger les témoins et établir un récit détaillé de ce qui s'était passé, avait ordonné aux autres de rentrer au commissariat, et à ceux inscrits au stage d'interrogatoire de grimper sans attendre dans le camion.

Tandis qu'ils remontaient la rue Tarassov, ils croisèrent deux journalistes courant dans l'autre sens, de lourds appareils photo en bois dans les mains.

« Oh ! Il y aura du sensationnel demain dans le journal… » dit Kholodny en les suivant des yeux.

Le chauffeur les conduisit rue Catherine, à un bâtiment voisin de celui de la Tchéka. Là, il les confia au soldat de garde qui les accompagna tous les cinq au premier étage jusqu'à une salle pareille à un théâtre, avec une scène et des fauteuils rouges. Sur la scène officiait un militaire de petite taille, au nez chaussé de lunettes rondes. À la vue des retardataires, il interrompit brusquement son discours et leur désigna de la main plusieurs places libres.

Les autres participants au stage avaient tourné la tête vers eux et Samson remarqua qu'ils tenaient sur leurs genoux un cahier sur lequel ils notaient au crayon les propos du conférencier. Il regrettait déjà de n'avoir rien apporté pour écrire quand un autre militaire accourut, qui remit à chacun des nouveaux arrivants un cahier et un petit crayon très court. Kholodny et Samson prirent place l'un à côté de l'autre, les nouvelles recrues se pressèrent de s'affaler bruyamment dans les fauteuils voisins, si bien que toute l'équipe du commissariat de la Lybed se trouva installée ensemble.

Samson considéra ce qu'il tenait entre les doigts et vit qu'il s'agissait simplement d'un tiers ou même d'un quart de crayon ordinaire, soigneusement coupé et taillé.

« Bien, un peu d'ordre ! aboya le conférencier. Poursuivons, camarades ! Pour les retardataires, je répète : un interrogatoire se mène par le biais d'une action à la fois psychologique et physique sur le suspect dans le but d'obtenir de celui-ci informations et preuves nécessaires à l'enquête. L'objet de votre attention, et par conséquent aussi de votre action, doit être non seulement la personne arrêtée, mais aussi les témoins dont les dépositions disculpent ladite personne.

– Et plus simplement ? lança quelqu'un du deuxième rang.

– Plus simplement ? fit le conférencier d'un ton ironique. Permettez-moi plutôt de répéter, vous prendrez en note ce que je dis et vous le relirez avant de dormir jusqu'à ce que vous ayez compris. Vous êtes venus ici pour apprendre ! Apprendre, c'est devenir plus malin. Dans votre cas, à la fois plus malin et plus expérimenté. Allez, notez ! Le sujet de votre attention, et par conséquent aussi de votre action… »

Samson écrivait vite. Il écrivait et aussitôt réfléchissait à ce qu'il venait d'entendre. Il éprouvait en même temps une joie indépendante de sa pensée, comme si une flamme s'était allumée dans son cerveau et lui éclairait la voie vers de nouvelles connaissances. Il s'en trouva le cœur ranimé, il se sentit à nouveau dans la peau du lycéen à qui s'offraient à la fois la liberté et l'étude, sans que l'une empêchât l'autre en rien, parce qu'elles étaient indissociables, et parce que, disposant de sa liberté, il avait choisi ce qu'il voulait apprendre.

Ses amis et camarades de lycée lui revinrent en mémoire. Pourquoi n'en avait-il revu aucun au cours du dernier mois ? Même par hasard ! Pourtant, auparavant, dès qu'il s'aventurait sur le Krechtchatik ou dans le parc Nicolas près de l'université, il tombait forcément sur un visage familier du temps de ses études.

« Maintenant, levez vos crayons, et écoutez ! dit le conférencier, tirant Samson de ses pensées. C'est en premier lieu votre action psychologique sur le prisonnier qui détermine le succès ou l'échec de l'interrogatoire. Dès lors qu'on commence à lui octroyer sourires et paroles flatteuses, il s'enhardit et on ne peut plus rien en obtenir. C'est pourquoi la première chose que vous devez faire avant le tout début de l'interrogatoire proprement dit, c'est instiller chez le suspect la peur et l'incertitude quant à l'avenir. Comment y parvenir ? Rien de plus simple ! Il suffit d'être brutal dès le début, mais sans montrer toute l'étendue de sa brutalité. Gardez toujours une distance. L'individu que vous avez arrêté est l'ennemi de nos idées, l'ennemi de notre avenir, peut-être simplement l'ennemi de l'ordre que nous défendons, et par conséquent notre ennemi personnel. Si vous avez affaire à un homme, ordonnez-lui pour commencer de vider ses poches sur la table. Vous lui confisquerez tabac, pipe et cigarettes. Vous lui confisquerez également les photos de ses parents, de ses proches et tout ce qui a rapport à sa famille : lettres, médaillons. Vous rangerez tabac, cigarettes ou pipe dans un tiroir de bureau par exemple. Les photos ou les objets rappelant ses proches et ses parents, vous les éloignerez du suspect mais les laisserez bien en vue. Vous comprenez ? »

Les stagiaires hochèrent la tête de concert.

« Notez ce que je viens de dire avec vos propres mots et en bref ! Puis poursuivons ! » commanda le conférencier.

Samson se mit à écrire et aussitôt se rappela qu'il n'avait toujours pas de portrait de Nadejda. Il avait eu pourtant plusieurs fois l'intention de la convaincre de se rendre avec lui à un studio de photographie. Il avait constaté que la plupart des studios étaient ouverts et qu'on y photographiait volontiers les soldats de l'Armée rouge et les fonctionnaires soviétiques.

« Vous avez terminé ? Continuons ! fit la voix au timbre sévère, où perçait une note vibrante et métallique. Dans le cas d'un homme, donc, après avoir appliqué les mesures que je viens d'exposer, allez-vous poser tout de suite des questions ? Surtout pas ! Rien ne vous presse. Vous sortirez vos propres cigarettes, vous en allumerez une, et vous regarderez le prisonnier sans rien dire, d'un œil sombre, le plus longtemps possible. Vous pouvez achever une cigarette et en allumer une autre. Quand vous verrez le prisonnier devenir manifestement plus nerveux, vous

vous pencherez vers lui et lui soufflerez un nuage de fumée en pleine face. Il vous faut apprendre à faire ça de manière très expressive et au bon moment. Arrêtons-nous un peu sur ce point. Sortez vos cigarettes ! »

Les stagiaires fouillèrent dans leurs poches. Un bruissement de boîtes en carton entrecoupé de claquements de porte-cigarettes parcourut la salle.

« Fumez ! » commanda le conférencier.

Tout le monde n'avait pas d'allumettes, mais il s'en trouva dans les mains de presque un sur deux. Les allumettes craquèrent, produisant chacune une petite flamme qui fut partagée avec ceux qui en manquaient.

Samson tourna la tête vers Kholodny. Celui-ci sortit un paquet de papirosses « Vessélié ».

« Mais moi, je ne fume pas ! murmura Samson.

– Allons, tu vois bien, répondit Kholodny dans un chuchotement, en désignant du regard le conférencier. Ici il est interdit de ne pas fumer. Tiens ! »

Samson prit une papirosse. Kholodny lui présenta la flamme de son allumette après avoir allumé la sienne.

« Fumez-les à fond ! » ordonna le conférencier.

Samson, saisi d'une quinte de toux, attira aussitôt son regard.

« Il y a des non-fumeurs ? »

Samson leva la main gauche, la droite occupée par la papirosse.

« Il faut apprendre ! Vous n'êtes pas une gonzesse ! » lui dit le conférencier d'une voix de mentor attentionné.

Samson essaya derechef de tirer une bouffée. Il retint la toux qui se ruait dans sa gorge.

« Bien, maintenant le plus important ! reprit le conférencier. Après avoir grillé une partie de votre cigarette, vous allez inspirer le plus de fumée possible… ça y est ?

Alors, soufflez vers l'avant, en imaginant que vous avez le suspect devant vous. »

Un nuage de fumée bleuâtre s'éleva au-dessus des fauteuils rouges. Quelqu'un toussa.

« À présent, tournez-vous face à votre voisin et soufflez-vous la fumée au visage à tour de rôle. Vous devez comprendre ce qu'on ressent quand on prend ça dans la figure.

« Je commence », prévint Kholodny.

Samson, tourné vers son camarade, plissa très fort les paupières.

« Si la personne interrogée ferme les yeux, on lui ordonnera de les garder ouverts ! » lança le conférencier.

Chapitre 17

Le goût de l'orge perlé parut étrange à Samson, et peu agréable, pourtant une bouillie bien chaude ne saurait être mauvaise !

« Qu'est-ce que c'est que cette sauce ? » demanda-t-il à Nadejda.

La lampe au plafond brillait à nouveau d'un vif éclat. Dehors s'étendait le crépuscule d'une longue journée épuisante. Peut-être cet épuisement était-il universel et avait-il vidé de ses forces non seulement la ville de Kiev et ses habitants, mais aussi le ciel, et l'atmosphère. De là une obscurité plus dense que d'habitude, mais aussi une lumière électrique autrement plus intense qu'auparavant. Et si la lumière était vive, c'était que les stations électriques ne manquaient pas de bois, et si le bois ne manquait pas, c'était qu'on avait cessé d'en voler et que la stupeur qui l'hiver paralysait la société n'était plus désormais qu'un souvenir. Tout au moins jusqu'à l'automne. Jusqu'aux grands froids.

« C'est Macha, ma collègue, qui m'a appris, avoua Nadejda tout en raclant les restes d'orge au fond de son assiette avec une cuiller en argent. C'est une sauce au hareng. Quand le poisson commence à s'oxyder, par exemple si on l'a sorti du tonneau depuis près d'une semaine, il faut le broyer, ajouter de la farine de pois et arroser le tout d'eau bouillante, puis laisser macérer deux jours sur un appui de fenêtre. Ensuite on filtre à travers un linge pour retenir les arêtes.

– Du hareng ? dit Samson avec étonnement, attentif à l'arrière-goût s'attardant sur sa langue. Ça n'y ressemble pas ! J'ai cru que c'étaient des tripes qui avaient fermenté. Mais la farine de pois, d'où sort-elle ?

– Et pourquoi tu ne poses pas la question à propos du hareng ? Hareng et farine nous ont été distribués au travail. Pour la farine, une livre entière ! Ration spéciale. Ça vient en sus de la ration normale, qui ne nous sera remise que demain. »

Au mot de « ration », Samson se pourlécha les lèvres. Et c'est à ce moment qu'il perçut dans la sauce le goût du hareng, atténué par la farine de pois.

« Et pourquoi tu ne m'interroges pas sur le stage de tir ? demanda Nadejda, le sourire aux lèvres. Ça ne t'intéresse pas ?

– Mais si ! réagit aussitôt Samson. Bien sûr que ça m'intéresse. Alors, comment c'était ?

– L'instructeur a déclaré : "Magnifique" ! répondit fièrement Nadejda.

– Avec quelle arme as-tu tiré ?

– Un revolver. Et tu sais, il a dit aussi qu'il n'avait jamais vu personne viser avec autant d'élégance.

– C'est qu'il éprouvait de la sympathie pour toi, objecta Samson.

– Possible, mais je n'ai pas manqué une seule fois ma cible !

– Eh bien, la sympathie vient peut-être de là, concéda Samson. Je ferais sans doute mieux d'aller m'entraîner au tir que de suivre les cours d'interrogatoire. Vois-tu, je ne fume pas, et là-bas on t'apprend à souffler de la fumée au visage de son voisin.

– Comment ça, de la fumée ?

– Oui, de la fumée de cigarette. J'ai dû en allumer une. C'est paraît-il une étape importante de la préparation du suspect à l'interrogatoire.

– Et qu'as-tu fumé ?

– Kholodny m'a passé une papirosse.

– Eh bien, nous, après la séance de tir, nous avons eu droit à une conférence ! déclara Nadejda, s'animant à ce souvenir. Sur le futur. Très intéressante ! L'intervenant était un écrivain concepteur de projets, qui lui-même vient de Petrograd. Il a dit qu'on ne pourrait changer le rapport de l'homme au travail qu'en transformant son quotidien. Dans la notion de quotidien entrent le lieu de résidence, les conditions de vie et les modes d'alimentation. Ainsi, dans les futurs appartements et immeubles, il n'y aura plus de cuisine, et personne ne perdra un temps précieux à faire la popote. La distribution de nourriture sera organisée par les autorités qui à cette fin ouvriront un plus grand nombre de cantines soviétiques. Au travail, seront délivrés des coupons repas… Et on construira des cantines dans chaque immeuble pour les locataires.

– Des coupons, on en délivre déjà ! Tiens, attends… » Samson plongea la main dans sa poche de pantalon, en sortit trois coupons marqués d'un coup de tampon, où était inscrit : *1 déjeuner.*

« Ça, c'est seulement pour le déjeuner, dit Nadejda avec un geste condescendant. Et seulement pour les travailleurs de première catégorie. Moi, par exemple, je n'y ai pas droit. Mais le petit déjeuner ? Et le dîner ? Et ceci ? » Elle désigna du menton les deux assiettes déjà vides, appartenant au service familial, bordées de bleu et ornées en leur centre d'un moulin à eau de même couleur.

« Je ne suis pas contre. J'aime moi-même déjeuner à la cantine. Seulement je me dis que si on y va aussi pour le petit déjeuner et pour le dîner, ça finira par faire beaucoup de marche, expliqua Samson.

– Mais si c'est tout près de la maison ? Ou même carrément dans la maison ? S'il n'y a qu'à descendre l'escalier ? »

Le thème de la nourriture lui paraissant à présent épuisé, Samson bâilla, la main sur la bouche.

« Je ne sais pas, déclara-t-il, soudain un peu soucieux. On a chez nous des nouveaux, recrutés parmi les soldats. Dans le camion, sur le chemin du stage, ils chuchotaient entre eux à propos des bandes de brigands levées par Grigoriev. Ils parlaient de pillages de bateaux, et de représentants du pouvoir soviétique assassinés dans les villages. Autrement dit ici, à Kiev, il y a une vie – avec électricité ! » Il leva les yeux au plafond, où brillait la lampe. « Et en dehors de Kiev, une autre. Sans électricité, et en proie au désordre. C'est dans les villages qu'il faudrait d'abord construire les cantines. Pour nourrir les paysans. Ils cesseraient alors de s'enrôler dans les bandes et de regarder Kiev de travers. »

Le trouble qui perçait dans les dernières paroles de Samson se transmit à Nadejda qui poussa un profond soupir.

« Nous aurons encore deux séances complètes d'entraînement au tir avant la fin du mois », dit-elle d'une voix étouffée. L'enthousiasme avait déserté sa voix, mais peut-être était-ce simplement la fatigue qui se faisait sentir.

« Nous aussi, déclara Samson. Je veux dire : nous aurons encore trois cours d'interrogatoire. Au fait, as-tu pris ton lait gazeux pour la nuit ? »

La matinée au commissariat commença par un différend avec Kholodny. Celui-ci entra dans le bureau plus tard que Samson, ôta sa veste de cuir brun et l'accrocha à une branche du portemanteau. Puis il tira d'une poche de la veste déjà pendante un carnet de l'épaisseur du petit doigt.

Samson repoussa sur le côté le dossier du trafic de viande, et leva un regard empli de doute sur son camarade. Il l'accompagna des yeux jusqu'à sa table de travail. Quand enfin il fut installé en face de lui, leurs regards se croisèrent. Celui de Kholodny exprimait la faute et le non-dit.

« Seeeerguy... commença Samson en étirant à dessein la première syllabe du prénom de son collègue. Tu n'as toujours pas consigné le témoignage de l'acheteur de viande vivant au 7, rue Chrysostome. Celui que tu as eu droit d'approcher et pas moi.

– Mais c'est que nous n'avons pas traité du sujet, lui et moi, soupira Kholodny en haussant les épaules.

– Tu ne lui as posé aucune question sur la viande et sur Briskine ? s'exclama Samson, surpris et fâché.

– Comment ça aucune ? Bien sûr que je lui en ai posé. Mais il n'avait jamais entendu le nom de Briskine, et généralement il n'achète pas sa viande lui-même.

– Eh bien voilà, note tout ça en détail, ta conversation avec lui, ton sentiment : est-il enclin au mensonge ou donne-t-il l'impression d'être honnête ? »

Les lèvres de Kholodny esquissèrent une grimace de répugnance. Il n'avait manifestement aucune envie d'écrire un rapport. Samson le voyait bien.

« Oui, il est honnête... répondit l'ancien prêtre en haussant les épaules. Et enclin au mensonge, c'est certain !

– Naïden a donné ordre de boucler le dossier. Or regarde comme il est mince ! »

Samson désigna des yeux le dossier ouvert sur son bureau.

« La viande n'est pourtant pas une mince affaire ! se risqua à plaisanter Kholodny.

– Nous devons rédiger la sentence demain ou après-demain, dit Samson, le visage assombri. Et le dossier ne compte que huit feuillets ! »

Kholodny réfléchit, gratta sa grosse joue, tourna la tête vers le plan de Kiev derrière lui, puis le schéma de découpe du porc placardé entre les deux fenêtres. Et ses yeux s'illuminèrent.

« Écoute, on n'a qu'à décrocher ce truc, on le plie en six ou en huit et on l'incorpore au dossier. Ça le gonflera d'un coup. Naïden sera content, c'est sûr !

– Naïden sortira le schéma et il ne restera presque rien, objecta Samson. Allez, plus tu en écriras, mieux ce sera. »

Kholodny fronça les sourcils, soupira pesamment, sortit une feuille de papier du tiroir de la table et rapprocha l'encrier dans lequel était plongé un porte-plume.

« Bon, et qu'est-ce que j'écris ? demanda-t-il.

– Tout, depuis le début ! Depuis le moment où nous sommes arrivés. Tu expliques qu'on a d'abord refusé de nous recevoir, puis qu'on t'a laissé entrer, toi.

– Et donc, je parle aussi de la croix ? »

Une note de frayeur avait tinté dans sa voix.

« Eh bien oui, pourquoi pas ? » répondit Samson. Il réfléchit un instant. « Tu peux exprimer la chose ainsi : "Ayant appris que j'étais un ancien serviteur du culte, on a accepté de me laisser entrer."

– Oh ! Parfait ! fit Kholodny, ravi. C'est bien mieux comme ça ! »

Il saisit le porte-plume, le tint un instant en suspens au-dessus de l'encrier, le temps qu'en tombât une goutte d'encre superflue, puis, alors qu'il l'approchait déjà de la feuille, il ramassa de l'autre main le petit carnet qu'il avait apporté et le tendit à Samson.

« C'est un cadeau d'Albert Veniaminovitch. "Un petit album de plaisirs propre à réchauffer le corps", comme il dit. »

Samson dut s'extraire de derrière son bureau pour libérer la main de Kholodny et lui permettre de se concentrer sur la rédaction du rapport.

Tandis que son camarade faisait crisser sa plume, Samson feuilleta lentement le livret qui se révéla être un album de photos montrant des beautés à demi nues coiffées de chapeaux. Les femmes sur les images étaient assises dans des poses suggestives, leurs poitrines dénudées semblaient lourdes de désir, les chapeaux ajoutaient à leur coquetterie, tandis que leurs longues jupes laissaient entendre que ces créatures dans la vie ordinaire affectaient la pudeur et la décence. À l'une des jeunes demoiselles Samson crut soudain trouver un air de ressemblance avec Nadejda. Il tressaillit et rapprocha la page de ses yeux, pour s'apercevoir aussitôt que Kholodny avait relevé sa plume jusqu'alors grinçante et l'observait par-dessous ses sourcils avec un léger sourire. Il reposa alors le livret sur son bureau et le referma brutalement d'un geste nerveux.

« Mais non, ce n'est pas elle ! » songea-t-il. Sur quoi il braqua son regard sur son camarade, en face de lui.

« Alors, tu en as écrit beaucoup ?

– Oui, je continue, je continue, grommela Kholodny sans relever la tête. La conversation a été longue, et l'homme avait fait servir des petits fours.

– Eh bien, décris aussi les petits fours en détail ! »

Samson haussa la main comme pour l'agiter, mais, la rabaissa aussitôt gauchement, et d'un ton plus doux ajouta : « Surtout s'ils étaient à la viande ! »

La porte du bureau s'ouvrit toute grande comme sous l'effet d'une violente bourrasque. Naïden entra, serrant dans sa main une liasse de feuilles de papier de toutes tailles, couvertes d'écritures.

« Vous êtes occupés ? demanda-t-il en regardant d'abord Kholodny puis Samson.

– Oui, nous sommes en train de boucler l'affaire du trafic de viande, répondit Samson.

– Continuez, continuez ! Car les dépôts de plainte commencent à pulluler comme les punaises dans une caserne, déclara Naïden d'une voix tout à fait bienveillante. J'aurais bien casé deux autres tables chez vous, mais pour l'instant on en manque. Autrement je vous confierais deux dilettantes pour qu'ils s'initient auprès de vous.

– Mais nous-mêmes ne faisons seulement qu'apprendre ! s'exclama Samson, désemparé. Voyez comme nous avons traîné sur cette histoire de spéculation !

– C'est l'époque qui veut ça, dit Naïden avec un geste las de sa main libre. C'est auprès des apprentis que les novices apprennent leur métier. Mais bon, demain nous pourrons rédiger le verdict quant au trafic de viande, n'est-ce pas ? et vous vous chargerez d'autres affaires ? On nous en apporte tous les jours! ajouta-t-il en secouant sa liasse de papiers.

– Non, demain c'est encore trop tôt... risqua Samson avant de jeter un coup d'œil à Kholodny pour obtenir son soutien.

– Nous avons encore besoin de deux jours. Nous avons là d'intéressants particuliers à entendre comme témoins, dit l'ancien prêtre en désignant la feuille posée devant lui.

– Ah oui? fit Naïden. Eh bien, tu me montreras ça.

– Tout le dossier? demanda Samson avec inquiétude.

– Non, seulement ce qui en vaut la peine.»

Naïden pointa le doigt sur Kholodny.

«Et n'oubliez pas! Après-demain, à cinq heures du matin, rendez-vous aux bains!

– Pourquoi? s'enquit Samson, surpris. Que s'y est-il passé?»

Naïden éclata de rire.

«C'est le jour de grande toilette de tout notre commissariat. Tu l'as donc oublié?»

Kholodny et Samson le regardèrent d'un air coupable.

«Bon, par conséquent je vous l'ai rappelé.»

La porte se referma. Kholodny et Samson demeurèrent seuls. Kholodny retourna sa feuille et poursuivit son travail d'écriture sur le verso.

À l'heure du déjeuner, ils se rendirent à la cantine soviétique à l'angle des rues Karavaïev et Nazariev. Kholodny y allait déjà régulièrement, mais c'était la première fois que Samson décidait de l'y accompagner. La cuisinière prit leurs deux coupons repas. Elle les examina à la lumière, puis mouilla son doigt et le passa sur le tampon.

«Que faites-vous? fit Samson, étonné. Vous voyez bien que nous sommes en uniforme!

– Bah, acheter un uniforme aujourd'hui c'est de la blague, répondit-elle en jetant malgré tout un regard respectueux aux étuis de revolver pendus aux ceinturons. Et des faux coupons, j'en récolte tous les jours une bonne dizaine. Ensuite c'est à moi que le chef passe un savon. »

Rassurée, elle embrocha les deux bouts de papier sur une tige de métal plantée dans un socle en bois, puis servit une soupe de gruau d'avoine, et dans une autre assiette, en guise de plat principal, une boule d'orge perlé arrosée d'une sorte de sauce brune.

« Quoi, pas de viande aujourd'hui ? maugréa Kholodny.

– Aujourd'hui, c'est du gras. Voilà deux jours qu'on nous a rien livré d'autre, répondit la cuisinière.

– Et le gras, où est-il ? dit Kholodny en collant son nez à l'assiette.

– Le gras est dans la sauce, il a complètement fondu. »

Le choix de tables n'était pas grand, mais fort varié : il n'en était pas deux pareilles. Une odeur étrange flottait dans l'air, moins une odeur de nourriture que d'huile de machine. Les deux compagnons s'installèrent contre le mur aveugle, les tables près des fenêtres étant occupées.

Samson renifla bruyamment.

« Il y avait une imprimerie ici autrefois », expliqua Kholodny, devinant ce qui intriguait son camarade, sur quoi il plongea sans plus attendre sa cuiller dans la soupe. « Ce n'est pas fameux sans viande, déclara-t-il soudain après en avoir avalé deux cuillers, et il lorgna vers l'orge perlé.

– C'est vrai, approuva Samson. On dirait qu'Abiazov a raison. La spéculation sur la viande est un crime des plus graves ! Si bien que ce décret n'est pas inutile…

– Un crime qui réduit à la famine la classe ouvrière, l'armée et la milice, ajouta Kholodny.

– Tu as bien terminé ton rapport sur le 7 de la rue Chrysostome ? demanda Samson en regardant son camarade occupé à mâcher.

– Oui ! Trois pages recto-verso ! répondit l'autre fièrement.

– Et que faut-il en retenir ?

– Tu n'auras qu'à lire ! Je n'ai tout de même pas usé autant d'énergie pour rien !

– Bon d'accord, et que faut-il retenir que tu n'as pas écrit ? »

Kholodny réfléchit.

« Sans doute que cet Albert Veniaminovitch va bientôt obtenir un poste de consul. De quoi s'agit-il, au fait ?

– C'est une charge diplomatique, expliqua Samson. Un consul est un représentant de son pays en dehors de ses frontières. Il va donc partir à l'étranger ? Il serait aux affaires étrangères ? »

Kholodny acheva d'ingurgiter une nouvelle cuiller de soupe épaisse, se concentra trente secondes, puis secoua négativement la tête.

« Non, il reste. Il m'a montré le salon où auront lieu les réceptions consulaires, avec champagne. Il m'a promis de m'inviter, à la seule condition toutefois que je vienne en tenue de prêtre. Il a noté mon adresse et assuré qu'il m'enverrait les invitations par coursier.

– Autrement dit, il va devenir consul d'un pays étranger ? Mais lequel ? »

Kholodny réfléchit de nouveau.

« Il m'a raconté qu'il était en train de choisir entre l'Inde et l'Argentine. En vérité, je n'ai pas vraiment compris. On peut même dire que je n'ai pas compris du tout. »

Samson émit un grognement dubitatif et s'attaqua à l'orge perlé.

« Je lirai ton rapport tout à l'heure, marmonna-t-il sans presque ouvrir la bouche. Mais juste après le repas, on filera rue Sainte-Sophie. Il y a là-bas un certain Nikolaï qui a acheté pour huit livres de filet. On prendra sa déposition et il nous restera pile deux jours de boulot.

– Si l'on admet que Briskine nous a donné tous les noms…

– Je pense que oui, dit Samson. Il semble même avoir livré celui d'une ancienne ou actuelle, je ne sais trop, liaison amoureuse. Une dénommée Choura. En soulignant qu'il lui avait fourni la viande presque gratuitement…

– Quel salaud ! » lâcha Kholodny.

Samson jeta à son camarade un regard étonné.

« Il aurait pu la lui donner gratis ! expliqua Kholodny. Qui va aller marchander avec la personne qu'il aime ? ! »

Samson poussa un soupir de soulagement. Il avait d'abord cru que Kholodny traitait Briskine de salaud parce que celui-ci avait de fait livré sa chère et tendre à la milice.

Chapitre 18

Le soir, de retour chez lui, Samson découvrit dans l'entrée, à côté des bottines de Nadejda, des chaussures d'homme tachées de boue et un petit sac de voyage en cuir jaune. L'inquiétude lui fit aussitôt dégrafer le couvercle de son étui de revolver. Il s'avança vers la porte du salon en s'appliquant à être le plus silencieux possible. Heureusement, la porte était entrebâillée et il put apercevoir par l'interstice Nadejda assise à la table et une silhouette masculine tournant le dos à l'entrée. Abandonnant cette fois-ci toute discrétion, il pénétra d'un pas résolu dans la pièce et à sa grande surprise vit que l'homme qui venait de se retourner au bruit n'était autre que le docteur Vatroukhine.

« Nikolaï Nikolaïevitch ! s'exclama Samson. Que faites-vous ici ?

– Eh bien, je suis venu vous saluer, répondit le médecin. Je ne peux pas passer tout mon temps à recevoir des malades, il faut bien qu'on me reçoive, moi aussi ! »

Samson lui serra la main, sourit à Nadejda, puis écarta une chaise de la table. Il s'y assit, ôta bottes et *portianki*, détacha son ceinturon et enleva sa veste. Laissant le tout sur la chaise, il s'en fut à la cuisine où il essuya ses pieds en sueur avec un chiffon imbibé de l'eau du seau, puis, après les avoir séchés, chaussa des pantoufles.

Pendant qu'il s'affairait ainsi, Nadejda le rejoignit pour prendre une tasse dans le buffet.

« J'ai besoin de votre aide, déclara Vatroukhine quand Samson, s'étant mis à l'aise, se fut assis à côté de lui et eut avalé une gorgée du thé qu'on venait de servir. On veut me mobiliser…

– Mais sur quel front ? demanda prudemment le jeune homme, s'étant dit aussitôt que l'Armée rouge combattait actuellement dans toute l'Ukraine, ici contre les troupes de Denikine, là contre celles de Petlioura ou du hetman.

– À Moscou.

– Mais il n'y a pas de front là-bas ! dit Samson dont le regard exprimait la perplexité.

– Ce n'est pas au front qu'on m'envoie. Le service régional des statistiques m'a d'abord dépêché un gosse accompagné d'un soldat. Pour vérifier si j'étais bien médecin. Lors du recensement, j'avais en effet indiqué que je l'étais. Puis ils sont revenus et m'ont annoncé que la mobilisation aurait lieu le 24 avril. Elle concerne, m'ont-ils précisé, les médecins et le personnel de santé. Le fait est que tous les estropiés et les malades sont expédiés du front à Moscou et qu'on manque de monde là-bas pour les soigner…

– Eh bien allez-y, soignez-les, dit Samson en adressant à Vatroukhine un regard quelque peu désapprobateur. Vous reviendrez ensuite !

– Samson, est-ce possible ? Vous ne comprenez donc toujours pas ce qu'est la réalité ? s'indigna le médecin. Comment ça ? Abandonner ma femme, mon logement où viendra emménager aussitôt je ne sais qui ? Traverser je ne sais comment trois ou quatre lignes de front ? Quoi, vous croyez qu'on peut voyager jusqu'à Moscou à l'heure présente ?

– Mais si la mobilisation est déclarée, ça veut dire que tout sera organisé, objecta Samson dont la voix cependant n'était plus guère assurée.

– Et vous savez ce que ces camarades de l'armée imaginent ? Qu'un ophtalmologiste peut regonfler un œil crevé et le remettre en place ! Et que s'il ne le fait pas, c'est que c'est un contre-révolutionnaire, bon à coller au mur sur-le-champ. »

Vatroukhine était rouge d'émotion. Samson remarqua que ses doigts tremblaient.

« Oui, je me rappelle, répondit-il et il tendit ses mains en avant pour inviter son hôte à s'apaiser. J'ai vu les soldats de l'Armée rouge venus pour réclamer des soins saccager votre cabinet et vous voler un œil de verre.

– Oh ! mais j'ai des petites choses pour accompagner le thé ! » s'exclama Nadejda avec un enjouement un peu forcé, pour atténuer la tension qui flottait au-dessus de la table. Elle courut à la cuisine et en revint avec un plat sur lequel étaient posés trois pirojki.

« Je suis passée devant le Marché juif aujourd'hui, et ils étaient si peu chers ! »

Vatroukhine, à la vue des pirojki, parut s'affaisser sur lui-même, il posa ses mains sur la table et baissa la tête.

« Prenez, prenez ! lui dit Samson en désignant le plat. Je vais réfléchir au moyen de vous aider. » Sur quoi il se mordit la lèvre. « Par l'enfer, qu'est-ce qui me prend de faire des promesses ? » songea-t-il.

Le médecin tendit la main vers le plat. Ses doigts tremblaient à nouveau, mais dès qu'ils se refermèrent sur la pâtisserie, leur tremblement cessa.

« Ils sont à la viande ! » dit Nadejda qui rajusta son cardigan rose en le tirant vers le bas.

Samson se servit à son tour. La faim se réveilla aussitôt en lui. Sa langue reconnut un goût de tripes et d'oignon pourri. Mais en dépit de la rusticité de cette combinaison de saveurs, il lui fut plaisant de mâcher le tout. Il mâcha avec application et plus longuement qu'à l'habitude, comme s'il répugnait à se séparer du pirojok, à l'expédier dans ces profondeurs du corps qui ne perçoivent plus si ce qu'elles absorbent est doux ou bien amer.

Un lourd silence pesait autour de la table. Nadejda bâilla. La théière était vide.

« Je n'ai à présent nulle part où aller », soupira Vatroukhine d'un air désespéré, en posant sur son hôte un regard de chien battu.

Samson se sentit mal à l'aise.

« Et votre épouse, Dounia ? Où est-elle ? demanda-t-il, pressentant avec une crainte mal dissimulée quelque tragique réponse.

– Je l'ai envoyée pour le moment à Fastov. Elle y a un cousin. Ce n'est pas sa faute si je suis médecin.

– Restez, murmura Samson. Nous trouverons une solution.

– Ce ne sera pas pour longtemps, dès que la mobilisation des médecins sera terminée, je retournerai chez moi, dit Vatroukhine dont les yeux brillaient de larmes. À moins qu'on ait réquisitionné mon logement dans l'intervalle…

– Allons, que dites-vous là ? Calmez-vous ! »

Samson tourna la tête vers le vaisselier qui dissimulait l'entrée de la chambre de sa défunte sœur Vera.

« On va vous trouver une chambre. En ce qui concerne la nourriture…

– J'ai droit à une ration de quatrième catégorie, je pourrai aller la réclamer, bredouilla le docteur.

– Comment irez-vous si vous vous cachez ? »

Le milicien s'était réveillé chez Samson, et un instant il s'imagina avec Vatroukhine en état d'arrestation, en train de lui souffler de la fumée de cigarette au visage.

« Et d'ailleurs, les quatrièmes catégories ne touchent presque rien.

– Comment ça, protesta le médecin, confus. On m'a donné déjà du gruau d'orge, du savon…

– Vous fumez ?

– Non, mais j'ai des papirosses ! Pourquoi, vous fumez, vous ?

– Non, mais je suis censé m'y mettre », dit Samson tristement.

Vatroukhine tira une boîte de sa poche de veste et la tendit.

« Je n'en ai besoin que d'une seule, dit Samson en la prenant.

– Gardez-la, j'en ai d'autres à la maison. C'est au cas où je croise des soldats ou de ces essorilleurs du Marché juif, toujours prêts à vous réclamer "une clope". »

Voyant Samson sursauter, Vatroukhine jeta un coup d'œil à son oreille gauche intacte tendue vers son hôte et se pressa d'ajouter :

« Oh, pardonnez-moi ! Je n'aurais pas dû employer ce mot. Je veux parler des apaches et des voyous qui vous font les poches au marché. »

Quand, le lendemain matin, la porte de chambre de sa sœur défunte, auparavant dissimulée par le vaisselier, vint à s'ouvrir, Samson se retourna, saisi d'effroi, et manqua s'étrangler avec son thé. Le visage du docteur affichait une mine mal réveillée et coupable.

« Excusez-moi, dit-il d'une voix un peu sifflante. C'est bien sûr embarrassant à demander, mais pourrais-je me servir de votre eau pour me débarbouiller ? »

Samson, déjà habillé, le conduisit à la salle de bains, mais ayant entendu Nadejda occupée à y faire ses ablutions, il demanda à son hôte d'attendre devant la porte. Il l'avertit qu'il convenait de puiser l'eau dans la bassine puis de vérifier la tuyauterie, et si elle fonctionnait, de remplir à nouveau la bassine à ras bord.

«Je sais, je sais, opina Vatroukhine, c'est la même chose chez moi. Avant je remplissais la baignoire, mais on n'a plus autant d'eau aujourd'hui. Juste de quoi remplir un baquet et trois seaux. »

Samson et Nadejda sortirent ensemble de la maison tandis que le médecin les accompagnait d'un sourire et d'un regard un peu servile. Tout comme un domestique ou un majordome.

«Je ne bouge pas d'ici, dit-il d'une voix tranquille. Je veillerai au bon ordre des lieux. Ne vous inquiétez pas ! »

Samson arriva au commissariat encore une fois plus tôt que Kholodny. Il ôta le cachet de mastic scellant la porte du local. S'installa au bureau de son père et entreprit de relire le rapport de son camarade sur sa rencontre et sa conversation avec le mystérieux consul résidant au 7, rue Chrysostome. Kholodny n'y abordait le sujet de la viande qu'à la fin : *À qui sa cuisinière achète sa viande, le maître de maison l'ignore. Il lui donne de l'argent pour la bouffe, et ensuite elle gamberge toute seule sur la manière de le dépenser. L'essentiel pour lui est qu'il y ait chaque fois suffisamment à manger pour les visiteurs imprévus.*

« Bizarre, songea Samson. Si Kholodny a transcrit ici son discours *verbatim*, de tels mots n'appartiennent pas du tout au vocabulaire d'un homme riche. La bouffe, gamberger… ça relève de celui des classes inférieures, de ceux qui n'ont pas terminé le lycée. Or si cet Albert Veniaminovitch s'apprête à devenir consul, il doit avoir une carrière derrière lui non pas de lycéen, mais d'universitaire… »

La porte s'ouvrit si violemment que Samson sentit le souffle d'un courant d'air et que les deux feuilles posées devant lui volèrent sur le sol.

Jamais encore il n'avait vu le visage de Naïden aussi maussade.

« Viens ! » lui jeta le commissaire, et loin de laisser la porte ouverte la referma dans un claquement si brutal qu'une nouvelle bourrasque s'abattit sur Samson.

Vassyl se trouvait déjà dans le bureau du chef, la mine morose, Naïden quant à lui venait juste de se laisser tomber lourdement sur son siège en jetant à son subordonné un regard furieux qui n'était pas le premier de la matinée. À son grand étonnement, Samson découvrit Kholodny assis sur une chaise contre le mur, l'air renfrogné lui aussi, la veste encore sur le dos. À l'évidence, il venait à peine d'arriver au commissariat.

« Me voici, selon vos ordres ! déclara Samson. C'est à propos de l'affaire de viande ?

– Quelle affaire de viande, nom de Dieu ! » tonna Naïden.

Kholodny tressaillit. Vassyl ne bougea pas. Samson n'eut pas le temps de s'effrayer.

« C'est le troisième vol dans mon bureau en l'espace de deux mois ! »

Naïden parlait à présent d'un ton étouffé, comme s'il craignait qu'on pût l'entendre derrière la porte.

« On m'a volé ma montre qui était là, dans le tiroir, et d'un ! Puis le pardessus que je mets ici pour dormir, et de deux ! Et enfin cette nuit, pendant que je dormais, ma tasse a disparu, une tasse qui m'a accompagné sur trois fronts ! Comment expliquez-vous ça ? »

Naïden posa de nouveau son regard sur Vassyl.

« Et qu'y puis-je, moi ? Je ne peux pas tout surveiller ! bredouilla celui-ci. Moi-même j'ai constamment des vols dans le local des pièces à conviction. Mais il s'agit toujours de vêtements. À présent qu'il fait plus doux, les vols sont moins fréquents.

– Et vous ? » Naïden se tourna d'abord vers Kholodny, puis vers Samson. « On ne vous a rien volé ? »

Samson se sentit soudain oppressé, le souffle court. Il jeta un coup d'œil à Vassyl, que celui-ci ne remarqua pas.

« Eh bien d'abord, c'est le costume qui a disparu, avoua-t-il. Il y a trois jours environ. Et puis l'os en argent… il était dans mon tiroir de bureau… »

Naïden foudroya Samson du regard.

« Autrement dit, de l'argent a été volé ! » soupira-t-il, puis s'adressant à Kholodny : « Et à toi, qu'a-t-on pris ?

– Rien… » L'ancien prêtre haussa les épaules. Il semblait embarrassé de répondre par la négative à la question. « On ne m'a rien volé… Je n'ai rien qu'on puisse voler.

– Rien qu'on puisse voler, hein ? répéta Naïden, excédé. Eh bien c'est toi qui vas t'occuper de ce bordel ! Tu vas ouvrir un dossier, mais sans numéro ni date. On va choper ce salopard, et on lui réglera son compte nous-mêmes, sans rédiger de verdict. C'est tout de même une honte ! Dans un commissariat de la milice ! Tu prendras les dépositions des victimes. » Naïden désigna Samson, puis Vassyl et enfin pointa le doigt sur sa propre poitrine. « Et tu nous boucles cette enquête rapidement, compris ? »

Quand ils furent de retour dans leur bureau, Samson considéra son camarade d'un air incrédule.

« On ne t'a rien volé, tu es sûr ? Et ta veste en cuir ? »

Kholodny gratta sa joue mal rasée et esquissa une grimace comme s'il lui venait une pensée déplaisante.

« Oui, c'est vrai, soupira-t-il. Mais je n'ai pas pu l'avouer. Et s'il m'avait demandé pourquoi je ne l'avais pas signalé plus tôt ?

– Moi non plus, je n'ai rien signalé, répondit Samson qui en disant ces mots se sentit lui aussi mal à l'aise. Et Naïden non plus n'a rien dit avant qu'on lui vole sa tasse. Aucun de nous n'a rien déclaré !

– Bon, mais à présent où dois-je chercher toutes ces tasses et ces os en argent ?

– Tu n'es pas près de les retrouver, j'en ai peur. On ferait mieux de terminer d'abord l'enquête sur le trafic de viande, dit Samson d'un ton ferme et persuasif. S'il y a un voleur ici, il va rester au nid, tant qu'on le laisse tranquille. Alors que dans une heure ou deux, Naïden va de nouveau débarquer dans ce bureau pour nous demander où en est l'affaire.

– Et ensuite, tu m'aideras ? demanda Kholodny avec un regard suppliant.

– Bien sûr ! Je t'aiderai, promis. Pour commencer, récapitulons tout ce qu'on sait de cette histoire

– Grillons d'abord une cigarette !

– Sans interroger personne ? dit Samson, surpris.

– Eh bien oui, fumons, juste comme ça ! »

Kholodny tira un porte-cigarettes de sa poche, l'ouvrit avec un bruit sec, s'approcha du bureau de son camarade et le lui tendit.

Samson prit une papirosse et, par hasard, ses yeux tombèrent sur le rapport de Kholodny concernant sa visite au 7 de la rue Chrysostome.

« Attends une minute », dit Samson, voyant la boîte d'allumettes apparue entre les doigts de l'ancien prêtre.

Sur quoi il se leva, gagna l'escalier, appela le soldat de garde et lui ordonna de faire monter à l'étage le détenu Briskine Moïsseï.

Pendant qu'on allait chercher l'homme, il réclama qu'on déplaçât les chaises. L'une fut installée contre le mur, juste au-dessous du schéma de découpe des carcasses, et les deux autres empruntées à chacun des bureaux, pour être placées en face de la première.

Enfin Briskine fut poussé dans la pièce par le soldat. Il avait la mine pâle, et toussotait.

« Asseyez-vous ! dit Samson en lui désignant la chaise contre le mur. Vous n'auriez pas la tuberculose, au moins ? ajouta-t-il en dévisageant plus attentivement le prisonnier.

– Non, que dites-vous ? Je vais très bien, s'empressa de répondre Briskine. C'est l'œuf que ma fille m'a apporté ce matin, j'ai dû à nouveau le manger avec la coquille. J'en ai la gorge égratignée.

– Quoi, les autres détenus ont encore essayé de vous le prendre ? demanda Samson avec compassion.

– Non, un soldat ! Il y en a un sans aucune vergogne, il vole les colis, ou bien fait le tri devant vous : ça pour toi, ça pour moi. »

Samson et Kholodny échangèrent un regard.

« Vous nous le désignerez ensuite, dit Samson. Pour le moment asseyez-vous. Vous avez du tabac, des cigarettes ? demanda-t-il sévèrement.

– Non, rien du tout. J'ai arrêté de fumer.

– Des photographies de proches ? » s'enquit Kholodny d'un ton impérieux.

Briskine plongea à contrecœur la main dans la poche intérieure de sa veste. Il en sortit une épaisse enveloppe qu'il tendit aux miliciens.

Samson en tira trois photographies cartonnées : sa fille en robe d'été, un portrait ovale de sa défunte épouse et lui-même assis avec sa femme sur une banquette, à côté d'un palmier planté dans un tonnelet à vin.

Il remit les photos en place, se tapota un moment la cuisse avec l'enveloppe, puis se retourna et lança celle-ci sur son bureau.

« Sept, rue Chrysostome, dit-il en fixant Briskine dans les yeux. Propriétaire, Albert Veniaminovitch. Il prétend que c'est sa cuisinière qui a acheté la viande, et non lui. Est-ce vrai ?

– Je ne connais pas cet Albert, répondit le détenu. Il y avait là-bas une cuisinière et puis un autre gars, sans doute un domestique.

– Pas très grand, maigre ? » demanda Kholodny.

Briskine opina du chef.

« Passons encore une fois la liste en revue. »

Samson se retourna et prit le dossier de l'affaire posé sur le bord de son bureau. Il en sortit la liste des acheteurs établie à partir du schéma de découpe et complétée de sa main par le prisonnier.

Une allumette craqua, Kholodny alluma sa papirosse et tendit la flamme à Samson. Celui-ci l'imita maladroitement, la papirosse coincée entre les doigts de sa main gauche. Puis il aspira profondément et souffla un nuage de fumée au nez de Briskine. Kholodny fit de même.

Briskine se recula et se cogna la nuque contre le mur. Son visage affichait une expression d'effroi.

«Je vous ai tout dit! bégaya-t-il. Je ne dissimule rien. Je vous ai même livré Choura!» Et des larmes brillèrent dans ses yeux. «Je n'en peux plus! J'ai les pieds gelés!

– Bon, d'accord, d'accord», dit Samson pour tenter de l'apaiser.

Il confia sa papirosse à Kholodny pour libérer sa main. «Allons, voyons une dernière fois cette liste!»

La mémoire de Briskine se révéla excellente. Quand Samson lui énonçait le nom ou l'adresse d'un acheteur, il nommait sans hésiter la pièce de carcasse vendue et son poids. Ils en arrivèrent ainsi au bout de l'inventaire, qui s'achevait sur Choura, mais Samson s'abstint de dire son nom cette fois-ci, de peur de susciter chez le prisonnier une nouvelle crise de nerfs et de larmes.

«Et mes photos? demanda Briskine. Vous allez me rendre mes photos?»

Samson réfléchit.

Kholodny esquissa alors un geste pour attirer son attention et lui montra la porte du doigt. Samson comprit et tous deux sortirent du bureau.

«Envoyons quérir le photographe, proposa Kholodny. Qu'il le prenne de face et de profil. On ajoutera les photos au dossier et il en sera tout de suite plus épais ! »

L'idée plut à Samson. Il alla trouver Vassyl et lui demanda de se rendre en fiacre au Krechtchatik et de ramener le photographe et son appareil. Vassyl parut enchanté de cette occasion de se changer les idées. Un sourire apparut sur son maigre visage moustachu.

« Ce sera fait ! » répondit-il d'un ton net et vibrant, avant de dévaler l'escalier menant à l'entrée.

De retour dans le bureau, Samson trouva Briskine occupé à examiner le schéma de découpe.

« Vous vous rappelez autre chose ? » demanda-t-il.

L'autre se retourna.

« Non, j'ai faim ! »

En entendant ces mots, Kholodny se pourlécha les lèvres. Il tira de sa poche de pantalon une montre oignon, en ouvrit le couvercle et vérifia l'heure.

Chapitre 19

Samson dormit assez mal cette nuit-là. On peut même dire qu'il ne dormit pas du tout, hormis de courts moments où les pensées qui agitaient son esprit se figeaient une minute ou deux, permettant au silence de s'établir dans sa tête, un silence si parfait que le sommeil commençait de s'y glisser, craintif et prudent. Mais il était trop timide et au premier bruit d'une nouvelle pensée naissante, il s'éclipsait tout bonnement, désertait en coup de vent le séjour des rêves.

À côté, dans la chambre de Vera, sa sœur défunte, le docteur Vatroukhine ronflotait. Derrière la cloison suivante, c'était Nadejda, jeune femme chère à son cœur, qui dormait paisiblement. Plus loin, le petit vestibule dont une porte donnait sur le bureau de son père, où sans doute flottait encore le souffle inquiet de celui-ci, plein de désarroi devant l'impossibilité de jouer avec les boules des abaques accrochés aux murs, l'impossibilité d'établir l'ultime estimation du résultat algébrique de sa vie.

Le sommeil de Samson était également troublé par l'excitation de la journée écoulée et l'impatience d'en être déjà au soir suivant, où il était convenu avec le photographe qu'il emmènerait Nadejda rue Krechtchatik sous prétexte de promenade et entrerait incidemment avec elle dans son studio.

C'était là que Vassyl, la veille, était allé chercher en fiacre Léon Vichnevski et son énorme appareil à trépied, ainsi qu'un dangereux dispositif produisant des sortes d'éclairs censés garantir des clichés d'une netteté et d'une clarté parfaites. Kholodny avait été chargé de tenir une manière de gouttière en métal longue d'une coudée, une fois le visage de Briskine tourné vers l'objectif par le photographe selon un angle qu'il était le seul à savoir bon. Alors seulement, le petit vieillard barbu avait versé au fond de la gouttière le contenu pulvérulent d'une boîte bleue cylindrique. Une minute plus tard, après avoir ouvert l'objectif et opéré diverses manipulations sur l'appareil, il avait craqué une longue allumette pour cheminée et approché celle-ci du ruban de poudre. Ce qui s'était produit ensuite, jamais Samson ne l'oublierait. Une vive explosion de lumière avait aveuglé tout le monde, et en particulier le prisonnier. Celui-ci avait même fait un bond de côté, en direction du mannequin, et s'était mis à secouer son costume, bien que Samson n'eût pas vu la moindre étincelle tomber dessus. Le mannequin en revanche en avait reçu une qui dans l'instant en avait troué l'étoffe. Mais on ne s'en était aperçu que lorsqu'une fumée bleue s'en était dégagée, provenant du rembourrage. Vassyl, qui se trouvait là plus par curiosité que pour prêter main-forte, avait vivement attrapé la tasse de thé laissée par Samson sur son bureau, renversé le mannequin sur le dos comme il l'eût fait d'une personne vivante, et versé dans le trou fumant le reste de boisson chaude.

Kholodny avait été lui aussi choqué par l'éclair. Livide, il se grattait le poil qui hérissait sa joue.

«J'ai une brûlure, bredouillait-il. Regardez, je n'ai pas de brûlure ? Je suis sûr que si ! Comment peut-on risquer un truc pareil ? » Il regardait le photographe qui conservait quant à lui un calme olympien. « Comment peut-on mettre le feu à de la poudre à l'intérieur d'une pièce ?

– Ce n'est pas de la poudre, avait expliqué l'autre. C'est de la poussière de magnésium additionnée de chlorate de potassium. Un mélange anglais.

– C'est du pareil au même ! Ce truc suffirait pour tirer un boulet de canon.

– Le portrait de face sera réussi ? avait demandé Samson une fois apaisé le tumulte provoqué par l'explosion.

– Et comment ! Voilà trente ans que je suis dans le métier. À présent, la pose de profil ! »

Briskine s'était docilement tourné de côté. Ce faisant il avait prié le photographe et Kholodny de reculer de deux autres pas.

« Absolument impossible ! avait objecté l'artiste. Vous ne voudriez pas apparaître en petit sur l'image ! »

Samson avait demandé à l'homme d'escorte de reconduire le prisonnier au sous-sol, puis s'était enquis du prix de la séance de prise de vue.

« Comment cela, je vais être payé ? Vous m'en voyez ravi. En ce cas ce sera huit roubles ! Je prends plus cher aux administrations qu'aux particuliers. Surtout si je dois me déplacer.

– Et quand les photos seront-elles prêtes ? avait demandé Vassyl.

– Demain soir.

– En ce cas je passerai les prendre.

– Non, était intervenu Samson. C'est moi qui irai.

– Bon, comme tu voudras… »

Vassyl s'était gardé d'insister, mais la déception se lisait sur son visage.

Samson avait alors offert d'aider le photographe à porter son appareil jusqu'à la voiture. Chemin faisant, il lui avait demandé s'il lui serait possible de les prendre en photo, sa femme et lui, le lendemain soir.

« Mais oui, venez, avait répondu l'autre. Seulement habillez-vous comme pour un jour de Pâques. »

Samson bâilla avec délice. Il ferma enfin les yeux, sans interrompre pour autant ses pensées rêveuses qui lui dessinaient déjà la séance de photos prochaine avec Nadejda : séparément pour le besoin des poches, et ensemble pour le cadre de bois et le mince sous-verre. Il essaya même de trouver à l'avance une place pour ce portrait sur l'un des murs du salon. Mais il entendit alors dans sa tête comme une lanterne de réverbère tomber et se briser sur le pavé. Ce fracas le prit au dépourvu, et sa frayeur se mua aussitôt en angoisse. Il renversa la tête en arrière pour voir la fenêtre. Il n'était rien d'autre dans la pièce qui fût de verre. Le rideau cependant dissimulait la croisée. Chancelant, il se leva. Alluma la lumière, écarta de la main la tenture et vit son reflet dans la vitre intacte.

Alors il comprit d'où le bruit pouvait provenir. Pieds nus et en chemise de nuit, il gagna le salon, puis s'approcha à pas de loup de la porte du bureau de son père. Il l'ouvrit avec précaution, pour que nul grincement n'effrayât le silence. Et une fois là, dans le bureau, il découvrit sur le plancher éclairé par la lune une nuée de débris de verre. Il leva les yeux sur la vitre : elle présentait un trou de la taille d'une soupière, hérissé de dents acérées. Une pierre traînait sous la bibliothèque, grosse comme le tiers d'un pavé. S'efforçant de ne pas marcher sur le verre, il s'approcha de la fenêtre. Le trou était situé pile au niveau de son visage.

À sa grande stupéfaction, il aperçut alors dans la rue un homme, campé au beau milieu de la chaussée, qui le regardait.

« Eh bien ! Qu'est-ce que t'as à me zyeuter ? brailla l'homme dont l'écho reprit la voix pour la répercuter sur les toits de la ville endormie. Envoie Nioura ! »

Samson, hors de lui, agrippa la poignée de fenêtre et la tourna à l'horizontale. Mais dès qu'il la tira à lui pour ouvrir, un morceau de vitre encore pendu au cadre émit un drôle de grincement, menaçant de tomber. L'œil rivé au dangereux bout de verre, Samson se pencha vers le trou béant et cria au bandit nocturne :

« Il n'y a pas de Nioura ici !

– C'est bien le 11, non ? demanda le briseur de vitres d'un ton impérieux.

– Non, c'est le 24 ! répondit Samson.

– Zut, désolé ! lança l'autre. Quelle idée d'ôter leurs numéros aux maisons ! »

L'homme regarda autour de lui, cherchant à quelle fenêtre à présent réclamer sa Nioura, puis se mit en marche en direction de la rue des Forges.

De nouveau le sommeil s'était envolé. Toutes les pensées de Samson tournaient maintenant autour du couvre-feu qu'aucune patrouille cette nuit-là ne venait faire respecter dans la rue Jilianskaïa.

À quatre heures et demie, Samson se décida à sortir. Il referma la porte d'entrée de l'immeuble mais s'abstint de réveiller la veuve du concierge pour qu'elle poussât le verrou à l'intérieur, se disant qu'il y avait peu de chance qu'à cette heure précédant l'aube il se trouvât encore des éléments louches à traîner par les rues. Avant de se rendre à pied aux bains de la place de Galicie, il vérifia que le numéro de la maison ainsi que la plaque affichant le nom de la rue étaient effectivement absents. Il avait entendu dire que certains habitants ôtaient tout signe distinctif à leur lieu de résidence dans le but de compliquer la tâche aux bandits comme aux autorités. Devant l'immeuble voisin il nota que celui-ci non plus, pas plus que les deux suivants, ni celui d'en face, n'affichait de nom de rue ni de numéro.

Comme convenu, il passa d'abord au commissariat et laissa dans son bureau son revolver et ses papiers. Puis avec une trentaine d'autres individus connus de lui de près ou de loin, il s'en fut par la rue Karavaïev jusqu'à la rue Sainte-Marie-l'Annonciation. La troupe ensuite tourna à droite pour arriver, trois ou quatre cents pas plus loin, devant l'entrée des bains.

Naïden les fit tous s'aligner devant la porte.

«Je vous demande d'observer et respecter les règles de l'établissement, dit-il d'un ton sévère. De suivre les instructions du préposé en chef et de ne pas rester dans la vapeur sans rien faire. La crasse ne part pas du premier coup, aussi savonnez-vous et étrillez-vous plusieurs fois!

Donnez tous vos vêtements y compris ceux de dessous à l'employé du vestiaire. Attachez votre numéro à votre poignet et non à l'anse de la bassine et essayez de le retenir. J'aurai un sifflet. » Naïden brandit un sifflet de métal noir auquel pendait une ficelle. « Quand j'aurai sifflé trois fois, nous commencerons à nous rhabiller !

– Mais comment ça, on va être à poil ? Pourquoi faut-il donner le linge de dessous ? demanda quelqu'un.

– Il faut tout donner. Il n'y a pas de femmes à l'intérieur, répondit Naïden.

– Et s'ils nous le perdent ? demanda une autre voix.

– Impossible ! »

Samson se trouva parmi les premiers dans la queue pour accéder au vestiaire. Il se déshabilla avant même de l'avoir atteint, remit au vieil employé vareuse, pantalon et maillot de corps, et glissa ses *portianki* dans ses bottes avant de les confier à leur tour. Il reçut en échange un rond de métal irrégulièrement découpé, gravé du numéro « 34 » et percé d'un trou dans lequel était passée une ficelle. Il l'attacha à son poignet et s'éloigna, mais s'aperçut alors que Kholodny était le dernier de la file.

« Qu'est-ce que tu fiches ? lui dit-il en s'approchant. Va à l'avant !

– Non, répondit l'autre. Je vais attendre que les autres soient passés… »

Samson haussa ses maigres épaules nues et recula de deux pas vers la cloison pour y patienter, le temps que son camarade se fût déshabillé et eût reçu son numéro. Son regard se posa sur un écriteau pendu au mur : *Cabines particulières ouvertes à partir de 9 heures du matin.*

« Notre vieux garçon de bain, maître Karp », annonça Naïden cinq minutes plus tard pour présenter un homme solidement bâti, chaussé de sandales de bois, les jambes nues et vêtu d'une blouse blanche en drap épais maintes fois lavée, aux manches retroussées sur les coudes. « Il va tout vous expliquer et vous aider.

– Allons-y ! », commanda maître Karp, et toute la troupe de miliciens et de soldats du commissariat en tenue d'Adam se mit en marche derrière lui dans le vaste couloir.

Ils s'arrêtèrent dans la salle d'attente et de refroidissement. Là, le vieux garçon de bain distribua à chacun une bassine de métal et un morceau de savon brun.

Samson vit Kholodny déposer aussitôt dans sa bassine un objet enveloppé d'un mouchoir. Il se rapprocha et se campa à côté de lui. Non par curiosité, mais pour passer au bain avec lui.

« Regarde-moi ça ! s'exclama Kholodny, l'œil attiré par les deux traces bleuâtres d'impacts de balles sur l'avant-bras de Samson. C'est guéri ?

– Totalement ! »

Ils entrèrent dans une salle équipée de bancs de bois, où maître Karp, avant de leur ouvrir l'étuve, leur montra une rangée de robinets sortant du mur, chacun surmonté d'un crochet auquel était pendu un écheveau de tille couleur de bois mouillé, dont les fibres s'échappaient en tout sens.

« Bien, ici on se savonne, on se frotte, on se lave, mais on n'entre pas dans l'étuve sans s'être rincé, le savon vous boufferait les yeux ! » dit-il.

Le vacarme retentissant des bassines métalliques se noya dans le fracas de l'eau qui coulait. Les voix au milieu de ce bruit résonnaient de manière étrange, comme un autre bouillonnement. Nus, les collaborateurs du commissariat se bousculaient sans s'excuser ni se regarder en face. Leur nudité semblait les priver d'identité, leur donnait une moindre assurance et une plus grande vulnérabilité. Ils s'en trouvaient maussades, tendus. Et Samson, qu'on avait déjà par deux fois empêché d'accéder aux robinets, sentit monter en lui l'envie de rendre grossièreté pour grossièreté, brutalité pour brutalité. Ayant noté un changement dans le regard de son camarade, Kholodny repoussa lui-même un gaillard qui paraissait être un soldat, permettant à Samson de se glisser dans l'espace ainsi libéré. Leurs bassines remplies d'eau brûlante, et armés chacun d'un bouchon de tille ôté d'un crochet, ils s'éloignèrent vers l'autre mur, jusqu'au banc d'extrémité. Là, ils se savonnèrent copieusement et se frottèrent l'un à l'autre le dos.

« Mais qu'est-ce que tu as là-dedans ? demanda Samson en désignant la bassine de Kholodny.

– C'est ma croix ! J'ai oublié de la laisser chez moi. Et maintenant je dois faire gaffe qu'on ne me la vole pas. Quand on sera dans l'étuve, je me la passerai au cou, personne ne la verra. Là-bas, on est comme dans un brouillard brûlant.

– Au bain, on ne parle pas du service ! » tonna la voix sévère de Naïden, tout près d'eux.

Ils se retournèrent. Samson éprouva un sentiment étrange en voyant devant lui son chef entièrement nu, mais la cicatrice, souvenir d'un coup de sabre, qui lui barrait la poitrine inspirait le respect.

« On ne fait que se laver ! lui dit Kholodny, en imprégnant à nouveau de savon le bouchon de tille. On cause du bain.

– Parfait ! Au bain, on parle du bain, au service, du service. Frottez plus fort ! Qui sait quand reviendra notre tour… »

Et Naïden s'éloigna.

Ils entrèrent dans l'étuve au milieu d'un brouillard surchauffé.

« Viens, montons plus haut, proposa Kholodny.

– Tu as laissé ta croix dans la bassine ? demanda Samson, inquiet, en désignant la large porte de bois qu'ils venaient de franchir.

– Comment ça ? Tu me prends pour un idiot ou quoi ? » s'esclaffa l'ancien prêtre. Et bombant sa poitrine, il désigna le lourd crucifix d'argent qui pendait dessus.

Ils s'installèrent dans la galerie.

« Ah, que c'est bon ! » soupira Kholodny.

Samson était content lui aussi d'être perché là-haut, mais n'avait pas envie d'en parler. Quand il se sentait bien, il se concentrait sur des sujets intimes. Ainsi pensait-il à présent à Nadejda. Il souriait en imaginant la soirée à venir. Il était heureux également de savoir qu'au milieu de la vapeur, personne, hormis peut-être Kholodny, ne le voyait, et de pouvoir ainsi laisser son visage exprimer tous ses sentiments. Une autre idée alors le traversa, espiègle celle-là. Et il faut le dire, fort à propos. Il s'imagina au bain en compagnie de Nadejda. Non pas ici, dans l'étuve, mais dans une de ces cabines particulières, ouvertes à partir de neuf heures. Lesquelles devaient être prévues pour des couples. Or ils formaient, elle et lui, un couple. Il lui plaisait de s'imaginer dans une cabine de cette sorte avec la jeune femme, mais il ne parvenait pas à un tableau complet. Il ne voyait que leurs têtes et leurs visages. Ou plutôt, il se voyait lui-même facilement nu, mais elle, impossible. Quelque chose l'en empêchait. Peut-être une gêne intérieure, comme si une tierce personne risquait, en ses propres pensées et rêves, de se glisser dans son esprit. Cette idée lui arracha un soupir.

« Qu'est-ce que tu as ? Trop chaud ? lui demanda Kholodny, l'œil attentif.

– Chaud, oui. Mais c'est bon.

– Ça refroidit. La vapeur refroidit. Elle va retomber s'ils ne la relancent pas ! »

Et en effet, le brouillard commençait de se dissiper. Ceux assis plus bas échangèrent des regards mécontents. Samson comprit qu'à présent tout le monde autour de lui voyait tout. Et par conséquent le voyait aussi. Il effaça les sentiments de son visage.

« Vapeur ! » brailla Kholodny en couvrant de la main sa croix d'argent.

D'autres protestèrent à leur tour. Quelqu'un même ouvrit la porte donnant sur la salle d'eau et cria par l'entrebâillement. Presque aussitôt s'entendit un grondement assourdi, comme si on jetait du bois dans le vaste ventre d'un poêle. Maître Karp apparut alors, chargé de deux seaux d'eau.

« Ça vient ! lança-t-il de sa voix de basse. Pas la peine de hurler ! La voilà, votre vapeur ! »

Sur quoi il vida les deux seaux l'un après l'autre dans un large orifice par lequel le mur carrelé de céramique semblait observer les hommes nus.

Une vague de vapeur en jaillit, qui arracha aux plus proches un gémissement d'approbation, puis s'éleva et recouvrit ceux assis en hauteur.

« Oh ! Quel bonheur ! soupira Kholodny avant de soudain relâcher sa croix. Elle est brûlante, nom d'un chien ! dit-il en agitant la main. Ouille ! Maintenant elle l'est encore plus ! »

Quand la vapeur commença à retomber une seconde fois, Samson découvrit que l'étuve s'était encore remplie. Et il lui sembla apercevoir une tête familière, bien qu'il n'en vît que la nuque et un peu de la joue et de la tempe.

Mais le garçon de bain vint alors verser deux autres seaux d'eau dans la gueule du poêle et de nouveau tout le monde disparut dans le brouillard.

« Ce serait bien de passer au coiffeur après le bain », dit Kholodny en soulevant ses cheveux, les doigts écartés, comme pour en mesurer la longueur. « Le coiffeur après le bain, rien de tel ! Ça sent bon l'eau de Cologne ! Et ensuite, une bière et du poisson séché !

– Te voilà en plein rêve ! s'esclaffa Samson. Et après la bière, un tour en bateau sur le Dniepr, ajouta-t-il en parodiant l'intonation de son camarade. Et là, un village sur une île, et au village une brasserie…

– Quand on sera bien sales à nouveau, on pourrait revenir ici tout seuls un dimanche, puis suivre le plan que tu viens de dire…

– Bon, si c'est un dimanche, mieux vaut aller aux bains de la rue Karavaïev. On n'y chaparde pas comme ici.

– C'est vrai, acquiesça Kholodny. Rue Karavaïev, c'est mieux. »

Trois coups de sifflet retentirent dans le brouillard, faibles et plaintifs. Aussitôt un mouvement s'amorça. Miliciens et soldats se levèrent à contrecœur, tout transpirants. Des portes claquèrent.

« Magne-toi de sortir, grogna quelqu'un. Laisse pas la vapeur se barrer ! »

Avant d'atteindre la porte, Samson se retourna et constata qu'il restait encore beaucoup de monde sur les bancs et dans la galerie. Il chercha des yeux l'homme qui lui avait paru familier. Une trouée se formait justement dans le brouillard, et de nouveau il crut reconnaître un visage, cette fois-ci de profil.

« On peut se savonner encore une fois ? demanda Samson à Naïden, comme il sortait de l'étuve.

– En vitesse seulement, le temps que les autres refroidissent et soient secs. »

Samson remplit sa bassine d'eau, se frotta au bouchon de tille, puis quand tout le monde fut passé dans la salle d'attente et de refroidissement, il se rinça et retourna dans l'étuve. Il essaya de se frayer un chemin au milieu de la vapeur vers le visage familier. Mais il trébucha alors contre un pied et s'affala sur la pierre humide du sol, avec un bruit de poisson retombant dans l'eau d'une rivière.

« Eh, qu'est-ce qui se passe en bas ? » cria-t-on au-dessus de sa tête.

Il se releva en frottant sa hanche meurtrie et recula vers la porte. Il s'arrosa d'eau chaude et se pressa de rattraper ses collègues.

Sa hanche lui élançait et un bleu y prenait déjà forme.

« Eh, ceux qui ont un cor à enlever, venez ici ! » lança une voix toute proche.

Samson tourna la tête : un gaillard au visage rond de Tatar, jambes nues sous sa blouse blanche, brandissait un large couteau à lame courte qui n'inspirait guère confiance.

« Qui veut se débarrasser de ses cors, approchez ! Un cor, un rouble ! »

Après avoir récupéré vêtements et bottes en échange de son numéro, Samson s'essuya avec la serviette commune décrochée d'un clou et entreprit de se rhabiller. Il se vêtit lentement, en essayant de se concentrer sur le visage brièvement entrevu dans l'étuve.

« Mais bien sûr ! s'exclama-t-il comme frappé d'une révélation, alors qu'il enfilait sa botte droite. C'est Jacobson ! »

Et d'un coup lui revinrent en mémoire le costume disparu et l'os en argent dérobé dans le tiroir de son bureau.

Il retourna au guichet du vestiaire, écarta plusieurs ouvriers en train de renfiler blouses de travail de grosse toile bleue, pantalons noirs, caleçons et croquenots.

« Personne ne vous aurait donné de costume à rayures noires et marron par hasard ? demanda-t-il d'un ton autoritaire, car il était à présent en uniforme de milicien.

– Des costumes, on ne nous en donne pas avant neuf heures du matin, lui répondit le vieux préposé. Rien que des blouses et des vareuses. C'est les collectivités qui se lavent tôt, les costumes c'est à l'heure des particuliers, avec entrée payante.

– Et quelles collectivités sont présentes en ce moment ? s'enquit Samson, toujours sur le même ton.

– Une équipe de réparation d'engins militaires et les ateliers du chemin de fer. Et puis tenez, la briqueterie Mikhelson ! ajouta le préposé en désignant les ouvriers qui attendaient pour lui confier leurs vêtements.

– Y a plus de Mikhelson ! corrigea le premier de la file d'une voix claire.

– Je sais bien qu'il est mort, rétorqua le vieil homme. Une dizaine d'années qu'il n'est plus. Mais l'usine est toujours debout.

– Mais dites-moi… » Samson était passé à un chuchotement intime et posait cette fois-ci la question moins à titre d'enquêteur de la milice que de personne privée. « Dans les cabines individuelles, on peut venir avec sa moitié ?

– Pas individuelles, particulières ! rectifia l'employé. Vous pouvez venir avec qui vous voulez, même avec des Chinois. Pour les cabines particulières, y a même un buffet spécial. »

« Individuelles ? Particulières ? » songeait Samson en sortant de l'établissement avant de repérer devant lui les miliciens et les soldats du commissariat qui lui tournaient le dos.

Le dernier de la troupe était Kholodny, au pas indolent. Samson le rattrapa pour marcher à son côté.

« Je me suis brûlé, lui murmura Kholodny. Oh, que ça brûle !

– Comment ça ?

– Ma croix. Elle a tellement chauffé qu'elle m'a brûlé la peau au-dessous. Ça fait mal, purée ! Et pas question d'aller voir le médecin avec une brûlure pareille.

– Et pourquoi pas ? dit Samson, surpris. J'en connais un que tu peux consulter. Si ça se trouve, il porte une croix lui aussi.

– Et où vit-il ?

– Pour l'instant chez moi ! On y fera un saut à l'heure du déjeuner.

– Merci ! Parce que les brûlures, si on ne les soigne pas, elles s'infectent. Il est facile d'en crever », dit Kholodny.

Chapitre 20

Après les bains, il flottait dans le commissariat une odeur de savon et tout le monde était d'excellente humeur. Tout le monde, excepté Samson qui ne cessait de frotter sa hanche meurtrie, et Kholodny qui grimaçait chaque fois que son maillot de corps collait à sa brûlure.

Les deux camarades n'avaient guère envie de prendre un fiacre pour aller visiter les derniers acheteurs de viande à interroger, aussi décidèrent-ils de s'attaquer à l'affaire des vols commis à l'intérieur du commissariat. D'autant plus que le détenu Briskine avait désigné un soldat susceptible d'en être l'auteur.

Le soldat en question s'appelait Trofim et se révéla n'être pas de ceux avec qui l'on peut rapidement et utilement bavarder. Une fois dans la chambre d'interrogatoire, assis sur le tabouret qu'une chaîne rivait au plancher, il les jaugea d'un œil brun et hostile, et serra encore plus fort son fusil dans ses mains, la crosse appuyée sur le sol. À l'ordre de remettre son arme aux deux autres soldats présents, il mit un long moment à réagir, se contentant de bougonner : « Et pourquoi ça ? » Il finit cependant par obtempérer.

« Allume une clope ! » dit Samson à Kholodny, car lui-même n'avait aucune envie de fumer.

Pendant que Kholodny s'exécutait, Samson ordonna au soldat de lui remettre tout le tabac qu'il pouvait avoir dans ses poches, et également de sortir toutes les photographies qu'il portait sur lui. Quand l'ensemble se trouva déposé sur la table, Kholodny souffla un nuage de fumée au visage du suspect.

« Nous savons que tu chapardes ici », lui dit-il d'un ton glacial, en essayant de fixer dans les yeux ce garçon à l'allure empruntée, qui manifestement ne brillait guère par l'esprit.

Trofim, tête basse, resta muet.

« Alors, que répondez-vous à cela ? intervint Samson.

– Et quoi dire ? » Trofim regarda l'ancien prêtre, ou plutôt ses joues mal rasées que le bain de vapeur avait rendu vermeilles. « Les réquisitions auprès des ennemis sont pas interdites, alors voilà, je réquisitionne parfois ce qui me manque ou dont j'ai envie.

– Et qu'avez-vous réquisitionné, par exemple, dans le commissariat ? Et auprès de qui ? demanda Samson.

– Auprès de qui, auprès de qui... maugréa l'autre. Auprès des détenus, cette question ! Et quoi qu'ils ont à réquisitionner ? De la bouffe, c'est tout. Leurs familles leur en font passer, tantôt des œufs, tantôt du lard. Et moi, qui m'en donne ? Mes parents sont dans la tombe, et en Sibérie !…

– Et à part les détenus ? dit Kholodny. Nous avons ici des vols à tous les étages. Un costume, une tasse à thé, une veste de cuir !

– Quoi ? ! s'exclama Trofim. Mais moi, je me balade jamais là-haut, à moins qu'on m'appelle. C'est les vôtres qui chapardent.

– Qu'est-ce que tu racontes ? s'indigna Kholodny. "Les nôtres", c'est qui ?

– C'est qui ? Les commissaires, les chefs… Pourquoi j'irais chourer un costard ? Je sais même pas par quel côté on l'enfile. J'en ai jamais mis. »

Samson soupira. Trofim, sur ce point, ne mentait pas. Il n'avait aucun besoin de costume. Celui qui en avait besoin, Samson le connaissait fort bien. Et le souvenir lui revint du visage de Jacobson entrevu un instant au milieu de la vapeur du bain.

« Mais arrive-t-il qu'on vous aborde dans la rue pour vous réclamer quelque chose ?

– Ça arrive, oui, répondit Trofim. Parfois des gosses veulent tirer au flingot. Parfois on vous tape une clope.

– Et jamais on ne vous demande de sortir un objet du commissariat ? suggéra Samson, voulant amener Trofim à l'idée qui à présent dans sa tête avait pris le pas sur les autres.

– Du commissariat ? réfléchit Trofim tout haut. Ça c'est un truc qui se demande pas devant tout le monde, on vous appelle à l'écart, on vous le chuchote.

– Eh bien, est-ce qu'à toi on a chuchoté ce genre de chose ? » intervint à nouveau Kholodny qui machinalement tira sur sa cigarette pour en souffler la fumée au visage du soldat.

L'autre parut ne pas même y prêter attention.

«Y a un gars chez nous, se rappela-t-il soudain. Il est capable de se tenir debout sur la tête. Il dit qu'il est né dans un cirque. Son père et sa mère y faisaient des tours de magie, et puis des tsiganes l'ont enlevé et le cirque a brûlé. Enfin, bon, c'est ce qu'il raconte... Ce pourrait bien être lui le voleur. Il est souple comme un fouet. Je l'ai vu se glisser par un vasistas en un clin d'œil.

– Et comment s'appelle cet artiste ? Où est-il en ce moment ? »

Samson avait enfin réussi à regarder le soldat dans les yeux.

« Bah, il est ici. Boris Kossiakine. En bas !

– Et à quoi ressemble-t-il ? demanda Kholodny.

– Ben, je l'ai déjà dit : souple comme un fouet. Mais eux, là, ils le connaissent. » Trofim désigna de la tête les deux soldats debout devant la porte à côté de son fusil appuyé au mur.

« Vous le connaissez ? dit Samson en s'adressant à eux.

– Oui, soupira l'un, tandis que l'autre se contentait d'opiner du chef.

– Eh bien allez chercher ce Kossiakine et prenez-lui tout de suite son fusil, ordonna Kholodny. Quant à cette arme, rendez-la-lui ! » ajouta-t-il en pointant le doigt vers Trofim.

Samson restitua avec déférence au soldat la boîte de cigarettes et l'enveloppe remplie de photographies qu'il lui avait confisquées.

« Allez, et pas un mot de cette conversation à quiconque ! » lui recommanda-t-il d'un ton appuyé.

Les soldats sortirent, laissant seuls les deux enquêteurs.

« La prochaine clope, c'est toi qui la fumes », dit Kholodny avec un sourire douloureux, en regardant son camarade auquel il tendit la boîte.

Boris Kossiakine, quand on l'introduisit dans la chambre d'interrogatoire cinq minutes plus tard, paraissait terrifié, et Samson s'en trouva encouragé. L'homme était maigriot, de petite taille. Sa vareuse, serrée par un ceinturon bien plus long que nécessaire, bouffait dans son dos. La boucle de ceinture ornée de l'aigle impériale à deux têtes brillait comme une grosse pièce d'or toute neuve.

Samson lui indiqua le tabouret. Lui-même s'assit en face, sur l'une des deux chaises. L'autre fut aussitôt occupée par Kholodny.

« Tabac et photos ! commanda ce dernier en tendant sa main ouverte devant le suspect.

– Je ne fume pas, répondit l'autre d'une voix faible. Et je n'ai pas de photo. Je suis orphelin, vous savez.

– Fouillez-le ! » ordonna Kholodny à l'un des hommes d'escorte.

Celui-ci confia son fusil à son camarade, et explora adroitement les poches de Kossiakine. Il en tira tout ce qui s'y trouvait, l'étala sur la table, puis reprit sa place.

Samson se leva pour examiner l'ensemble. Son attention fut attirée par un fume-cigarette en ambre qui à présent reposait entre des papiers, des pièces d'argent d'ancien régime, des *kerenki* et deux paquets de cartes à jouer enroulés d'une ficelle.

Il saisit le fume-cigarette, le porta à ses yeux, le renifla. Une odeur de tabac lui frappa l'odorat, additionnée d'une note suave de parfum. Il se réinstalla sur sa chaise, alluma une cigarette puis l'emmancha dans le cylindre d'ambre. Il aspira alors une longue bouffée, jusqu'à se sentir suffoquer, ôta vivement l'objet de sa bouche et souffla la fumée au visage de Kossiakine. Ce faisant, il se prit lui-même à tousser, au point d'en être secoué comme s'il était malade. La toux résonnait dans sa tête avec une telle violence qu'il lui semblait qu'un chœur entier y toussait, ou tout un régiment de soldats. C'était trop de vacarme.

Il lui fallut quelques instants pour comprendre qu'ils étaient deux à tousser : lui et Kossiakine, chez qui la fumée de tabac avait déclenché une crise.

Kholodny bondit hors de la pièce, courut au seau d'eau potable commun, y puisa une tasse d'eau et s'en revint. Il en fit d'abord boire une gorgée à Samson, et quand celui-ci se fut apaisé, il proposa le reste au suspect interrogé.

« D'où vient ce fume-cigarette ? demanda Samson. Vous ne fumez pas, avez-vous dit.

– Autrefois je fumais, je l'ai gardé depuis… C'est un objet précieux », répondit l'autre d'une voix hésitante, presque une voix de fausset, comme un chien auquel on eût marché sur la queue.

Samson exprima son incrédulité par un soupir et se tourna vers Kholodny. Celui-ci désigna du regard la cigarette qui se consumait vainement entre les doigts de son camarade. Samson hocha la tête d'un air mécontent, porta de nouveau le fume-cigarette à sa bouche et quand l'objet entra en contact avec ses lèvres perçut un goût étrange, qui n'avait rien de viril. Il aspira profondément, se retint de tousser puis souffla un nouveau jet de fumée à la face du soldat.

Seul Kossiakine toussa cette fois-ci, mais péniblement, tout le corps agité de tressaillements, comme pris d'une crise d'épilepsie.

« Parle franchement, qu'as-tu volé au commissariat ? Tes camarades t'ont dénoncé ! dit Kholodny d'une voix forte en se penchant vers lui.

– Quels camarades ? » demanda Kossiakine en fixant l'ancien prêtre, la toux soudain coupée.

Puis il porta son regard sur les deux soldats qui l'avaient amené. Ceux-ci secouèrent négativement la tête.

« Pas ceux-là, confirma Samson. D'autres. Alors, tu avoues ? Peut-être commencerons-nous par ce fume-cigarette ?

– Ne va pas croire qu'on va te coller en taule pour ça ! » ajouta Kholodny.

Il essaya de sourire, mais aussitôt sa main se leva à hauteur de la brûlure causée par la vapeur.

« Je vais te dire une chose, nous n'avons même pas ouvert officiellement d'enquête. Nous avons juste pour ordre d'éclaircir l'affaire. Alors n'aie pas peur, parle à cœur ouvert !

– Mais je n'ai rien volé ! » Kossiakine lorgna le manchon d'ambre et la cigarette fumante. « Par Dieu, je le jure !

– Comme ça, tu crois en Dieu ? » demanda Kholodny d'un ton sévère.

L'autre hésita à répondre. Kholodny grimaça à nouveau et entreprit de déboutonner le col de sa vareuse, comme s'il voulait laisser passer de l'air pour rafraîchir sa blessure.

Samson restait silencieux lui aussi. Il n'avait pas envie d'entendre la toux du soldat, et la sienne encore moins. Et il ne comprenait pas non plus quelle idée avait traversé l'esprit de son camarade pour qu'il ouvre ainsi son col de vêtement.

Kholodny s'était entre-temps déboutonné jusqu'à la taille, et cherchait à présent à distendre l'encolure de son maillot de corps blanc. Puis il en écarta les bords d'un geste si brutal que le maillot parut crier en se déchirant. Samson se tourna vers lui, penché en avant pour examiner sa poitrine. Il y vit une croix de chair presque à vif couverte d'écume blanche, au pourtour ourlé de gouttelettes de sang.

Kossiakine fixait lui aussi d'un œil hébété la brûlure du milicien sans comprendre ce que c'était.

« J'ai mal ! » gémit Kholodny en continuant de tirailler le col de son maillot déchiré, en même temps que les revers de sa vareuse.

Une grimace tordit le visage du soldat.

« Je crois, je crois ! se mit-il à répéter d'une voix plaintive. Je crois en Dieu ! Et si j'ai mal agi, qu'il m'inflige son châtiment ! Ce n'est pas moi tout seul... J'ai tout partagé avec les camarades ! » Il jeta aux hommes d'escorte campés devant la porte un regard qui réclamait confirmation, et l'un des deux hocha malgré tout la tête. « Et puis, qu'est-ce que j'ai fauché ? C'est arrivé deux fois, peut-être trois... Bon, comme les autres... On ne nous donne rien en fait d'argent de poche, or la tambouille de l'armée, vous savez ce que c'est...

– Attends un peu ! le coupa Samson, mettant un terme à ses lamentations pour lever le fume-cigarette à hauteur de ses yeux. En ce cas, d'où tiens-tu ceci ?

– C'est une petite dame... C'est elle-même qui m'a forcé à le prendre pour me remercier de lui avoir rendu son sac.

– Quel sac ?

– Eh bien, un sac de dame, un sac à main. Il était dans le réduit, là, au premier étage, à côté des affaires des assassins et des assassinés.

– Le local des pièces à conviction, tu veux dire ? chercha à préciser Kholodny.

– Oui, un truc au milieu d'autres trucs.

– Et qui t'a demandé de voler le costume qui était dans le bureau du premier étage ?» lança Samson à Kossiakine, à titre de ballon d'essai, et aussitôt il retint son souffle en l'observant.

Kossiakine se figea. Comme si on venait de le prendre la main dans le sac.

« Eh bien ? insista Samson qui sentait l'excitation monter dans sa poitrine

– Je ne le connais pas, répondit le soldat presque à voix basse, comme s'il s'était résigné à voir son crime découvert. Un Letton, à mon avis, boiteux. Il disait qu'il n'avait plus rien à se mettre, et de fait il était en guenilles. D'après lui, on avait saisi son costume par erreur. Son costume et ses bottes…

– Ses bottes ?! s'exclama Samson, surpris.

– Ses bottes, oui, en box-calf. Bon, il y avait un costume là-haut, je l'ai décroché d'un épouvantail, et pour que je ne fasse pas d'erreur sur les bottes, il m'a donné une semelle à sa pointure…

– Et ces bottes, où étaient-elles ?

– Ben, là où il y avait aussi le sac. Dans le coin à gauche, il y en a tout un tas…

– Et l'os en argent qui était dans le tiroir du bureau, tu ne l'aurais pas pris également ?»

La voix de Samson avait tremblé soudain, comme s'il redoutait d'entendre la réponse.

« Non ! protesta Kossiakine en secouant la tête. Celui que j'ai pris était en fer, sûrement pas en argent !

– Et comment sais-tu qu'il était en fer et pas en argent ?

– C'est ce Letton qui me l'a dit : tu trouveras aussi là-bas un grand os en fer.

– Et la veste de cuir noir pendue au portemanteau? Dans la même pièce que le costume ? » intervint Kholodny, lâchant enfin le col de son maillot.

Sa voix grondait de colère.

«Je n'ai pris aucune veste! Il ne m'avait pas dit d'en prendre ! » s'écria Kossiakine.

Il considéra d'abord le visage de l'ancien prêtre, puis baissa les yeux sur la marque laissée par la croix sur sa poitrine.

«Je le jure par Dieu !

– Et que t'a-t-il donné en échange? En échange de l'os, du costume, des bottes? demanda Samson.

– Il ne m'a pas encore payé. Il doit être malade. Il toussait quand je l'ai rencontré. Mais il m'a promis du pain et du lard. Cinq livres de chaque. Il viendra les apporter ici, il m'a dit. Il a noté mon nom pour qu'on puisse me trouver tout de suite. »

Samson esquissa un sourire.

«Et la tasse à thé du bureau du chef? demanda-t-il d'un ton plus amusé.

– C'est moi, dit Kossiakine en baissant la tête. Pour un pari. Avec Fiodor.

– Qu'aviez-vous parié ?

– Une livre de sucre. Il disait que Naïden ne dormait jamais. J'ai répondu: des gens qui ne dorment jamais, ça n'existe pas! Autrefois oui, mais aujourd'hui, non. Et je lui ai proposé d'entrer pour vérifier, et de rapporter pour preuve le premier objet que je verrais. Il y avait cette tasse, posée au bord du bureau...

– Et maintenant, où est-elle ? »

Kossiakine tourna le menton de côté et le hocha en direction du sol.

« En bas ? s'étonna Kholodny.

– Oui. Dans la salle de garde. On s'en sert pour prendre le thé.

– Bien, ramenez-le au sous-sol et rendez-lui son fusil, ordonna Kholodny aux deux hommes d'escorte. Rapportez tout de suite la tasse ici. Quant à toi… » Il se tourna vers Kossiakine. « Si tu voles encore ne serait-ce qu'une fois, je t'abats comme un chien ! Compris ?

– Par Dieu, je ne le ferai plus ! bredouilla l'autre en se levant du tabouret. Et si je vois quelqu'un d'autre voler, je rapplique aussitôt pour prévenir. Je le jure ! Je peux récupérer mes affaires ? »

Il désignait la table où l'on avait vidé le contenu de ses poches.

Samson acquiesça de la tête. Le premier soin de Kossiakine fut de ramasser les paquets de cartes. Le fume-cigarette resta entre les mains de Samson. Le soldat s'abstint de le lui réclamer, même si son dernier regard avant de sortir fut pour l'objet en ambre.

« Bien, dit Kholodny à l'adresse de Samson dès qu'ils se retrouvèrent seuls. On va porter sa tasse à Naïden, et tu peux considérer cette affaire comme close. Ensuite, on ira chez toi, voir ce médecin, car vraiment je n'en peux plus. »

Chapitre 21

Nadejda était enchantée par la proposition de promenade sur le Krechtchatik. La soirée était douce : une brise légère encore chaude de soleil soufflait par rafales et jouait avec le bas de sa robe verte.

Elle avait enfilé un cardigan par-dessus pour ne pas prendre froid ni avoir besoin de couvrir ses épaules de ses mains. L'avait enfilé mais non boutonné. Le gilet était assorti à la couleur de la robe. Samson, quant à lui, était sorti en uniforme et armé. Il était censé, en effet, se rendre chez le photographe pour raison de service, mais espérait également repousser ainsi tout danger, si minime fût-il. La veste de cuir et l'énorme étui de bois pendu au ceinturon inspiraient crainte et respect non seulement aux badauds mais à tous les pickpockets et autres voleurs de rue. Et puis Samson voyait dans cette promenade comme un retour à une réalité presque passée, où les officiers du tsar déambulaient sur le Krechtchatik, une dame à leur bras, avec grande élégance, sinon désinvolture. Et où les dames en question paraissaient bien plus séduisantes que celles accompagnées de civils. Et sans doute ce sentiment que Samson éprouvait à l'heure présente, de supériorité de l'uniforme sur tout autre costume, était-il parent de ce que ressentaient les vrais officiers dont les visages fiers et la belle prestance étaient restés gravés dans sa mémoire depuis ses années de lycée. Ses épaules, à ce souvenir, se redressèrent d'elles-mêmes, réveillant ses blessures par balle pourtant guéries. Et de nouveau le visage de Jacobson entrevu aux bains lui traversa l'esprit.

Par hasard ou par intention, Nadejda se serra contre lui, attira son bras vers elle de sorte que l'étui de revolver se trouva un instant comprimé entre leurs hanches. Samson tourna la tête. Ils échangèrent un sourire. Et la distance entre eux augmenta de nouveau légèrement, libérant l'étui.

« Sans cette veste de cuir, je sentirais la chaleur de ses mains », songea Samson.

Une belle automobile noire passa et son passager, qui ressemblait à Rakovski, jeta un regard attentif à Nadejda. Samson se tendit, effrayé à l'idée de voir la voiture freiner tout à coup et cet individu en descendre pour témoigner son intérêt à la jeune femme. Et peut-être d'emblée lui proposer de l'emmener faire un tour, ignorant la présence de Samson, de rang bien inférieur. Rien n'était impossible par les temps qui couraient. Il y avait de bonnes raisons, disait-on, pour que le commandant de Jitomir eût interdit aux femmes de monter dans les autos militaires, à l'arrière comme à l'avant. Or il n'était pas d'autres autos.

Cependant le véhicule les croisa sans ralentir et disparut derrière eux. Samson poussa un soupir de soulagement. L'époque était à l'anxiété permanente. Ce n'était pas pour des promenades bras dessus, bras dessous qu'elle égrenait ses secondes sur le cadran de la vie. Elle était à l'inquiétude, au danger, à la faim. À l'heure présente, une arme devenait plus importante qu'un simple uniforme militaire. Mais même là, sur le Krechtchatik où ils venaient juste d'arriver, ils virent venir à leur rencontre deux couples se tenant par le bras, aux allures d'ancien régime, à la démarche tranquille et cependant quelque peu hésitante – une hésitation qui se lisait dans leurs yeux et sur leurs lèvres. On voyait qu'ils ne tiraient nul plaisir de cette promenade à deux, mais semblaient plutôt éprouver le sort. Samson, lui, ressentait ce plaisir. Mais peut-être ces couples n'étaient-ils nullement en promenade, peut-être s'en allaient-ils régler une affaire ou bien se hâtaient-ils de rentrer chez eux au sortir d'une maison amie, ou inversement. La rue, généreuse en enseignes et à l'ambiance festive, attirait du monde surtout le dimanche, un peu moins le samedi. Les autres jours de la semaine, on l'évitait, sauf nécessité, lui préférant la tranquille rue Pouchkine ou l'encore plus tranquille rue Levachov, quand de Petchersk on allait à

Pankovchtchina ou plus loin encore. Et même si l'on se déplaçait en fiacre, mieux valait les jours de semaine ne pas emprunter le Krechtchatik. Bien qu'il fût moins fréquenté qu'avant la guerre et la révolution, il continuait d'être encombré de chariots chargés de marchandises de toute sorte ou de bois de chauffage, conduits par des paysans qui sans cesse retenaient leurs chevaux, pour réfléchir au chemin à prendre et s'orienter. Ou encore qui, voyant un tramway pour la première fois de leur vie, s'arrêtaient pile au-devant et restaient là à se demander s'ils devaient le contourner par la droite ou par la gauche. Impatients, les cochers de fiacre fonçaient sur eux, de manière à effrayer autant le cheval que le charretier. Puis accablaient celui-ci des pires injures, démontrant ainsi leur double supériorité : en matière de conduite et de vocabulaire.

« As-tu entendu parler de l'accident de tramway près de chez nous, demanda soudain Nadejda, et Samson se trouva tiré de ses pensées, même s'il avait déjà remarqué qu'un tramway, juste au milieu de la rue, arrivait sur eux.

– J'y ai assisté : j'allais au travail... Nous avons remis de l'ordre, fait transporter les victimes à l'hôpital ou à la morgue... Oh ! nous voici arrivés ! » Samson s'arrêta et se retourna pour compter les maisons à partir du boulevard Bibikov. « Notre adresse est le quatrième bâtiment à partir du coin, après la pharmacie Martsintchik, avec l'enseigne *Notaire Kofman* au deuxième étage. » Samson leva la tête et vérifia la présence de l'enseigne. Puis il baissa les yeux sur la vitrine d'une boutique annonçant *Tabac.* « Oui, c'est ici, premier étage, studio Léon Vichnevski. »

La porte d'entrée de l'immeuble de deux étages se distinguait par sa piètre apparence et sa couleur brun-jaune d'une laideur toute particulière. L'escalier de bois, il est vrai, avait conservé son ancien chic grâce à un tapis rouge maintenu par des barres de bronze ternies, fixées au bas de chaque contremarche. Le tapis était passablement usé en son milieu, à force de piétinements, mais les bords en avaient gardé la teinte originale.

Samson frappa à la porte au-dessus de laquelle, selon un arc en forme de moustaches tombantes, était tracée, en noir rehaussé d'or, l'inscription : *Studio-Photo.*

Un verrou fut tiré et dans l'embrasure apparut le visage du photographe.

« Ah ! le jeune monsieur est venu chercher les photographies ! »

Le vieil homme s'effaça devant ses visiteurs, referma derrière eux la porte à clef, puis les guida jusqu'à son cabinet de réception. Ce cabinet aurait pu être celui d'un professeur de médecine ou même d'un général : tous les murs étaient couverts de portraits photo encadrés ne montrant que d'importants personnages de sexe masculin et des dames à hauts chignons ou coiffées de chapeau. Au sol : un tapis à roses pourpres sur fond bleu. La fenêtre était tendue d'un pesant rideau traversé de fils d'or. À chaque angle, un pot en bois planté d'un ficus et, au beau milieu, tout à fait incongru, un vulgaire poêle métallique dont la cheminée s'encastrait dans le mur.

Sur un lourd bureau de chêne lacustre, des photos étaient rangées debout dans plusieurs boîtes de tailles différentes. Léon Vichnevski se glissa derrière le meuble et, sans prendre la peine de s'asseoir sur la chaise tapissée de cuir brun, se pencha sur l'une des boîtes. Il passa les photos en revue, du bout des doigts, avec des gestes si élégants que Samson regarda autour de lui en quête d'un piano. Mais il n'y avait pas d'instrument dans la pièce.

« Voici votre ami le prisonnier ! dit le vieil homme en tendant un long carton sur lequel figuraient deux clichés de la meilleure qualité : deux portraits, face et profil.

– Merci beaucoup. Avez-vous été payé ?

– Bien sûr, et plus que je n'attendais, dit le photographe avec un léger sourire. À la vérité, je n'attendais rien du tout ! » ajouta-t-il en regardant Samson d'un air rusé. Sur quoi il se tourna vers Nadejda : « Vous avez une compagne charmante ! Peut-être voudriez-vous profiter du moment ? J'ai justement un appareil prêt à servir, et ces derniers jours la lumière électrique est excellente, on peut se contenter d'une lampe et se passer d'éclair de magnésium. »

Samson se tourna vers la jeune femme, d'un air interrogateur. Pour l'instant tout se déroulait à merveille, selon le plan arrêté la veille. Ne restait plus qu'à attendre sa réaction.

« Oh ! si j'avais su, je me serais coiffée, dit-elle, confuse.

– Pas d'inquiétude ! s'exclama Léon Vichnevski. Je vais vous prêter le meilleur peigne, et j'ai un miroir dans le salon. » Il désigna une arcade tendue d'un rideau de soie chinoise aux couleurs éclatantes. « Un miroir proprement impérial ! Les soldats de l'Armée rouge voulaient d'abord l'emporter, puis le fracasser, mais je leur ai montré un portrait d'Isaac Schwarz[1], et ils ont déguerpi aussitôt, terrorisés. Le citoyen Schwarz avait voulu un portrait à mi-corps avec revolver. Or moi, bouquet, livre ou carabine, tout me va ! Aussi venez, je vais vous donner le peigne. En écaille de tortue, léger et délicat. »

---

1. Isaac Izraïlevitch Schwarz (1879-1951), révolutionnaire bolchevique, directeur en 1919 de la Tchéka ukrainienne. Il fut l'un des organisateurs de la terreur rouge en Ukraine.

Au centre du salon se trouvait l'appareil monté sur trépied, que Samson connaissait déjà. Son objectif était braqué sur une banquette tapissée de peluche rouge. Sur le côté gauche : deux fauteuils imposants, un haut guéridon supportant un vase et une petite table de jeu. À droite, debout contre le mur, deux paravents pliants en soie chinoise : un bleu à oiseaux blancs et un vert à pousses de bambou jaunes. Derrière eux : un authentique palmier planté dans un cuveau de bois.

Nadejda ôta son cardigan. Elle s'examina soigneusement dans la glace, le peigne à la main. Elle ne toucha cependant pas à ses boucles, se contentant de les arranger légèrement du bout des doigts.

« Voulez-vous un portrait en pied ou en gros plan ? demanda le vieux photographe à Samson.

– Vous savez, j'aimerais un gros plan du visage de ma Nadejda, un autre de moi, et puis nous deux ensemble… comment dire… une photo romantique.

– Avec des colombes ?… Si j'avais su, je vous l'aurais proposé, bien sûr, nous avons ici dans la cour un superbe pigeonnier dont le propriétaire est facile à convaincre. Mais je peux me débrouiller sans. Prenons d'abord votre demoiselle ! »

Jamais Samson n'avait vu sur le visage rond de Nadejda de sourire aussi beau que celui qu'elle réussit à adresser à l'appareil photographique. Léon Vichnevski s'en trouva également très satisfait.

« Il n'est même pas besoin de vous encourager ! dit-il. On croirait que vous vous faites photographier tous les jours. Ou peut-être avez-vous déjà posé pour des revues ?

– Non, que dites-vous ! » protesta-t-elle avec coquetterie.

Avec Samson, le vieil homme dut batailler un peu. Il n'aimait pas l'expression qu'affichait le jeune milicien.

« Allons, faites une mine plus réjouie, autrement ça ne va rien donner. Je ne vais pas vous inscrire dans l'ovale avec cet air de souffrance. On dirait qu'on vous a lâché une enclume sur le pied. Vous savez quoi ? Je vais placer votre demoiselle ici, à côté de moi, et vous allez la regarder. Et quand je lèverai la main, vous regarderez par ici, vers l'appareil, mais sans changer d'expression ! Jusqu'à ce que je rabaisse le bras. »

Le stratagème se révéla efficace. Le visage de Samson, à la vue de Nadejda, s'adoucit malgré lui et se fit joyeux.

« Bon, et maintenant ensemble ! dit Samson.

– Vous savez quoi ? » La voix de Léon Vichnevski laissait soudain entendre une hésitation, comme s'il se disposait à emprunter de l'argent. « Je serais tenté de vous demander de vous changer. Quel romantisme voulez-vous obtenir avec un revolver ? Vous avez à côté de vous une charmante demoiselle.

– Mais c'est que je n'ai pas d'autres vêtements… balbutia Samson, interloqué.

– Moi, j'en ai ! dit le photographe, une main en avant pour apaiser l'émotion du jeune homme. La photographie, c'est comme le théâtre, le royaume du déguisement ! C'est pourquoi j'ai toutes sortes d'habits pour la pratiquer. » Il s'approcha d'une porte en contreplaqué et la tira vers lui, découvrant un placard rempli de costumes, robes et uniformes pendus à des cintres rembourrés.

« Tenez, prenez ! Ceci vous ira parfaitement ! »

Il tendit à Samson une chemise rouge à col ouvert.

« Mais ça… protesta faiblement Samson. C'est pour les joueurs de cartes et les poètes !

– Allons donc ! s'esclaffa le photographe. Ce n'est pas le milicien que je vais photographier, c'est le jeune homme romantique et amoureux. »

Il se tut quelques instants, pensant que Samson allait répondre, mais faute de réaction, il poursuivit, cette fois dans un murmure :

« Vous avez vu combien de fois déjà le pouvoir a changé ici. Alors mieux vaut n'être pas immortalisé dans une tenue trop marquée. Sait-on qui sera le prochain à occuper Kiev ? Avec une chemise comme celle-ci, vous êtes un simple citoyen. Et ça n'est pas passible de sanction. »

Il invita Samson et Nadejda à s'asseoir sur la banquette, l'un en chemise, l'autre en robe d'été, et leur fit prendre la pose d'un couple amoureux mais un peu timide, juste en contact par l'épaule.

« Revenez chercher les photos dans trois jours, dit Léon Vichnevski quand ils furent revenus dans le cabinet de réception. Pour les ovales, c'est entendu, mais votre portrait en couple, en quelles dimensions le voulez-vous ? »

Samson se tourna vers Nadejda.

« Eh bien, j'aimerais le faire encadrer pour l'accrocher au mur... dit-il d'une voix indécise.

– Compris ! répondit le photographe. N'oubliez pas ceci ! » Il tendit à Samson une longue enveloppe brune. « Et rappelez-vous : en cas de besoin, je suis disponible à tout moment. Il y a beaucoup de personnes arrêtées aujourd'hui, mais on les photographie moins souvent que sous le tsar, où elles étaient pourtant moins nombreuses. »

Sur le Krechtchatik, une voiture de tramway passa devant eux, dans un tintement de cloche, en direction du boulevard Bibikov. Samson remarqua sur le marchepied arrière deux soldats armés de fusils.

« Il faudra montrer la photo à tes parents », dit Samson à Nadejda. Celle-ci paraissait enthousiaste et joyeuse, et marchait d'un pas vif, comme si elle était pressée.

À la maison, ils se heurtèrent dans l'entrée à deux grosses malles en contreplaqué. Et bien que Samson eût tout de suite deviné qu'elles devaient appartenir au docteur Vatroukhine, la découverte qu'ils firent ensuite dans le salon ne laissa pas de les déconcerter.

Quand ils pénétrèrent dans la pièce ils trouvèrent celle-ci vivement éclairée et remarquèrent une étrange affiche accrochée au mur dans l'angle gauche. À environ cinq mètres, sur une chaise soustraite à la table à manger, était assis un citoyen inconnu, assez âgé, à barbe blanche, tandis que le docteur Vatroukhine se tenait, lui, devant l'affiche, une baguette à la main, vêtu d'une blouse blanche qui tranchait avec son pantalon jaune et ses bottines marron clair.

« Oh, excusez-moi ! s'exclama-t-il en voyant le propriétaire de l'appartement. Nous avons presque fini. »

Le patient du docteur fit mine de se lever, mais l'homme de l'art lui posa une main sur l'épaule avec sollicitude.

« Andrian Evseïtch, point de hâte, ne vous inquiétez pas. Ce sont là les maîtres de maison, de fort bonnes gens. » Vatroukhine se tourna de nouveau vers Samson, puis regarda Nadejda dont le visage n'exprimait aucun mécontentement. « Je vous conseillerais donc, disais-je, des gouttes japonaises Daigaku.

– Mais où vais-je en trouver de nos jours ? Chez Martsintchik ?

– S'il n'en a pas, à l'hôpital Alexandre, chez Potapenko. Je vous aiderai.

– Eh bien, merci beaucoup », dit le patient en se levant.

Il salua Samson et Nadejda, sortit un portefeuille de cuir et tendit au médecin un billet bleu de cinq roubles d'ancien régime.

« Ayez la bonté de me pardonner, mais je ne peux tout de même pas vivre sur votre générosité, comme un pou sur un soldat de l'Armée rouge, dit le médecin après avoir raccompagné son patient. C'est pourquoi j'ai fait un saut chez moi et rapporté ici tout le nécessaire. Et puis, je ne peux pas non plus laisser tomber mes patients réguliers. J'ai prononcé le serment d'Hippocrate tout de même.

– Et vous avez beaucoup de patients réguliers ? demanda prudemment Samson.

– Non. Les uns ont quitté la ville, les autres sont morts, certains ont été exécutés par la Tchéka. Il ne m'en reste que deux cents environ. »

Samson poussa un profond soupir, déboucla et posa son ceinturon, ôta sa veste et regarda Nadejda.

« Bien sûr, je cesserai tout de suite de recevoir des malades si cela vous déplaît, dit Vatroukhine avec un regard suppliant pour Nadejda. Mais comprenez que de cette manière je peux apporter mon obole au budget de la maison. Tenez, je vous remets d'ailleurs ces honoraires. » Et il tendit le billet bleu à la jeune femme.

Elle prit la coupure de cinq roubles et jeta un coup d'œil indécis à Samson. Elle esquissa un sourire à peine perceptible.

« Dînons, voulez-vous ? dit-elle d'un ton conciliant.

– Bien sûr, bien sûr ! » répondit le médecin, réjoui.

Sur quoi il entreprit d'ôter sa blouse, passée directement par-dessus un costume jaune de villégiature, avec gilet.

Samson, en voyant le docteur dans cette tenue incongrue autant pour la saison que pour la conjoncture politique, sourit à son tour.

« J'ai également l'honneur de vous régaler du hareng inclus dans ma ration, déclara Vatroukhine avec fierté.

Elle n'est que de quatrième catégorie, mais cette fois-ci le pouvoir que vous servez s'est révélé plus généreux qu'à l'ordinaire. »

Et il sortit dans le couloir, laissant la porte du salon ouverte. On entendit claquer des serrures de valise.

« Le hareng n'entre pas dans la ration de quatrième catégorie ! dit Samson, étonné.

– C'est vrai, fit la voix du docteur depuis le couloir. Mais il y avait un de mes patients au registre des rations, et à la distribution, un paysan illettré. Vous savez ce qu'il m'a dit ? "Tenez, camarade de quatrième catégorie, voilà votre bouffe !" »

Samson hocha la tête et s'approcha de l'affiche placardée au mur. Il y avait là des sortes de cercles tronqués, pareils à des lettres « c », l'ouverture tournée tantôt en bas, tantôt en haut, ou bien à gauche ou à droite.

« Ce sont les anneaux de Landolt, expliqua Vatroukhine de retour avec un paquet de papier journal dans lequel était probablement enveloppé le hareng. C'est pour mesurer l'acuité visuelle. Asseyez-vous ! »

Il désigna à Samson la chaise libérée un moment plus tôt par le patient, tandis que lui-même gagnait la table et prenait dans sa main libre la baguette de bois.

Chapitre 22

« Quelle tête d'enterrement tu fais ! » répéta Kholodny, incapable de se calmer, en regardant une énième fois Samson assis à côté de lui dans le fiacre.

Ils remontaient la rue Torse en direction du domicile d'Antonina, l'acheteuse de tripes. Sur la liste des témoins non encore interrogés, elle était l'antépénultième, mais Samson avait l'impression qu'il y avait plus d'une semaine qu'ils comptaient lui rendre visite, sans jamais y parvenir.

« Il va juste passer un peu de temps en taule ! Que veux-tu qu'ils lui fassent ? poursuivait Kholodny.

– Mais nous lui avions promis qu'il ne serait pas inquiété... répondit enfin Samson avec un soupir malheureux.

– Eh bien, nous n'avions pas le droit de promettre ! » répliqua Kholodny avec lassitude, son attention soudain distraite par une dame vêtue d'un manteau léger couleur renard, qui cheminait le long de la chaussée Brest-Litovsk. « Quel chic ! Tu as vu ? dit-il quand son regard se fut reporté sur son camarade. Si Naïden l'avait promis, ce serait une autre affaire ! Lui, le peut. Mais nous, qui sommes-nous ? »

Le cocher tournait constamment son oreille droite vers ses passagers, comme s'il entendait mieux de ce côté. Sans doute était-il curieux de savoir ce que se disaient les deux miliciens en armes. Kholodny pointa le doigt vers la tête de l'indiscret puis se toucha l'oreille. Samson comprit et se mit à parler plus bas.

« Qui aurait pensé qu'il piquerait une telle colère en apprenant qu'on avait découvert un voleur parmi les soldats du commissariat ? dit-il, murmurant presque. On lui avait pourtant rendu sa tasse. »

La voiture roula sur une pierre et ses passagers s'en trouvèrent rudement secoués. Samson plaqua sa serviette de cuir sur ses genoux.

« N'aie pas peur, elle ne va pas s'envoler ! plaisanta Kholodny, avant d'en revenir à son sujet. Ils ne lui feront rien. Ce Kossiakine vient du monde ouvrier et paysan.

– Du monde du cirque ! corrigea Samson.

– Du cirque ouvrier et paysan ! riposta Kholodny. Tu sais comment on exploite les gens, dans les cirques. Et je ne parle pas des animaux qu'on dresse à coups de cravache ! »

Le fiacre déboucha sur la rue de Borchtchagovka qu'il remonta sur un tiers de verste avant de tourner dans une ruelle.

« À quelle maison allez-vous ? demanda le cocher.

– Nous ne le savons pas encore, répondit Kholodny.

– En ce cas descendez ici, on est pile au mitan. »

La rue Torse avait la forme d'une jambe repliée. Derrière leurs palissades grisâtres, les maisons de bois sans étage avaient l'air d'être abandonnées. Comme ils atteignaient le coude où la ruelle tournait soudainement à gauche, un chien bâtard, petit mais bruyant, se mit à aboyer derrière une clôture.

Kholodny s'arrêta.

« C'est sûrement ici. Là où il y a des chiens, il y a toujours des os, et il n'y a pas d'os sans viande ! dit-il, et il sourit.

– Mais ce sont des tripes qu'elle achetait, objecta Samson en désaccord avec les déductions de son camarade.

– Nous allons le savoir. »

Kholodny s'approcha du portillon et entreprit d'exciter du regard le cabot qui continuait d'aboyer sans relâche.

Un sentier menait tout droit au perron de la maison, et à sa porte encadrée de deux fenêtres. Le rideau de celle de gauche remua. Bientôt la porte s'ouvrit et une femme sortit, d'un certain âge, le dos voûté, pour observer les inconnus qui se tenaient dans la rue.

« Quoi que vous faites là ? cria-t-elle.

– On est de la milice, répondit Kholodny.

– Vous mentez pas ?

– Ma parole, qu'on ne ment pas ! Ouvrez !

– C'est déjà ouvert ! lança-t-elle d'une voix un peu rauque de fumeuse assidue.

– Eh bien en ce cas rappelez votre chien, et nous entrons dans l'instant. Nous avons de petites questions à vous poser. »

Samson fut surpris de l'intonation enjouée adoptée par son camarade. Il sortit son attestation de sa poche et la déplia.

« Tenez, approchez, lisez ! cria-t-il.

– Mais je vous crois ! répondit la femme. C'est pas pour rien que ma Puce aboie comme ça. Elle peut pas sentir la milice.

– Et pourquoi ça ? s'enquit Kholodny en regardant à présent le petit chien avec une certaine appréhension.

– C'est qu'elle et moi, on vend des pirojki au Marché juif. Quand un bon acheteur se pointe, elle remue la queue pour lui faire fête, mais si c'est un gars de chez vous, qui vient contrôler les patentes, elle le flaire de loin et lui gueule dessus, faut voir ! tout le monde se retourne pour le regarder. Après ça, il pète moins de fierté, vous pouvez me croire.

– Que voulez-vous dire, citoyenne ? Vous faites du commerce sans avoir de patente ? demanda Kholodny d'une voix volontairement sévère.

– C'est-il d'un chrétien de sortir des trucs pareils ? répliqua la dénommée Antonina en levant la tête pour gratifier son interlocuteur d'un regard indigné. J'en ai une, pour sûr ! Comment faire sans ?

– Allez, montrez-nous ça ! dit Kholodny, dont le talent de comédien pour feindre de brusques changements d'humeur éveillait chez Samson un sentiment de respect.

– Eh bien, entrez !

– Et le chien ? »

Kholodny pointait le doigt sur l'animal.

« Puce ! glapit la femme. Puce ! À la niche ! »

La bâtarde au nom de parasite obéit à sa maîtresse et, la queue entre les jambes, alla se cacher dans un abri de fortune, à droite de la porte. Samson et Kholodny pénétrèrent alors dans la cour.

« Mais pourquoi l'avez-vous baptisée Puce ? » demanda Samson, saisi d'un élan de pitié pour la gardienne de la maison qui avait si honnêtement et farouchement rempli son devoir en barrant à des inconnus le chemin de la demeure.

« Vous avez pas vu comment qu'elle sautille ? » répondit Antonina avec un sourire, en ouvrant toute grande sa porte aux visiteurs imprévus.

À l'intérieur régnait une forte odeur de renfermé. Le plancher de l'entrée était jonché de foin. La maîtresse des lieux y piétina machinalement, bien qu'elle n'eût pas franchi le seuil et ne pût par conséquent avoir sali ses pantoufles. Samson frotta lui aussi ses semelles sur le tapis d'herbe sèche, mais Kholodny se contenta de l'enjamber.

La pièce, aux murs couverts d'icônes de papier lourdement encadrées de bois, empestait le pétrole. Les deux fenêtres laissaient entrer suffisamment de lumière. Sur une table ovale délabrée, couverte d'un napperon en dentelle jauni par les ans, trônaient une lampe à kérosène et, à son pied, un grand sablier. Contre le mur opposé aux fenêtres, une banquette tapissée d'un tissu rouge élimé attirait le regard. Dans l'angle, à sa gauche, par une porte ouverte, faite d'une seule planche peinte en bleu, s'apercevait le montant d'un lit métallique.

« Vous vivez seule ? » s'enquit Kholodny en s'asseyant sur une chaise qui émit aussitôt un craquement. L'ancien prêtre jeta un rapide coup d'œil aux pieds du siège, mais n'ayant rien relevé de suspect ni pour l'œil ni pour l'ouïe, reporta son attention sur la vieille femme.

Celle-ci s'installa également à la table. Et Samson, constatant qu'il n'y avait pas d'autre chaise dans la pièce, se laissa tomber sur la banquette. Il sortit de sa serviette une chemise contenant des feuilles vierges et un crayon, puis retourna le porte-documents pour éviter que la serrure ne soulevât le papier. Il sentit néanmoins qu'il ne serait guère commode d'écrire ainsi.

« Serguy, dit-il à son camarade. C'est toi qui vas prendre les notes, c'est compliqué pour moi ici, et la serviette n'est pas lisse.

– Mais pourquoi avez-vous si peu de meubles ? demanda Kholodny en fixant la femme d'un œil furieux qui trahissait son manque d'envie d'écrire.

– Ben, c'est vous-mêmes qui me les avez pris ! protesta Antonina.

– Comment ça, nous vous les avons pris ? s'exclama Kholodny, interloqué.

– On était encore en mars. Un gros est venu, en touloupe, et avec lui des soldats de l'Armée rouge. Il a montré un décret du nouveau pouvoir : une personne a droit à tant de meubles, et tout le reste, on doit le donner. Moi, je vis toute seule. C'était écrit : un lit, une chaise par personne, et une chaise de plus pour la famille ou pour un invité. C'est comme ça qu'ils ont pris deux chaises. »

Kholodny se leva à contrecœur.

« Viens ici, dit-il à Samson. Tu vas écrire et moi je vais m'asseoir sur la banquette. »

Ils changèrent de place. Cependant, Samson dut tout de même placer sa serviette sous la feuille, le napperon de dentelle, avec ses trous et ses reliefs, s'étant révélé un piètre support pour écrire : à la première lettre du titre du futur rapport, le crayon avait troué le papier. Il lissa l'endroit déchiré, aplanit la feuille sur le porte-documents et leva les yeux sur la maîtresse de maison.

« Comment vous appelez-vous ?

– Antonina Pokhabkina, répondit la femme, et tout de suite, sans attendre la question suivante, elle ajouta : quarante-sept ans, d'origine paysanne.

– Paysanne ? répéta Samson, étonné.

– Eh bien, oui, mon grand-père était paysan. Du village de Kamenny Brod, dans le district de Radomychl.

– Vous avez donc souvent été interrogée ? »

Samson regardait la femme fixement, frappé par son empressement à parler d'elle sans hésitation et en suivant le protocole.

« Mais cent fois ! répondit-elle. Je tiens commerce au marché, et au marché, un jour sur deux, vous êtes ou bien témoin, ou bien criminel ou bien victime. On est à Kiev, pas au village.

– C'est bon, coupa Samson, mettant un terme à sa démonstration d'éloquence. Venons-en aux faits. Moïsseï Briskine, vous le connaissez ?

– Oui. »

Samson nota soigneusement sur la feuille question et réponse.

« Combien de fois lui avez-vous acheté de la viande ?

– Pas de la viande, des abats ! corrigea-t-elle. Une dizaine de fois.

– Et la dernière, quand était-ce ?

– Oh, je me rappelle plus, après ça j'en ai racheté six ou sept fois.

– Comment ? À qui ? fit la voix de Kholodny depuis la banquette.

– À des vendeurs, répondit Antonina en tournant la tête vers le milicien assis à l'écart. À qui d'autre ?

– Vous êtes informée du décret de la Comrespappro, portant sur l'interdiction du commerce particulier de viande ? lui demanda Samson d'un ton sévère.

– Mais moi, j'achète pas de viande, dit-elle en haussant les épaules. Juste des abats ! Pour la viande, j'ai pas de quoi. Et puis à qui on vendrait des pirojki à la viande aujourd'hui ? Déjà que ceux aux abats ont du mal à partir.

– Quoi ? On vend encore de la viande au marché ? demanda Samson, les sourcils froncés, pensif.

– Au marché, on vend de tout, répondit Antonina sans se faire prier. Et de la viande aussi, mais pas beaucoup et sous le manteau.

– De peur d'être arrêté par la milice ? fit la voix de Kholodny.

– Nan ! pour éviter la fauche ! dit-elle en se tournant vers lui. La viande, elle est hors de prix, alors les marchands la coupent menue pour que le morceau soit moins cher. Mais quand le morceau est petit, qu'est-ce qui se passe ? On te le chope et on se débine ! Et qui va courir après le voleur ? Alors voilà, on vend sous le manteau : on planque le plateau de viande sous un torchon. Si l'acheteur est bien nippé, la figure soignée, on soulève le torchon, si c'est un loqueteux, on l'envoie au diable.

– Et vous, vous recouvrez vos pirojki ? demanda Samson.

– Avec un journal, répondit Antonina. Pour les protéger de la poussière, pas des regards ! La première rangée découverte, mais les suivantes sous le papier. Ils coûtent trois fois rien, à quoi bon les cacher ! Plus vite je les ai vendus, plus vite je mets les suivants au four. »

Samson et Kholodny s'en revinrent à pied à la chaussée Brest-Litovsk. Ils n'avaient guère de chances de croiser un fiacre rue de Borchtchagovka, et rue Torse encore moins.

« Quelle sale affaire ! soupira Samson. Comment identifier tous les vendeurs de viande ? Tiens, cette bonne femme ne nous a pas dit à qui elle achetait ses abats à présent. Elle n'a fait que rabâcher : "Les abats, c'est pas de la viande, voyons !"

– C'est vrai, approuva Kholodny. Regarde combien il y a d'assassinats partout, et nous, on est là à s'occuper de commerce ! Tout ça à cause d'Abiazov. Si le trafic de viande est si important pour les tchékistes, c'est eux qui devraient s'en charger.

– Et il serait encore plus simple de recenser tout le bétail se trouvant en ville, puis d'aller vérifier à chaque adresse si le cochon y est vivant ou si on l'a déjà trucidé », dit Samson, poursuivant la pensée de son camarade.

Il enjamba une rigole creusée dans le chemin pour l'écoulement des eaux. Ils débouchèrent enfin sur la chaussée et tout de suite Kholodny aperçut un briska attelé d'un cheval à l'allure familière : un cheval d'hippodrome.

« Eh, l'ami ! » cria-t-il au cocher en s'avançant d'un pas sur la route et en agitant la main.

L'ancien jockey parut les reconnaître lui aussi. Il leva le bras en réponse, puis aussitôt le rabaissa pour tirer sur les rênes.

Le soleil brillait au-dessus de la chaussée Brest-Litovsk. Une brise légère soufflait du sud. Des corneilles croassaient dans la ramure des peupliers qui bordaient la route. Trois camions transportant des soldats de l'Armée rouge roulaient lentement dans la direction opposée au centre.

Arrivés au commissariat, Samson et Kholodny passèrent en revue tous les témoignages et procès-verbaux concernant l'affaire du trafic de viande. La liasse de papiers était un peu plus grosse, mais pas encore assez pour aller hardiment trouver Naïden et lui rendre compte.

« Et quand aura-t-on les photos de Briskine ? demanda Kholodny.

– On les a déjà.

– Et pourquoi ne sont-elles pas avec le reste ? »

Samson sortit du tiroir l'enveloppe contenant les photos et la joignit au dossier, lequel gagna tout de suite en épaisseur.

« Tu vois ! » dit Kholodny avec un hochement de tête satisfait.

Une surprise attendait Samson chez lui.

« Qu'est-ce que c'est que ça ? s'exclama-t-il à peine entré dans le salon, en voyant un seau de cuivre posé sur la table.

– Ah, c'est vous, cher ami ! Approchez, regardez ! » lui répondit Vatroukhine d'un air mystérieux.

Il était vêtu de son costume d'été qu'une blouse blanche déboutonnée peinait toujours à recouvrir.

Samson inspecta la pièce du regard.

« Nadejda n'est pas encore rentrée ? »

Vatroukhine fit non de la tête.

« Bien sûr, soupira Samson. Il y a des traces de pieds dans l'entrée… » Il désigna le couloir du menton. « Elle aurait déjà nettoyé !

– Oh ! Pardonnez-moi ! *C'est ma faute, c'est ma faute !* dit le médecin d'un ton désolé. Je reviens tout de suite ! » Sur quoi il se précipita hors du salon, la mine coupable.

Samson s'approcha de la table. Le seau de cuivre était rempli de magnifiques pommes rouges en saumure. Sa main se tendit d'elle-même vers la plus proche, mais Samson l'arrêta à temps. Il n'avait pas mangé depuis au moins deux ans de pommes marinées, mais leur goût lui revint cependant tout seul sur la langue, restitué par sa mémoire.

Il se rappela le bon vieux temps où toute la famille décidait de fêter ensemble la première neige en mangeant de ces pommes rapportées de la datcha. Il se souvint du joli craquement des fruits, humides et juteux, sous les dents de chacun. Le singulier concert durait cinq bonnes minutes. Leur quatuor se tenait debout devant la fenêtre de gauche du salon et regardait la rue. Dehors de gros flocons de neige volaient lentement, comme autant de plumules d'oie. Et les gens – ils étaient alors vêtus avec élégance, et marchaient sans hâte, sans crainte –, les gens levaient constamment la tête au ciel comme dans le désir d'accueillir la neige qui en tombait, lui offraient de fondre sur leurs joues, leur front, leur nez. C'était un spectacle joyeux, presque de fête ou de conte de fées. Lui-même était encore un gosse, aussi était-il impatient de sortir, mais cette curieuse occupation, cette dégustation en famille de pommes marinées, toutes croquantes et aigres-douces, le retenait à la fenêtre derrière laquelle la neige tombait de plus en plus dense.

« Je peux utiliser ce chiffon ? demanda Vatroukhine revenu du couloir, un tissu mauve à la main.

– Sûrement, répondit Samson.

– Prenez une tasse dans le vaisselier, dit le médecin en s'approchant, un seau de ménage à moitié rempli d'eau au bout de l'autre bras. Versez-moi là-dedans une tasse de saumure. Quand votre Nadejda arrivera, le couloir sera non seulement propre mais délicieusement parfumé », expliqua-t-il, triomphant.

Samson demeura seul une minute, durant laquelle il entendit dans l'entrée le bruit rythmé de la serpillière humide et l'espèce de marmonnement joyeux dont le médecin accompagnait son travail.

Le seau de cuivre rutilant attira de nouveau son attention. Samson l'examina sous tous les angles et y releva l'empreinte d'un sceau montrant l'aigle bicéphale impériale. Et sous cette figure, des lettres et des chiffres gravés : *Seau de mesure. Contient 10 pintes, 100 tcharkas ou 200 chpaliks.*

Samson secoua la tête, étonné.

« Mais combien il contient de pommes, ça, ça n'est pas écrit », songea-t-il, amusé.

Nadejda n'arriva qu'une heure plus tard et tout de suite chercha à savoir ce qu'était cette odeur flottant dans tout l'appartement. Elle insista jusqu'à ce que le docteur lui eût montré fièrement le seau rempli de pommes. Ils s'attablèrent alors tous trois pour prendre le thé et manger les fruits. Et de nouveau, les souvenirs attachés à leur suave et humide craquement éveilla un sourire sur les lèvres de Samson.

« Les honoraires sont de toute sorte, surtout aujourd'hui, expliqua le docteur, lui aussi souriant avec satisfaction, pour ne pas dire avec fierté. C'est un de mes vieux patients qui me les a apportées à l'heure du déjeuner. Elles sont délicieuses, n'est-ce pas ? »

Nadejda approuva de la tête.

« Et le seau, c'est lui aussi qui l'a apporté, ou bien est-il à vous ? dit Samson.

– Le seau également. Mais c'est vrai, j'ai oublié de vous demander : faut-il les transvaser ailleurs ?

– Il est splendide ! » Samson caressa le cuivre du récipient. « Et ce n'est pas un ustensile ordinaire, il peut servir de mesure. Regardez, c'est écrit là. » Il montra l'aigle du doigt et tourna le seau de manière que Nadejda pût mieux l'observer.

« Bah, il n'a servi de mesure que jusqu'à la révolution, répliqua Vatroukhine. À présent, à ce qu'on dit, nous allons suivre les traces des Allemands. En avant pour le système métrique ! Alors adieu la douzaine d'œufs ! Le prix restera le même, mais pour la dizaine.

– Le système métrique est pourtant plus simple, protesta Nadejda, dont le visage cependant exprimait plutôt l'enjouement qu'un désir d'en découdre. Tenez, déjà sous le tsar nous n'avions pas de billets de douze roubles, mais de dix et de cent, oui !

– C'est que vous n'êtes pas bien au courant, rétorqua Vatroukhine. Il y avait des billets de trois roubles, et ils sont encore en usage. Or qu'est-ce que c'est que trois ? C'est le quart d'une douzaine ! Quatre billets de trois roubles vous font un billet de douze ! Mais enfin, je voulais vous demander encore une chose : seriez-vous opposé à ce que j'indique à côté de la porte que je loge ici, moi aussi ? Temporairement, bien sûr ! Pas dans la rue, seulement à la porte de l'appartement ? »

Vatroukhine regardait Samson d'un air tendu et un peu craintif.

« Eh bien, pourquoi pas ? Oui, indiquez-le !

– Vous comprenez, les patients se trompent, ils tirent la sonnette des voisins. Ceux-ci risquent de penser qu'il se déroule ici je ne sais quelles réunions secrètes. Dieu fasse qu'ils n'aillent pas se plaindre aux tchékistes. Vous auriez des ennuis, vous aussi. »

À l'évocation des tchékistes et des ennuis éventuels, Samson tressaillit, mais aussitôt se rassura. À tout hasard cependant, il regarda Nadejda dans les yeux pour vérifier qu'ils n'exprimaient pas de violent désaccord avec la permission qu'il venait de donner au médecin. Mais Nadejda, soit n'avait pas entendu la requête de ce dernier, soit n'y avait rien vu qui réclamât une réaction plus explicite. Alors Samson se tourna vers Vatroukhine et lui adressa un second signe de tête pour lui marquer sa sympathie.

Chapitre 23

Comme il se hâtait vers son travail, Samson fut frappé par l'animation et le bruit qui régnaient dans la rue Jilianskaïa ce matin-là. Les rayons du soleil redonnaient des couleurs aux maisons endommagées par l'époque révolutionnaire, ravivaient les façades fanées. Tout Kiev semblait avoir repris courage, comme si quelqu'un avait remonté son mécanisme au moyen d'une clef spéciale, et que tout dans les rues et sur les boulevards se fût mis à tourner, à bouger plus vite que d'habitude: et les automobiles, et les chariots, et le peuple des badauds. Et tous les exécutants de ce pas de basque collectif maintenaient leur vitesse de mouvement constante, si exagérée fût-elle, de sorte que Samson se trouvait presque forcé d'accélérer l'allure, comme s'il était devenu un rouage de cette ville « mécanique ».

Derrière lui, le conducteur d'une automobile noire étincelante actionna son klaxon, dans le vœu de dépasser un fiacre où se voituraient deux hommes en costumes de fonctionnaires et aux visages résolus de paysans. L'un d'eux tourna un regard indigné vers le véhicule. Une certaine appréhension cependant se lisait aussi dans ses yeux.

Le soleil brillait, l'atmosphère s'était déjà en partie réchauffée et s'imprégnait de l'odeur du crottin frais. On devinait l'approche du mois du mai, sensation particulièrement vive le matin, et surtout les matins comme celui-ci. Samson nota en chemin que la fête du Premier Mai était déjà dans les esprits : à l'angle de la rue Jilianskaïa et de la Grand-Rue Vladimir il dépassa trois maigres jeunes gens aux cheveux trop longs, portant une statue de soldat de l'Armée rouge grandeur nature, réalisée dans un matériau léger, sans doute du contreplaqué. Il fut lui-même surpris de son talent pour reconnaître un soldat dans cette volumineuse et assez abstraite construction qui n'avait ni visage, ni même ombre de forme humaine. Cependant, en un endroit, une longue barre de bois acérée pointait vers le haut, qui ressemblait beaucoup à un fusil avec baïonnette.

Ses jambes l'entraînèrent dans la rue Tarassov et là Samson eut le sentiment d'être sorti du flot, d'avoir laissé le bruit et le rythme cadencé de la vie derrière lui.

Ce silence pouvait surprendre, comparé à l'excès d'animation de la rue Jilianskaïa. Cependant, en approchant du commissariat, Samson observa du mouvement devant ses portes. Des miliciens, des soldats et des hommes en civil mais dont l'allure et le maintien trahissaient le militaire y entraient et en sortaient tour à tour. Au milieu de ce mouvement nullement brownien, mais plutôt apiaire, car la majorité s'employait malgré tout à pénétrer dans le bâtiment comme des abeilles dans une ruche, il remarqua un élément immobile, une adolescente en longue jupe bleue et chemisier noir, aux cheveux châtains, mi-courts, soigneusement lissés – coiffure plus propre à repousser qu'à attirer l'attention. La jeune fille tenait dans ses mains un petit baluchon au contenu léger, qui par moment se balançait. Comme Samson arrivait à sa hauteur, elle leva la main qui tenait le paquet pour se gratter le nez du bout de l'index. Samson lui trouva un air familier, mais passa devant elle sans s'arrêter, pressé d'atteindre le seuil du commissariat qu'une force le poussait, lui aussi, à franchir. Il avait hâte de retrouver les lieux où il notait de sa main sur des feuilles de papier le sens de ses actes et de son existence présente.

Alors qu'il grimpait la première volée de marches de l'escalier, il s'immobilisa brutalement. Il retourna dans la rue. S'approcha.

« Vous êtes la fille de Briskine, n'est-ce pas ? » demanda-t-il.

L'adolescente hocha la tête.

« Vous lui apportez des œufs durs, sans doute ? »

Nouveau hochement.

« Venez ! Je vais vous ménager une rapide entrevue. »

Surprise, elle le suivit docilement à l'intérieur du bâtiment.

Samson la conduisit dans la chambre d'interrogatoire, et donna l'ordre à un planton d'y amener également Moïsseï Briskine. Quand le prisonnier entra dans le local et y découvrit sa fille, il parut se pétrifier.

« Écoutez, lui dit Samson, vous allez vous asseoir à votre place habituelle. » Il désigna du regard le tabouret enchaîné. « Et vous… ajouta-t-il à l'adresse de la jeune fille. Rappellez-moi votre nom ?

– Sofia.

– Et vous, Sofia, vous vous installez ici, à cette table. Tenez, voici un journal. » Il déplia devant elle un vieux numéro du *Bolchevik*. « Vous écalerez les œufs dessus, et votre papa n'aura plus qu'à les manger tranquillement. Et moi, pendant ce temps, je vous laisse. »

Il sortit, referma la porte derrière lui et ordonna au planton en faction de ne laisser entrer personne dans la pièce. Lui-même monta trouver Naïden.

Son chef ne l'accueillit pas de manière très amène. Son visage froissé du côté gauche trahissait une nuit trop brève. Samson considéra, pensif, le creux imprimé sur l'accoudoir de cuir rembourré d'ouate de la banquette. C'était là, à l'évidence, que Naïden avait tenté de dormir.

Sur le bureau du commissaire trônait la tasse rendue à son propriétaire. De la vapeur s'en élevait.

« Il n'était peut-être pas nécessaire d'expédier ce chapardeur à la Tchéka ? dit Samson sans détacher les yeux de la tasse de thé brûlant. Je croyais que nous ne voulions pas ébruiter l'affaire.

– Ils se débrouilleront avec lui ! grommela Naïden. Où en est l'enquête sur la viande ?

– Presque bouclée. On a déjà ajouté des photos de Briskine au dossier, reste à interroger deux témoins et on pourra rédiger le verdict.

– Sache bien une chose... » Une note menaçante perçait dans la voix de Naïden. « La Tchéka peut réclamer le dossier pour contrôle. Si Kholodny et toi avez triché... je ne te fais pas un dessin ! Ils pensent déjà que nous sommes trop bons. Bref, prépare le trafiquant à une condamnation sévère.

– Mais que peuvent-ils contrôler ? s'enquit prudemment Samson.

– Les témoins. Ils imaginent que la milice se plaît à sauver du châtiment les complices de crimes en les faisant passer pour témoins.

– Hum... Et donc ? ils pourraient retourner voir les témoins chez eux ?

– Oui », confirma Naïden.

Après avoir jeté un coup d'œil dans son bureau et salué Kholodny, Samson redescendit au rez-de-chaussée, à la chambre d'interrogatoire.

Son arrivée interrompit la conversation de la fille et du père. Tous deux se figèrent, la bouche ouverte. Et Briskine se mit à hoqueter.

Samson, d'après la quantité de coquilles étalées sur le journal, comprit que le prisonnier avait mangé deux œufs. Et, Dieu merci, cette fois-ci écalés.

« C'est que… commença Briskine avant d'être pris d'un nouveau hoquet. J'aurais besoin de boire. »

Samson sortit et rapporta une tasse d'eau puisée au seau commun. Briskine la vida d'un trait. Ses joues se colorèrent d'un rose malsain. Samson tourna machinalement les yeux vers l'adolescente, et observa son visage, comme s'il cherchait à y relever des traits de ressemblance. On ne pouvait cependant guère trouver d'autre point commun entre père et fille que la disposition des yeux, trop proches de la racine du nez. Mais son attention fut alors attirée par sa pâleur et ses minces lèvres exsangues. À l'évidence, elle ne mangeait pas à sa faim.

Samson les laissa se dire au revoir, puis raccompagna Sofia dans la rue. Au moment de prendre congé d'elle il lui tendit un coupon repas marqué d'un tampon violet.

« Valable dans n'importe quelle cantine soviétique, lui dit-il pour répondre à son regard étonné. Mais la meilleure est à l'angle de la rue Stolypine et du passage Tchekhov : on y trouve toujours entrée et plat principal ainsi que du thé. Seul le pain est à payer en sus. »

Samson quant à lui n'alla pas déjeuner. Il s'en fut en promenade pour se faire une idée plus précise et plus juste du Marché juif. Ayant vérifié que le contenu de ses poches se trouvait à une profondeur inaccessible aux pickpockets, il s'engagea dans la cohue qui commençait à naître juste après les bains de la place de Galicie. La première foule était celle d'un marché aux puces : les gens s'attroupaient dès que l'un d'eux exhibait la marchandise qu'il avait apportée. Aussitôt les habitués des lieux l'entouraient de leurs corps et de leur attention – habitués qu'un passant de hasard eût été bien en peine de diviser en marchands, clients et voleurs. Ces groupes, quelle que fût leur taille, se dispersaient et se reformaient constamment, se fondaient les uns dans les autres, si bien qu'il était difficile de se frayer un passage entre eux. Plus loin, le marché acquérait une géométrie plus compréhensible. Les marchands se tenaient alignés, telles des maisons le long d'un trottoir, tandis qu'acheteurs et voleurs déambulaient dans ces « rues » vivantes. N'étant pas en mesure d'encercler le vendeur, ils lui proposaient parfois de venir à l'écart. Mais instruits par l'expérience, la plupart refusaient et gardaient leur place.

Samson en était encore à se frayer un passage à travers la partie « sauvage » du marché, pressé d'atteindre sa partie « urbaine ». Son esprit traitait à présent de manière différente la bousculade déjà observée bien des fois auparavant. Maintenant il comprenait pourquoi ses jambes avaient hâte de déboucher sur la « rue » de marchands. Il comprenait pourquoi jamais un vendeur sensé ne déambulerait dans les lieux avec sa marchandise, mais irait se camper dans les rangs d'autres comme lui pour ne plus en bouger. Car se laisser entourer et coller au corps revenait à s'offrir en sacrifice. Un homme seul devient victime potentielle face à la foule, même si celle-ci n'a pas l'intention de le piétiner ou de le dépouiller. La majorité des marchands ambulants affichaient sur leur visage la peur et l'incertitude. Ceux qui se tenaient en rangs, alignés comme des maisons, semblaient au contraire prêts à la lutte, à la discussion, au marchandage. Regroupés en formation pour résister, pour occuper leur place au marché et s'y cramponner, tant qu'ils n'auraient pas vendu quelque chose ou que la fatigue ne les aurait pas terrassés.

Samson entra dans la « rue » de marchands la plus proche. Plus loin à droite, s'ouvrait un large passage vers les échoppes de bois et les magasins. Plus loin encore on trouvait des portefaix avec leurs brouettes, qui attendaient, désœuvrés. Leur travail battait son plein le matin, quand il fallait décharger la marchandise des chariots et la transporter là où ces derniers ne pouvaient accéder. Des marchands permanents avaient sorti de leur échoppe des étals de bois, gardant une main sur leur marchandise, et un œil sur le client potentiel. Qu'ils fussent homme ou femme, leur regard était aiguisé, agrippeur. Lorsqu'on croisait un tel regard, il était impossible de passer à côté sans s'arrêter ni entamer la conversation. Samson s'en souvenait depuis l'enfance.

Quelqu'un le bouscula, le tirant de ses réflexions. Et à ce moment un grand brouhaha s'engouffra dans son oreille coupée, bruit auquel, bizarrement, il n'avait pas réagi jusqu'alors. Au milieu du vacarme se détachait une voix d'homme qui, douloureuse, moitié chantait moitié braillait une chanson dramatique.

Le chanteur de rue, après une courte pause, cria quelques mots et entonna la chanson suivante.

Vania au matin va à l'écurie
À la voiture attelle son cheval
Et boit alors le coup de l'étrier
Pour réveiller son ardeur au travail
La vie des cochers, ah ! elle est pas rose
Qu'il pleuve ou qu'il neige, par tous les temps
Ils prennent la route, gais ou moroses
Pour éviter le sort des indigents

Samson s'était mis en marche en direction de la chanson et la voix du chanteur s'améliorait à chaque pas. Même si le bruit devenait plus fort dans sa tête, s'engouffrant librement dans le conduit auditif sans rencontrer d'obstacle. Samson tourna la tête à droite, comme si les articles présentés par les marchands de ce côté-là l'intéressaient davantage. À présent, son oreille gauche, intacte, entendait plus distinctement les paroles, tandis que le brouhaha s'apaisait.

Le chanteur de son côté poursuivait, et semblait à chaque couplet ajouter plus de douleur et de souffrance à sa voix :

La veille au soir sa besogne achevée
Avec un ami, un pauvre mendiant,
Il en est venu à se quereller
Et a sans raison pris le mors aux dents
L'ami offensé n'en a pas dormi,
Toute la nuit a ruminé vengeance
Puis décidé d'aller à l'écurie
Mêler de la jusquiame à la pitance
Du cheval de Vania tout somnolent
Mal réveillée la bête l'a mangée
Le poison s'est infiltré dans son sang
Pendant que Vania ronflait, poings fermés
Notre homme au matin va à son métier
À la voiture attelle son cheval
Et boit alors le coup de l'étrier
Pour réveiller son ardeur au travail

Parvenu au bout de l'allée de marchands, Samson s'arrêta au milieu d'une clairière humaine. Autour de lui s'étendait une sorte de carrefour mal défini, de cinq ou six toises en chacune de ses dimensions. Juste devant lui : un groupe de badauds écoutait le chanteur de rue ; à droite : des marchandes de foulards, un étal dont un journal déplié dissimulait le dessus, plus loin une échoppe-atelier de rémouleur. Et juste à ce moment, du côté opposé un cri retentit : « Repasse couteaux, haches, ciseaux ! »

Samson se retourna et aperçut un homme, une meule à aiguiser à l'épaule.

La chanson cependant continuait :

Le voilà qui s'engage sur la route
Pour partir en quête de passagers
Sans se rappeler que la nuit dernière
Un homme avait long à lui reprocher
Il passe par le Jardin Alexandre
Roule entre les calèches, les chariots
C'est par la rue du Relais qu'il veut prendre
Les feux du soleil brillent dans son dos
Mais au galop le voilà qui s'élance
Impuissant à maîtriser son cheval
Que faire ? Il a beau tirer sur les rênes
Il ne peut plus retenir l'animal
Pile à cet instant un tramway débouche
De l'Annonciation sur le croisement
En voyant fondre sur eux la voiture
Les passagers poussent un hurlement

« *Tchouerto ! Tchouerto !* lança soudain une voix stridente, recouvrant la chanson. *Tchouerto ! Tchouerto !!!* »

Samson tourna la tête, irrité, et aperçut à une vingtaine de pas un Chinois braillant ce mot étrange. L'homme se tenait non loin d'un étal recouvert d'un journal déplié et, tout en continuant de scander ses paroles incompréhensibles, promenait son regard autour de lui. À un moment, il dut sentir que le milicien l'observait et il se tut, les yeux braqués sur Samson. Celui-ci leva la main et pointa sur lui un index menaçant.

Délivrée des bruits inutiles, la chanson avait repris.

Mais au malheur un cri n'est point remède
Le fiacre dans un craquement atroce
S'en va heurter de plein fouet le tramway
Éparpillant les pères et les gosses
En deux moitiés le wagon s'est fendu
Et couché sur le pavé noir de fange
Sept passagers sur le coup ont perdu
La vie sans rien recevoir en échange
On entend gémir tout bas vingt blessés
Tandis qu'alentour la foule murmure
Qui au tribunal du peuple eût pensé
Que le jour prendrait pareille tournure

Samson sentit son cœur tressaillir. Le bruit semblait avoir déserté son crâne, mais la chanson y restait. Il se rappelait l'accident de tramway survenu sous ses yeux quelques jours plus tôt. Le sujet de la chanson reprenait point pour point ce qu'il avait vu : le cheval emballé, le cocher qui tirait vainement sur les rênes en hurlant, la voiture qui se fracassait contre le tramway, puis le wagon couché sur le flanc. Mais la chanson parlait moins du tramway que du cocher.

Vania est étendu mort sur la route
Coincé sous son cheval mort lui aussi
Jamais il ne saura, chacun s'en doute,
Qu'il est la cause de la tragédie

Plus jamais ne sortira sa voiture
Plus jamais n'ira boire au cabaret
Plus jamais ne tentera l'aventure
D'offrir à l'ami de faire la paix
Point ne rendra les morts à leur famille
Ni ne brossera le crin du cheval
Il sera vite oublié de la ville
Ne restera que l'accident fatal
Les premiers jours, les premiers seulement
Les gens craindront de prendre le tramway
Puis tout redeviendra pareil qu'avant
Et la vie sera plus riche et plus gaie.

Samson se sentait bizarrement la tête chaude. Il regarda le ciel. Le soleil était vif. Il porta la main à sa casquette de cuir : elle était brûlante. Il l'ôta.

La foule commençait de se disperser. Samson la fouilla du regard, se disant que lorsque tout le monde se serait écarté il verrait enfin le chanteur.

Mais lorsque la foule eut disparu, il ne vit personne.

Il s'approcha de l'étal couvert d'un journal.

« Que veux-tu, mon chéri ? lui demanda la marchande au visage rond, l'œil droit orné d'un coquard. On a envie de pirojki ? Y en a encore de tout chauds !

– Farcis à quoi ? dit Samson, en proie à un soudain accès d'appétit.

– Au chou.

– Vous n'en auriez pas aux tripes ou à la viande ?

– Aux tripes, faut demander à l'Antonina », répondit la femme en hochant la tête vers la droite.

Samson se tourna dans cette direction et aperçut Antonina Pokhabkina, qu'il avait interrogée la veille avec Kholodny.

« Et ils sont bons, ceux qu'elle vend ? demanda-t-il.

– Va savoir ce qu'elle fourre dedans, rétorqua l'autre avec un haussement d'épaules. Y aurait de l'oignon pas cher, on comprendrait, mais de l'oignon, y en a point au marché, le sel coûte les yeux de la tête, et les tripes sans oignons ni sel, ça vous a un parfum de fumier ! À moins de les laver pendant une semaine et de les faire macérer dans le lait. »

Samson lui acheta un pirojok au chou et se dirigea vers l'étal d'Antonina Pokhabkina. Comme il s'approchait, il nota qu'elle aussi avait recouvert sa marchandise d'une feuille de journal. Recouvert entièrement, et non comme elle lui avait dit.

Chapitre 24

Le soir, alors qu'ils étaient tous les trois, le docteur Vatroukhine, Nadejda et lui, installés à la table ronde, occupés à manger du gruau d'avoine accompagné de pirojki achetés au Marché juif, Samson continuait d'être obsédé par la chanson entendue là-bas. Non par sa mélodie banale, mille fois reprise par les chanteurs de rue, mais par l'histoire qu'elle racontait, dont on pouvait dire qu'il connaissait personnellement les détails restés gravés dans sa mémoire. Il revoyait nettement à présent le fiacre dévalant à toute allure la rue Tarassov, le cocher essayant d'arrêter son cheval, le tramway débouchant soudain à l'angle de la rue Sainte-Marie-l'Annonciation, puis les passagers morts, et les blessés attendant du secours. Chanson et souvenir se superposaient, se rapprochaient, se collaient l'un à l'autre en un seul calicot fait de deux étoffes – celle de la mémoire et celle des mots redits et rechantés – qui se complétaient comme se complètent la laine du Yorkshire d'un costume et sa doublure de satin. Chacune peut exister séparément, mais elles ne deviennent costume qu'une fois cousues ensemble.

De là Samson en vint naturellement à penser au costume disparu de Jacobson, dont l'histoire paraissait à présent incroyable et surprenante. Des soldats de l'Armée rouge en avaient d'abord volé les ébauches, ébauches que le tailleur allemand victime du cambriolage avait refusé de reconnaître pour siennes, puis un autre tailleur, payé par la milice des ouvriers et des paysans, avait cousu les pièces en un tout, et finalement, le criminel identifié grâce au costume était parvenu à soudoyer un soldat pour qu'il aille récupérer l'ensemble dans un bureau du premier étage du commissariat.

Samson, non sans mal il est vrai, réussit à chasser Jacobson de ses pensées. Le costume volé entraîna à sa suite le souvenir amer du fémur d'argent dérobé dans son tiroir, objet si magnifiquement baptisé en latin *os femoris*. Toutefois les impressions du jour, couronnées par la chanson entendue au marché, se révélèrent les plus fortes. Les pirojki aux tripes enrichissaient les sensations gustatives produites par le gruau un peu fade, même s'ils manquaient eux aussi de sel. Le sel manquait de manière générale, tout comme le sucre. Là se dissimulait l'amère vérité quant aux temps agités qu'il n'était possible ni de relever ni d'adoucir.

« Vous semblez absent, lui dit le docteur Vatroukhine, se décidant à rompre le silence inhabituel qui régnait autour de la table. Ne seriez-vous pas souffrant ?

– Quoi ? sursauta Samson. Non, que dites-vous ! C'est juste qu'il est tard, j'ai du mal à rassembler mes idées.

– Nadejda, elle, sait fort bien se concentrer, répondit le médecin avec un sourire en adressant un regard à la jeune fille. Vous pourriez être fier à sa place. »

Samson regarda Nadejda, sans comprendre.

« Mais fier de quoi ? dit-elle, embarrassée.

– Allons, insista Vatroukhine. Ne vous a-t-on pas décerné une ration à titre d'*encouragement*?

– D'*encouragement*? répéta Samson étonné que le médecin usât encore de mots datant d'une époque de francophilie depuis longtemps révolue.

– Eh bien oui. Ça en dit long, n'est-ce pas ?

– Et que contient-elle cette ration ? demanda Samson qui aussitôt regretta sa banale curiosité d'affamé. Plus exactement, qu'encourage-t-elle ?

– Ça ne vient pas du service des statistiques, mais des stages de tir. Pour la précision. Deux harengs et plus d'une livre de radis marinés.

– On vous a emmenées à d'autres entraînements? demanda Samson, étonné au point d'avoir cessé de mâcher.

– Pas toutes, juste moi et quatre collègues, celles qui tirent le mieux, annonça Nadejda non sans fierté. Nous avons maintenant un nouvel instructeur, un Letton. Jeune, mais il boite depuis qu'il a été blessé. Il parle avec un si charmant accent… Les pirojki sont un peu bizarres, ajouta-t-elle en considérant le deuxième ou troisième qu'elle venait d'entamer, avant d'y mordre à nouveau.

– Il y a beaucoup d'oignon, expliqua Samson. Seulement il date de l'automne dernier, il est vieux. Peut-être même a-t-il gelé. »

Il se tourna vers le médecin.

« Et vous, comment allez-vous ? dit-il pour changer de sujet.

– Eh bien, je fais de mon mieux dans la mesure de mes forces, commença Vatroukhine de manière un peu évasive. Je suis sorti aujourd'hui, j'ai communiqué ma nouvelle adresse à trois autres patients. Deux sont venus. De sorte que je verserai avec joie mon obole au budget familial. Vous avez bien vu l'enseigne, ce soir, quand vous êtes entré ? »

« Vous savez, j'avais la tête pleine et je regardais plutôt mes pieds, avoua-t-il.

– Je suis aussi passé chez moi, reprit le médecin. C'est incroyable, mais la maison n'a pas encore été mise à sac ! J'ai rapporté deux, trois choses de là-bas, tout est déjà dans la chambre. Je voulais vous demander : pourrais-je ranger mes vêtements dans l'armoire ? »

Vatroukhine désigna des yeux l'énorme armoire qui se dressait entre les deux fenêtres donnant sur la rue, de l'autre côté du salon.

« Elle contient les affaires de mes parents, s'alarma Samson. Je ne voudrais pas les déranger.

– Oui, oui, je comprends. En ce cas, il y a dans ma chambre une malle vide, pourrais-je l'utiliser ?

– Bien sûr ! répondit le maître de maison avec empressement. Je vous en prie. »

Le dîner achevé, on prit le thé, puis le docteur se retira. Pendant que Nadejda remportait la vaisselle à la cuisine, Samson, une bougie allumée à la main, sortit sur le palier. À gauche de sa porte était accrochée la même enseigne muette qui naguère ornait le mur de la maison du médecin : un panneau de bois peint d'un triangle, pointe en haut, avec un œil en son milieu.

« De sorte que je verserai avec joie mon obole au budget familial » – les mots prononcés par Vatroukhine durant le dîner lui revinrent en mémoire.

« Qu'est-ce à dire ? Il pense que nous formons à présent une seule famille ? » songea Samson sans nullement se formaliser, plutôt dans le désir de mieux comprendre les propos de son hôte.

Une fois dans sa chambre, il s'allongea dans son lit mais le sommeil ne lui vint pas. En revanche la chanson de l'accident de tramway s'éleva de nouveau dans sa tête. Et bientôt lui causa une légère anxiété.

« Si l'on a empoisonné le cheval avec de la jusquiame pour se venger du cocher, et qu'après cela la bête s'est emballée et a heurté le tramway, il ne s'agit absolument pas d'un malheureux accident, mais bien d'un crime, d'un meurtre, réfléchissait Samson, les yeux rivés au plafond. Mais tout le monde estime qu'il s'agit d'un malheureux accident ! Par conséquent l'empoisonneur et assassin restera impuni ! »

Samson était conscient que plus il ruminerait cette chanson, moins il aurait de chances de passer une bonne nuit ou même de s'endormir. Il se tourna sur le côté, ferma les yeux et essaya de ne plus penser. La complainte résonnait malgré tout, de manière discrète mais suffisamment claire pour qu'il l'entendît encore.

Il changea plusieurs fois de position, mais n'étant pas en mesure d'obliger sa mémoire à le laisser en paix, il s'assit dans son lit. Puis il se leva, rajusta sa chemise de nuit et alla se camper devant la fenêtre. L'obscurité répandue au-delà était accompagnée de silence. Le portail de la cour était hermétiquement clos.

Il s'en fut au salon, colla l'oreille à la porte de Nadejda, écouta, et tira tout doucement vers lui le vantail qui s'ouvrit sans un grincement.

Il s'assit craintivement au bord du lit. Les ressorts émirent un faible bruit prudent, néanmoins suffisant pour que Nadejda se réveillât à moitié et tendît une main vers lui. Elle rencontra son genou dénudé.

« Allons, couche-toi, murmura-t-elle. Tu sembles un peu désemparé aujourd'hui ! »

Il s'allongea auprès d'elle et l'enlaça. Il lui raconta en chuchotant l'accident de tramway, la chanson qu'il avait entendue, les soupçons qui lui étaient venus.

« Samson, mon chéri ! » Les doigts délicats de la jeune femme effleurèrent ses cheveux roux. « Ne te fâche pas, il y a longtemps que je voulais te le dire… Tu es trop dispersé. Tu penses à plein de choses à la fois, alors qu'il ne faut penser qu'à l'essentiel. Quel est l'essentiel en ce moment pour toi ?

– L'affaire du trafic de viande, avoua Samson.

– Et à quoi penses-tu ?

– À l'accident de tramway, au costume disparu de Jacobson, au tchékiste Abiazov qui a aidé à te sauver des griffes des cheminots et qu'on a ensuite rappelé à la Tchéka à cause de cela, au soldat Kossiakine auquel Kholodny avait promis qu'il ne serait pas inquiété, mais lui aussi… à notre docteur…

– Eh bien, tu vois ! soupira-t-elle tendrement à son oreille. Tu penses à un tas de choses, alors qu'il faut se concentrer sur une seule. En outre, les chansons sont composées par des chanteurs ou des poètes au fil de l'actualité, mais ce sont les reporters qui écrivent et publient dans les journaux la vérité des faits. Lis donc ce qu'on rapporte de l'accident dans la presse. Tu connaîtras tous les détails. »

Samson se sentait bercé par la douce voix veloutée de Nadejda, et alors qu'il s'assoupissait déjà, il comprenait qu'elle avait raison, qu'une chanson n'était pas une preuve, qu'une chanson, c'était un simple cri, le cri d'un cœur destiné à susciter l'émotion dans d'autres cœurs.

Vers onze heures, le lendemain matin, Samson quitta le commissariat et descendit vers le Krechtchatik par la rue Karavaïev. Ses jambes le conduisirent d'elles-mêmes jusqu'au bâtiment dont le premier étage abritait le studio de Léon Vichnevski. Le photographe, quant à lui, logeait soit à l'étage supérieur, soit derrière une des portes de son vaste atelier. Au milieu de l'exotique végétation et des boîtes remplies de photographies, il se sentait le maître du royaume indépendant créé par lui, qui n'avait rien de commun avec le monde bruyant du dehors. Seule peut-être la porte de son studio pouvait-elle être considérée comme une sorte de frontière qu'il franchissait régulièrement dans un sens et dans l'autre, mais toujours pour regagner sa jungle photographique.

« Vous êtes incroyablement photogéniques ! Vous comme votre charmante demoiselle, le complimenta le vieil homme en feuilletant une liasse de volumineuses enveloppes brunes de papier grossier. Ah ! voilà où vous vous étiez cachés ! » s'exclama-t-il d'un ton joyeux. Il tira d'une enveloppe un grand portrait double et un petit paquet de photos format poche tirées sur carton épais. « Tenez, admirez ! » dit-il en tendant le tout à Samson.

Le portrait en couple éveilla chez Samson un sourire attendri. La chemise à col ouvert apparaissait noire sur l'image et lui donnait une allure de hussard à la retraite ou de Tsigane, tandis que Nadejda, dans sa robe champêtre, avait un air de vacancière amoureuse et insouciante.

« Je vous en ai tiré trois petites de chaque, dit Léon Vichnevski. Vous pourrez les offrir en souvenir. »

Samson paya le photographe et lui serra la main. Il se surprit à penser qu'il se plaisait ici, dans cet atelier, dans ce royaume de palmiers et de beauté photographique. Le petit monde clos du vieil artiste semblait autrement moins dangereux que celui, grand ouvert, qui commençait à sa porte.

« N'oubliez pas ! dit encore Vichnevski. Je serai toujours heureux de vous rendre visite au commissariat. Ne viennent volontairement se faire photographier que les gens heureux, or ils se font aujourd'hui terriblement rares. Tirer de minuscules photos pour les pièces d'identité et autres documents, c'est une activité des plus ennuyeuse et pénible pour les yeux. Si bien que les portraits de face et de profil de vos détenus sont pour moi le meilleur compromis... »

De retour à son bureau, Samson ne résista pas au plaisir de se vanter de ses photos devant Kholodny. Celui-ci se montra enthousiaste et déclara aussitôt avoir lui aussi l'intention d'y aller.

« La dernière fois que j'ai posé, j'étais encore dans les ordres, se souvint-il. Or il est important de voir son visage sur des photos de différentes époques, afin d'avoir bien conscience de la fugacité de la vie et de la chérir d'autant plus. » Il hocha la tête comme s'il approuvait des paroles prononcées par un autre. « Mais Nadejda et toi, vous êtes là encore plus beaux qu'en vrai. Ce vieux est tout bonnement un artiste !

– Mais non, protesta Samson en examinant les clichés avec attention. Il n'y a aucune retouche. C'est une question d'atmosphère.

– Et que vas-tu en faire ?

– La grande, dans un cadre et au mur ! répondit Samson d'un ton résolu. Je dédicacerai un petit portrait de moi à Nadejda, et elle fera de même avec un des siens. Elle en offrira sûrement un autre à ses parents...

– Trop banal, ce n'est pas possible… » Kholodny était devenu d'un coup sérieux, il réfléchissait. « Ce sont les gosses ou les paysans qui procèdent ainsi. Toi, tu es un homme cultivé. Et Nadejda n'est pas une godiche non plus, elle est employée dans une administration importante. Vous devez organiser un événement solennel qui vous reste en mémoire toute la vie. Tu l'aimes, non ?

– Bien sûr », dit Samson en jetant à son camarade un regard étonné.

Kholodny s'empara du grand portrait où Nadejda et Samson, assis sur la banquette, posaient épaule contre épaule mais retenaient leurs mains.

« Les photos de ce genre, c'est d'habitude après la noce qu'on les prend et qu'on les accroche au mur. Votre photographe a pris de l'avance ! Mais les petites, là, oui, elles sont parfaites pour avant le mariage.

– Mais que vient faire le mariage là-dedans ?

– Bon, d'accord. » Kholodny inspira profondément, comme s'il se préparait à un sermon. « Je vois très bien ce qui va se passer. J'ai ce don dès lors que je comprends quelqu'un parfaitement. Vous allez vous asseoir à table l'un en face de l'autre, vous écrire chacun des mots enfiévrés et ardents au dos de vos portraits, puis vous ne pourrez vous retenir d'une étreinte charnelle. Une force magnétique vous jettera tout bonnement dans les bras l'un de l'autre. Parce que tout cela équivaut à échanger des alliances devant l'autel. Tu comprends ? »

Samson réfléchit. À présent les idées de Kholodny commençaient à prendre sens.

« Donc tu penses qu'il faudrait rendre la chose plus solennelle ? Peut-être même offrir sa main et son cœur ?

– Eh bien, tu vois, tu en arrives tout seul à cette idée ! Écoute ce que je vais te dire. Tu te rappelles la chapelle sur le chemin des Chiens, dont je t'ai parlé ? Là où officie un anti-prêtre ? Que dirais-tu qu'on vous marie là-bas ?

– Comment ça, nous marier ? s'exclama Samson, pantois. Nous avons rejeté Dieu !

– Il n'est pas question de nous. Et puis Dieu n'a rejeté personne, lui, même ceux qui l'ont rejeté. Mais c'est un anti-prêtre qui est là-bas, lui-même ne croit pas en Dieu. Si bien que ce sera une sorte d'anti-mariage, comme un pied de nez au Seigneur, car célébré par un défroqué. Un pied de nez au Seigneur, pour votre plus grand bonheur !

– Il faut y réfléchir, dit Samson, hésitant. Je vais demander à Nadejda.

– Surtout pas, tu gâcherais tout ! Tu dois simplement l'amener là-bas sous un prétexte quelconque. Pour que la surprise soit complète, pour la prendre au dépourvu. Quand on embrouille quelqu'un pour aussitôt lui procurer une grande joie, son bonheur est triplé ! Si tu veux, c'est moi qui m'entendrai avec le prêtre. Je le connais par cœur. Nous avons étudié au même séminaire. »

Kholodny sourit avec un air de conspirateur, mais soudain s'assombrit, dégrafa les trois boutons du haut de sa vareuse, glissa la main dans son sein et en sortit la croix d'argent au bout de sa chaîne. Après quoi il replongea la main dans l'ouverture.

« La brûlure me démange, expliqua-t-il devant le regard inquiet de son camarade.

– Tu passes bien la pommade prescrite par le docteur ?

– Je croyais que c'était déjà guéri, mais la croix est lourde, et elle ne cesse d'écorcher la croûte qui s'est formée.

– Tu n'as qu'à ne pas la porter !

– Comment ça, ne pas la porter ? Elle m'a déjà sauvé la vie deux fois. Tiens, regarde. » Il la souleva dans sa main. « Ici, il y a l'impact de la balle qu'elle a arrêtée, et à gauche une entaille faite par un couteau. Comment pourrais-je ne pas la porter après ça ?

– En ce cas, enveloppe-la dans un mouchoir ou dans un bout de *portianki*, pour que le métal ne touche pas la peau, suggéra Samson.

– Oh ! Voilà une idée tout à fait pertinente ! C'est exactement que je vais faire ! »

Chapitre 25

Le soleil, en ce samedi d'avril, s'était révélé trompeur, mais quand Samson s'en rendit compte, ils étaient déjà à une verste au moins de la maison. Il n'avait pas réussi à entraîner Nadejda à son propre mariage sans rien lui révéler. Mais lorsqu'il lui avait avoué le but de la promenade, les yeux de la jeune fille s'étaient allumés d'une lueur vive et rêveuse, telles deux étoiles polaires. Le costume beige d'été de son père, revêtu par Samson à défaut d'autre tenue de cérémonie, était impuissant à le protéger du vent glacé qui s'était levé, dont au premier souffle ses joues et ses lèvres avaient ressenti l'humidité arrachée aux vagues du Dniepr. Il se tourna vers Nadejda qui avait déniché parmi ses affaires une longue robe bleue à empiècement de dentelle blanche, très simple, convenant à la fois à l'événement du jour, solennel et intime, et à l'époque historique marquée par les troubles. Au lieu du chapeau qu'eût réclamé autrefois cette robe, Nadejda avait coiffé un béret pareillement bleu qui semblait laisser entendre qu'elle n'était pas opposée aux manifestations révolutionnaires ni aux rassemblements de rue. En un mot, sa mise était parfaitement appropriée. Même Serguy Kholodny, qui cheminait à côté d'eux, lui jetait de temps à autre de brefs regards dont on ne savait s'ils étaient empreints de respect ou d'un intérêt tout particulier.

Ils étaient convenus, Samson et lui, de s'habiller pour la cérémonie de manière que rien ne transparût de leur métier de milicien. Et l'impression que Samson tirait de cet arrangement était des plus étrange. Il se sentait inquiet, non seulement de se trouver désarmé, mais d'avoir le sentiment que le costume d'été de son père, un peu trop grand pour lui, le rendait deux fois plus vulnérable. Son allure lui semblait une provocation lancée aux passants ordinaires qui, eux, s'efforçaient de se faire aussi gris et discrets que des souris. Il avait également enfilé, non sans mal, les souliers de villégiature que le défunt aimait beaucoup, bien qu'ils lui fussent, à lui aussi, trop étroits. Autrefois blancs, lesdits souliers paraissaient beiges à présent et comme assortis à la couleur du complet, mais se révélaient atrocement douloureux et malcommodes pour marcher. À chaque pas, les ongles des gros orteils s'enfonçaient dans l'orteil d'à côté, qui à son tour comprimait celui du milieu.

« Pourvu que papa et maman trouvent cette chapelle ! » dit Nadejda un peu anxieuse en regardant Samson.

« Ainsi, voilà ce qui l'inquiète ! » comprit-il. Il lui adressa un sourire rassurant :

« Ils la trouveront. On ne commencera pas sans eux.

– C'est facile d'y aller, tous les cochers connaissent », ajouta Kholodny.

Le vent s'était apaisé, ils marchaient à nouveau du côté ensoleillé de la rue. Au-devant se dessinaient les bâtiments du Village de l'exposition pan-russe de 1913. Une vingtaine de minutes de marche les en séparaient.

« Pourquoi n'avons-nous pas pris un fiacre ? » se demanda Samson.

Il se rappela alors les paroles de Nadejda, affirmant qu'il convenait, dans les grands moments de la vie, d'inscrire dans sa mémoire l'itinéraire parcouru pour y parvenir.

Leur itinéraire ce matin-là suivait la rue Jilianskaïa jusqu'à la Grand-Rue de Vassilkov, puis continuait au pied du mont Tcherepanov, passait les restes de l'ancienne splendeur du Village de l'exposition qui avait orné la ville depuis 1913 jusqu'à des jours récents, traversait le parc Alexeïevski jusqu'au trou « révolutionnaire » pratiqué dans son enceinte, de la taille d'un portail de riche propriété, et remontait enfin la rue Prozorovski jusqu'au chemin des Chiens.

Alors qu'il s'engageait sur le chemin, salué brièvement par le murmure des eaux du Klov, Samson ressentit un grand trouble. Comme s'il venait de quitter la réalité pour entrer dans un monde de conte de fées, peuplé de preux chevaliers et de monstres. L'entrée du chemin lui-même évoquait un entonnoir béant au milieu des buissons. On y accédait par un sentier mille fois piétiné et repiétiné, fort large au début, au partir de la route, puis s'étrécissant brutalement, et il vous aspirait, ce chemin des Chiens, tel un bourbier.

« Oh ! » s'exclama Nadejda. Elle s'arrêta et regarda ses bottines dont le bout s'était maculé de glaise dès les premiers pas.

Elle ouvrit le sac à main pendu à son coude et en tira un mouchoir qu'elle considéra d'un air perdu avant de baisser la tête à nouveau sur ses souliers.

Samson s'accroupit devant elle, la rassura d'un regard qui semblait dire « je m'en charge » et fouilla dans les poches de son costume. Il n'y trouva cependant que ce qu'il avait récupéré dans sa veste de cuir : deux *kerenki* et quelques roubles soviétiques. Sans réfléchir davantage, il prit un des billets, cracha dessus et entreprit de frotter les chaussures de sa fiancée.

Une minute après qu'ils eurent repris leur marche, il comprit que ses efforts n'avaient servi à rien. Le ruisseau continuait de murmurer tout près, et c'était probablement à sa présence zélée qu'on devait de voir le sentier constamment barré de flaques d'eau qu'il n'était nul moyen de contourner. Autrefois blancs, les souliers beiges de Samson étaient en passe de devenir bruns. Il en avait oublié leur étroitesse et la douleur qu'ils lui infligeaient. Il ne pensait qu'aux convenances qui réclamaient qu'on se mariât dans une tenue décente et non froissée et couverte de boue. Nadejda avançait prudemment, en relevant le bas de sa robe de sa main gauche. Samson suivait à deux bons pas de distance, pour ne pas risquer d'éclabousser par maladresse les atours de la future mariée.

« Mais comment mes parents vont-ils trouver le chemin ? » Nadejda avait soudain fait halte et s'était tournée vers Samson. « Ils ne passeront jamais ici ! »

Quelque part au loin, un chien aboya, aussitôt imité par plusieurs autres. Un éclair de frayeur s'alluma dans les yeux de la jeune femme.

« Ils le trouveront ! répliqua Samson. Je leur ai fait porter un message par un soldat ce matin. Ils l'ont chargé de me répondre qu'ils seraient là sans faute. Ils ont juste demandé qu'on aille les accueillir rue du Bassin.

– Mais qui donc va y aller ? s'écria Nadejda avec désespoir.

– Moi ! intervint Serguy Kholodny, qui venait de s'arrêter cinq pas devant. Je vais vous conduire à la chapelle, puis je retournerai les chercher. »

Bientôt les buissons semblèrent s'écarter et des deux côtés apparurent des jardins. Samson n'était jamais venu se promener par ici, le chemin des Chiens jouissait auprès de ses amis d'une funeste réputation. C'est pourquoi il se sentait à présent à la fois l'âme aventurière d'un pionnier et celle d'un simple citoyen apeuré, marchant consciemment et docilement à la rencontre du danger. Mais c'était aussi à la rencontre de son avenir conjugal qu'il allait. Combien de périls recelait cette vie en couple, il ne pouvait le savoir. Peut-être aucun, juste celui d'aimer jusqu'à la mort et de remplir son devoir familial.

Une dizaine de minutes plus tard, un autre sentier se détachait du chemin pour s'échapper à droite entre des buissons. Kholodny s'y engagea, suivi de Nadejda et de Samson.

Devant eux, au-dessus des feuillages, brillait une croix de métal, et, peu après, le toit d'une chapelle se dessinait, puis quelques pas plus loin encore ils débouchèrent dans une clairière où cette fois-ci ils découvrirent l'édifice religieux en son entier, tout de bois peint couleur d'azur. Le sentier allait buter contre un perron également de bois bleu, mais barbouillé de glaise.

Kholodny frappa deux coups à la porte. De l'autre côté un verrou grinça. Dans l'embrasure apparut un visage rond légèrement olivâtre, au nez charnu autant que les oreilles. Ses bons yeux gris fixèrent les arrivants. Ses grosses lèvres sourirent.

« Je vous en prie, entrez ! dit l'homme en soutane, tête nue, la chevelure épaisse et mal peignée.

– Je dois encore aller à la rencontre des parents, le prévint Kholodny. Ils n'arriveront jamais jusqu'ici tout seuls. »

Samson et Nadejda entrèrent. Il régnait dans la chapelle une odeur de tabac. À moins que celle-ci ne provînt de son occupant.

« Je m'appelle Mitri, déclara l'homme qui paraissait âgé d'une quarantaine d'années.

– Dmitri ? dit Samson, croyant qu'une lettre lui avait échappé.

– Non, Mitri, répéta l'autre. Du vieux perse "mitra". C'est-à-dire "amitié". »

Samson se présenta et présenta Nadeja, puis demanda aussitôt :

« Et comment doit-on s'adresser à vous ? Père Mitri ? »

L'homme fit non de la tête.

« Je ne suis pas votre père ! Frère ! Frère Mitri ! répondit-il après un bref silence. Nous vivons aujourd'hui dans la fraternité. Je vous appellerai "frère" moi aussi. Par conséquent, frère Samson ! » prononça-t-il d'un ton solennel. Puis il posa les yeux sur la jeune femme : « Et sœur Nadejda ! »

Samson, tout en l'écoutant, examinait les lieux du coin de l'œil. Il aperçut l'habituelle iconostase de bois ornée de visages de saints connus et familiers, un grand candélabre de trois pieds de haut, une paire de chaises contre le mur de droite, à gauche un banc et un meuble bas sur lequel était posé un livre relié de cuir noir. Sans doute les Saintes Écritures. L'espace intérieur avait la forme générale d'un carré d'une dizaine de pas de côté. Pourquoi Kholodny qualifiait-il ce lieu d'« anti-chapelle » ? À l'intérieur comme à l'extérieur, tout était comme à l'habitude. Ni affiche proclamant que « Dieu n'existe pas ! », ni étoile rouge peinte à la brosse.

« Asseyez-vous en attendant, dit Mitri en désignant le banc. Et vos parents à vous, ils ne viendront pas ? demanda-t-il à Samson.

– Ils ne sont plus, répondit celui-ci d'une voix neutre. Ils reposent au cimetière de Chtchekavitsa, avec ma sœur.

– Alors il faudra sans tarder passer les voir, les saluer, leur annoncer la nouvelle et leur demander leur bénédiction.

– Oui, bien sûr. Je n'y manquerai pas.

– Ça sent trop le tabac ici, dit Mitri en levant le nez. Je vais allumer un cierge. »

Une allumette craqua et un cierge émit une flamme en haut du candélabre fait pour en porter une trentaine. Aussitôt un parfum de cire d'abeille se répandit, atténuant l'odeur de tabac.

« Écoutez ce que je vais vous dire avant le sacrement. » Mitri prit une chaise, la posa à deux pas du banc et s'y assit face aux deux fiancés. « N'allez pas croire que je vais vous marier religieusement. Je ne crois pas en Dieu. Je poursuis mes propres desseins, plus humains. Personne ici ne s'agenouille ni ne se frappe le front contre le sol. Pas question non plus de nuits entières debout sans bouger. Il faut respecter l'être humain. Nous avons des jambes pour aller sur les routes, non pour rester debout immobiles et souffrir. Ainsi donc, je vais vous marier comme on le fera dans le futur. Sans humiliations ni intimidations. Vous n'êtes pas effrayés à l'idée de vous marier, n'est-ce pas ? »

Samson secoua la tête.

« Non, murmura Nadejda. Au contraire même ! Je suis curieuse !

– C'est parfait, dit Mitri de sa voix de basse. Moi, la première fois, j'avais peur. Et ma fiancée, Macha, aussi. Peur de nous marier et peur d'aller contre la volonté de nos parents. Au cours de la cérémonie nous ne faisions que passer d'une peur à l'autre, et c'est pour cette raison que j'ai haï le pope qui nous unissait, avec ardeur et sincérité. Je continue de nourrir de la haine contre lui. Je sais bien, il ne pouvait faire autrement. Et nous non plus. Et nos parents non plus. Mais aujourd'hui, on peut tout faire autrement. De là vient que le nom de moine m'est si proche. Mais celui de frère me l'est encore plus.

– Vous vous êtes donc marié deux fois? demanda Nadejda sans dissimuler son effroi.

– Oui, deux fois, répondit Mitri avec calme. Mais la deuxième, ce ne fut pas avec une femme. Ce fut avec une idée. L'idée que nous sommes tous égaux et que le royaume divin nous attend non pas au-delà du monde, mais dans ses frontières. Il suffit de changer la nature humaine jusqu'à la rendre méconnaissable. Car la nature humaine qu'on saurait encore reconnaître est répugnante et désolante. Il faut l'anéantir par le feu et la science. Jusqu'à ses fondements, jusqu'à ses racines. Je vais vous préparer du thé en attendant.»

Mitri s'en fut derrière l'iconostase. On entendit de l'eau couler. Des sons rythmés et mécaniques firent comprendre que le maître de la chapelle actionnait la pompe à pétrole. Puis une allumette craqua et une flamme jaillit. Une minute après, l'odeur de tabac se faisait plus forte.

«Je n'aime pas cet endroit», murmura Nadejda à Samson tout contre son oreille coupée.

Le chuchotement lui fut comme une brûlure. Il se leva et s'assit de l'autre côté pour que son oreille intacte fût à portée des lèvres de la jeune femme.

«Répète s'il te plaît», lui demanda-t-il, lui aussi dans un murmure.

Elle approcha sa bouche.

«Je t'aime», souffla-t-elle.

Il se tourna vers elle, son regard se posa sur ses lèvres, puis sa bouche toucha sa bouche.

« N'ayez pas peur, embrassez-vous ! C'est ici le temple de l'amour ! » fit la voix de Mitri.

Samson tressaillit. Tout comme Nadejda. Leur envie d'un baiser venait de s'éclipser, de rentrer se cacher dans le terrier d'autres désirs secrets.

Le thé avait un goût de foin. Des chiens aboyèrent derrière la porte.

« Il y a dans les alentours quatre ou cinq meutes de ces chiens sauvages, expliqua Mitri, qui avait repris sa place en face du couple, une tasse à la main. Récemment, ils ont mis en pièces deux ivrognes. Je les ai enterrés derrière la chapelle. C'est ici l'unique endroit à Kiev où se rencontrent trois phénomènes incontrôlés, deux dangereux et un bénéfique. C'est un raccourci pour gagner la Laure, les pèlerins passent donc par là, et les brigands et les chiens les y guettent. Il arrive ainsi que des pèlerins soient rossés et dépouillés, rarement assassinés, et il arrive que des chiens les dévorent à moitié. Mais les chiens attaquent aussi les brigands. Les attaquent et les tuent… Parfois cependant survient un voyageur, et les brigands s'écartent sans le toucher, puis les chiens à leur tour s'écartent sans chercher à le mordre. »

Samson voyait Nadejda rentrer la tête dans les épaules à mesure que Mitri parlait, visiblement impressionnée.

« Moi, les chiens me laissent en paix, poursuivit Mitri. Et les brigands de même. Je les connais bien. Ils entrent parfois se confesser. Surtout quand ils ont tué quelqu'un. Ce sont des êtres humains, eux aussi, l'un enseignait autrefois dans un lycée. Professeur de sport et de culture physique. Il m'a raconté que les brigands l'avaient d'abord roué de coups et détroussé, puis l'ayant pris en pitié, l'avaient emmené avec eux et incorporé dans leur bande. Certes, ils ne lui ont pas rendu ce qu'ils lui avaient soustrait. Il n'avait qu'à le reprendre à d'autres, lui ont-ils dit, afin qu'il sache comme il leur était pénible et déplaisant d'exercer un tel métier.

– Mais quel métier est-ce là ! s'exclama Samson malgré lui.

– Ne jugez point, et vous ne serez point jugés, répliqua Mitri calmement.

– Et comment ne pas juger ? Serguy et moi servons dans la milice !

– Les voies du Seigneur sont impénétrables, dit Mitri. Vous pouvez mettre en prison autant de gens qu'il vous chante, mais gardez-vous de juger ! »

Samson s'abstint de répondre, de peur de gâcher cette journée si particulière s'il continuait à débattre et exprimer son désaccord. Il avala une gorgée de thé au goût d'herbe sèche.

« Je fumerais bien quelque chose », soupira Mitri et il tourna la tête du côté du meuble sur lequel le livre était posé.

Il s'y dirigea, ouvrit le livre, en arracha un bout de page qu'il étala sur la couverture de cuir et saupoudra de tabac afin de se rouler une cigarette. Il craqua une nouvelle allumette. Revint avec la tasse dans une main et la cigarette dans l'autre. Il s'assit et souffla la fumée au visage de Samson.

« Stage d'interrogatoire ? demanda ce dernier, surpris lui-même de poser la question.

– Quoi ? »

Mitri, interloqué, tira une autre bouffée de sa clope.

« Rien, simple remarque. Ça m'a rappelé le stage d'interrogatoire auquel j'ai participé. On nous y a appris à souffler la fumée à la face du prisonnier.

– Ah ! Alors toi aussi tu fumes ?

– Non, seulement pour les besoins du service. »

On entendit du bruit au-dehors. Quelqu'un posa le pied sur le perron et y battit des semelles. Deux coups furent frappés à la porte.

Samson accompagna Mitri des yeux, observa le pesant verrou de bois que celui-ci dégageait sans aucune peine de sa loge de fer forgé clouée au cadre de la porte. Le premier à entrer dans la chapelle fut Kholodny, suivi des parents de Nadejda, la mine effrayée.

« Nous n'arrivons pas trop tard ? s'informa Kholodny.

– Jamais nous n'aurions commencé sans vous ! répondit Mitri. Respecter les parents des fiancés, rien n'est plus sacré ! »

Lioudmila Nikanorovna se força à sourire, puis entreprit d'ôter une vilaine houppelande verte faite d'un tissu grossier.

« Aide-moi ! » dit-elle à son mari.

Celui-ci s'exécuta. Et la mère de Nadejda apparut dans une robe de soie verte aux manches ourlées d'un velours plus sombre.

« Je t'avais dit de t'habiller anglais ! » dit-elle à Trofim Sigismundovitch d'un ton de reproche, après avoir considéré d'un œil critique son costume de laine marron d'aspect tout à fait convenable.

Sa fille intervint.

« Maman, vous êtes tous les deux très élégants !

– Nadejda a raison, abonda Mitri. Vous n'êtes pas sur la promenade en bois près des navires-restaurants. Vous êtes venus marier votre fille.

– C'est vrai, approuva le père.

– Excusez-moi, conclut la mère.

– Alors, commençons ! »

Mitri alla vers le meuble bas, y écrasa sa cigarette entamée et l'y laissa. Puis il se retourna :

« Levez-vous ! Vous aimez-vous l'un l'autre ? »

Les fiancés se mirent debout.

« Oui ! répondit Samson ardemment

– Oui ! murmura Nadejda.

– À partir de ce jour et jusqu'à la fin de votre existence, vous devrez entretenir cet amour dans vos cœurs ainsi que le feu ardent du saint foyer familial, si pauvre ou si riche soit-il ! Promettez-vous de vous pardonner l'un à l'autre vos péchés, grands et petits ?

– Oui, je le promets, répondit Samson.

– Je le promets, murmura Nadejda.

– Votre chemin conjugal sera semé de joies et de peines, de pleurs et d'espoirs. Seule la foi vous permettra de le suivre dignement jusqu'au bout. La foi l'un dans l'autre. À partir d'aujourd'hui et jusqu'à la fin de votre existence, vous devenez des dieux l'un pour l'autre. Es-tu prêt, Samson, à reconnaître en Nadejda ta déesse, à laquelle il convient d'obéir sans réserve en toute circonstance ?

– Oui ! répondit Samson.

– Es-tu prête, Nadejda, à reconnaître en Samson ton dieu, auquel il convient d'obéir sans réserve en toute circonstance ?

– Oui, chuchota Nadejda.

– Là où est la foi, là sont les dieux, là doivent être aussi les preuves de cette foi, les preuves de l'amour. Vous allez vous les échanger, mais d'abord écrivez sur chacune votre serment d'éternelle fidélité ! »

Samson avait compris de quoi il était question. Il tira de sa poche deux photographies : la sienne et celle de Nadejda. Il tendit à celle-ci son portrait inscrit dans un ovale.

Mitri alla derrière l'iconostase et en revint avec un encrier dans lequel étaient fichés deux porte-plumes.

« Asseyez-vous à ce meuble et écrivez ! » commanda-t-il en même temps qu'il récupérait le livre relié de cuir noir et son mégot de cigarette.

Ils s'installèrent chacun d'un côté. Samson, le premier, saisit l'un des porte-plumes et se figea, le regard rivé à la goutte d'encre rouge qui pendait au bout de la pointe métallique et qui finit par retomber dans la gueule du flacon. Il leva les yeux sur frère Mitri.

« Rouge ? dit-il, pensif.

– Rouge, confirma Mitri. Comme le sang. Il n'en est pas d'autre pour signer promesses et serments ! »

Samson considéra le dos de la photographie.

Avec amour et dévouement, à ma chère épouse Nadejda, son mari Samson ! traça-t-il d'une belle écriture appliquée. Il mit la date et ajouta au bas *Kiev.*

À mon cher époux Samson, sur qui je sais pouvoir toujours compter, sa femme humble et fidèle, Nadejda, écrivit Nadejda dans un grincement de plume, et ses lèvres esquissèrent un sourire.

« Échangez vos photographies et conservez-les soigneusement à jamais, pour que votre amour devienne une légende aux yeux de vos petits-enfants », déclara Mitri, et sa voix de basse résonna avec une chaleur étonnante.

Une fois leurs photos à l'abri, les jeunes gens s'embrassèrent.

La mère de Nadejda en pleurait de joie. Ses épaules tressautaient. Trofim Sigismundovitch prit sa femme dans ses bras et la serra contre lui.

« Toutes mes félicitations », dit Mitri aux mariés. Puis il se tourna vers les parents de Nadejda. « Mes félicitations à vous aussi ! » Et enfin son regard se posa sur Kholodny. « Toi également, je te félicite, frère Serguy. Je suis heureux pour ton camarade et heureux de son bonheur.

Mais à présent nous pouvons nous octroyer des plaisirs plus terrestres. Merci de t'être procuré ce qu'il fallait et de l'avoir apporté ! »

Samson jeta un regard étonné à Kholodny, mais celui-ci soudain se pencha et souleva par un anneau de fer le couvercle d'une trappe carrée, que Samson n'avait pas encore remarquée. La trappe donnait accès à une crypte.

« Allons, descendons retrouver les plaisirs terrestres et fêtons le bonheur des jeunes gens ! » dit Mitri à l'adresse des parents de Nadejda. Sur quoi il empoigna le cierge qu'il avait planté sur le candélabre et, montrant l'exemple, commença à descendre l'échelle pentue.

Chapitre 26

La crypte de l'anti-chapelle, bien qu'elle eût les mêmes dimensions que le chœur, au-dessus, se révéla curieusement plus spacieuse. Et cela en dépit de trois gros tonneaux placés dans l'angle à droite de l'escalier. Les murs étaient peints à la chaux, et par conséquent avaient été bâtis en brique ou en pierre. L'humidité était présente dans l'atmosphère, mais elle n'offensait pas l'odorat comme celle qui régnait dans la cave de l'immeuble de Samson.

Celui-ci était descendu juste après Mitra, lequel entre-temps, au moyen de son cierge, en avait allumé dix semblables en haut d'un autre candélabre si bien que le plafond de la crypte semblait s'être élevé plus haut encore. Sur une lourde table de chêne placée à gauche de l'escalier étaient posés deux gros ballots et un paquet de journaux sur lequel pesait un long couteau de cuisine à manche en bois.

« Oh ! ça fait peur ! soupira Lioudmila Nikanorovna en posant le pied sur le sol au bas des marches. C'est ici que vous dormez ? » demanda-t-elle à l'occupant de la chapelle.

Celui-ci se retourna.

« Non, c'est ici que je prends mes repas, je dors derrière l'iconostase.

– Il s'y trouve une alcôve assez grande pour deux », intervint Kholodny qui, notant le regard réprobateur que lui adressait Mitri, ajouta aussitôt : « Il m'y a déjà laissé passer la nuit. On a dormi par terre l'un à côté de l'autre.

– Tu ferais mieux de m'aider, lui dit Mitri en désignant les ballots. Je ne sais même pas ce que tu as apporté.

– Oui, oui, laisse, je m'en occupe. »

Maintenant qu'ils étaient six, l'impression d'espace s'était fortement réduite. On s'y sentait plutôt à l'étroit. Le père de Nadejda piétinait sur place en jetant des coups d'œil inquiets aux tonneaux. Nadejda ne bougeait pas davantage, dans l'expectative, ou bien plongée dans ses pensées.

Samson regarda l'échelle, étonné que ni Nadejda ni sa mère n'en fussent tombées : elle était aussi pentue que celles qu'on appuie aux toits des maisons, à la campagne, quand vient l'heure de déblayer la paille de la soupente.

« Bien, je vais allumer les encensoirs, ainsi aurons-nous plus de plaisir à respirer, déclara Mitri en s'approchant du mur.

– Et dans les tonneaux, qu'est-ce qu'il y a ? s'enquit Trofim Sigismundovitch.

– Deux contiennent de la poudre, l'autre des concombres.

– De la poudre ? s'écria le père de Nadejda en regardant l'allumette enflammée que tenait l'autre.

– Eh oui ! Un vestige de l'explosion des dépôts d'artillerie. C'est un copain qui me les a fourgués. "T'en aurais pas besoin ?" il me demande. Moi : "Par les temps qui courent, ça peut toujours servir !" On a eu du mal à les descendre ici.

– Mais pour quoi faire ? »

La voix de Trofim Sigismundovitch trahissait plus de curiosité et d'étonnement que de peur.

« Les moines de la Laure me menacent depuis longtemps. Ils pensent que je détourne les pèlerins qui viennent les voir. S'ils veulent me traîner au bûcher pour ma foi, je leur ouvrirai la porte, mais moi, je descendrai ici et mettrai le feu à la poudre. Comme pour l'église de la Dîme[1] !

– Pour l'église de la Dîme, l'histoire est tout de même différente », intervint la mère de Nadejda.

Mitri écarta du mur un encensoir d'argent pendu à une longue chaîne, en souleva le couvercle et y glissa la main qui tenait l'allumette. Puis il se mit à souffler dedans, pour faire enfler la flamme au milieu des parfums.

L'odeur de l'encens s'éleva, plaisante et apaisante. Mitri laissa la cassolette où elle était et passa au mur suivant. Il opéra ainsi avec les quatre encensoirs, après quoi l'atmosphère de la crypte devint à chaque inspiration plus chaude et plus religieuse.

---

1. L'église de la Dormition dite église de la Dîme, édifiée à la fin du Xᵉ siècle, fut utilisée par les Kiéviens comme dernier bastion lors du siège de la ville par les Mongols. Elle fut incendiée en 1240 par ces derniers et s'écroula. Reconstruite au milieu du XIXᵉ siècle, elle fut rasée par les autorités soviétiques en 1935, comme beaucoup d'autres édifices religieux.

Serguy Kholodny recouvrit la table de journaux, y déposa six petits verres à eau-de-vie nervurés, puis sortit d'un des ballots plusieurs paquets pesants, tous emballés de papier, et les ouvrit. Il s'y trouvait différentes viandes fumées et séchées, ainsi que le quart d'une grosse miche de seigle.

« Seigneur ! s'exclama Lioudmila Nikanorovna. D'où vient pareil faste ? »

Kholodny, déjà en train de découper les viandes avec le couteau, se retourna.

« Le chef l'a autorisé pour l'occasion. C'est de la marchandise saisie au Marché juif. »

Les hommes approchèrent de la table deux bancs et un tabouret sur lequel Nadejda fut invitée à s'asseoir. Quand tout le monde fut installé, Kholodny prit une bouteille et remplit les verres d'un liquide sombre.

« Qu'est-ce que c'est ? s'effraya Lioudmila Nikanorovna en levant son verre à la lumière du candélabre pour en vérifier la transparence.

– Vodka à l'écorce de chêne, répondit Kholodny après y avoir goûté. Joliment forte !

– Et vous n'auriez rien de plus doux ? Quelque chose pour dame ? demanda la mère de Nadejda d'un ton plaintif.

– Maman, trempe seulement tes lèvres, pas la peine de tout boire, lui dit Nadejda avec tendresse.

– Comment ça "pas la peine", si c'est au bonheur des jeunes mariés ? protesta Lioudmila.

– Pour dame, hein ? grommela Mitri. C'est que vous êtes, et c'est vrai, les premières dames que je reçois ici. Je n'y invite jamais personne. Mais puisque vous êtes les premières… »

Il se leva, s'approcha du tonneau le plus à gauche et en ôta le couvercle qu'il posa sur le tonneau de poudre voisin.

Au parfum d'encens s'ajouta une odeur de saumure et d'aneth mariné. Mitri retroussa les manches de sa soutane, se campa dans la position d'un lutteur, ses jambes légèrement fléchies, puis colla son bras contre la barrique, son épaule au niveau du bord supérieur. Il regarda alors où sa main atteignait, à quelle profondeur, et secoua la tête.

« Samson, tu n'aurais pas les bras plus longs ? demanda-t-il. Approche ! »

Le bras de Samson se révéla en effet plus long de près de deux pouces. Mitri aida le jeune homme à ôter veste et chemise, et demanda aux autres de ne pas regarder dans leur direction. Puis, suivant les indications du maître de la chapelle, Samson plongea la main dans la saumure froide, se frayant passage entre les concombres fermes et rebondis, l'enfonça encore, l'aisselle presque sciée par le bord du tonneau, et alors seulement sentit sous ses doigts le goulot d'une bouteille. Il la saisit par le col et la remonta.

Mitri passa un bon moment à essuyer le bras de Samson avec du papier journal. Quand il eut terminé, il renifla, secoua la tête d'un air désapprobateur, puis décrocha un encensoir du mur et le balança au-dessus du sol de manière que le bras à présent sec s'imprégnât du parfum d'encens. Il renifla alors de nouveau et, la mine satisfaite, remit l'encensoir en place avant d'aider Samson à se rhabiller.

« Au nouveau couple ! dit Mitri en levant son verre une fois revenu à table avec le jeune marié.

– Bonheur, prospérité, postérité ! ajouta le père de Nadejda.

– Amour ! renchérit la mère.

– Videz vos verres, puis un baiser ! » conclut Mitri au terme de ce toast polyphonique.

Le baiser fut enivrant, autant que le ratafia à l'écorce de chêne. Samson avait envie de serrer Nadejda plus fort, mais deux inconvénients l'en empêchaient : la timidité qu'il partageait avec la jeune fille, et le fait qu'il l'embrassait par-dessus le coin de la table, penché en avant, la cuisse collée contre le bord.

Quand ils eurent enfin repris leur souffle, Mitri déboucha la bouteille verte extraite du tonneau. Au grand étonnement du père de Nadejda, elle se révéla contenir un bordeaux-clairet. Le nom du vin français pouvait se lire avec les yeux comme avec les doigts : les jolies lettres latines se dessinaient en relief sur le verre. Lioudmila Nikanorovna claqua de la langue après avoir goûté le vin. Auparavant Trofim Sigismundovitch l'avait aidée à vider son verre pour qu'on pût la servir. Il avait avalé l'alcool d'un seul trait.

Le temps s'était arrêté. Les parfums s'exhalant des quatre encensoirs avaient empli l'air de rêves et de fantaisies. Les cierges brillaient d'une flamme vive, et Samson éprouvait un sentiment étrange à les voir brûler non pas sous des figures de saints, mais devant des vivants en pleine santé. Il n'y avait là pas une icône, pas une de ces images sacrées connues depuis l'enfance. De même les encensoirs ne diffusaient de fumée que pour des personnes bien en vie, célébrant l'union de deux êtres par les liens du mariage. L'unique témoin d'une présence divine eût pu être frère Mitri, s'il n'eût lui-même déclaré avant ça que « Dieu n'existe pas, mais il reste la foi ! ». Ce n'était pas Dieu qui les avait unis un peu plus tôt, là-haut, mais d'autres forces, neuves et révolutionnaires, qui chamboulaient tout sur leur chemin, détruisaient et reconstruisaient, réfutaient et instruisaient. Et cela amenait naturellement à l'idée que Samson ne savait presque rien de cette nouvelle vie et de ses nouvelles règles. Il ignorait où se procurer à présent un certificat de mariage, comment déclarer son nouveau statut et ce que cette déclaration devait et pouvait leur apporter, à Nadejda et à lui. C'est que les familles avaient d'autres droits que les célibataires et les vieilles filles. Et aussi d'autres devoirs. Même dans les décrets de réquisition de biens de toute nature figurait comme point important : « par famille » et non « par personne ». Et il se rappela avoir lu un document concernant la réquisition de mobilier, où était indiqué en lettres grises sur papier jaune : *la norme de mobilier autorisée est d'une chaise par personne plus une chaise par famille pour un invité, d'un lit par personne plus une banquette par famille, d'une table à manger par famille...*

Occupé à mâcher du lard fumé, peut-être ne se rappelait-il pas exactement les termes de ce texte qu'on lui avait fourré sous le nez le jour où l'on avait réquisitionné le bureau de son père pour les besoins de l'État, mais le sens était bien celui-là. Une famille avait plus de droits qu'un simple individu, fût-il lui-même membre d'une famille. Une famille avait plus de meubles et d'autres droits. En conséquence Nadejda et lui étaient à présent mieux protégés des vicissitudes de la vie. Même si leurs emplois les exemptaient déjà des réquisitions et des corvées. Car déjà par leurs fonctions, ils contribuaient à bâtir une vie nouvelle dont on ne percevait pas encore toute l'ampleur.

Ils partagèrent à parts égales la viande qu'ils n'avaient pas mangée, et abandonnèrent à Mitri le reste de vodka, ainsi que la bouteille de clairet entamée.

À l'extérieur de la chapelle dépourvue de fenêtre, la nuit était déjà tombée. C'est pourquoi au moment de quitter ce lieu hospitalier, il se produisit un flottement.

Lioudmila Nikanorovna eut peur de s'aventurer dans l'obscurité. On entendait non loin une meute de chiens aboyer. Mitri, sans y réfléchir à deux fois, alla derrière l'iconostase chercher un revolver et tira quatre fois en direction des aboiements. Le silence se fit.

« Allez-y, tous ceux qui pouvaient être là sont partis se planquer pour une demi-heure. Et les chiens ont sûrement détalé eux aussi. Ce sont des bêtes intelligentes, ils savent ce qu'est une balle.

– Mais comment faire dans le noir ? » demanda Trofim Sigismundovitch d'une voix guère plus assurée.

Mitri s'éloigna et revint avec des cierges allumés. Il en remit un à chacun, puis, résolument cette fois-ci, les poussa des deux mains sur le perron.

On entendit le verrou de bois grincer contre la porte refermée.

Cierge à la main, ils reprirent en file indienne le chemin de la ville. Les flaques d'eau, apparemment, avaient séché au cours de la journée. Le sol sous leurs pieds n'émettait ni clapotis ni autre bruit de succion.

Au matin, Samson fut le premier à se réveiller. Nadejda, exténuée par la nuit de noces, sommeillait encore paisiblement. Son visage tout rond, une joue enfoncée dans l'oreiller moelleux, exprimait une joie tranquille.

Laissant un mot avec la promesse d'être de retour à huit heures, le jeune homme sortit de la maison et chercha des yeux un fiacre. Mais la ville dormait encore, seuls de vagues bruits éloignés volaient au gré du vent au-dessus des toits.

Il marcha jusqu'au Marché juif et là, devant les bains de la place de Galicie, il aperçut un briska dont le cocher, un homme corpulent, somnolait sur son siège. Il le secoua par la longue manche de son pardessus. L'autre tressaillit et se réveilla.

« Où va-t-on ? demanda-t-il.

– Au cimetière de Chtchekavitsa. »

Les sabots du cheval résonnèrent bientôt sur la chaussée déserte, par les rues assoupies. Leur martèlement s'élevait dans les airs, s'ajoutait à la rumeur d'ensemble de la ville.

À un moment, Samson crut que le cocher dormait. Celui-ci était assis pesamment devant lui, la tête inclinée sur l'épaule. Mais où les conduisait le cheval si son maître avait fermé les yeux ? Samson scruta les parages. Les réverbères étaient éteints, mais la grisaille de l'aube dévoilait déjà les bâtiments et les angles de rues. Non, le fiacre l'emmenait dans la bonne direction, par la rue Dmitrov. Il remonterait ensuite la rue du Monastère jusqu'au Ravin des Saxons, après quoi le cimetière ne serait plus qu'à deux pas.

Samson n'eut pas conscience de sombrer lui aussi dans le sommeil. Le claquement des sabots se fit d'un coup plus discret. D'autres bruits s'élevèrent qui n'appartenaient pas à ce monde. Des oiseaux inconnus se mirent à chanter, de hautes herbes bruissaient devant ses yeux clos comme si, redevenu enfant, il se glissait à travers d'épais fourrés en quête de la solution d'un mystère encore ignoré de lui. Il sentit un goût de sucre sur ses lèvres, puis à ce goût s'ajouta celui du ratafia à l'écorce de chêne, aussitôt accompagné de l'odeur qui flotte dans une cave après qu'on a ôté le couvercle de bois du tonnelet où marinent les concombres. À ce moment, plus proche que les chants d'oiseaux, la voix de sa mère retentit : « Samson ! Mon chéri ! Dachounia a préparé de la *mazounia* ! Viens te faire des tartines ! » Et Samson comprit alors qu'ils étaient à la datcha, à Vassilkov. Et que cette végétation touffue était celle de la partie du jardin la plus sauvage, la plus négligée, où personne à part lui ne s'aventurait. Il y avait là une énorme fourmilière, des orties, d'immenses feuilles de raifort… Dans un instant Dachounia, leur bonne, viendrait le sortir de là sur ordre de sa mère. Elle lui laverait les mains et l'installerait à table pour boire du thé accompagné de douceurs. Une tranche de pain de froment bien moelleuse qu'il devrait tartiner lui-même de *mazounia*. Impossible de prétendre que cette rustique gourmandise ne lui plaisait pas ! Elle était délicieuse. Elle se préparait avec de la farine de radis additionnée de miel, de sirop d'amidon et de noix de muscade. À dire vrai, seuls les riches y ajoutaient de la noix de muscade, les paysans n'en avaient jamais entendu parler. Mais Dachounia en mettait. Car lorsqu'une paysanne entre au service de gens instruits, elle s'instruit à son tour, elle leur emprunte des recettes qu'elle interprète à sa façon, et ses propres recettes de village, elle les modifie pour qu'elles soient aussi au goût de ses maîtres. Ainsi la *mazounia*, une fois réinterprétée, devenait-elle extrêmement comestible. Savoureuse et nourrissante. On pouvait même s'en faire un repas ! Samson se pourlécha les lèvres en rêve.

Sa main cependant s'inquiéta, se glissa dans la poche intérieure de sa veste pour vérifier qu'il avait bien pensé à prendre les photos qu'il devait offrir à ses parents. La sienne et celle de Nadejda, toutes deux dédicacées à ses chers père, mère et sœur défunts. Quand elle en eut palpé le bord supérieur, sa main s'apaisa et retourna se poser sur le siège rembourré. Et tandis que le fiacre poursuivait sa route vers le cimetière, Samson retourna à son rêve doux et charmant, d'enfance et de vacances. Mais à mesure que la voiture approchait du but, au chant des oiseaux s'ajoutait à présent le croassement matinal des corneilles, alerte et affamé.

« Eh, citoyen ! On est arrivés ! lui dit le cocher en le secouant par l'épaule. Payez-moi ! »

La course une fois réglée, le briska s'éloigna dans un paisible claquement de sabots, puis tourna dans la première ruelle et disparut.

Samson, encore un peu perdu et endormi, s'en fut du côté de la tombe de ses parents, jusqu'au moment où son pied heurta un objet mou. Il s'arrêta net, comme pétrifié. L'idée saugrenue lui vint qu'il venait de buter contre un cadavre, puisque aussi bien il marchait dans un cimetière. Il eut peur de baisser les yeux. Mais il entendit alors comme un chuintement furieux de bête tandis qu'une ombre se détachait du sol et filait à l'écart. Le temps de braquer son regard hésitant dans la direction du bruit, il ne perçut qu'une flamme pareille à une queue de renard. Il s'accroupit. Examina le sol humide de rosée, les feuilles mortes de l'an passé à travers lesquelles perçait l'herbe fraîche. Il eut envie de caresser celle-ci, de la consoler, car somme toute elle poussait là, ses racines nourries par la mort d'autres êtres.

Il tendit la main vers un brin d'herbe, le cueillit. Le porta à ses yeux. Il ne se distinguait en rien d'un autre brin, qu'il fût d'ici, ou d'un ravin, ou d'un champ. Il le glissa dans sa bouche, le mâchonna, attentif à la saveur qu'il laissait sur sa langue, essayant d'y déceler quelque arrière-goût de mort. Mais non, rien de tel, aucun goût particulier, rien que de très fade et ordinaire.

Il se rappela un épisode de son enfance, au Bois des Cadets, où il avait mangé de l'herbe à la suite d'un pari avec des amis. Chacun en avait arraché une touffe et avait parié être le premier à manger la sienne. Non pas à l'avaler, mais bien la manger, la mâcher. C'était lui qui avait perdu, car il avait mastiqué longuement, le goût de l'herbe lui avait paru intéressant, il avait eu envie de le garder longtemps dans sa bouche pour mieux le comprendre. Il avait conclu ce jour-là que tout ce qui poussait sur terre portait en lui le goût de la terre justement, auquel s'ajoutait le sien, en plus ou moins grande proportion. La pomme de terre y ajoutait fort peu, mais la pomme beaucoup.

Une grosse corneille kievienne croassa au-dessus de sa tête. Samson leva les yeux, scruta la frondaison d'un vieux chêne. L'oiseau poussa un nouveau cri.

Samson se redressa. Il secoua ses jambes de pantalon, s'examina – était-il présentable? C'était à ses parents qu'il allait rendre visite. Des hôtes dont l'adresse resterait désormais immuable et inaccessible à la poste ordinaire.

« Ils ont froid », songea-t-il. Il jeta un coup d'œil sur sa droite: s'y dressait une croix de bois de vieux-croyants, peinte en bleu et surmontée d'un toit. À l'intersection des branches, une petite icône de papier, et au-dessous une plaque avec un nom effacé. « Voilà comment le temps gomme la présence des hommes, se dit-il. C'est pourquoi les riches veulent voir le nom de leurs défunts gravé dans la pierre, plutôt que tracé au pinceau sur du bois. »

Il poussa un soupir et poursuivit son chemin, contournant les clôtures et les tombes à l'abandon. Enfin il parvint à la partie du cimetière la plus chère à son cœur. Il s'accroupit de nouveau, cette fois-ci devant une sépulture.

« Je viens vous présenter ma femme et demander votre bénédiction », murmura-t-il, les yeux fixés sur le long monticule légèrement affaissé que l'herbe n'avait pas encore recouvert.

Il sortit les photos et en lut les dédicaces à haute voix pour qu'ils pussent l'entendre en bas si sa voix leur parvenait. Après quoi il tira de sa poche une feuille de journal et en enveloppa les deux portraits face contre face, pour les protéger ainsi le plus longtemps possible des forces destructrices de la nature souterraine. Il plongea la main dans la terre et parvint à l'y enfoncer jusqu'au poignet en dépit de la résistance qu'elle offrait. Il insista, progressant encore d'un ou deux pouces, puis la retira et, dans la fente ainsi ménagée, inséra l'offrande destinée à ses parents. Il l'y poussa entièrement, puis lissa la surface du sol et l'égalisa de la paume.

« Êtes-vous à l'abri de l'eau là-bas ? demanda-t-il dans un chuchotement. Il y a eu beaucoup de neige, puis il a plu. »

Comme il soufflait ces mots, il sentit quelques gouttes tomber dans son cou. Il regarda le ciel. Non, le ciel était bleu, sans un nuage, illuminé de soleil, bien que celui-ci fût encore invisible d'où il se trouvait. Bientôt l'astre s'élèverait, réchaufferait l'atmosphère, sécherait la rosée. Et la tombe avec elle.

« Vous me manquez », murmura-t-il encore.

Il s'absorba dans ses pensées. Regarda le ciel à nouveau, pensa à Dieu. Au fait que si Dieu existait dans la tête des hommes c'était parce que ceux-ci étaient irresponsables. Il répondait, lui, de tout ; de là venait que sa présence était nécessaire. Pour les uns, il existait, pour d'autres peut-être oui, peut-être non, pour d'autres encore il n'était et n'avait jamais été qu'invention. Mais le mot, lui, existait, n'est-ce pas ? Or derrière chaque mot se cachait soit un objet soit une idée…

Un souffle de vent glacé parut se lever de la terre humide et le frappa au visage. Quelque chose passa au-dessus de sa tête, sans doute un oiseau. Mais le cerveau de Samson prit peur. Levant les yeux, il tomba sur le flanc, une main tendue devant lui pour se protéger. Il avait cru voir un sabre fendre l'air à deux doigts de son crâne, un inconnu tenter à nouveau de le tuer, comme en mars.

Il lui fallut deux ou trois minutes pour se calmer, le souffle court et oppressé, les yeux clos, se rappelant les terribles instants où son père était resté gisant, chaussé de ses bottines bleues importées d'Angleterre, bottines dont il avait constaté la disparation quand il était revenu avec le docteur Vatroukhine sur les lieux du massacre commis par les cosaques.

Peu à peu Samson recouvra la paix que seul un cimetière peut offrir. Il se redressa, demeura encore un moment immobile, puis essuya sa main contre l'écorce d'un tilleul qui poussait là, à quelques pas de la tombe, s'inclina pour prendre congé de sa famille et se dirigea vers la sortie.

Sa main salie de terre était encore empreinte de la froideur matinale des lieux. Il aurait aimé la laver à l'eau chaude. Mais où ?

La rue de Loukianovka était déserte et silencieuse. Il marcha jusqu'au Ravin des Saxons, jusqu'à la rue Saline, puis tourna dans la rue du Monastère. Les corneilles croassaient toujours dans son dos, mais il les entendait moins, car les grands chênes centenaires étaient déjà loin derrière lui, par ici les arbres étaient moins hauts et plus jeunes. Du goût seulement des moineaux.

Près de la caserne sise en face du monastère de l'Intercession, Samson aperçut un chariot. Son conducteur était en train d'en régler le harnais. Samson lui promit, outre de l'argent, un quart de livre de porc fumé – un bon morceau sur une tranche de pain. Il sauta sur le hayon rabattu. Le foin était accueillant, mais le chariot guère confortable, sans suspension au contraire d'un briska, n'étant pas destiné à rouler vite. L'attelage s'ébranla. Rapidement Samson éprouva l'inconfort de n'avoir rien où appuyer son dos. Il remonta ses jambes et s'allongea. Le ciel gris-bleu du matin, légèrement doré de soleil, flottait au-dessus de lui. À nouveau il se sentit enfant. Les murs et les toits des maisons s'éloignèrent.

« Eh bien voilà, c'est le début d'une nouvelle vie ! » songea-t-il et bizarrement le visage du docteur Vatroukhine lui revint en mémoire.

Il prit alors conscience que le médecin ne savait encore rien du changement survenu dans leur relation, à Nadejda et lui.

Chapitre 27

Ce matin-là, Samson marchait vers le commissariat d'un pas lourd et assuré. Il avait la sensation d'avoir pris du poids depuis son « anti-mariage ». Peut-être le phénomène était-il dû à un mélange d'émotions positives et d'inquiétude pour l'avenir. Ou encore à une tasse de thé de trop. Au cours du petit déjeuner, en effet, Nadejda et lui avaient annoncé au docteur Vatroukhine, au visage encore froissé de sommeil, qu'ils étaient à présent mari et femme. Le docteur, pris au dépourvu, avait d'abord esquissé un geste d'impuissance, en s'excusant d'être venu s'attabler sans rien avoir à offrir, puis avait bondi de sa chaise et couru au bureau. Il en était revenu avec un sourire et un objet brillant dans la main. « Tenez, avait-il dit. Je vous souhaite bonheur et longue descendance ! » Sur quoi il avait remis à Samson d'étranges ciseaux d'acier, aux allures de pincette. « C'est Vera Ignatievna Getroitz qui me l'a offerte de manière ironique un jour où nous débattions, elle et moi, de la révolution. Elle avait cru, je ne sais pourquoi, que j'approuvais ce soulèvement sanglant. Pareil cadeau sera bien mieux entre vos mains ! » « Mais qu'est-ce donc ? » avait demandé Samson en examinant l'objet. « Une pince pour cordon ombilical », avait expliqué Vatroukhine en affichant un nouveau sourire, cette fois-ci quelque peu entendu. Confuse et embarrassée, Nadejda s'était éclipsée à la cuisine sous prétexte de confiture, tandis que Samson se forçait à témoigner sa reconnaissance au médecin en remplissant leurs deux tasses de thé. Pour la troisième fois.

Et voilà qu'à présent il portait en lui cette singulière impression de pesanteur. L'esprit pourtant alerte et l'humeur joyeuse, mais incapable de s'en expliquer clairement la nature.

En arrivant devant le commissariat, il repéra une jeune fille à l'allure familière campée à une dizaine de pas du perron. Il reconnut en elle la fille de Briskine, Sofia. Cette fois encore, elle tenait à la main un paquet. Inutile de lui demander ce qu'il contenait.

« C'est pour ton père ? »

Elle acquiesça.

« Donne-le-moi, je le lui remettrai et je veillerai à ce qu'on ne le lui prenne pas. »

Docile, elle lui tendit le paquet, puis le regarda d'un air suppliant.

« Tu ne le verras pas aujourd'hui. Ça ne sera pas possible, dit Samson, comprenant ce qu'elle attendait de lui.

Demain peut-être. Je dois m'absenter ce matin pour une affaire. »

Il s'abstint de lui dire que cette affaire concernait toujours son père. Il le pensa seulement.

« Allez, rentre chez toi. Ce n'est pas le meilleur endroit ici pour stationner. »

Et comme, à ces mots, elle regardait autour d'elle, il remarqua à son tour qu'une dizaine d'autres personnes se tenaient là, non loin, sans bouger, elles aussi avec des paquets, la mine désemparée, l'air d'attendre ou de chercher des yeux quelqu'un. Comme si elles avaient réussi déjà à transmettre leurs requêtes et espéraient à présent les voir exaucées.

Et en effet, un soldat sortit alors du commissariat, repéra une jeune femme vêtue de gris et coiffée d'un fichu, s'en approcha, lui prit son paquet, puis retourna dans le bâtiment.

« Ah ! voilà... » pensa Samson.

Une fois à l'intérieur, il ordonna au planton d'amener Briskine à la chambre d'interrogatoire. Lui-même s'y rendit. Le local était libre, mais sur le sol, à côté du tabouret enchaîné, luisait une tache de sang à moitié séché. Aussitôt il en perçut le goût sur sa langue, comme si c'était à lui qu'on avait fendu la lèvre.

Il s'assit derrière la table. De là, la tache n'était pas visible et ne pouvait donc lui inspirer aucune pensée.

Le planton poussa Briskine dans la pièce un peu trop brutalement. Samson lui jeta un coup d'œil et comprit que le soldat n'avait pas non plus la vie douce : son visage était bleuâtre, comme après une cuite ou un passage à tabac.

« Restez derrière la porte ! » lui commanda Samson, et il songea qu'à présent il avait moins de mal à donner des ordres simples comme celui-ci, il se sentait plus assuré.

Demeuré seul avec le prisonnier, il lui remit son paquet. Briskine, soudain fébrile, l'ouvrit sur ses genoux. Y ayant trouvé deux œufs, il sourit, et à cause de ce mince sourire insignifiant, Samson découvrit un changement dans son visage : un trou béait dans sa rangée de dents supérieures, il en manquait une.

Briskine, les doigts tremblants, avait déjà écalé un des œufs, il le mangea rapidement, puis il s'attaqua au second. Celui-ci passa moins bien. Samson le comprit au regard plaintif que lui adressait le détenu. Il cria pour appeler le soldat et quand celui-ci parut, il lui ordonna d'aller trouver Vassyl et de rapporter une tasse de thé.

Briskine vida la tasse d'un trait.

« Comment va-t-elle ? demanda-t-il en essuyant ses lèvres de sa manche.

– Votre fille ? » dit Samson, mais sans attendre la réponse il poursuivit : « Vous lui manquez, bien sûr ! Peut-être la verrez-vous dans quelques jours.

– Je vais donc rester ici encore longtemps ? »

Samson secoua la tête.

« Nous allons bientôt rédiger le verdict. Il ne reste que votre Choura à interroger.

– Elle ne sera pas inquiétée ? s'effraya le détenu.

– J'espère que non.

– Puisse votre espoir monter jusqu'aux oreilles de Dieu ! comme dit un adage », soupira Briskine.

Samson lui jeta un regard d'incompréhension. Il avait cru entendre « Nadejda », bien que la phrase n'eût aucun rapport avec elle.

Briskine, quant à lui, regardait par terre. Il fixa soudain la tache de sang. Tressaillit. Secoua la tête.

« Pourriez-vous satisfaire à une requête ? demanda-t-il avant de lever les yeux sur Samson.

– Laquelle ?

– Celle de conduire ma petite Sofia chez Choura. Elle ne pourra pas survivre seule à la maison. Dieu veuille que nul bandit n'apprenne qu'il n'y a personne là-bas pour veiller sur elle. Choura est au courant de son existence, elle la prendra chez elle. Et Sofia y sera mieux nourrie.

– D'accord, répondit Samson, je le ferai. Mais seulement après avoir bouclé l'enquête. Avant, c'est totalement impossible.

– Je comprends. En ce cas accélérez les choses ! C'est dur ici pour moi. Tenez, hier soir on m'a frappé.

– Qui ? Pourquoi ?

– Bah, des types comme moi, des margoulins. Ils ne sont que trois. Je leur dis : "Comment pouvez-vous approuver ces nouveaux règlements, c'est à cause d'eux qu'on vous a coffrés ici." Et eux, alors, qui me traitent de contre-révolutionnaire et me cognent dessus ! Ils étaient ivres, bien sûr. L'un s'était procuré de la gnôle par l'intermédiaire d'un soldat. Ils m'en ont proposé, mais je ne peux pas en boire. Ma santé me l'interdit. J'ai refusé.

– C'est sans doute pour ça qu'ils vous ont malmené, dit Samson.

– Non, c'est à cause de la politique.

– Mais donc, vous êtes contre les nouveaux règlements ? » demanda Samson d'un ton tranquille.

Briskine resta muet un moment, se mâchonnant les lèvres, réfléchissant.

« Non, je suis pour, bien sûr, répondit-il enfin. Mais toute nouvelle règle nécessite du temps pour que les gens s'y habituent. Du temps et des explications… Et puis, il est bon d'en informer quelques mois à l'avance, pas du jour au lendemain ! »

Samson opina du chef.

« C'est bon ! Vous pouvez y aller ! »

Samson se leva, appela le soldat et lui donna ordre de ramener le prisonnier à la salle de détention.

Lui-même monta au premier étage. Avant de gagner son bureau, il passa chez Naïden.

« Camarade commissaire, je peux vous faire mon rapport ? demanda-t-il, bien qu'il eût noté que son chef était occupé à lire des documents manuscrits.

– Vas-y ! lui dit l'autre, se détachant de sa lecture.

– Nadejda et moi nous sommes mariés !

– Félicitations ! Un pas dans la bonne direction ! » Une lueur bienveillante s'était allumée dans les yeux du milicien. « Et quoi d'autre ?

– Je voulais vous demander… Dois-je me procurer un papier qui le certifie ?

– Je vais t'en délivrer un. Rien de plus simple ! On lui donnera même un coup de tampon ! Je dirai à Vassyl qu'il le prépare. Moi, regarde… » Il désigna les procès-verbaux étalés sur son bureau. « Je suis devant un vrai casse-tête. De nouveau des cambriolages bizarres : on prend l'argent métal, on délaisse les autres valeurs. La Laure des Grottes a été pillée ainsi que huit appartements. Tu as traité une affaire semblable… »

Samson hocha la tête. Il songea à Jacobson, se rappela l'atelier du tailleur allemand, rue du Bassin, et l'échange de coups de feu avec le Belge aussi inquiétant que naïf.

« J'en aurai le cœur net ! promit-il à Naïden.

– De quoi auras-tu le cœur net ?

– Eh bien, Jacobson est en prison, n'est-ce pas ? On peut l'interroger. Peut-être nous apprendra-t-il quelque chose ?

– Jacobson ? Celui qui chargeait des soldats de l'Armée rouge de voler de l'argent pour lui ? Très bien, interroge-le ! »

Une fois installé à son bureau, Samson se remémora sa récente expédition aux bains de la place de Galicie, la silhouette de Jacobson qu'il avait cru entrevoir dans le brouillard de l'étuve. Mais si Jacobson était en prison, il ne pouvait aller prendre un bain de vapeur. Par conséquent ce n'était pas lui qu'il avait vu.

Il laissa son étui de revolver sur la chaise, sortit dans le couloir et héla Vassyl.

« Ah ! fit celui-ci en entrant dans la pièce, Naïden vient de m'annoncer la nouvelle, je vais préparer le document.

– Ce n'est pas de ça que je voulais parler. Il faudrait téléphoner à la forteresse de Loukianovka, prévenir que je vais venir interroger un détenu, Jacobson.

– C'est un téléphonogramme dont il est besoin, ce genre de chose est ensuite conservé dans le dossier.

– Et comment l'envoyer ?

– Rédige ton message en termes brefs et signe. J'appellerai et je le leur lirai. Ils prépareront leur réponse, puis rappelleront pour nous la communiquer. Je la noterai, tu apposeras ta signature et nous ajouterons la pièce au dossier. »

Samson écrivit sur-le-champ le texte du téléphonogramme. Il n'attendit pas que l'encre fût sèche pour le remettre à Vassyl.

Trois minutes ne s'étaient pas écoulées après le départ de celui-ci, que la porte s'ouvrit sans qu'on y eût frappé, livrant passage à un Kholodny accoutré, au lieu de son uniforme, d'un pantalon gris informe et d'une chemise à la Tolstoï d'un bleu délavé. Ayant surpris le regard interloqué de son camarade, il poussa un profond soupir et afficha une mine coupable. Sans changer d'expression ni quitter Samson des yeux, il alla s'asseoir à sa table.

« La poisse ! dit-il d'un ton meurtri. On m'a couvert d'ordure au sens littéral du mot. J'aurais dû marcher au milieu de la chaussée.

– Que s'est-il passé ? demanda Samson, voyant en outre que Serguy avait les cheveux trempés, collés au crâne.

– C'est que depuis les fusillades de mars, j'ai pris l'habitude de raser les murs, pour plonger par terre au pied d'un bâtiment en cas de danger. Dieu protège les prudents ! Ce matin, je remontais la rue Karavaïev pour venir ici, quand on m'a balancé sur la tête un baquet d'eaux grasses du haut du premier étage. Sur la tête, et sur les épaules ! Ma vareuse s'est tout de suite imprégnée de la puanteur, et mon crâne n'a pas été épargné non plus. Que faire dans un tel état ? J'ai dû retourner chez moi. Je suis allé remplir un seau à la fontaine et je me suis lavé à l'eau glacée. On aurait été dimanche, j'aurais filé tout droit aux bains, mais là ? J'ai dû me débrouiller tout seul. Tu vois, je me suis resapé avec ce que j'ai trouvé…

– Je compatis, dit Samson avec sincérité. Mais impossible d'aller en mission comme ça. Et ton arme ?

– Je l'ai laissée chez moi. Si j'ajoute à cette tenue le ceinturon et l'étui de revolver, je suis bon pour la Tchéka.

– C'est certain, convint Samson. Viens, tu vas faire ton rapport à Naïden. Seulement ne le fiche pas en colère en lui disant la vérité. Dis-lui que ce sont des ennemis qui t'ont inondé d'eau sale, uniquement parce que tu portais un uniforme de milicien, conseilla Samson.

– D'accord, acquiesça Kholodny après un court silence. C'est peut-être bien pour ça d'ailleurs… ajouta-t-il, pensif. Je me rappelle quelle fenêtre c'était. Ils vont me voir revenir, les salauds !

– Quand tu parleras avec Naïden, promets-lui que nous aurons bouclé cette affaire de viande demain. Moi, je pensais y réussir aujourd'hui…

– Eh bien, excuse-moi, je ne pouvais pas prévoir !

– Je sais bien. Fais gaffe qu'il ne se mette pas en colère, ne dis rien de trop. Demain, dernier interrogatoire et point barre ! Ton uniforme sera sec demain matin ?

– Sûrement ! Je l'ai pendu à la fenêtre, au soleil.

– On ne risque pas de te le voler ?

– Premier étage. Aucune chance. »

Kholodny fronça les sourcils en voyant Samson préoccupé. Lui aussi semblait gagné par l'inquiétude à présent.

« J'y ferai peut-être un saut plus tard, pour le mettre à l'abri », déclara-t-il en se levant.

La porte se referma derrière lui. Désireux de se concentrer sur l'affaire du trafic de viande et son prochain achèvement, Samson ouvrit le dossier devant lui, mais pile à ce moment Kholodny réapparut dans le bureau.

« Je ne peux pas, murmura-t-il. Comment faire dans pareille tenue ? Même le planton de service en bas ne m'a pas reconnu, il ne voulait pas me laisser entrer ! Et mon attestation a pris l'eau, elle aussi, elle était dans la poche de ma vareuse, je l'ai laissée à sécher sur la table, avec une tasse posée dessus pour qu'elle ne s'envole pas en cas de coup de vent. Tu ne veux pas lui dire, toi ? »

Samson n'avait guère envie de déranger à nouveau son chef, mais il dut s'y résigner.

Il alla trouver Naïden et lui raconta la mésaventure de Kholodny.

« Mais alors quand allez-vous en finir avec la viande ? s'exclama l'autre presque en un cri, mais sans colère, avec une sorte de désespoir dans la voix.

– Demain ! Demain sans faute ! On se réunit le soir pour le verdict, promit Samson.

– Encore heureux qu'il n'y ait plus de tribunaux, dit Naïden en secouant la tête. Qu'on puisse rendre justice nous-mêmes. Autrement, on n'aurait plus qu'à éteindre les bougies et aller se coucher. Et les bandits et les spéculateurs auraient le champ libre. »

Quand Samson revint dans son bureau, Kholodny n'y était plus. Le soleil brillait à la fenêtre, ses rayons tombaient pile sur sa table de travail. Celle de Kholodny n'était pas de si belle facture, mais il ne l'avait héritée de personne, et elle avait été visiblement réquisitionnée non dans la maison d'un professeur, mais chez quelque petit fonctionnaire. Sur elle, pas de dossiers remplis de paperasse, pas d'encrier. Seul s'y trouvait un livre à la couverture sombre, et encore traînait-il tout au bord. Samson n'y avait encore jamais prêté attention, mais cette fois il eut envie de le prendre dans ses mains. Il l'ouvrit et resta médusé : Kholodny savait donc lire l'anglais ? Le livre s'intitulait *The Wisdom of Father Brown*, de Gilbert Keith Chesterton. Avant la révolution, Chesterton était à la mode. Les revues de salon comme *La Moisson* ou *Les Loisirs* l'adoraient, elles publiaient tantôt sa photo, tantôt un article à son sujet. C'est que l'écrivain se prêtait à la caricature avec ses presque sept pieds de haut, et son poids allant jusqu'à trois cents livres. Une montagne, pas un homme !

À sa grande joie, Samson constata qu'il n'avait pas oublié l'anglais et pouvait tout à fait lire ce livre sans prétention. « Est-il possible qu'on enseigne l'anglais aux prêtres ? se demanda-t-il. Chez eux, l'essentiel c'est plutôt le latin et le grec ancien… »

Il feuilleta le recueil, colla son doigt sur la première page d'un nouveau récit : *The Paradise of Thieves*. « Le

Paradis des voleurs», traduisit-il dans sa tête, et un sourire illumina son visage. Il venait de deviner pourquoi Kholodny gardait cet ouvrage sur son bureau. S'il en avait fait son livre de chevet, c'était parce qu'il se voyait lui-même en Père Brown ! Celui-ci aussi, tout en étant serviteur du culte, consacrait son temps libre à la résolution de mystères criminels. Kholodny avait beau affirmer ne pas croire en Dieu, il portait une croix sur lui en cachette et suivait la même voie : il voulait combattre le crime !

Samson ne put se retenir de rire, mais une crainte l'arrêta net. Il se dit que si on l'entendait à travers la porte du couloir, on ne comprendrait pas. Surtout si c'était Naïden qui passait par là.

Pour recouvrer son sérieux, il abandonna le livre sur le bureau de Kholodny, fronça les sourcils et s'approcha du schéma de découpe de carcasse. Il l'embrassa du regard. Et de fait, il se sentit à cet instant pleinement responsable de cette affaire de viande, et même nerveux qu'on l'eût laissée traîner autant en longueur.

Un coup fut frappé à la porte.

« Tu ne veux pas du thé ? » lui demanda Vassyl en entrant, mais c'était une feuille de papier qu'il tenait à la main, pas une tasse.

« Non, merci.

– Le téléphonogramme est arrivé. »

Nous confirmons par la présente que le prisonnier Jacobson a été élargi de la forteresse de Loukianovka sur courrier et intervention du consul de Belgique, lut Samson.

Il leva un regard incrédule sur Vassyl, occupé à vérifier du bout de l'index si le dessous de sa moustache était correctement taillé.

« Comment ça ? Les consuls étrangers ont le droit de faire libérer nos détenus ? demanda-t-il, étonné.

– Nous aimerions que les autres gouvernements reconnaissent notre État, expliqua Vassyl. Voilà pourquoi, j'imagine, on prête l'oreille à leurs représentants. Et puis ce n'est pas un meurtrier, juste un petit escroc sans envergure.

– Sans envergure, c'est à voir», rétorqua Samson, pour aussitôt ajouter: «Qui sait ce dont il est capable? Un cœur étranger est un abîme! Seulement comment le retrouver maintenant?

– Bah, il est forcément en ville, où pourrait-il aller? Partout en dehors c'est la guerre, les bandes de brigands et les atamans. S'il faut vraiment le retrouver, adressez-vous à la Tchéka, ils auront tôt fait de lui mettre la main dessus», conseilla Vassyl.

Samson secoua la tête.

«S'ils lui mettent la main dessus, nous sommes sûrs de ne plus le revoir... Bon, je boirais bien du thé en fin de compte!

– À la bonne heure! s'exclama Vassyl avec un sourire. Pour l'accompagner, le boulanger arménien nous a apporté aujourd'hui des *boubliki* au lard. Il sait avec quoi on peut nous amadouer. Il croit que nous le protégeons des bandits!»

Chapitre 28

Samson quitta son lieu de travail ce soir-là en catimini. Il ne tenait pas à tomber sur Naïden. Celui-ci l'aurait forcément questionné sur l'affaire du trafic de viande. Or que pouvait-il lui répondre? Que les eaux puantes déversées sur Kholodny les avaient empêchés de conclure?

Rue Jilianskaïa, à deux pâtés de maisons de chez lui, Samson remarqua un attroupement animé. Juste au carrefour. Un briska avait heurté un chariot chargé de sacs et s'était retourné. Le cocher, barbu bien qu'assez jeune, vêtu d'un large pantalon noir et d'une longue blouse tatare déchirée, serrée par une ceinture en corde, était en train d'injurier le propriétaire du chariot, visiblement mort de peur, un paysan, pantalon de grosse toile froissé, épaisse chemise à encolure brodée, cheveux coupés au bol et moustaches tombant jusqu'au menton. Son chargement devait être bien lourd pour que le chariot eût tenu bon, et le fiacre non. La foule des badauds écoutait les obscénités hurlées par le cocher, mais Samson comprit que celui-ci était à bout de souffle et ne tarderait pas à se taire.

« Eh ! Voilà la milice ! » cria quelqu'un, et dix paires d'yeux se braquèrent sur Samson, le contraignant à s'arrêter.

« Camarade milicien ! lui lança le cocher. Putain, mais viens ici ! Arrête ce gus ! »

Samson grimaça, il n'avait aucune envie de se mêler de l'affaire. Mais l'uniforme et l'étui de revolver l'y obligeaient. Il ne pouvait tout bonnement pas s'éloigner. Il s'approcha à contrecœur.

« Je ne suis pas à la circulation, se força-t-il à prononcer le plus clairement possible. Je suis à la criminelle. »

Ces mots produisirent sur le cocher une singulière impression. À présent son visage exprimait l'effroi et ses grosses lèvres tremblotaient sans bruit, comme s'il y roulait des mots sans pouvoir les prononcer.

« Il m'a promis de me tuer, le salaud ! s'insurgea en ukrainien le propriétaire du chariot. Je viens de Vassilkov avec un chargement de sel pour la Cospérapp, et j'étais le premier à m'engager sur le carrefour ! »

Les visages, dans la foule, changèrent d'expression. Le doute s'afficha sur certains. Samson comprit qu'avant qu'il intervînt, les badauds étaient du côté du cocher de fiacre, mais qu'ils étaient maintenant en passe de réviser leur opinion. Émus peut-être par le mot magique de « sel », ou par le nom de la redoutable commission spéciale.

« Bien », dit Samson d'une voix résolue, presque tonnante, en tirant de sa poche un crayon et une feuille de papier vierge pliée en quatre. Il portait toujours sur lui l'un et l'autre, depuis quelque temps, en cas de déposition ou d'interrogatoire imprévus. « Noms de famille et adresses ! »

Il posa sur le cocher un regard assez menaçant.

L'homme se mordilla les lèvres, réfléchissant sans doute fiévreusement à la meilleure conduite à adopter en pareille situation. Il considéra le briska couché sur le flanc, puis jeta un coup d'œil mauvais au chariot.

« Pilip Poretchka, c'est comme ça que je m'appelle, soupira-t-il enfin. La remise à gauche dans la cour de la bourgeoise Kataïeva. »

Samson, qui avait commencé à noter, releva son crayon, perplexe :

« Et l'adresse de la bourgeoise Kataïeva ?

– Comment je saurais ? Une baraque verte, à l'angle de la rue de la Prison et de la rue de Korostychev. »

Samson soupira et acheva d'écrire. Il se tourna alors vers le paysan.

« Mala Soltanivka, district de Vassylkiv, Petro Nadmoguilny.

– Et la rue ? Le numéro de la maison ?

– Pour quoi fiche ? Tout le monde me connaît là-bas ! »

Le cocher ricana, l'œil méprisant. Mais soudain son visage se transforma, éclairé par une idée.

« Et s'il me filait un peu de sel, je pourrais ne pas porter plainte contre lui ? demanda-t-il, paupières plissées.

– Comment vous donnerait-il du sel, si le sel appartient à la Cospérapp ? objecta Samson d'un ton sévère.

– Ben non, il lui appartient pas encore, intervint le propriétaire du chariot. Quand ils l'auront reçu et qu'ils auront signé, alors oui ! »

Samson comprit que la proposition du cocher intéressait le paysan. Mais la légalité d'une telle résolution du problème éveillait chez lui des doutes.

« Mais à qui appartient le sel à l'heure présente ? demanda-t-il.

– À l'artel commercial "Union coopérative de Vassilkiv".

– Et que dira alors l'Union coopérative ?

– Qu'est-ce qu'elle dira ? Elle dira rien du tout ! C'est moi qu'en suis le chef. Lisez là ! » Et le propriétaire du chariot de tendre un papier à Samson. « Si je donne deux-trois livres de sel à ce saligaud, il se passera rien !

– Cinq livres, dit le cocher.

– Quatre ! répondit l'autre.

– Topons là ! » déclara le premier, et s'avançant de deux pas, il se campa devant le paysan, main tendue.

Le paysan serra la main du « saligaud ».

« Alors, vous n'avez plus besoin de moi ? demanda Samson.

– Ben non ! » lâcha le cocher avec désinvolture, sans même regarder le milicien.

Au carrefour suivant, Samson surprit une étrange conversation dans le lointain.

« Je vous en supplie ! Ne lui donnez surtout pas l'argent à l'avance. Le mieux serait de convenir que ce sera votre cousin qui le lui remettra quand vous aurez atteint Paris. Dites-lui que vous lui expédierez aussitôt un télégramme, et qu'il lui versera alors son dû.

– Non, il réclame vingt mille tout de suite et ne fera rien sinon, répondit une voix de femme angoissée. Je ne peux pas discuter avec lui, je n'ai pas une telle force d'âme !

– Eh bien, si vous voulez, j'irai lui parler ! »

La voix d'homme parut familière à Samson qui, un instant après, comprit qu'il s'agissait du docteur Vatroukhine. Or s'il l'entendait si bien, c'était que le médecin devait s'être enfermé avec une dame dans le bureau de son père. C'était là, sur une étagère de la bibliothèque, qu'était rangée la boîte en fer-blanc contenant son oreille coupée.

« Il ne faut pas, Nikolaï Nikolaïevitch. C'est dangereux !

– Vous voyez, Natalia Andreïevna, vous dites vous-même que c'est dangereux, et vous courez pourtant dans ce piège. Prenez patience. Bientôt le pouvoir changera, les blancs reviendront, ils remettront de l'ordre, rétabliront les communications. Vous pourrez alors voyager tranquillement jusqu'à Paris.

– J'ai peur! Sincèrement, j'ai peur, Nikolaï Nikolaïevitch. Il me terrorise, il dit que si je ne pars pas maintenant, on va m'arrêter, confisquer ma maison, tout réquisitionner. Mon frère est chez Denikine, comprenez-vous ? Ils le savent.

– Un frère, ce n'est pas un mari, objecta le médecin. Vous n'aurez qu'à leur dire ça, si jamais ils viennent.

– S'ils viennent, je serai paralysée ! Vous connaissez mon cœur. Je ne pourrai pas articuler un mot !

– Allons, il ne faut pas voir la vie de manière si fataliste, dit Vatroukhine pour consoler la dame. Laissez-moi vous prendre dans mes bras. Vous êtes toute tremblante, comme une branche de lilas dans le vent ! »

Le profond soupir émis par la dame permit à Samson de deviner que l'étreinte avait bien eu lieu. Et il se rendit compte alors qu'il venait de s'arrêter en pleine marche pour prêter l'oreille avec attention, et qu'il trouvait à la fois passionnant et troublant d'écouter les conversations des autres. D'ailleurs n'avait-il pas le droit d'espionner ainsi, puisque le médecin avait introduit cette dame dans le bureau de son père sans sa permission ? Or ce bureau pour Samson, c'était le saint des saints, sa chapelle privée. Et c'était sans doute pourquoi il avait glissé son oreille là-bas, dans l'armoire à livres. Elle était somme toute une partie de lui-même, sa propre chair, la fidèle servante de son ouïe.

Comme il approchait de chez lui, il aperçut une dame d'une trentaine d'années vêtue d'une robe noire toute simple, une robe « du peuple », comme en portent habituellement les bonnes, mais à laquelle son visage, au beau et fier profil, ne s'accordait nullement. Elle venait de franchir le seuil de l'immeuble, elle regarda autour d'elle, puis s'en fut à petits pas vifs et nerveux en direction du service des statistiques et du Village de l'exposition.

Durant le dîner, singulièrement généreux grâce à la contribution du docteur au budget de la cuisine, Samson lança maints regards interrogateurs à Vatroukhine mais sans jamais se décider à le questionner sur la dame dont il avait eu la visite.

« Mon ami, lui dit tout à coup Nadejda d'un ton inhabituel, presque officiel.

– Oui, Nadejda, quoi ? »

Des notes de frayeur avaient résonné dans la voix de Samson, comme s'il s'attendait à entendre quelque horrible nouvelle. C'est alors également qu'il remarqua que sa nouvelle épouse portait une tenue plus habillée qu'à l'accoutumée; longue jupe bleue, chemisier jaune à manches bouffantes resserrées aux poignets. Sur le chemisier: une malachite montée en broche.

« Nikolaï Nikolaïevitch a été tellement aimable… Je me suis permis d'accepter son cadeau de noces…

– Quel cadeau? »

Nadejda se leva, s'en fut d'un pas gracieux dans sa chambre et en revint avec deux petits écrins de velours bleu sur sa paume ouverte. Elle tendit l'un à Samson qui en ouvrit le couvercle: sur un lit de velours bordeaux y scintillait une alliance en or.

Samson se tourna vers Vatroukhine.

« Nikolaï Nikolaïevitch! Mais c'est trop cher! lui dit-il, désemparé.

– Mon cher Samson, répondit le médecin en souriant, quand il est question d'un événement qui ne survient qu'une seule fois dans la vie des gens de bien, l'expression "trop cher" devient déplacée. C'est que vous m'êtes chers vous aussi, par votre gentillesse et votre bonté, par votre douceur de cœur toute kiévienne. Acceptez, je vous en prie. C'est l'anneau de Nadejda que vous avez dans les mains. »

Samson comprit ce qu'il devait faire à présent. Cependant son regard tomba sur le blanc de poulet inachevé resté dans son assiette. Il allait refroidir, or il n'avait pas mangé de blanc de poulet depuis bien des mois. Il se leva néanmoins, prit une mine solennelle et posa un regard brûlant sur Nadejda qui se tenait debout à côté de sa chaise.

Ils se passèrent l'un l'autre la bague à l'annulaire. Puis s'embrassèrent sous le regard onctueux et plutôt fier du docteur.

«Vous êtes à présent comme de ma famille, dit Vatroukhine avec sincérité et sympathie. Évitez toutefois de les porter dans la rue, conseilla-t-il. Seulement à la maison ! Ici est votre royaume conjugal. Vous êtes ici dieu et déesse l'un pour l'autre ! »

Ces mots rappelèrent à Samson leur anti-mariage et les paroles de l'anti-prêtre, qui n'avait pas dit autre chose. C'était étrange d'entendre la même idée exprimée par le médecin. Peut-être fréquentait-il lui aussi l'anti-chapelle ou connaissait-il personnellement frère Mitri ?

« Mais vous croyez en Dieu ? lui demanda Samson.

– Jusqu'en 1917, j'y ai cru, répondit Vatroukhine. Mais depuis je doute. Bien qu'il soit là-haut. » Il jeta un regard au lustre. « Il est toujours là et il regarde en bas de temps à autre avec un sourire malin ! Je pense qu'il a laissé exprès notre petit monde échapper à son contrôle pour nous montrer ce qui arrive quand les hommes essaient de s'organiser sans la garde et la miséricorde divines. »

Samson acquiesça à ces propos. Il revint à son blanc de poulet et constata avec plaisir qu'il n'avait pas trop refroidi.

« Mon ami, dit Nadejda, s'adressant de nouveau à son mari. Je voudrais te demander de permettre à Nikolaï Nikolaïevitch de recevoir ses patients dans le bureau de ton cher papa. Ce serait plus correct. Et plus hygiénique également ! Regarde, nous sommes en train de manger ici, alors que Nikolaï Nikolaïevitch a aménagé le coin à côté pour exercer.

– Oui, oui, bien sûr », répondit Samson, d'une voix chagrine. Dire non après un tel cadeau était impossible, mais il ne pouvait s'empêcher d'éprouver du regret à l'idée que Vatroukhine eût désormais permission non seulement d'entrer dans le bureau de son père, mais d'en disposer à sa guise.

« Oui, oui ! » répéta-t-il, comme s'il se résignait, mais sa voix trahissait ses pensées et ses sentiments.

« Oh ! Et une autre bonne nouvelle ! ajouta Nadejda. Nikolaï Nikolaïevitch m'a autorisée à cesser la cure de lait gazéifié. Il a écouté mon cœur et dit que tout était parfait, que j'étais guérie ! »

Samson sourit. Puis il jeta un coup d'œil dans l'angle gauche de la pièce, où Vatroukhine recevait jusqu'à présent ses patients. Il nota que l'affiche montrant les anneaux de Landolt n'y était plus. Le docteur l'avait donc déjà changée de place.

« Il faudra que je récupère l'oreille », se dit-il.

Il porta à sa bouche le dernier morceau de blanc de poulet à l'étuvée. Son goût délicat lui apaisa le cœur et l'esprit.

« Je vais servir le thé ! » déclara Nadejda en se levant de table.

Au cours de la nuit, Samson se réveilla et écouta longuement le silence. À un moment, il se leva et s'en fut sur la pointe des pieds dans le bureau paternel. La lune brillait et sa lumière bleutée inondant le parquet par la fenêtre dépourvue de rideaux créait dans la pièce une atmosphère singulière, presque d'outre-monde. Quatre bouliers traînaient par terre au pied du mur. Samson en fut étonné, il leva les yeux et vit l'échelle de Landolt accrochée à leur place. Il fut surpris de constater que même sous un éclairage si faible et si étrange, il distinguait jusqu'à la dernière rangée d'anneaux, quelle que fût l'orientation de leur brisure.

Il resta un moment immobile, à respirer l'air de la pièce, puis s'approcha de la bibliothèque, prit la boîte en fer-blanc contenant son oreille et s'en retourna à sa chambre. Il se recoucha, glissa la boîte sous son oreiller et la couvrit de sa main.

Le lendemain matin, après le petit déjeuner, il la fourra dans sa serviette en cuir et prit le chemin du commissariat. « Elle sera mieux dans le tiroir de mon père. Au moins, je n'entendrai plus de secrets qui ne me concernent pas. »

Chapitre 29

En arrivant au commissariat, Samson aperçut à nouveau la petite Sofia Briskine. Elle se tenait légèrement à l'écart, le visage tourné vers l'entrée du bâtiment. À la main, comme d'habitude, un paquet. Dans celui-ci, bien entendu, deux œufs durs pour son père. Sur son visage : du désarroi et de l'espoir.

« Eh bien, pourquoi es-tu encore revenue ? » demanda-t-il à la jeune fille, arrivé à sa hauteur.

Elle baissa les yeux. Samson crut qu'elle allait lui tourner le dos et fondre en larmes.

« Allons, je disais ça comme ça ! lui dit-il pour la rassurer. Ne t'ai-je pas promis que tu pourrais voir ton père ? Comment vas-tu ?

– Je ne vais pas, je traîne, murmura-t-elle. Je n'ai rien à faire. J'aurai peut-être de quoi m'occuper à l'automne, quand les dames des datchas commenceront à faire des confitures. Je les ai aidées l'an passé… »

Quand Samson et Sofia entrèrent dans le commissariat et s'engagèrent dans l'escalier pour monter à son bureau, le soldat posté en bas, en attente d'instructions, se rapprocha de la rampe pour essayer de jeter un coup d'œil sous la jupe de la jeune fille. Ladite jupe était longue, dans les tons gris, un strict gilet noir passé pardessus, sans doute maternel, car il était un peu grand. Sur ses épaules, un châle, convenant mieux lui aussi à une femme adulte.

Samson tira Sofia un peu brutalement du côté du mur, pour que les soldats affamés ne la déshabillent pas des yeux. Elle ne comprit même pas ce qui s'était passé. Quant à lui, il eut le temps de lancer à l'indiscret un regard si cassant que l'autre se détourna aussitôt et se pétrifia. Samson se dit alors qu'il pourrait lui confier une mission.

« Eh ! Camarade soldat ! cria-t-il. Briskine à l'interrogatoire ! Et vivement ! »

Sur quoi il redescendit l'escalier avec la jeune fille.

Le soldat amena le prisonnier trois ou quatre minutes plus tard. Briskine paraissait en meilleure forme que la fois précédente. En outre, à la vue de sa fille son visage s'éclaira.

« Bien, toi, assieds-toi ici ! dit Samson à Sofia en lui désignant sa chaise derrière la table. Quant à ton père, il connaît sa place. Je reviens bientôt. »

En sortant, Samson donna l'ordre au soldat de ne laisser sortir personne de la pièce avant son retour. Il donna cet ordre pour la forme, conscient qu'il était dangereux de laisser un soldat sans instruction.

Une fois dans ses quartiers, il sortit la boîte en fer-blanc de sa serviette et la rangea dans le tiroir supérieur gauche de son bureau, au plus profond.

Il réfléchit un instant au dernier interrogatoire prévu ce jour-là, dans le cadre de l'affaire du trafic de viande.

Il se demanda également comment procéder pour en même temps conduire Sofia chez cette Choura. Mais du bruit se fit alors entendre derrière la porte, comme des clameurs.

Il sortit vivement dans le couloir et tomba nez à nez avec Naïden.

« Qu'est-ce qui se passe là en bas, cria Naïden en se penchant sur la rampe.

– On a des Chinois, camarade commissaire ! lui fut-il répondu.

– Quels Chinois encore ? !

– Des rouges, des nôtres, mais ils ont une demande ! répondit la même voix.

– Quelle demande ?

– Impossible à piger ! Ils causent dans leur langue, en chinois !

– Va tirer ça au clair ! » ordonna Naïden à Samson.

Celui-ci dégringola les marches pour constater que les Chinois étaient dans la rue et non dans le bâtiment. En revanche tous les soldats affectés au commissariat étaient massés à l'entrée, comme s'ils se préparaient à le défendre.

« Que disent-ils ? demanda Samson à l'un d'eux.

– Dieu seul le sait, répondit le militaire, un petit homme un peu voûté. Ils ne font que brailler le même mot, et rien de plus.

– Quel mot ?

– Quelque chose comme "chanisson". »

Samson haussa les épaules et se fraya un passage jusqu'au seuil. Juste devant lui se tenaient deux soldats chinois aux visages préoccupés. L'un, en l'apercevant, parut se réjouir.

« San-son ! San-son ! » cria-t-il.

« Quoi, c'est donc moi qu'ils veulent voir ? » se dit Samson, surpris.

Il se rapprocha. Le Chinois tira de la poche de sa vareuse une feuille de papier pliée en quatre qu'il ouvrit. Il la parcourut d'un bref coup d'œil, puis la tendit à Samson.

« *Gei ni de xin ! Gei ni de xin*[1] *!* dit-il, en poussant la feuille pour le forcer à la prendre.

– C'est pour moi ?

– *Gei ni de xin !* » répéta le Chinois, et il désigna à Samson la montre de gousset qu'il tenait dans la main gauche, la secouant pour lui faire entendre que c'était de l'heure qu'il parlait et non de l'objet lui-même.

Samson prit la feuille et posa un regard imbécile sur la forêt d'idéogrammes chinois dont elle était noircie.

« *Shi yao zao dian !* poursuivit l'autre d'un ton nerveux avant de secouer à nouveau sa montre. *Li Yu Yeh yoi ma fan le*[2] *!*

– Li Yu Yeh ? comprit Samson. Mais où est-il ? Où est Li Yu Yeh ? »

Le Chinois secoua négativement la tête en signe d'incompréhension.

« *Shih yao zao dian* », répéta-t-il. Puis il se tourna vers son camarade. « *Wo men zou ba, ma shang jin dian ming le*[3] *!* »

Et après avoir salué Samson d'un hochement de tête, tous deux marchèrent jusqu'à l'angle de la rue Karavaïev puis tournèrent à droite.

Samson regagna son bureau, la lettre chinoise à la main. Il la posa devant lui sur la table, fixa de nouveau les idéogrammes qui pour lui restaient muets.

---

1. Une lettre pour vous. (Mandarin)
2. Il faut faire vite. – Li Yu Yeh est en danger.
3. Allons-y ! C'est bientôt l'appel.

« Il est arrivé quelque chose à Li Yu Yeh, pensa-t-il. Autrement il serait venu lui-même. Mais que s'est-il passé ? Où est-il ? »

La porte s'ouvrit toute grande, et Kholodny entra d'un pas rapide. Il remonta son ceinturon sur son ventre, rectifia la position de l'étui de revolver sur sa hanche.

« Alors, on y va ? demanda-t-il.

– Où ça ?

– Récolter les derniers témoignages. Concernant la viande ! »

Samson considéra son camarade sans rien dire.

« Tu sais lire le chinois, toi ? demanda-t-il enfin d'un ton dubitatif.

– À quoi ça me servirait ? Je lis le slavon d'église, je me rappelle un peu de grec ancien, l'anglais, ça va, mais je n'ai pas une tête à savoir le chinois. J'ai une tête de Slave.

– Oui, je comprends... J'ai là une lettre urgente... en chinois. » Il montra la feuille couverte d'idéogrammes. « Il faudrait pouvoir la lire. Elle vient du camarade Li Yu Yeh, ou bien elle parle de lui...

– Peut-être que Naïden saura ? »

Kholodny considéra le plafond d'un œil pensif, puis son regard se posa sur le schéma de découpe de carcasse.

« Mais il va nous étriper si nous ne bouclons pas cette affaire de viande !

– Bon, tu pourrais y aller tout seul, proposa Samson.

– Comment ça tout seul ? Et si je tombe dans une embuscade ?

– Une embuscade, allons donc ! Il s'agit de cette Choura, à laquelle, semble-t-il, Briskine n'est pas indifférent.

– Non, je ne peux pas tout seul. Il convient de distraire l'attention de la personne interrogée si l'on veut obtenir la vérité. Pour ça, tout seul, je ne suffis pas. Il faut que tu poses une question, puis moi une autre, comme on nous a appris au stage. Après quoi on allume une cigarette... »

Samson grimaça. La partie fumigène de l'interrogatoire ne lui plaisait pas du tout, comme d'ailleurs le tabac en général.

« En ce cas, tu pourrais m'attendre ? dit Samson, qui cherchait déjà une autre issue à la situation. Travaille sur les documents le temps que je dégote un interprète, et puis on y va.

– Bon, si c'est un ordre de ta part, qu'il en soit ainsi. Passe-moi le dossier, je vais le relire. » Sur quoi Kholodny s'installa à son bureau. Samson lui fourra la liasse entre les mains et sortit sur-le-champ.

Il alla trouver Vassyl, enfermé dans son local, occupé à lire le journal.

« Vous ne connaîtriez pas quelqu'un sachant lire le chinois ? lui demanda-t-il.

– C'est un Chinois qu'il te faut, répondit Vassyl en relevant la tête.

– Oui, mais où puis-je en trouver un maintenant ?

– Au marché ! lui conseilla Vassyl. Au Marché juif, il y a de tout. »

Samson s'illumina.

« C'est vrai ! s'exclama-t-il. L'autre jour, il y avait là-bas un Chinois qui m'empêchait d'entendre la chanson de l'accident. "*Tchouerto !*" criait-il. Je me demande bien ce que ça veut dire, "*Tchouerto*"...

– Eh bien, tu le lui demanderas.

– Merci ! Je vous dois un pain d'épice. Je vais voir si j'en trouve !

– Garde-le ton pain d'épice ! répondit Vassyl avec un sourire. Rapporte-moi plutôt des pirojki, aux tripes.

Arrosés de thé sucré, ils font le bonheur des miennes. Ils y fondent ! »

Samson rangea la lettre chinoise dans sa poche de vareuse et s'en fut d'un pas résolu au marché. En chemin, il lui sembla que tout le monde, d'une certaine manière, courait ce jour-là. Les passants avaient la mine plus maussade qu'à l'ordinaire, surtout ceux qui étaient le mieux habillés. Il se rappela ce que Naïden lui avait dit un jour : « C'est quand l'ennemi pleure que nous, nous sourions. » Samson n'avait pas envie de sourire. Et puis comment déterminer à l'humeur peinte sur le visage d'un passant s'il s'agissait d'un ennemi ou d'un ami ? Il avait souvent entendu une autre phrase dans les meetings : « Tous les hommes sont frères ! » Celle-ci était plus plaisante, et pour ainsi dire plus concrète. Si tous les hommes étaient frères, il fallait au contraire consoler ceux qui pleuraient. Ceux qui souriaient n'en avaient pas besoin, pourquoi souriraient-ils autrement ?

Samson emprunta la rue Sainte-Marie-l'Annonciation, passa devant les bains de la place de Galicie et déboucha sur le Marché juif. C'était un jour de semaine et il vit devant lui moins de commerçants qu'à l'accoutumée. Mais la clameur, cette musique du marché dont les exécutants n'avaient pas besoin de chanter juste, était bien audible et sonore. Particulièrement pour son oreille coupée. Samson bascula sa casquette dessus afin d'équilibrer les bruits qui lui parvenaient, et de les entendre de même manière à gauche comme à droite. Et plus il se rapprochait des étals, plus ces bruits lui emplissaient la tête et plus il lui était facile d'y reconnaître des voix distinctes.

« Klaxons ! Klaxons ! Klaxons belges pour briskas et autos ! » braillait une voix d'homme bien timbrée. Et retentissait alors le couinement effrayant et brutal de l'avertisseur sonore que, sans doute, il tenait à la main. « Klaxons ! Klaxons ! » reprenait-il, mais à ce moment un cri de marchande le recouvrait : « Baume anti-cors ! Baume anti-cors de Varsovie. On s'en met le soir, et plus rien au matin ! On peut aller danser ! »

Samson s'arrêta. Le mouvement l'empêchait de se concentrer. Il voulait entendre du chinois pour savoir où aller montrer la lettre. Et c'est alors qu'au milieu des cris proches et lointains et des boniments de camelots lui parvint un mot familier : « *Tchou-er-to ! Tchou-er-to !* »

Il se hâta en direction du mot mystérieux, d'un pas maladroit, manquant de renverser un éventaire chargé de tasses à thé en laiton.

Deux minutes plus tard, il s'arrêtait devant un étal où s'alignait une collection de cornets en papier journal.

« *Tchou-er-to ! Tchou-er-to !* » continuait à crier le Chinois debout derrière la table, sans accorder à Samson la moindre attention.

Un autre Chinois apparut tout à coup, il échangea quelques mots brefs avec le marchand qui lui remit alors un des paquets, empocha l'argent tendu par l'autre, puis se remit à scruter la foule.

« Camarade ! lui dit Samson. Vous lisez le chinois, j'imagine ? »

Le marchand s'aperçut enfin de sa présence. Il le toisa de bas en haut, car Samson le dépassait d'une tête.

« Oui ! dit-il.

– Alors je vous en supplie… » Samson sortit la lettre. « Traduisez-moi ce qui est écrit. Ça concerne un de mes amis. »

Le regard du marchand se fit plus respectueux. Il prit la lettre, la parcourut des yeux, et Samson vit alors son visage se rembrunir, sa mince lèvre supérieure se hausser d'un air presque hautain.

« Qu'est-il écrit ? demanda Samson avec impatience.

– Tu connais Li Yu Yeh ? »

Le Chinois fixait le milicien dans les yeux.

« Oui, il m'a beaucoup aidé. Sans lui ma femme était perdue !

– Li Yu Yeh il est allêté. Il est au tséka.

– Au tséka ? répéta Samson, sans comprendre.

– Non, au tséka !

– À la Tchéka peut-être ?

– C'est ce que ze dis, au tséka, opina le Chinois. Il faut le sauver vite !

– Et pourquoi a-t-il été arrêté, ce n'est pas écrit dans la lettre ? s'enquit Samson.

– Il est éclit qu'il a tué deux soldats du semin de fel.

– Pour récupérer mon arme, peut-être ? »

Samson réfléchit. Tirer un homme des griffes de la Tchéka, il en était conscient, était presque impossible. Mais il lui était impossible également de ne pas essayer. Li Yu Yeh gardait espoir, autrement il ne lui aurait pas fait porter cette lettre.

« Il faut le sauver, répéta le Chinois.

– Et comment ?

– Vas-y, demande qu'ils le libèlent.

– Et s'ils ne le libèrent pas ?

– Il faut demander bien ! Il faut tlouver celui à qui demander.

– Oui, je comprends. Je vais chercher. Et comment vous appelez-vous au fait ?

– Yu.

– Quoi, avec juste deux lettres ?

– Nous n'avons pas de lettles. Seulement un signe.

– Et que signific-t-il ?

– Ami !

– Joli nom ! approuva Samson. Nous n'en avons pas de pareil.

– Il y a beaucoup que vous n'avez pas. Mais il faut aller, vite. Il faut sauver Li Yu Yeh.

– Oui », soupira Samson d'un ton anxieux.

Des pensées fébriles couraient dans sa tête comme des enfants égarés dans une forêt obscure. Et soudain il se rappela le téléphonogramme reçu de la forteresse de Loukianovka. On y disait que le prisonnier Jacobson avait été libéré à la suite d'un courrier du consul de Belgique.

« Y a-t-il un consulat de Chine à Kiev ? demanda Samson en fixant Yu d'un regard plein d'espoir.

– Un consul ? Il y a un consul ! Fu Li Wei, il vit à Golosseïev.

– Lui peut le sauver. Il faut juste qu'il écrive une lettre et aille là-bas la présenter en personne.

– Et toi aussi tu vas là-bas ? demanda le Chinois.

– Oui, bien sûr !

– Palfait ! »

Le Chinois entreprit de ranger les cornets de papier alignés sur l'étal dans un grand sac en basin.

« Nous allons y aller. »

Le marchand s'en fut remiser son sac dans une sorte de cabane collée à un énorme entrepôt à l'arrière du marché, puis entraîna Samson dans la cour d'un immeuble, au début de la rue Chrysostome, où le milicien découvrit une écurie et deux briskas dételés.

Yu lança quelques mots en chinois. De l'écurie sortit un jeune gars au visage si ensommeillé que Samson ne put discerner s'il avait les yeux ouverts ou fermés. Mais l'autre répondit également en chinois et revint quelques minutes plus tard avec un cheval gris pommelé qu'il commença d'atteler à une des voitures.

«Yu, dit Samson, profitant de cet instant. Que veut dire "*tchouerto*" ?»

Yu esquissa un sourire presque imperceptible.

« *Chu erh to* – Oleilles de porc séssées, répondit-il. Ce que ze vends. Ze les sèsse et ze les vends. Seul de tout le malché ! »

Samson sentit naître sur sa langue la saveur des fameuses oreilles, une saveur chinoise, singulière, dont il avait fait la connaissance grâce à Li Yu Yeh.

« Li Yu Yeh t'en achetait ?

– Non ! Ze lui donne glatuit ! C'est un homme impoltant !

– Et le nom de Li a une signification, lui aussi ?

– Oui. Li, c'est la folce, et ça veut dire aussi noil. »

Le jeune cocher chinois était déjà grimpé sur son siège et les regardait avec impatience. Yu s'en aperçut.

« On y va ! dit-il à Samson. Faut se dépêcher ! »

Chapitre 30

Samson n'avait jamais roulé dans Kiev à une telle allure. Le jeune cocher se soulevait constamment de son siège et criait en chinois pour faire s'écarter les passants. Les cochers kiéviens, instruits par l'expérience, se rangeaient de côté eux aussi en voyant ou en entendant le briska foncer sur la chaussée pavée dans un tonnerre de roues. La voiture passa en trombe devant la maison de Samson, le service des statistiques, puis tourna à droite.

À proximité de l'endroit où le père de Samson avait été tué et où lui-même avait perdu une oreille, le véhicule ralentit comme exprès. Surpris, Samson se pencha sur le côté pour regarder au devant. Plusieurs hommes étaient en train de creuser une fosse au pied du mur d'une maison et rejetaient la terre sur le bord de la route.

Le cocher chinois se faufila entre un chariot de l'Armée rouge chargé de meubles, sur le siège duquel était juché un soldat coiffé de la *boudionnovka*, et un camion belge, puis lança de nouveau le briska à fond de train. La voiture tourna ensuite à gauche dans la rue des Allemands, trop vite pour que Samson pût observer la devanture du tailleur de son père, Sivokon. Il vit juste briller au passage le verre de sa vitrine, et se dit que cet éclat contenait la preuve que le tailleur était toujours vivant et en bonne santé.

Ils tournèrent à nouveau, cette fois-ci à droite. Les bâtiments à deux ou trois étages cédèrent la place à des maisons n'en comptant qu'un seul, entre lesquels s'apercevaient furtivement des terrains vagues, dont certains aménagés par endroit en potagers.

« Mais pourquoi le consul loge-t-il si loin ? demanda Samson au marchand chinois.

– Sa séculité, répondit l'autre.

– On se croirait en pleine steppe par ici... » Samson jeta encore un regard à la rue dont les maisons avaient fait place à des chaumières et des pavillons de plain-pied. « En cas d'agression, pas la peine de crier.

– Les bandits n'attaquent pas les Sinois, expliqua Yu avec calme. Mais quand le pouvoil sanze à Kiev, c'est danzeleux ! On tile, et puis on va dans les maisons piller. »

Samson réfléchit. Les paroles de Yu lui parurent pleinement logiques.

Le briska eut un cahot. Samson regarda derrière lui. Ils venaient de franchir un pont de bois au-dessus d'une rivière. Des deux côtés de la route à présent s'étiraient des potagers, certains déjà égratignés par la bêche ou la herse, d'autres sortant à peine du sommeil d'hiver.

« Encole un petit moment ! », dit Yu.

Bientôt ils s'arrêtèrent devant une maison qui ressemblait à une école paroissiale de village. Au reste une église se dressait à côté, derrière la même palissade de bois, de sorte que l'hypothèse de Samson se révéla juste. Seulement ce bâtiment jouait manifestement aujourd'hui un autre rôle, résidentiel celui-là. Ainsi, à gauche, sur des cordes tendues entre deux vieux cerisiers, du linge séchait, qu'on venait de laver : pantalons, chemises, *portianki*. Parmi ces vêtements usuels, une robe de chambre de soie bleue brillait tant au soleil qu'elle attira l'attention du milicien.

« Quelle imprudence ! songea-t-il. Elle va être volée. »

« À tout de suite. » Yu sauta à terre. « Il éclit la lettle et on y va.

– Dites-lui de rentrer la robe de chambre ! On risque de la lui voler ! »

Samson désigna de la main l'objet de son inquiétude.

« Bien ! » acquiesça le Chinois.

Le portillon franchi, Yu marcha d'abord jusqu'aux cerisiers, décrocha avec précaution le vêtement de soie et l'emporta avec lui à l'intérieur de la maison.

La capote du briska abritait Samson du soleil. Mais il n'avait aucune envie de rester à l'ombre sans rien faire. Il descendit sur la chaussée. Là, il fut frappé par le silence et la solitude du lieu. Vue ainsi, la route ne paraissait pas si mauvaise. On eût dit qu'elle avait été pavée autrefois, mais qu'elle s'était affaissée sous l'effet des pluies ou du temps. On l'avait ensuite recouverte ici et là de sable et de brique concassée.

De l'autre côté, s'ouvrait un vaste terrain vague où se détachaient les vestiges d'une chaumière effondrée. Aux vieux arbres qui seuls subsistaient dans sa cour, on devinait que cette bâtisse s'était écroulée une vingtaine d'années plus tôt, et par conséquent ses propriétaires devaient être morts déjà bien avant. Plus loin, du côté de Vassilkov, la route commençait à ressembler davantage à une rue. On y apercevait des toits de maison et des jardins plus récents.

Le jeune cocher, profitant de sa petite taille, s'était couché sur son siège, en chien de fusil, et somnolait.

Samson en eut bientôt assez de contempler le paysage. Il remonta dans la voiture et tira la capote plus avant pour se défendre du soleil qui poursuivait sa course inexorable vers l'ouest. Il essaya d'estimer combien de temps il faudrait au consul pour écrire la lettre et se préparer au départ, mais il abandonna ces calculs à mi-course, pour penser à Nadejda. Il y trouvait plus de plaisir. Avait-elle changé depuis leur anti-mariage ? Ses sentiments pour lui s'étaient-ils modifiés ? Quant à lui, ses sentiments pour elle n'avaient pas varié, ils n'avaient ni grandi ni diminué. Son amour était attentif sans être passionné. Tranquille et solide, comme toute chose destinée à un long usage. Les Allemands, par exemple, fabriquaient tout en prévision d'un long usage, or ici personne ne travaillait ainsi à part les tailleurs et les bottiers. Pour les autres, le résultat de leurs efforts dépendait de leur humeur ou de leur intérêt pour l'ouvrage. Pouvait-on alors dire que Samson aimait Nadejda à la mode allemande ? De manière paisible et solide ?

Samson réfléchit. La notion d'« amour à l'allemande » qui lui était venue à l'esprit à présent ne lui plaisait plus. La guerre mondiale qui avait pris fin l'année précédente donnait à cette définition une couleur cruelle et sanglante.

« Non, conclut-il. Je l'aime plutôt avec respect, rien de paisible là-dedans. Mais elle, c'est avec indulgence qu'elle m'aime ! »

Depuis leur anti-mariage, Samson était devenu pour Nadejda son « cher ami ».

« Mais on parle bien d'"ami de cœur", et ce n'est pas moins respectueux », se dit-il, et il en fut rassuré.

Il tourna la tête vers l'entrée du pavillon. À ce moment la porte s'ouvrit et une femme apparut, d'un certain âge, munie d'une grande corbeille vide. Elle alla dépendre le linge mis à sécher et le remporta dans la maison.

Cinq minutes plus tard, environ, la porte s'ouvrit à nouveau. Yu fut le premier à sortir, suivi du consul, un Chinois maigre, de petite taille, vêtu d'un costume strict, une serviette de cuir jaune à la main.

Quand tous trois furent installés dans le briska, Yu asséna une claque sur l'épaule du cocher endormi. Celui-ci se redressa d'un bond, et se mit à débiter des paroles d'excuse en chinois.

« Fu Li Wei », se présenta le consul, assis au milieu.

Samson se nomma.

« Vous avez pris la lettre ? » demanda-t-il.

Le consul ouvrit la serviette posée sur ses genoux, en tira une élégante chemise rouge cartonnée dont il dénoua les rubans de soie pour enfin en extraire une feuille de papier épais d'un jaune orangé. Il la présenta devant les yeux de Samson, sans la lui donner.

Le haut de la feuille s'ornait en son centre du splendide emblème de la République de Chine, évoquant un antique vase oriental contre le col duquel se pressaient d'un côté un paon, et de l'autre un dragon. Sous l'emblème, frappé en lettres d'or : *Consulat de la République de Chine en l'Empire de Russie.* Ces trois derniers mots avaient été soigneusement rayés de la même encre qui avait servi à écrire la lettre elle-même.

Samson fixa les rangées d'idéogrammes tracés avec minutie dans un ordre impeccable.

« Monsieur le consul, soupira Samson. À la Tchéka, ils ne comprendront pas le chinois.

– Ils comprendront, répondit l'autre d'un ton ferme sans presque d'accent. Je leur traduirai. Les documents officiels chinois ne se rédigent qu'en langue chinoise. »

Samson se souvint que des soldats chinois de l'Armée rouge servaient également dans la Tchéka, et il s'apaisa.

Les ressorts de la voiture grinçaient sur la route inégale. Samson se sentait au bord de la nausée. Le consul avait rangé la chemise et la lettre dans son porte-documents et se tenait assis, immobile et silencieux, les yeux rivés sur le dos du cocher. Son visage était d'une immobilité de marbre. Même ses yeux ne cillaient pas.

Ils atteignirent assez vite la rue des Jardins.

« Nous voulons voir le directeur ! dit Samson d'une voix sévère au soldat de service, à l'entrée. Le consul de Chine exige un entretien. »

C'était ce que le consul avait conseillé d'annoncer à leur arrivée, et Samson avait prononcé cette phrase avec une étonnante facilité, bien qu'il eût conscience que le verbe « exiger » perdait tout son sens dans ces murs.

Une minute plus tard, on les laissait entrer, tandis que Yu restait auprès du briska.

Au premier étage, le soldat qui accompagnait les visiteurs demanda à ceux-ci d'attendre, et franchit seul une haute porte double. Ils n'eurent cependant pas à patienter longtemps.

« Je vous en prie, dit le soldat en ouvrant l'un des battants.

– Mais qui vois-je ! » fit une voix étrangement alerte et familière dont l'écho résonna dans la pièce aux vastes dimensions.

Samson releva la tête, regarda mieux. Devant lui, à une dizaine de pas, se dressait un bureau d'une taille extraordinaire, enseveli sous les dossiers, les piles de papiers et les documents, un bureau qui, à en juger par son aspect, aurait pu être celui d'un gouverneur, sinon d'un tsar ! Installé derrière, au beau milieu, certes, mais comme perdu dans cette immensité, trônait Nikanor Abiazov, tête nue et vareuse impeccablement repassée.

« Camarade Abiazov ! s'exclama Samson. Et moi qui étais inquiet pour vous ! Je pensais qu'on vous avait... arrêté ! »

Abiazov se leva, repoussa son large fauteuil au dossier tapissé de cuir noir.

« Oui, il y a eu une enquête, dit-il. On m'a condamné à être fusillé ! Mais j'ai été ensuite libéré et l'on m'a affecté ici. Alors, tu es à présent consul de Chine ? »

Ses yeux s'étaient arrondis, et sur ses lèvres était apparu un sourire interrogateur qui n'avait rien de bienveillant.

Samson s'aperçut soudain que le consul n'était plus à côté de lui. Il se retourna, effrayé, et découvrit que Fu Li Wei s'était caché derrière son dos.

« Non, monsieur le consul est ici. »

Samson s'écarta d'un pas, dévoilant au regard d'Abiazov l'important personnage.

Le consul s'inclina, s'approcha du bureau, posa sa serviette sur le siège destiné aux visiteurs, l'ouvrit et en tira la chemise rouge. Tous ses gestes étaient empreints d'une lenteur et d'une onction appuyées, comme s'il existait pour les consuls des règles particulières touchant même aux subtilités du délaçage des rubans de soie d'une chemise cartonnée.

Enfin, il tendit à deux mains la lettre à Abiazov.

Celui-ci se redressa et bomba le torse pareillement, prit un air grave et porta le document à ses yeux. Mais pour l'abaisser aussitôt.

« C'est en chinois ! dit-il, mécontent, en fixant le consul d'un œil dur et sec.

– Permettez-moi de vous le lire », proposa le consul qui prit alors place sur la chaise devant le bureau, après avoir déposé sa serviette sur le parquet.

Jamais encore dans sa vie Samson n'avait assisté à une lecture officielle de documents diplomatiques. La solennité naissait du ton même de la voix du consul. Celui-ci semblait connaître par cœur la traduction de la lettre, prononçait chaque mot avec netteté et, eût-on dit, avec plaisir, soulignant l'importance du sens et du son de chaque syllabe, de chaque lettre. Abiazov écoutait lui aussi, fasciné.

« Sans doute est-ce ainsi que s'écrivent les tsars et les empereurs », se dit Samson.

« En conséquence de quoi, nous vous demandons de faire preuve de bonne volonté et, en témoignage de l'amitié qui unit la Russie révolutionnaire à la République de Chine révolutionnaire, de libérer le ressortissant chinois Li Yu Yeh, en abandonnant toutes les poursuites engagées contre lui et en abrogeant tous les décrets et décisions qui restreignent sa liberté », acheva le consul qui aussitôt se leva pour se camper, immobile, devant Abiazov, assis, bouche entrouverte, le visage figé dans une expression d'étonnement et de respect.

Abiazov enfin se reprit et tourna les yeux vers Samson.

« Il s'agit de ton ami chinois, c'est ça ?

– Oui, Li Yu Yeh a contribué lui aussi à sauver ma Nadejda.

– Mourat ! cria le tchékiste, et un soldat à la face basanée accourut dans la pièce. Amène ici le Chinois Li Yu Yeh, mais lui précisément, pas n'importe quel Chinois, compris ? »

Mourat s'éclipsa.

« Bien, camarade consul, dit-il alors en considérant Fu Li Wei d'un œil pensif. Je vais faire libérer votre compatriote.

– Je vous en suis très reconnaissant, camarade commandant ! » Le consul s'inclina. « Pourrai-je le remmener avec moi dès à présent ?

– Vous pourrez ! »

Bientôt les portes s'ouvrirent, et l'on introduisit dans la pièce le prisonnier. Li Yu Yeh affichait sur son visage une froide résignation, mais quand il vit Samson, il secoua la tête d'un air étonné et ravi.

« Prenez-le et emmenez-le ! dit Abiazov au consul. Je garde la lettre pour moi. Nos camarades chinois la traduiront, j'y apposerai un tampon et la joindrai au dossier. »

Samson sentit des ailes lui pousser dans le dos. Il n'en croyait ni ses oreilles ni ses yeux. Qu'on pût si facilement faire libérer un prisonnier de la Tchéka, il n'en revenait pas ! Il n'était même pas sûr que la lettre du consul eût produit autant d'effet au commissariat. Il pouvait à peine imaginer la première réaction de Naïden face à une situation semblable.

« Merci », souffla-t-il.

Mais alors qu'il faisait mine de partir, le regard d'Abiazov le retint, comme on ferre un poisson.

« Eux peuvent partir, mais toi, tu restes ! dit le tchékiste d'un ton de commandement. Je voulais justement causer un peu avec toi. »

Le consul et Li Yu Yeh sortirent, escortés par le soldat basané. Li Yu Yeh, en guise d'au revoir, donna une poignée de main à Samson, ferme et virile.

« Assieds-toi ! dit Abiazov en désignant la chaise devant le bureau. Il nous est arrivé ici un désagrément, qui pourrait bien me valoir d'être arrêté de nouveau, sinon fusillé, reprit-il à voix plus basse. Votre soldat du commissariat, Kossiakine, il s'est évadé. Comment il s'y est pris, mystère ! D'une cellule sans fenêtre, fermée à clef ! Mais il s'est évadé. Naïden l'avait expédié ici sans dossier d'accompagnement, c'est pourquoi on ne l'avait pas inscrit au registre des détenus. Mais je sais, moi, qu'il était là. Et plusieurs soldats le savent. Si jamais l'un d'eux en parle là-haut... » Abiazov leva les yeux vers le plafond. « ... je suis cuit, et Naïden n'y échappera pas non plus.

– C'est un acrobate, dit Samson. D'une famille d'artistes de cirque.

– Je vois, soupira Abiazov, le visage sombre. Je n'ai pas besoin de lui ici, mais si on pouvait le retrouver et le descendre, ça me rendrait un sacré service. Plus de risque de voir s'ébruiter cette évasion ! »

Le tchékiste regarda si fixement Samson dans les yeux que celui-ci n'eut d'autre solution que de hocher la tête.

« Tu as bouclé l'enquête sur les trafiquants de viande ?

– Demain. Ou après-demain ! Sans faute !

– Je viendrai », dit Abiazov. Et voyant l'incompréhension s'afficher sur le visage de son interlocuteur, il ajouta : « C'est moi qui l'ai commencée, il est normal que je signe le verdict. »

La conversation ne dura ensuite guère longtemps. Après s'être enquis des affaires courantes du commissariat de la Lybed, Abiazov prétexta la nécessité urgente d'établir une liste d'otages à exécuter, et donna congé à son visiteur.

Ce n'est qu'une fois dans la rue que Samson se souvint de Briskine et de sa fille, laissés seuls dans la chambre d'interrogatoire. Pris de nervosité, il regarda autour de lui en quête d'un fiacre, mais comme par un fait exprès n'en aperçut aucun. Les cochers n'aimaient guère ce quartier, pas plus qu'ils n'appréciaient les gens qui travaillaient là.

Samson ne trouva une voiture qu'au moment où il débouchait dans la rue Levachov.

Il escalada d'un bond le perron du commissariat, courut et s'arrêta, essoufflé, devant la lourde porte à la droite de laquelle le soldat montait toujours la garde.

« Alors ? lui demanda Samson.

– J'ai suivi vos ordres, répondit l'autre. Ils ont demandé à aller aux gogues. Lui, je ne l'ai pas laissé sortir, mais la fille, oui. »

Dans la pièce régnait une odeur d'urine.

« Sofia, sors et va m'attendre sur le perron ! » ordonna Samson.

La jeune fille s'exécuta.

« Je vous demande pardon, je n'ai pas pu me retenir, dit Briskine d'une voix piteuse.

– Ce n'est pas grave, ça sera nettoyé. Je vais aller maintenant voir Choura avec mon camarade Kholodny. Vous n'auriez pas dû la mentionner.

– Qu'est-ce que j'ai écrit ? s'effraya Briskine. Rien de particulier. Juste que je lui avais donné le cœur. Pour presque rien.

– Et pourquoi seulement presque ? »

La voix de Samson laissait entendre des notes métalliques, sinon railleuses.

« Elle est fière, répondit Briskine pour se justifier. Elle ne l'aurait jamais pris pour rien. Je la connais.

– J'ai compris. » Samson leva la main en un geste apaisant. « Excusez-moi. Nous allons partir maintenant lui rendre visite. Je peux emmener avec nous votre fille et la laisser là-bas.

– Je vous en serai infiniment reconnaissant. Tout le reste de ma vie ! »

La voix du prisonnier avait tremblé. On aurait dit qu'il allait éclater en sanglots.

Samson le salua de la tête, ouvrit la porte et ordonna au soldat de reconduire Briskine en bas, à la salle de détention.

Chapitre 31

En chemin, tressautant au rythme du vieux briska dépourvu de suspension, Kholodny ne cessait de bâiller et de lancer des coups d'œil assez réprobateurs à Samson.

Leur trajet cette fois-ci s'annonçait long, jusqu'à la rue Zakharia située derrière la place Saint-Cyrille. Peut-être eût-il été plus rapide de passer par la forteresse de Loukianovka, mais le cocher avait décidé d'y accéder en prenant par le Podol. Pendant que la voiture se traînait vers la place du Marché-au-grain, Samson se mit à son tour à bâiller. Seule Sofia gardait la bouche close, le regard effrayé fixé droit devant elle, bien que seul le dos du cocher s'y offrît à ses yeux. Sur la place, ils se heurtèrent à une dizaine de chariots qui tentaient de sortir du marché – celui-ci allait bientôt fermer, et les premiers à quitter les lieux étaient ceux qui avaient au moins douze ou quinze verstes à parcourir pour rentrer chez eux. Les marchands résidant à Kiev restaient ordinairement jusqu'à la fermeture complète.

Enfin la voiture tourna à gauche dans la rue du Marché, et de là dans la rue Saint-Cyrille.

Samson se rappela la discussion qu'il avait eue plus tôt avec Abiazov. Il aurait aimé en faire part à Kholodny, mais c'était absolument impossible en présence de la jeune fille. Les conversations touchant au service, même celles qu'on pouvait avoir dans un fiacre ou dans la rue, devaient rester hors de portée de toute oreille indiscrète. De sorte qu'il se vit contraint de revivre cet entretien en pensée et d'y réfléchir tout seul. Bientôt aurait lieu le dernier interrogatoire dont le procès-verbal serait à joindre au dossier. Des procès-verbaux de ce genre, il en était déjà plus d'une dizaine. Sans l'entrevue avec Abiazov, Samson ne l'aurait peut-être pas ajouté aux autres, mais maintenant ? Maintenant qu'il savait que le tchékiste allait assister au prononcé du verdict ? S'il venait, il voudrait tout lire et tout examiner ! Il semblait en effet soupçonner Samson de ne pas employer les bons moyens pour tirer au clair cette affaire de viande. Cela s'entendait à l'intonation de sa voix. Autrement dit, il viendrait le jour de la sentence pour chicaner sur le dossier. Par conséquent, il était impossible de simplement rayer cette Choura de l'affaire. Et si son nom figurait toujours dans les déclarations rédigées par Briskine, force serait de produire un compte rendu de son interrogatoire.

Samson se mordit la lèvre. Il glissa un coup d'œil vers Sofia, toujours immobile, même si on ne pouvait vraiment la qualifier d'immobile car elle était comme eux cahotée par le briska, mais elle conservait un visage sans expression, sans vie.

La brise du soir lui soufflait en pleine face, portant avec elle une agréable senteur, capiteuse, presque sucrée. Samson tourna la tête à gauche : la voiture était en train de passer devant la brasserie Khriakov. Était-il possible que celle-ci fût encore en fonctionnement ? Visiblement, une idée toute semblable venait de traverser Serguy Kholodny, car les deux compagnons, comme sur un claquement de doigts, échangèrent en même temps un regard étonné.

Quand la brasserie fut loin derrière, l'enivrante odeur de malt disparut.

Ici, la rue Saint-Cyrille semblait devenir inhabitée. Ses maisonnettes trapues et ses chaumines enchantaient le regard, avec leurs jardins près de fleurir et leurs palissades bien entretenues, même si certaines eussent réclamé d'être repeintes. Comme si la révolution n'avait pas eu lieu, ni la guerre, ni le récent soulèvement des paysans de Koureniovka sous le commandement de l'ataman Struk. Mais la chaussée restait libre et déserte sur toute sa longueur visible jusqu'à l'horizon. Ils étaient les seuls à y circuler, s'éloignant du centre de Kiev en direction des derniers faubourgs de la ville et des collines sacrées. Seul leur cheval martelait bruyamment le pavé de ses sabots. Seules les roues de leur voiture grinçaient en cadence autour de leurs essieux.

Le numéro trois de la rue, ou plutôt de la ruelle Zakharia, se révéla être une chaumière défendue par une palissade verte. Une niche à la droite du perron incita Samson à faire halte devant le portillon. Mais il n'y avait pas de chien. Ni dans la niche, ni dans la cour. Autrement il eût déjà aboyé.

Porte-documents à la main, Samson gravit les marches le premier et frappa.

La femme qui ouvrit la porte eut peur en le voyant. Sans doute à cause de l'uniforme et de l'étui de revolver. Mais elle remarqua en même temps le second milicien, plus imposant, et la petite jeune fille en longue jupe grise et cardigan noir.

« Comment vous appelez-vous ? demanda poliment Samson, sans franchir le seuil.

– Alexandra Ipatievna. Nom de famille : Karitidi.

– Alexandra Ipatievna, nous venons vous voir à propos de l'affaire Moïsseï Briskine. Pouvons-nous entrer ? »

Elle s'écarta.

L'ameublement du séjour évoquait davantage un appartement citadin qu'une maison de campagne. Même les flancs rebondis de l'armoirette en contreplaqué moulé semblaient dire : « Vous ne savez pas où vous avez mis les pieds ! » La grande table ovale, couverte d'une nappe bordeaux à franges, ne pouvait avoir été passée entière par l'étroite embrasure de la porte. Sans doute en avait-on dévissé les pieds pour la faire entrer par morceaux.

« Et c'est... ? » commença Alexandra Ipatievna en désignant des yeux la jeune fille. Elle s'interrompit d'elle-même.

Quelque chose dérangeait Samson, mais il ne parvenait pas à savoir quoi. Il regardait l'opulente chevelure blonde de la maîtresse de maison, sa robe champêtre couleur lilas, ses pantoufles turques en cuir à bouts relevés.

Cette femme ne pouvait être la Choura[1] à laquelle Briskine avait vendu un cœur de porc pour presque rien.

1. Choura est, en russe comme en ukrainien, un des nombreux diminutifs d'Alexandra.

En tout cas, pour Samson, elle ne pouvait pas l'être. De telles femmes, on les appelait par leur prénom et leur patronyme suivis d'un soupir admiratif. Choura, c'était trop simple, trop sommaire. Ou bien peut-être Briskine lui donnait-il un sens spécial ?

Samson regarda autour de lui et nota que Kholodny dévisageait lui aussi la femme, bouche bée.

Plusieurs photographies encadrées étaient accrochées au mur. Sur l'une : un beau vieillard barbu.

« Qui est-ce ? demanda Samson.

– Mon grand-père, Irakli Karitidi, un Grec de Salonique.

– Ainsi, vous êtes grecque ?

– Est-ce vraiment important ? dit-elle avec un haussement d'épaules. Que voulez-vous ?

– Procédons par ordre ! » intervint Kholodny. Sa voix avait une profondeur lyrique et une sévérité toute milicienne. « Nous avons besoin de vous interroger. Peut-on s'asseoir ? »

Elle les invita à s'installer à la table. Sofia tira elle aussi une chaise pour elle, mais Samson lui désigna du regard une banquette placée dans un angle éloigné de la pièce. Il sortit de sa serviette un encrier, un porte-plume et deux feuilles de papier. D'un geste habitué, il repoussa la nappe : impossible d'écrire longtemps appuyé sur du tissu, la plume finit toujours par traverser le papier.

Tandis qu'il rangeait les feuilles devant lui, il entendit une allumette craquer et s'enflammer. Kholodny venait d'allumer une cigarette et lui tendait le paquet. Il en prit une et l'alluma à son tour.

Quelque part à côté, un enfant se mit à pleurer.

« Vous avez un garçon ou une fille ? demanda Samson.

– Un garçon, répondit la femme qui déjà s'était levée. Excusez-moi, je reviens tout de suite. »

Les pleurs s'apaisèrent.

« Ça sent bizarre ! » déclara Kholodny.

Samson leva le nez. L'air de la pièce était devenu chaud et pesant. L'odeur ressemblait un peu à celle qui lui avait frappé l'odorat la nuit, aux environs de ce sous-sol du Marché juif où l'on fabriquait des bonbons.

« On prépare le dîner », supposa Samson.

Il inscrivit en haut de la feuille : *Procès-verbal de l'interrogatoire de Karitidi Alexandra Ipatievna.*

Celle-ci était revenue. Kholodny, tout en la regardant en face, soufflait la fumée vers le plancher. Samson se détournait et la soufflait sur le côté. Puis enfin il écrasa sa cigarette contre le fond de sa sacoche, et posa celle-ci sur le sol, près du bout de sa botte.

Elle répondit avec calme aux premières questions personnelles. Mais quand elle entendit Samson lui demander : « Depuis combien de temps connaissez-vous Moïsseï Briskine ? », elle se figea, devint muette et réfléchit.

Et de nouveau des pleurs s'entendirent dans la chambre voisine. Alexandra Ipatievna sortit vivement de la pièce. Samson la suivit. Elle ne remarqua sa présence que lorsqu'elle eut sorti le bébé de son berceau en bois et l'eut pris dans ses bras.

Samson observa le petit visage de l'enfant. Il lui trouvait un air familier. La ligne des sourcils, et les yeux légèrement plus rapprochés du nez qu'ils ne le sont d'habitude… Exactement comme chez Briskine !

« Sortez, s'il vous plaît ! dit la femme. Je reviens tout de suite. Juste le temps de le calmer.

– Moïsseï Zelikovitch, c'est son père ? » demanda Samson alors qu'il avait déjà tourné à demi les talons pour sortir de la chambre.

Elle fit mine de répondre, mais se tut. Son visage était plus éloquent que des mots. À l'évocation de Briskine, son regard avait exprimé comme une douce douleur, une tendre nostalgie.

Samson se pressa de retourner dans la grand-pièce.

« Ça sent le bouillon », lui dit Kholodny dans un toussotement. On l'aurait dit impatient de partager cette hypothèse avec son camarade.

Samson haussa les épaules. L'odeur semblait en effet devenue encore plus riche, plus lourde, plus chaude.

« Depuis combien de temps connaissez-vous Briskine ? répéta Samson, porte-plume en main, prêt à noter, quand Alexandra Ipatievna fut revenue à la table.

– Difficile à dire. Peut-être trois ans.

– Seulement trois ? dit Kholodny, dubitatif.

– Oui, trois.

– Quand l'avez-vous vu la dernière fois ?

– Il y a deux ou trois semaines.

– Combien de fois vous a-t-il livré de la viande ?

– Plusieurs.

– Comment étaient vos rapports avec lui ?

– Bons… »

Samson écrivait et se sentait nerveux. Il avait conscience de poser de mauvaises questions, mais les bonnes questions qu'eût réclamées l'interrogatoire restaient bloquées quelque part, tout au fond de sa tête, et il était incapable de les en dégager. De même qu'il était incapable de comprendre pourquoi sa main tremblait en tenant la plume. À son grand désarroi, son écriture, qui jusqu'alors avait toujours été d'une aisance et d'une régularité exemplaires, à présent tremblotait elle aussi et même tressautait presque imperceptiblement, sans parvenir à suivre une ligne droite. Il se tourna vers Kholodny.

« Continue, s'il te plaît, j'ai la main qui fatigue. »

Kholodny esquissa une grimace mécontente mais se leva. Ils échangèrent leur place.

« Qu'avez-vous sur le feu ? » demanda l'ancien prêtre.

Alexandra Ipatievna regarda avec effarement le porte-plume serré entre les gros doigts du milicien.

« En quoi cela vous importe-t-il ?

– Simple curiosité », répondit-il avec froideur, mais en posant sur elle un regard presque tendre.

Un regard qu'elle déchiffra.

« Je prépare un bouillon pour mon fils.

– Vous saviez que le commerce privé de viande est interdit par un décret de la Comrespappro ? demanda Kholodny.

– Et qu'est-ce que c'est ?

– Commission régionale spéciale pour l'approvisionnement en vivres, expliqua Samson. Une sorte de Tchéka chargée des produits alimentaires. »

Le visage de la femme se tordit d'effroi.

« Je l'ignorais ! »

Kholodny nota sa réponse. Il parcourut des yeux l'ensemble du procès-verbal qu'il tendit ensuite à Samson. Celui-ci en relut à son tour le texte d'un œil attentif, relevant au passage que même tremblée, son écriture restait autrement plus soignée et régulière que celle de son camarade.

« Inscrivez ici : "Rédaction conforme à mes propos", puis datez et signez. »

Alexandra Ipatievna prit le document en main. Ses lèvres se mirent à remuer tandis qu'elle s'absorbait dans sa lecture. Arrivée à la fin, elle recommença à lire du début. À présent, ses lèvres étaient immobiles, mais son regard s'était fait plus perçant et inquiet.

Son inquiétude se transmit à Samson. L'enfant se remit à pleurer dans la chambre voisine, mais elle ne bougea pas. Elle semblait pétrifiée.

« Qu'avez-vous écrit ? dit-elle enfin, en fixant le milicien comme une institutrice toiserait un écolier qui n'a pas appris sa leçon.

– Pourquoi ? demanda Samson. Qu'est-ce qui ne va pas ?

– Je n'ai pas acheté de viande à Moïsseï ! répondit-elle d'une voix ferme. C'était du cœur.

– Quelle différence ? s'exclama Kholodny, surpris. Rognons, foie, oreilles, cœur, tout ça c'est de la bidoche ! »

Alexandra Ipatievna le gratifia d'un regard presque méprisant.

« Non ! dit-elle dans un soupir nerveux. Un cœur, ce n'est pas de la viande ! » Et elle porta la main à son sein gauche. « Oh ! quelle douleur ! » Une grimace se peignit sur son visage, mais par un effort de volonté, eût-on dit, elle l'en effaça, puis tourna la tête vers la porte restée ouverte d'où par trois fois déjà étaient parvenus des pleurs d'enfant. Elle la regarda comme si elle espérait que ces pleurs retentissent à nouveau, pour avoir une raison de sortir, de fuir, de reprendre souffle.

Samson eut l'impression que son propre cœur allait lui aussi défaillir.

« Où est la cuisine ? » demanda-t-il.

Il la suivit, procès-verbal à la main, jusqu'à une petite pièce servant d'office où une marmite, posée sur un réchaud à gaz de pétrole noir de fumée, nourrissait l'atmosphère d'une lourde et dense vapeur. C'était bien une odeur de bouillon qui régnait là, si présente qu'on eût pu s'en rassasier.

Samson approcha le coin de la feuille du feu allumé sous la marmite. Le papier aussitôt s'enflamma. Alexandra Ipatievna regarda, effrayée, le document se consumer, la flamme bleuâtre s'élever entre les mains du milicien. Quand celle-ci lui brûla les doigts, Samson lâcha ce qui subsistait du feuillet, qui acheva de brûler sur le plancher.

«Je le récrirai, dit-il. Il contenait trop d'erreurs. La jeune fille assise sur la banquette, c'est Sofia, la fille de Briskine. Elle peut rester chez vous?

– Bien sûr, souffla la maîtresse de maison.

– Désolé de vous avoir dérangée.

– Allez vous rasseoir là-bas un instant, lui dit soudain Alexandra Ipatievna. À table!»

Samson revint dans la grand-pièce, déposa l'encrier au fond de sa serviette restée debout sur le parquet, puis enroula le porte-plume dans la feuille de papier inutilisée et le rangea avec le flacon, dans une poche intérieure.

Kholodny regarda son camarade d'un œil interrogateur. Il poussa un soupir. Désigna la fenêtre des yeux, haussa légèrement son lourd menton comme pour dire: «Alors, on y va?»

Samson secoua négativement la tête.

Elle entra avec deux assiettes dans les mains. Elle les posa devant les enquêteurs, et plaça une fourchette à côté de chacune. Au-dessus des assiettes s'élevait une vapeur émanant de petits morceaux d'une étrange viande grise.

La maîtresse de maison ressortit, puis revint avec une salière en bois.

Kholodny haussa les épaules, piqua un morceau de viande du bout de sa fourchette, le plongea dans la salière et l'expédia dans sa bouche. Il mâcha, haussa les épaules à nouveau.

« Tu sais, je n'avais encore jamais goûté à du cœur, avoua-t-il plus tard dans le briska, sur le chemin du retour. Effectivement, ce n'est pas de la viande, ajouta-t-il avec une moue. Pas du tout.

– Tu ne diras donc rien ? lui demanda Samson.

– Bien sûr que non ! À qui ? J'en ai mangé, moi aussi ! », répondit Kholodny avec un mince sourire.

Après avoir libéré Kholodny, Samson passa encore deux heures sur l'affaire de viande, à relire les procès-verbaux et à réfléchir à toutes les questions que pourraient lui poser Naïden et Abiazov.

Il ne rentra chez lui que vers minuit. À son grand étonnement, il trouva le docteur Vatroukhine assis à la table du salon, plongé dans la lecture d'un livre.

« Nadejda dort déjà. Vous arrivez trop tard, lui dit le médecin. Il y a eu des coups de feu dans le voisinage. Alors j'ai décidé de vous attendre. J'espère que ce n'est pas sur vous qu'on tirait…

– Où ça ?

– Dieu le sait ! Dehors.

– Non, sur mon chemin, tout était calme. » Samson se figea, prêtant l'oreille au silence, puis reprit : « Nikolaï Nikolaïevitch, j'ai une question à vous poser, d'ordre médical. »

Vatroukhine prit une expression attentive. La même exactement qu'il adoptait quand il conversait avec ses patients.

« Nikolaï Nikolaïevitch, les œufs durs aident-ils à soulager les maladies cardiaques ?

– Que dites-vous là, mon cher Samson ! Qui donc se soigne le cœur en roulant un œuf dessus ? C'est une farce de rebouteux !

– Pas en le roulant, en l'avalant, comme un comprimé.

– Non, les œufs contiennent plein d'éléments nocifs pour le cœur. Particulièrement le jaune.

– Nous avons un prisonnier auquel sa fille apporte chaque jour des œufs durs. Il prétend que c'est son médecin qui le lui a prescrit.

– Et vous l'avez cru ! » s'exclama Vatroukhine qui aussitôt se colla la main sur la bouche et tourna la tête vers la porte de chambre de Nadejda. Il reprit en chuchotant : « Votre détenu a sans doute inventé ça pour éviter de se les voir confisquer. Mais s'il en mange, c'est plutôt pour entretenir son tonus. Les œufs sont extrêmement nutritifs. »

Samson pinça les lèvres et émit un bruit de gorge.

« Il nous a donc trompés, ce Briskine ! songea-t-il. Et moi, et sa fille ! » Il se racla la gorge à nouveau, mais il ne se sentait pas en colère, ni même offensé. « En prison, on finit sans doute par se changer en rat. Autrement, il doit être impossible de survivre parmi les autres détenus. »

Chapitre 32

Abiazov arriva en retard pour l'établissement du verdict. Il était donc inutile que Samson se fût tant pressé sous la pluie pour se rendre au commissariat, en esquivant sur son chemin les éclaboussures projetées par les fiacres à chaque flaque d'eau et les torrents déversés des toits par les gouttières crevées. Quand il entra dans le bâtiment, il replia son parapluie à manche de bambou et chercha machinalement où le laisser pour ne pas inonder l'escalier et le couloir. Mais il se souvint alors que le commissariat ignorait ce genre de menu détail. Par bonheur, si l'on n'y trouvait plus de porte-parapluie, il y restait encore, à gauche du perron, un décrottoir datant de l'ancien régime, profondément scellé dans le sol. Certes, les soldats ne semblaient toujours pas connaître son usage, et par temps humide, se contentaient de frapper de leurs bottes devant le seuil pour tenter d'en faire tomber la boue, ou de frotter leurs semelles contre l'angle des marches.

En attendant Abiazov, ils prirent le thé dans le bureau de Naïden. Tous les trois, Naïden, Kholodny et lui. Mais quand le tchékiste se présenta, il réclama qu'on lui donnât le dossier et encore une demi-heure de temps.

Kholodny et Samson regagnèrent alors leurs quartiers. Samson s'approcha du schéma de découpe des carcasses. Il se sentait un peu triste. Cette enquête qui ne semblait guère avancer sous leur conduite, ils l'avaient tout de même menée au bout. Maintenant, la sentence, et tout serait terminé, le dossier partirait aux archives, Briskine en prison. Sans doute pour un mois ou deux. C'était l'avis de Samson.

« Cette page est déjà à tourner, murmura-t-il pour lui-même.

– Quoi ? Je n'ai pas entendu ! » dit Kholodny, en levant le nez de son livre de chevet anglais, recueil des aventures du Père Brown, le prêtre détective. Il était assis à sa table, la mine abattue. Sans doute avait-il lui aussi la sensation de se retrouver sans rien à faire. Ou plutôt sans affaire. Sans cette affaire de viande

« Rien, je me parle à moi-même », lui répondit Samson. Sur quoi il ôta l'affiche du mur. Il la roula en un tube qu'il lia avec deux cordons récupérés un jour d'une vieille chemise cartonnée.

Vassyl entra.

« Naïden vous attend ! dit-il. Encore du thé, peut-être ? »

Samson secoua la tête.

Quand ils pénétrèrent dans le bureau de Naïden, Samson jeta d'abord un coup d'œil à Abiazov. À son air, il conclut qu'il n'avait pas de reproches particuliers concernant le dossier qu'il venait d'examiner. Le visage d'Abiazov se distinguait par sa pâleur et sa détermination.

« Bien, allez, faisons vite, dit le tchékiste.

– Assieds-toi au bureau, c'est toi qui vas écrire ! » ordonna Naïden à Samson.

Samson s'installa et regarda le formulaire de sentence posé devant lui. Deux rectangles vides y étaient imprimés, au-dessus desquels figuraient à gauche : *Étaient présents*, à droite : *Verdict*. En bas un cadre était réservé aux signatures et au tampon.

Samson remplit sans hâte le rectangle de gauche de leurs quatre noms, puis se tourna vers Abiazov assis à côté sur le divan.

« Alors. Combien on donne ? » demanda Abiazov, puis il regarda Naïden.

Celui-ci esquissa une moue.

« Eh bien… dix-huit mois, proposa-t-il

– Mais c'est beaucoup trop ! s'exclama Samson malgré lui.

– Beaucoup trop ? » fit Abiazov d'un air étonné.

Kholodny resta muet. Il semblait ne même pas avoir écouté.

« Il a le cœur malade, ajouta Samson, à voix plus basse cette fois-ci.

– Il faut voir que Briskine spéculait déjà avant le décret de la Comrespappro ! reprit Naïden d'un ton sentencieux. On pourrait même lui coller une peine plus longue. Deux ans ! »

Sur quoi il jeta un regard prudent à Abiazov.

« Mais il travaillait à la Commission pour le fourrage, il s'est mis lui-même au service des Soviets, intervint à nouveau Samson. Et donc, il commerçait durant son temps libre ?

– Il ne commerçait pas, il spéculait ! » corrigea sèchement Abiazov, d'un air mécontent.

Mais son mécontentement semblait retenu, mesuré. Dans ses yeux étroits se lisaient des réflexions, non des émotions.

« S'il spéculait durant son temps de travail, on pourrait lui coller jusqu'à cinq ans ! Mais là, je pense qu'il en mérite trois. »

Abiazov avait prononcé cette dernière phrase en détachant nettement chaque mot d'une voix sonore. Après quoi il regarda tour à tour ses trois interlocuteurs d'un regard impatient, poussant à l'action.

« Et maintenant, passons à l'autre !

– Quel autre ? s'exclama Samson.

– Comment quel autre ? Le principal ! »

Abiazov se leva d'un bond, prit le dossier de l'affaire en mains, le feuilleta.

« Chpakevitch ! Pour organisation et entretien d'un abattoir clandestin. C'est là une accusation autrement plus lourde que celle de simple spéculation. Sans cet abattoir clandestin, Briskine n'aurait pas pu monter son trafic de viande !

– Mais nous n'avons pas enquêté sur lui, nous avons juste enregistré son témoignage sur Briskine et… » commença Samson, indigné, mais il s'interrompit brusquement devant le regard dur et maussade du tchékiste.

« Votre négligence vous regarde ! Vous l'avez interrogé, puis relâché et oublié, sans rien tirer au clair ! grinça Abiazov entre ses dents. Or son rôle apparaît parfaitement dans le procès-verbal ! Complice ! Et pas simple complice, organisateur ! C'est lui qui a tout mis en place pour l'accomplissement du crime ! Inscris la sentence ! »

Samson leva sa plume au-dessus du rectangle de droite :

« Ont statué ! » dicta Naïden après avoir rapproché de lui le dossier ouvert et cherché les premiers procès-verbaux où étaient indiqués les noms des prévenus. « Briskine Moïsseï Zelikovitch, né en 1886, roturier, convaincu de commerce illégal de viande, est condamné à trois ans de détention. Chpakevitch Ivan Stepanovitch, né en 1889, roturier, convaincu d'avoir organisé et entretenu un abattoir clandestin, est condamné… »

Il adressa un regard interrogateur à Abiazov.

« À la peine capitale ! » dit tranquillement le tchékiste.

Naïden se tendit, plissa même les paupières. Kholodny sursauta et lui aussi fixa Abiazov. Samson sentit sa main frémir, et bien qu'aucune goutte d'encre ne menaçât de tomber sur la feuille, il la ramena au-dessus de l'encrier de porcelaine bleue. Comme elle tremblait toujours, il abaissa sa plume. Posa sa paume sur le bureau à droite du document. La pressa avec force car il lui semblait qu'elle voulait se relever toute seule pour que tout le monde pût voir ses doigts qui tremblotaient, trahissant une angoisse soudaine.

Naïden le regarda fixement, puis leva sa propre main droite à la hauteur de son visage et en examina les ongles, d'un œil préoccupé et embarrassé. Leur arc était incrusté d'un liseré de crasse noire. Il les porta à sa bouche, comme dans l'intention d'en ronger ce qui dépassait, mais se reprit et reposa sa main sur son genou.

« Eh bien, allons-nous l'écrire, ce verdict, ou non ? »

La voix d'Abiazov était chargée de menace.

Naïden releva la tête et regarda on ne sait pourquoi Kholodny. Lui aussi d'un air pressant et irrité.

« Alors, c'est d'accord ? lui dit-il, reprenant la question du tchékiste.

– Ce n'est pas très chrétien, soupira Serguy. Et puis il s'agit d'une remise, pas d'un abattoir. »

Samson considéra son camarade avec respect. Il sentit le courage lui revenir et déglutit la salive qui bizarrement lui avait empli la bouche.

« Et depuis quand les verdicts doivent-ils se fonder sur la morale chrétienne ? » La voix d'Abiazov s'était faite métallique. Il bombait le torse, les épaules bien droites, comme s'il avait l'intention, tout assis qu'il était, de participer à un défilé. « Si on nous gifle sur la joue gauche, nous n'allons pas présenter la droite ! Est-il vrai, camarade Kholodny, que vous portez une croix sous votre vareuse ? » Le tchékiste plongea les yeux dans ceux de l'ancien prêtre. « Est-ce vrai ou non ?

– Elle me sert à me protéger, dit Serguy qui, incapable de soutenir le regard de l'autre, tourna alors la tête vers Samson.

– Aha ! ricana Abiazov. Elle est miraculeuse ? »

Kholodny ne répondit pas. Mais le tchékiste n'attendait pas de réponse. Déjà il s'adressait à Samson :

« À la peine capitale ! répéta-t-il en désignant du menton l'encrier dans lequel trempait le porte-plume.

– Allez, finissons-en ! Assez joué ! » renchérit Naïden.

Samson cherchait encore à gagner du temps, bien qu'il sentît que c'était inutile et que le tchékiste ne changerait pas d'avis. Curieusement l'image du soldat Li Yu Yeh lui revint à l'esprit, qu'Abiazov avait si facilement remis en liberté. Mais il y avait eu là un consul et une lettre officielle. Chpakevitch n'aurait pas de consul pour le défendre. Il ne pouvait compter que sur lui-même. Et Samson éprouva un soudain remords de n'avoir parlé avec lui que brièvement, de l'avoir laissé repartir sans rien savoir de particulier sur lui et sur sa vie. De sorte qu'à présent il se trouvait à condamner à mort non pas un être humain, avec son passé, ses problèmes, ses habitudes, mais un nom de famille et une adresse.

« Sabotage ? » lâcha Abiazov, en abaissant le timbre de sa voix jusqu'à la rendre menaçante.

Samson saisit le porte-plume, en secoua la goutte d'encre rouge qui y pendait, et l'approcha du document. Il y avait dix minutes que les premières lignes avaient été tracées. Compléter la proposition alors qu'elle était déjà sèche lui paraissait vain et forcé. Sa main posa d'elle-même la plume au début de la ligne invisible passant au-dessous des mots précédents.

« À la pei-ne ca-pi-ta-le », répéta-t-il tout haut, en étirant les mots autant qu'il était possible. Puis il leva les yeux sur Naïden.

« Signe ! » commanda celui-ci.

Samson pointa sa plume plus bas sur la feuille. Il croyait déjà voir où elle allait toucher pour tracer la lettre « K ». Mais alors sa main tressaillit, le porte-plume échappa à ses doigts, roula sur le dossier posé au bord du bureau, en y laissant une traînée d'encre rouge, et chut sur le plancher. Samson se leva d'un bond, apparemment dans l'intention de le ramasser. Mais il chancela et pour maintenir son équilibre lança en avant sa jambe gauche. Il s'immobilisa sous le craquement du porte-plume broyé par la semelle de sa botte.

Les yeux habituellement étroits d'Abiazov s'arrondirent d'un coup et s'emplirent d'une sorte de haine singulière.

Samson accorda un regard désolé aux débris de l'instrument, puis regagna sa place et, ne voyant pas d'autre matériel d'écriture à proximité, se figea, le souffle suspendu. Comme si d'un instant à l'autre devait se produire un miracle.

À cause de cette attente peut-être, ou encore de la fatigue provoquée par l'accès de désespoir et de confusion qu'il venait de vivre, son corps et son esprit s'étaient relâchés, et il ne vit que trop tard la main gauche d'Abiazov empoigner l'encrier de porcelaine et le vider en partie sur le dossier déjà taché, puis sa droite agripper la sienne de ses doigts crochus, en détacher le pouce, le tremper dans l'encre renversée et aussitôt le presser sur la case réservée aux signatures. Rouge et nette, l'empreinte de doigt de Samson avait quelque chose d'étrange au milieu de ce carré, on eût dit celle du pouce d'un assassin.

Samson sentit ses idées se brouiller, il dégagea brutalement sa main et regarda son doigt sali en grimaçant.

Abiazov entre-temps avait récupéré le formulaire. Il tenait un bout de crayon chimique. Il en mouilla la mine de salive, posa le document sur un coin libre du bureau, se pencha et traça en un bleu vénéneux: *Peine capitale.* Cette inscription était deux fois plus haute que le texte écrit plus tôt par Samson. Les lettres de la terrible sentence s'en détachaient non seulement par leur taille mais aussi par leur rondeur grossière, comme celles d'un écolier de village appliqué qui n'eût pas encore saisi l'instant crucial où la beauté de l'écriture s'allie à celle du mot écrit. Les mots formés à l'instant par Abiazov avaient un caractère monstrueux. Samson prit soudain conscience qu'il n'aurait, lui, jamais pu les écrire de manière qu'ils correspondissent si bien à leur signification.

Abiazov fut le premier à apposer son paraphe dans le carré dont une partie était occupée par l'empreinte de pouce de Samson. Naïden signa à son tour, et le tout dernier à confirmer le verdict fut Kholodny, livide et entravé comme peut l'être un cheval, de sorte que, penché sur le papier, le bout de crayon entre les doigts, il mit un long moment à appuyer la mine au bon endroit.

La signature d'Abiazov se révéla étonnamment soignée. Il fut évident à Samson que le tchékiste aimait sa signature plus que l'effrayante et sinistre formule de la sentence.

Le tchékiste surprit l'intérêt que Samson portait à son écriture. Il esquissa un sourire méprisant, puis secoua la tête, tourna les talons et quitta la pièce sans ajouter un mot.

Demeurés seuls, Samson, Naïden et Kholodny gardèrent le silence durant près de cinq minutes, tandis que pesait au-dessus de leurs têtes une lourde atmosphère d'enterrement.

Le premier à s'animer fut Naïden. Il appela Vassyl et lui donna ordre d'envoyer un camion de soldats quérir le deuxième condamné. Il lui confia également le dossier pour qu'il pût relever l'adresse de Chpakevitch dans le procès-verbal, et lui recommanda pour finir de ne pas oublier d'être là à trois heures, porteur des « nouveaux crimes ».

Samson eut envie de fumer. Il demanda une papirosse et des allumettes à Kholodny et descendit. Une fois dehors, il s'éloigna vers l'angle de la rue Karavaïev. Leva les yeux sur le ciel maussade. Il ne pleuvait pas encore, même pas quelques gouttes, mais les nuées qui pesaient sur le jardin botanique de l'université ne promettaient rien de bon.

Sa papirosse terminée, il tourna le dos au jardin et observa la rue devant le commissariat. Il vit un petit camion sortir de la cour et s'arrêter. Quatre soldats armés de fusils étaient déjà rassemblés sur le perron. Ils regardèrent eux aussi le ciel d'un air réprobateur, puis grimpèrent dans le véhicule qui démarra. La porte du bâtiment s'ouvrit à nouveau et sur le seuil apparut Briskine accompagné de deux soldats. Il considéra le ciel à son tour, observa la rue autour de lui et parut remarquer Samson. Il garda la tête tournée de son côté, mais ne lui adressa aucun signe d'intelligence. Il tenait les mains derrière son dos.

L'un des soldats lui aboya un ordre. Briskine sursauta, se secoua de son calme apparent et, encadré par les deux soldats, fusil à l'épaule, se mit en marche d'un pas rapide vers le haut de la rue Tarassov, en direction de Samson.

« À pied, est-ce bien possible ? » se demanda Samson, surpris, en s'écartant de l'itinéraire supposé des trois hommes.

Il les suivit un instant des yeux, puis redescendit par la rue Karavaïev.

« On est passé vous voir, lui annonça à son retour le planton de service. Des Chinois.

– Combien ?

– Un seul. Ils ont laissé un paquet avec un mot. On l'a porté chez vous. »

Une fois dans son bureau, Samson trouva sur sa table de travail un sac en papier, de moindres dimensions que celui dans lequel Yu, le marchand, emballait ses oreilles séchées. La gueule du sac était cousue de gros fil, et Samson s'aperçut alors qu'une feuille de papier pliée y était attachée. Il l'arracha.

Cher camarade San Son ! y était-il écrit maladroitement, en lettres capitales. *Je n'oublierai jamais ton aide ! Je te souhaite mille succès ! Je suis prêt à mourir pour toi au combat ! Ton ami, Li Yu Yeh.*

L'odeur des oreilles de porc le frappa aux narines.

Il alla déposer le sac contre le mur près de la fenêtre, et l'y laissa, après quoi il retourna s'asseoir, posa la tête sur ses bras et s'assoupit.

Quelqu'un entrouvrit la porte du bureau mais n'entra pas. Vassyl, sans doute. Puis, une ou deux heures après, la porte s'ouvrit à nouveau, les premiers pas de l'arrivant résonnèrent avec bruit, mais ensuite la personne parut se figer. Seule la chaise raclant le plancher souffla à Samson que Kholodny était de retour dans la pièce.

Quelque temps passa encore et un cri retentit, non dans le bureau, mais dans le couloir. Naïden appelait quelqu'un. Samson prêta l'oreille, sans ouvrir les yeux. De nouveau une chaise fut déplacée, puis une lourde main se posa sur son épaule et la tapota. Samson releva la tête. Regarda autour de lui. Un peu plus loin sur la table se dressaient deux petits verres remplis à ras bord. Une odeur d'alcool lui parvint aux narines, et il éternua. Et cet éternuement acheva de le ramener à la conscience.

Kholodny était penché sur lui.

« Alors quoi, on ne va pas boire à la sentence ? demanda-t-il.

– À la sentence ? » répéta Samson encore ralenti, en regardant son camarade sans comprendre. Mais ses yeux alors s'aiguisèrent, il porta à son visage le pouce de sa main droite, taché d'encre rouge.

« À la sentence, et aux condamnés ! Tu as vu ça ? Dieu est bien plus miséricordieux que les hommes.

– Alors, tu comptes retourner à lui ? » demanda Samson.

Kholodny secoua la tête.

Samson soupira, sa main se tendit vers le verre. Elle l'atteignit et le rapprocha de sa bouche. À nouveau, l'odeur le frappa. Il plongea son pouce dans le verre. Le retira, l'essuya contre sa vareuse, mais l'encre était toujours là.

« Encre anglaise, dit Kholodny d'une voix peinée. Ne s'estompe ni ne se lave ! On m'en a offert une fois. »

Samson esquissa une grimace, comme meurtri d'une douleur intérieure.

« Ne pense plus à eux. Ils ne relèvent plus de notre paroisse ! reprit l'ancien prêtre, cette fois-ci sur le ton du sermon.

– Trois ans de prison et une condamnation à mort, murmura Samson, désemparé.

– Tout peut encore arriver. Tu verras.

– Qu'est-ce que je verrai ?

– Ils réussiront peut-être à s'évader. Tu te rappelles comment tes deux soldats se sont fait la malle ? »

Samson réfléchit.

« Mais eux, ils m'avaient volé pour de vrai !

– Et ils se sont évadés.

– Je ne veux pas boire à la sentence. » Samson reposa son verre sur le bureau. « Comment pourrait-on ?

– Bon, d'accord, acquiesça Kholodny en levant le sien. En ce cas, buvons… À la bonté d'âme ! Elle n'est jamais vainqueresse, mais elle offre un dernier espoir ! »

Samson après un instant hocha la tête, mais son visage n'en devint pas plus joyeux. Il vida ses poumons, but d'un trait puis respira de nouveau avidement.

« On y va. Naïden nous attend. Il a demandé qu'on vienne dès que tu serais réveillé.

– Et comment savait-il que je dormais ?

– Il est passé. C'est lui qui a apporté l'alcool. Il voulait fêter la clôture de l'affaire. »

Essuyant leur bouche de la manche de leur vareuse, ils entrèrent dans le bureau du chef.

« Ah ! Enfin ! » Naïden leva la tête de la pile de déclarations posée devant lui. « Toute cette paperasse me flanque mal au crâne. Un bourgeois accuse sa bonne de lui avoir volé une bassine en cuivre et réclame qu'on la jette en prison ! Pour cette seule plainte, c'est lui que j'aimerais coller en taule. Mais tenez… » Il attira vers lui un gros dossier ficelé d'un ruban bleu. « Il y a là des affaires plus importantes. Il faudrait s'en occuper. » Sur quoi il regarda fixement dans les yeux Samson, puis Kholodny.

Ce dernier s'anima, mais à peine eut-il ouvert la bouche pour répondre, que par la porte restée entrebâillée s'engouffra un vacarme de claquements de semelles, comme si quelqu'un courait ou bien grimpait l'escalier quatre à quatre. Naïden s'alerta et tourna la tête vers le bruit. La porte s'ouvrit toute grande, soufflant sur eux un brutal courant d'air. Un soldat qu'ils n'avaient encore jamais vu était campé sur le seuil, peinant à reprendre haleine, la mine inquiète, la joue barrée d'une cicatrice laissée par un coup de sabre.

« Vite ! Vite, il faut aller là-bas ! Le détachement a disparu !

– Quel détachement, demanda Naïden ? Où ça ?

– Le détachement de soldats d'escorte ! Ils sont entrés dans les bains, ont laissé leurs tenues au vestiaire et se sont volatilisés ! Toutes les bassines et les numéros sont restés sur les bancs, même les bouts de savons délivrés par le préposé !…

– Dans quels bains ?

– Ceux de la place de Galicie. On les a déjà cherchés partout. Pas une trace ! On a cru qu'ils se cachaient au milieu de la vapeur. On a ventilé l'étuve, et ils n'y sont pas !

– Qu'est-ce que ça veut dire ? ! s'exclama Naïden, indigné. Un détachement entier ? Combien étaient-ils ?

– Vingt-huit ! »

Naïden se tourna vers Samson.

« On y va ! » dit-il d'un ton agité. Il regarda Kholodny. « Toi aussi ! Eh, Vassyl ! cria-t-il par-dessus le dos du soldat. Cinq soldats dehors en bas ! Et vite ! »

Épilogue

Samson tambourina à la porte d'entrée de son immeuble durant près de cinq minutes. Trempé, épuisé au point d'en avoir les jambes en coton, après chaque volée de coups de poing contre le vantail, il tournait la tête à droite, vers la fenêtre de cuisine de la loge du concierge.

Enfin celle-ci s'éclaira. Et une minute encore plus tard, une fois assurée que l'homme derrière la porte lui répondait d'une voix qui lui était familière, la veuve du concierge vint tirer le verrou.

« Oh ! comment ça se fait que tu sois mouillé comme ça ? demanda-t-elle.

– J'ai oublié mon parapluie au bureau, avoua Samson.

– Je vais te servir un petit remontant, ou bien tu vas choper la crève. La nuit est rudement fraîche. Tiens, regarde, ça te colle tout de suite la chair de poule ! » dit la veuve en montrant le dos de sa main à Samson.

Celui-ci la suivit dans sa cuisine, mais pour juste un moment. Influencé par la remarque sur la fraîcheur de la nuit, ou à cause de cette fraîcheur même, il s'était mis à grelotter. Aussi vida-t-il de bon gré coup sur coup deux verres de ratafia maison.

« Qu'est-ce t'as sur le pouce ? lui demanda la veuve.

– De l'encre.

– Tu as signé avec ton empreinte ? s'exclama-t-elle avec étonnement. Je pensais, moi, que tu savais écrire !

– Je sais écrire ! protesta Samson d'un ton nerveux. C'est par mégarde, par accident ! Bon, j'y vais. »

Cette fois-ci personne ne l'attendait dans l'appartement. Un ronflement s'entendait à travers la porte du docteur. Derrière celle de la chambre de Nadejda, le silence régnait.

Samson ôta ses bottes et son pantalon, puis sa vareuse mouillée. Il pendit le tout sur les dossiers des chaises de la table à manger.

Il se rendit à la salle de bains où il passa un long moment à essayer de laver l'encre rouge qui maculait son pouce. Au bruit de l'eau, il se dit qu'il était, quant à lui, trop sale pour le lit conjugal. Quand il estima la tache effacée, il gagna sa chambre, se glissa sous la couverture et s'y tint immobile, dans l'attente de sa propre capitulation face au sommeil tant espéré.

Cette nuit-là, cependant, le sommeil ne semblait guère pressé. À sa place, Samson voyait danser devant ses yeux des images des vaines opérations de recherche achevées une heure plus tôt, sans qu'on eût retrouvé les soldats disparus. Comme si, en pensée, il n'était toujours pas sorti de ces bains où lui-même était allé se laver tout récemment. Il continuait de regarder sous les bancs et d'inspecter les moindres recoins de l'étuve. L'air gardait encore une odeur de vapeur, bien que celle-ci fût depuis longtemps dissipée. Les bassines avec les numéros attendaient sur les bancs de la salle d'eau. Pantalons, bouffants ou non, ceinturons et vareuses pendaient au vestiaire. Au-dessous, par terre, s'alignaient les paires de bottes décorées de *portianki*. Les vareuses recelaient dans leurs poches des papiers militaires, soigneusement pliés, permettant de déterminer à qui appartenait chacune. Mais les hommes du détachement, eux, restaient introuvables. Et l'esprit refusait même d'essayer d'expliquer comment un soldat entièrement nu pouvait disparaître au milieu d'un établissement de bains.

Samson ferma les yeux. La lumière du plafond n'en fut pas changée. Mais alors un bruit étrange lui fit quitter les bains et son mirage nocturne. Comme si quelqu'un venait d'ouvrir le tiroir d'un bureau.

« Oh ! Regarde ! Tu te rappelles ? fit une voix d'homme inconnue.

– Ouais ! répondit une autre voix, masculine elle aussi. Il avait planqué une oreille là-dedans. Montre ! »

Le crissement métallique de la boîte à bonbons en fer-blanc arracha une grimace à Samson. Il eut l'impression qu'on ouvrait cette boîte à l'intérieur de son crâne.

« Mate un peu ! s'exclama le premier avec étonnement. Une autre !

– Et ça, c'est quoi ? demanda le second.

– Ça ? » Et quelque chose alors tinta contre le fond de la boîte. « Ah ! Ce sont deux balles. Un peu petites pour un Nagant ou un Mauser !

– Oui, ce sont des balles de pistolet de dame, j'en ai déjà vu.

– Et donc quoi ? Il aurait un flingue de gonzesse ?

– On dirait bien ! Il a dû descendre le mec en traître. S'il avait tiré de face, il aurait utilisé son Nagant.

– Je pige pas, soupira le premier. Je veux dire, je pige bien qu'il a trucidé le mec avec ces deux pruneaux, et qu'il lui a coupé une esgourde comme à l'autre. Mais pour extraire un pruneau d'un macchabée, combien de temps faut passer à fouiller la bidoche ? Seul un toubib peut faire ça vite et bien, et Koletchko, il l'est pas, toubib !

– On dit qu'il est pote avec un docteur. Celui qui crèche chez eux. C'est sûrement lui qui a extrait les balles.

– Mais ce docteur-là, il s'occupe des yeux.

– Eux aussi, ils savent! Si une balle te rentre dans l'œil, ce genre de toubib te la retire en un tour de main, et s'il peut l'extraire d'un châsse, alors il peut l'extraire de n'importe où!

– Et qu'est-ce que c'est que cette carte? Déroule-la!» commanda le premier à son collègue.

Il y eut un froissement de papier.

«Tu vois! Ça montre comment découper correctement une carcasse. C'est donc qu'il sait faire! Et s'il sait, il a très bien pu extraire les balles tout seul!

– On le coffre?

– Nan. On continue à le regonser.

– Quoi, de quoi?

– À le surveiller, je dis! Et toi, tu notes tout ce qu'on a vu. On sait jamais!

– C'est sûr! convint le second. Alors, on passe visiter le chef?

– Nan, il roupille... mais il a le sommeil léger! Manquerait plus qu'il nous canarde!»

De nouveau la boîte crissa en se refermant, et les deux balles à l'intérieur roulèrent sur le fond. Le tiroir fut repoussé. Les visiteurs nocturnes s'appliquaient à ne faire aucun bruit et marchaient à pas de loup. Samson ne les entendit même pas sortir de la pièce. Il poussa un profond soupir, se rappelant avoir déjà surpris une nuit une même inspection de son bureau.

«Peut-être est-ce Abiazov qui les envoie?» eut le temps de se dire Samson avant qu'un large bâillement n'arrêtât ses pensées et ne ralentît la circulation de son sang. Le corps, quand il veut dormir, freine tous les mouvements internes, et stoppe totalement les autres.

Mais tous ces mouvements intérieurs à son corps n'apportèrent à Samson aucun apaisement nocturne, au contraire ils l'attirèrent dans le piège d'un rêve – d'un rêve angoissant et sans issue, dont on ne pouvait s'évader qu'en revenant à la réalité, mais en aucune façon en se réfugiant dans un autre rêve plus doux. Le royaume de Morphée l'entraîna dans une chapelle faiblement éclairée par des cierges, au milieu de laquelle se trouvait un cercueil ouvert, posé sur deux tabourets. Dedans reposait un défunt en costume et cravate, le front ceint d'un bandage à travers lequel filtrait du sang. Samson, quant à lui, se tenait à genoux et pleurait. Il pleurait et levait ses mains vers son visage, mais aussitôt les rabaissait car tous ses doigts étaient maculés d'encre rouge. Il savait que ce n'était pas du sang : l'encre a une odeur chimique. Cependant, lui revenaient constamment en mémoire les lignes écarlates de la sentence signée la veille, tandis qu'un murmure issu des ténèbres répétait, obsédant : « Repens-toi, Samson ! Repens-toi avant qu'il soit trop tard ! »

Finalement, incapable de supporter l'angoisse que lui procurait ce rêve, il se réveilla. Il essuya de sa paume ses joues mouillées de larmes, car il avait pleuré aussi en dehors de son rêve. Pieds nus, il gagna le salon, transporta avec précaution une chaise jusqu'à la fenêtre donnant sur la rue. Il s'y assit et posa son regard sur le toit de la maison d'en face. Au début, le toit se confondait avec le ciel mais plus il l'observait, mieux il distinguait la ligne de séparation entre le ciel et le monde humain.

Les larmes accumulées dans ses yeux se répandirent sur ses joues. Il les essuya de nouveau de la main et soupira profondément. Il n'avait plus envie de dormir.

Fin.

Mais la suite est à venir.

CET OUVRAGE A ÉTÉ ACHEVÉ D'IMPRIMER
SUR ROTO-PAGE
PAR L'IMPRIMERIE FLOCH À MAYENNE
EN SEPTEMBRE 2023

N° d'édition : 352. N° d'impression : 103270
Dépôt légal : octobre 2023
Imprimé en France